U0369278

国家哲学社会科学成果文库

NATIONAL ACHIEVEMENTS LIBRARY
OF PHILOSOPHY AND SOCIAL SCIENCES

双重叙事进程研究

申丹 著

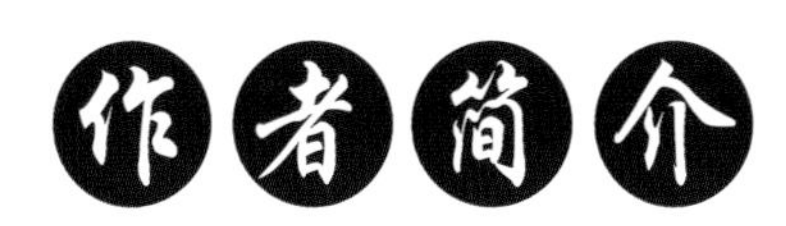

申丹　北京大学学士、英国爱丁堡大学博士，博士毕业后一直在北京大学外国语学院任教，现为北京大学博雅讲席教授、人文学部主任。首批入选教育部人文社科类长江学者特聘教授，被聘为美国 *Narrative* 和 *Style* 期刊顾问、英国 *Language and Literature* 编委、欧洲 *Journal of Literary Semantics* 编委、欧美 *Routledge Encyclopedia of Narrative Theory* 顾问编委。在中国大陆和英美出版的五部专著均获省部级以上奖（其中四部获一等奖）；在欧美一流期刊和参考书以及国内 CSSCI 源刊发表论文约 150 篇，其中三篇获北京市和教育部优秀成果奖一、二等奖。连年上榜 Elsevier 中国高被引学者榜单。

《国家哲学社会科学成果文库》出版说明

为充分发挥哲学社会科学研究优秀成果和优秀人才的示范带动作用，促进我国哲学社会科学繁荣发展，全国哲学社会科学工作领导小组决定自2010年始，设立《国家哲学社会科学成果文库》，每年评审一次。入选成果经过了同行专家严格评审，代表当前相关领域学术研究的前沿水平，体现我国哲学社会科学界的学术创造力，按照“统一标识、统一封面、统一版式、统一标准”的总体要求组织出版。

全国哲学社会科学工作办公室

2021年3月

目　录

下篇 作品分析

Contents

绪 论

本书是世界上首部对“隐性进程”与情节发展所构成的“双重叙事进程”进行系统理论探讨和文本分析的专著。“隐性进程”和“双重叙事进程”(也称“双重叙事运动”“双重叙事动力”)系笔者首创的理论概念和研究模式。改革开放以来,我国的外国文学研究倾向于采用西方学者提出的理论和方法,而本书突破了这一局限,采用的是笔者自己提出的概念和方法,并从七个不同角度切入,对“双重叙事进程”进行了开创性的系统理论建构。据中国知网的检索,多种学术期刊(包括《外国文学评论》《外国文学研究》《国外文学》《当代外国文学》)已经登载了超过六十篇其他研究者采用本人提出的“隐性进程”“双重叙事运动”“双重叙事动力”等理论概念和批评模式来分析不同体裁、不同媒介的中外文学作品(包括长中短篇小说、戏剧、电影、魔幻系列小说)的论文。《外国文学》还将笔者首创的“隐性进程”作为文论的“关键词”推出。[①] 这从一个侧面标志着我国的外国文学研究开始运用中国学者提出的理论和方法,迈入了一个新阶段。

本书提出的新理论得到了国际学界的高度重视。国际著名学者希利斯·米勒(J. Hillis Miller)将其看作是叙事理论的“重大突破”;乔纳森·卡勒(Jonathan Culler)称其是对“叙事诗学的重要贡献”;叙事学界权威詹姆斯·费伦(James Phelan)肯定它“有说服力地拓展了修辞性叙事理论的研究范

① 申丹:《西方文论关键词:隐性进程》,《外国文学》2019年第1期,第81—96页。

围”；[①]欧洲叙事学协会(ENN)前任主席约翰·皮尔(John Pier)强调它“超越了亚里士多德诗学开创的研究传统”，“是对以往研究重要和开创性的(pathbreaking)增补”；[②]《剑桥叙事指南》[③]的作者波特·阿博特(H. Porter Abbott)也认为对双重叙事进程的探讨“打破了亚里士多德以来聚焦于情节发展的研究传统的束缚”[④]。欧洲叙事学协会第五届双年会邀请笔者就“双重叙事运动能如何重构和拓展叙事学”做了一小时大会主旨报告。[⑤] 法国叙事学常用术语网站 2019 年冬将“隐性进程”作为国际叙事学界的常用术语推出，并予以详细介绍。[⑥] 本领域国际顶刊之一《文体》(*Style*，美国)将 2021 年春季刊的全部篇幅都用于探讨笔者首创的理论。期刊主编约翰·纳普(John V. Knapp)教授特邀笔者以《“隐性进程”与双重叙事动力》为题，撰写长篇目标论文[⑦]，并邀请了来自美国、英国、法国、德国、西班牙、挪威、丹麦、意大利等西方国家的 14 位学者(其中 11 位为权威或知名教授)撰写专文，对目标论文加以探讨[⑧]；编辑部还邀请笔者撰写了 1.4 万英文单词的长篇回应，进一步阐明“双重叙事进程”理论的本质特征和应用价值。[⑨] 除了对笔者提出的理论进行多角度阐发和展开辩论，这一特刊还推出了波特·阿博特、雅各布·卢特(Jakob Lothe)和苏珊·兰瑟(Susan S. Lanser)等运用这一理论解读英美和

---

① 详见亚马逊(www.amazon.com)和 Routledge 出版社官网上对 Dan Shen(申丹)，*Style and Rhetoric of Short Narrative Fiction: Covert Progressions Behind Overt Plots* 一书的“Editorial Reviews”或“媒体推荐”。

② John Pier, “At the Crossroads of Narratology and Stylistics: A Contribution to the Study of Fictional Narrative,” *Poetics Today* 36.1—2 (2015), pp. 122—123.

③ H. Porter Abbott, *The Cambridge Introduction to Narrative*, 2nd edition (Cambridge: Cambridge UP, 2008).

④ H. Porter Abbott, “Thoughts on ‘Dual Narrative Dynamics,’” *Style* 55.1 (2021), p. 64.

⑤ 2017 年在捷克布拉格召开。在申丹一小时的主旨报告之后，进行了 20 分钟的热烈讨论。

⑥ https://wp.unil.ch/narratologie/2019/12/progression-cachee-covert-progression/.

⑦ Dan Shen, “‘Covert Progression’ and Dual Narrative Dynamics,” *Style* 55.1 (2021), pp. 1—28.

⑧ 还邀请了两位中国学者参加讨论。因为《文体》这一期的全部篇幅都用于探讨申丹首创的理论，因此封面上仅仅登载申丹的目标论文的标题。

⑨ Dan Shen, “Debating and Extending ‘Covert Progression’ and Dual Dynamics: Rejoinders to Scholars,” *Style* 55.1 (2021), pp. 117—156. 从 2008 年至 2021 年，《文体》总共推出七个这样的主题特刊，前面六篇目标论文的作者均为美国或者英国的权威。2021 年春季刊首次邀请英美之外的学者——中国学者撰写目标论文，这是因为所探讨的理论正是这位中国学者首创的。

以色列长篇小说的论文[①]，并同时推出凯莉·马什(Kelly Marsh)运用这一理论分析美国戏剧的论文[②]。另一国际顶级期刊《今日诗学》(*Poetics Today*)2020冬季刊也发表了西方学者将这一理论运用于连环漫画分析的论文，揭示出由情节发展和隐性进程构成的双重叙事进程在漫画这一媒介中的复杂互动关系。[③] 笔者通过开拓创新，终于成功地让西方学者应用中国学者提出的理论对外国文学艺术作品展开研究。

从古希腊亚里士多德对情节的关注到当代学者对“叙事进程”(narrative progression)的探讨，学术界一直聚焦于情节发展(其本身可能含有不同层次和不同分支)。然而，笔者发现，在不少虚构叙事作品中，在情节发展的背后，还存在一股叙事暗流。这股暗流既不是情节的一个分支，也不是情节深处的一个暗层，而是自成一体，构成另外一种叙事进程，自始至终与情节发展并列前行。这两种叙事运动呈现出不同甚或相反的走向，在主题意义、人物塑造和审美价值上均形成对照补充或对立颠覆的关系。2012年，笔者在《外国文学评论》第2期上发表《叙事动力被忽略的另一面》，首次在国内提出“隐性进程”这一概念；2013年在《今日诗学》上发表《情节发展背后的隐性进程》[④]，在国际上首次提出和界定了“隐性进程”(covert progression)。2013年冬，英美的劳特利奇出版社推出拙著《短篇叙事小说的文体与修辞：显性情节背后的隐性进程》[⑤]，该书阐述了“隐性进程”理论，对六篇作品展开分析，包括从“隐性进程”的角度重新切入笔者曾经从“潜文本”的角度分析过的文本。

这部英文专著对作品中的叙事暗流从头到尾进行了追踪，这有别于笔者以往对“潜文本”的探讨。虽然此书具有独创性和学术价值，在国际和国内都

---

① H. Porter Abbott, “Thoughts on ‘Dual Narrative Dynamics,’” *Style* 55.1 (2021), pp. 63—68; Jakob Lothe, “Dan Shen's Theory of Dual Narrative Dynamics Linked to Ian McEwan's *Atonement*,” *Style* 55.1 (2021), pp. 100—105; Susan S. Lanser, “Reading Dual Progression: A View from *The Hilltop*,” *Style* 55.1 (2021), pp. 94—99.

② Kelly A. Marsh, “Dual Narrative Dynamics and the Critique of Privilege,” *Style* 55.1 (2021), pp. 42—47.

③ Daniel Candel, “Covert Progression in Comics: A Reading of Frank Miller's 300,” *Poetics Today* 41.4 (2020), pp. 705—729.

④ Dan Shen, “Covert Progression behind Plot Development: Katherine Mansfield's ‘The Fly,’” *Poetics Today* 34.1—2 (2013), pp. 147—175.

⑤ Dan Shen, *Style and Rhetoric of Short Narrative Fiction: Covert Progressions Behind Overt Plots* (London and New York: Routledge, 2013年11月精装版和电子版，版权页上是2014,2016年平装版)。

得到高度认可，并获得了第十四届北京市哲学社会科学优秀成果奖的一等奖，但它有两个方面，需要进一步探索，加以超越。

首先，这部英语专著对表面情节所表达的意义持排斥态度，在很大程度上忽略了情节发展与隐性进程如何各司其职，如何交互作用。该著出版后，笔者在国内和国际顶级期刊发表多篇论文，改变了排斥表面情节的立场。2015 年美国《文体》的冬季刊在首篇位置推出了笔者的《双重文本动力和双重读者动力》[①]。此文在国际上首次旗帜鲜明地对情节发展和隐性进程的共同作用展开研究。接着，《文体》2017 年夏季刊又首篇发表了笔者的《两个并列运行的表意轨道的共同作用》[②]，进一步强调情节发展和隐性进程的协同作用。次年，《文体》刊发了笔者的《作为双重作者型交流的双重叙事进程：对修辞研究模式的拓展》[③]，此文与同年在美国《学术交织》(*Symplokē*)期刊第 2 期上发表的《双重叙事运动和双重伦理》[④]相呼应，进一步加强对双重叙事进程的探讨。继《文体》2019 年冬季刊再度推出一篇笔者探讨双重叙事进程的论文后[⑤]，该刊编辑部决定将 2021 年春季刊的全部篇幅用于探讨笔者的"'隐性进程'和双重叙事动力"，这彰显了这种原创理论的国际引领作用，也十分有利于其扩大国际影响。

在国内，从 2015 年开始，笔者在《外国文学评论》《外语教学与研究》《外国文学》《外国文学研究》《北京大学学报(哲学社会科学版)》等多种刊物上发表了一系列探讨"双重"叙事动力的论文。2015 年初发表的两篇论文虽对情节发展和隐性进程的交互作用已经予以充分关注，但标题里出现的还是"隐性进程"。此后发表的论文标题一般都采用了"双重叙事运动""双重叙事动

---

① Dan Shen, "Dual Textual Dynamics and Dual Readerly Dynamics,'" *Style* 49.4 (2015), pp. 411—438.

② Dan Shen, "Joint Functioning of Two Parallel Trajectories of Signification,'" *Style* 51.2 (2017), pp. 125—145.

③ Dan Shen, "Dual Narrative Progression as Dual Authorial Communication: Extending the Rhetorical Model," *Style* 52.1—2 (2018), pp. 61—66.

④ Dan Shen, "Dual Narrative Movement and Dual Ethics," *Symplokē: A Journal for the Intermingling of Literary, Cultural and Theoretical Scholarship* 25.1—2 (2018), pp. 511—515.

⑤ Dan Shen, "Fictionality as a Rhetorical Resource for Dual Narrative Progression," *Style* 53.4 (2019), pp. 495—502.

力”“不同叙事运动”“双重叙事进程”等表述方式，旨在更加突出情节发展和隐性进程的交互作用。考虑到“双重叙事进程”所指更加明确，在上文提到的2018年美国《文体》期刊登载的英文论文中，笔者首次在国际上推出了“dual narrative progression”（“双重叙事进程”）这一概念。本书在书名中采用了“双重叙事进程”，但为了避免重复和单调，依然不时采用“双重叙事运动”和“双重叙事动力”等术语。本书下篇的作品分析将着力揭示双重叙事进程的共同作用，无论隐性进程与情节发展之间呈何种关系，都注重探讨这两种叙事运动如何并列运行，如何在相互补充或相互颠覆中，联手表达作品丰富复杂的主题意义，塑造多维且富有张力的人物形象。[①]

其次，上文提及的英文专著需在理论建构方面有所超越。在撰写该书时，笔者刚刚开始将注意力从“潜文本”转向“隐性进程”，且对表层情节在很大程度上持排斥态度，尚未考虑“双重叙事运动”或“双重叙事进程”，遑论在理论上加以探索和深入思考；因此，该著正文的六章全部是作品分析。本书对此进行了弥补：本书正文分为上下两篇，上篇为理论探讨，共七章，从多个不同角度切入，在国内外首次对“双重叙事进程”进行系统的理论阐述和模式建构。

从古至今，从中国到西方，无论是考察故事结构还是表达技巧，无论是聚焦于文本本身还是读者认知，无论是关注作者还是关注“隐含作者”与“真实作者”的关系，[②]无论是仅看一种语言中的文本还是研究跨语言的翻译，以往的相关理论概念和批评模式都是建立在单一叙事进程，即情节发展之上的。这样的研究框架无法用于阐释情节发展背后的隐性进程，无法解释隐性进程和情节发展之间复杂的互动关系，也无法说明读者需要对作品做出的复合性质的复杂反应。也就是说，“双重叙事进程”对以往的各种相关理论模式和研究方法都构成重大挑战。如果作品中存在双重叙事进程，我们不仅需要打破批评传统的束缚，将目光拓展到情节背后，探索另一种与之并行的叙事动力和这

---

① 就前人对情节发展的阐释而言，也从排斥否定转向兼容吸纳，除非确属牵强附会，难以自圆其说。诚然，后面这种情况并不少见：如果作品中存在双重叙事进程，而批评家仅仅看情节发展，往往难免把各种文本成分往一条主题轨道上生拉硬拽；而随着隐性进程逐渐被揭示出来，这些误读也会越来越容易辨认。

② 关于“隐含作者”与“真实作者”的区分，参见 Dan Shen, “What Is the Implied Author?” *Style* 45. 1 (2011), pp. 80—98; Dan Shen, “Implied Author, Authorial Audience, and Context: Form and History in Neo-Aristotelian Rhetorical Theory,” *Narrative* 21. 2 (2013), pp. 140—158。

两种叙事动力之间的复杂关系，而且需要开拓新的理论空间，提出新的概念、新的模式、新的框架。而这正是本书身体力行的目标。

如果说西方叙事学界20世纪80年代以来对“叙事进程”的研究是一种创新的话，那么可以说“双重叙事进程”研究是对长期批评传统的真正突破。为了看清这一点，我们首先简要回顾一下当代西方学界对叙事进程的研究。美国文学评论家彼得·布鲁克斯(Peter Brooks)1984年出版了颇具影响的《阅读情节》一书，[①]为近年来西方学界对叙事进程的探索做了重要铺垫。这部专著是对20世纪60年代兴起的结构主义叙事学的一种回应。布鲁克斯认为叙事学尽管揭示了在传统批评中被忽略的结构关系，给人以较大启迪，但其分析模式过于静态，不利于分析情节进程。他借鉴精神分析的方法，将叙事视为阅读过程中文本内部的能量、张力、冲动、抗拒和愿望所构成的动态系统，着力探讨连接叙事头尾和推动中部前行的力量。20世纪80年代末，美国修辞性叙事批评家詹姆斯·费伦出版了《阅读人物、阅读情节》一书[②]，与布鲁克斯相似，他将叙事视为一种进程，关注其从头到尾的动态发展。然而，费伦没有沿着精神分析的轨道走，而是采用叙事学关于故事内容和话语表达的区分，将叙事进程的基础界定为情节发展中的“不稳定因素”(instabilities)以及表达情节的话语层次的“紧张因素”(tensions)。费伦此后又出版了四部影响较大的独撰专著[③]和一系列论文，从不同角度探讨叙事进程。由于费伦是20世纪90年代以来西方叙事研究界的领军人物，他对叙事进程的探讨有力地推动了这方面的研究。以色列的叙事学研究也很出色。梅尔·斯滕伯格(Meir Sternberg)20世纪90年代以来聚焦于叙事进程的研究，发表了一系列长篇论

---

① Peter Brooks, *Reading for the Plot: Design and Intention in Narrative* (New York: Knopf, 1984). 从这部专著开始，不少学者从情节的角度切入对叙事进程的探讨。

② James Phelan, *Reading People, Reading Plots: Character, Progression, and the Interpretation of Narrative* (Chicago: U of Chicago P, 1989).

③ James Phelan, *Narrative as Rhetoric* (Columbus: Ohio State UP, 1996); Phelan, *Living to Tell about It* (Ithaca: Cornell UP, 2005); Phelan, *Experiencing Fiction* (Columbus: Ohio State UP, 2007); Phelan, *Somebody Telling Somebody Else* (Columbus: Ohio State UP, 2017). Phelan 2013年还出版了 *Reading the American Novel*, 1920—2010 (Malden: Wiley-Blackwell)，但在叙事进程研究方面，影响不是很大。

文，产生了较大影响。[①]

世纪之交，美国叙事学家布赖恩·理查森(Brian Richardson)主编了《叙事动力》一书，出版后引起了较大反响。[②] 2008年德国叙事学家希拉里·丹嫩贝格(Hilary Dannenberg)以历史的眼光，从跨学科的角度，聚焦于巧合与反事实(counterfactuality)现象，展开对情节进程中的时间和空间的探讨。[③] 英国叙事文体学家迈克尔·图伦(Michael Toolan)在2009年出版的《短篇小说的叙事进程》一书中[④]，采用语料库的方法讨论叙事进程，分析文字选择如何在阅读过程中引起悬念或让读者感到意外，如何制造神秘感或紧张气氛等。2015年，英国叙事理论家马克·柯里(Mark Currie)出版了《出乎意料：叙事时间性和惊奇的哲学》，从新的角度对时间与叙事进程的关系进行了研究。[⑤] 此外，有两部用法语出版的著作值得关注，一是拉斐尔·巴罗尼(Raphaël Baroni)所著《叙事张力》(2007)；二是阿布德克利姆·穆罕默德·乌陪拉(Abdelkrim M'hammed Oubella)所著《T.本·杰隆小说中的叙事进程与主题演进》(2013)[⑥]。2016年，拉斐尔·巴罗尼和弗朗索瓦兹·勒瓦兹(Francoise Revaz)主编的《当代叙事学中的叙事顺序》面世[⑦]。

近十来年，西方研究叙事进程的代表性论文有凯瑟琳·纳什(Katherine Nash)的《叙事进程与接受能力》(2007)；比阿特丽斯·桑德伯格(Beatrice Sandberg)的《从中间开始：卡夫卡作品中叙事开头与进程的复杂性》(2011)；

---

① Meir Sternberg, "Telling in Time(I): Chronology and Narrative Theory," *Poetics Today* 11.4 (1990), pp. 901—948; Sternberg, "Telling in Time(II): Chronology, Teleology, Narrativity," *Poetics Today* 13.3 (1992), pp. 463—541; Sternberg, "Telling in Time(III): Chronology, Estrangement, and Stories of Literary History," *Poetics Today* 27.1 (2006), pp. 125—135.

② Brian Richardson, ed. *Narrative Dynamics* (Columbus: Ohio State UP, 2002).

③ Hilary P. Dannenberg, *Coincidence and Counterfactuality: Plotting Time and Space in Narrative Fiction* (Lincoln: U of Nebraska P, 2008).

④ Michael Toolan, *Narrative Progression in the Short Story* (Philadelphia: John Benjamins, 2009).

⑤ Mark Currie, *Unexpected: Narrative Temporality and the Philosophy of Surprise* (Edinburgh: Edinburgh UP, 2015).

⑥ Raphaël Baroni, *La tension narrative* (Paris: Seuil, 2007); Abdelkrim M' hammed Oubella, *Progression narrative et thématique dans les romans de T. Ben Jelloun* (Éditions universitaires européennes, 2013).

⑦ Raphaël Baroni and Francoise Revaz, eds. *Narrative Sequence in Contemporary Narratology*, (Columbus: Ohio State UP, 2016).

布赖恩·理查森的《康拉德小说中的沉默、进程与叙事崩溃》(2014)。[①]

需要说明的是,在“叙事进程”这一概念被广泛接受之后,不少学者不再在标题里明确给出,而只是在正文里加以探讨。近年来,一些学者还将叙事进程研究拓展到了其他媒介,如迈克尔·罗思伯格(Michael Rothberg)的《进步、进程、行进》(2012)、托莎·戈沙尔(Torsa Ghosal)的《有形体的书:克莉丝·韦尔建筑故事中的进程》(2015)、杰夫·拉什(Jeff Rush)的《〈火线〉中的双重伦理和叙事进程》(2016)、安德里亚·穆克西(Andrea Mukdsi)的《“我知道我会听到以前听过的”:音乐在叙事进程中的作用》(2018)。[②]

受西方的影响,国内的叙事进程研究进入新世纪以来得到较快发展。截至 2019 年 12 月,在中国知网以“叙事进程”为主题检索,可查到一百三十多篇论文,最早的发表于 2005 年。这些论文从各种角度对叙事进程展开探讨:有的从伦理的角度切入[③];有的采用语料库的方法[④];有的聚焦于文本与读者的互动[⑤];有的注重探讨叙事进程中人物之间的关系[⑥];有的关注困境叙事进程

① Katherine Saunders Nash, “Narrative Progression and Receptivity: John Cowper Powys's *A Glastonbury Romance*,” *Narrative* 15.1 (2007), pp. 4—23; Beatrice Sandberg, “Starting in the Middle? Complications of Narrative Beginnings and Progression in Kafka,” in *Franz Kafka: Narration, Rhetoric, and Reading*, eds. Jakob Lothe, Beatrice Sandberg, and Ronald Speirs (Columbus: Ohio State UP, 2011), pp. 123—148; Brian Richardson, “Silence, Progression, and Narrative Collapse in Conrad,” *Conradian* 46.1—2 (2014), pp. 109—121.

② Michael Rothberg, “Progress, Progression, Procession: William Kentridge and the Narratology of Transitional Justice,” *Narrative* 20.1 (2012), pp. 1—24; Torsa Ghosal, “Books with Bodies: Narrative Progression in Chris Ware's Building Stories,” *Storyworlds* 7.1 (2015), pp. 75—99; Jeff Rush, “Doubled Ethics and Narrative Progression in *The Wire*,” in *Ethics in Screenwriting*, ed. Steven Maras (London: Palgrave Macmillan, 2016), pp. 179—196; Andrea Pérez Mukdsi, “‘I know I will hear what I heard before’: The Role of Music in Narrative Progression,” *Rupkatha Journal on Interdisciplinary Studies in Humanities*, 10.2 (2018), pp. 187—192.

③ 例如林玉珍:《从〈孩子的游戏〉到〈多维的世界〉:叙事进程中的无痛伦理》,《外国语文》2015 年第 3 期,第 46—50 页。

④ 例如刘红江、李丹莉:《基于语料库的〈莳萝泡菜〉叙事进程分析》,《沈阳航空航天大学学报》2012 年第 6 期,第 28—31 页。

⑤ 有相当比例的论文关注文本与读者的互动,有的在标题中予以了强调,例如沈群:《文本与读者的互动——〈弗兰妮〉叙事进程研究》,《牡丹江大学学报》2012 年第 1 期,第 27—29,32 页。

⑥ 例如杨晓霖:《略论〈雪中猎人〉的极简主义风格》,《外国文学》2012 年第 2 期,第 22—28 页。

的深层结构[①];有的关注抒情诗的叙事动力结构[②];有的聚焦于叙事进程中的时间安排[③];有的从跨媒介的角度,探讨图像叙事如何对叙事进程中的时间顺序进行不同的空间化处理[④];有的还采用了跨学科的方法,借鉴计算机语言,对影视创意短片中的叙事进程进行探讨[⑤]。

中外学界对叙事进程的研究拓展和深化了对虚构叙事的探讨,使我们更好地看到文本的运作方式,更好地理解作者、叙述者、人物和读者之间的关系。然而,迄今为止,所有这些研究均围绕情节发展展开,没有关注情节背后的隐性进程,更未关注隐性进程和情节发展如何以各种方式,在并列前行中展开互动。正如本书下篇将会揭示的,如果情节发展背后存在隐性进程,而我们仅仅看到前者,忽略后者和两者之间的交互作用,就难免会片面理解甚或严重误解作者的修辞目的、作品的主题意义、人物形象以及审美价值。

迄今为止,国内尚无研究隐性进程(无论是理论探讨还是实际分析)的专著,更无探讨隐性进程和情节发展如何并列运行和交互作用的专著——这在国际上也属于空白,本书将在这方面抛砖引玉,迈出第一步。

本书上篇将对"隐性进程"和"情节发展"构成的"双重叙事进程"展开全面系统的理论探讨和模式建构。作为铺垫,第一章将阐明"隐性进程"如何不同于批评界所关注的各种深层意义,包括"第二故事""隐性情节""隐匿情节""隐匿叙事""深层意义"等,并说明"双重进程"如何不同于"双重话语"和"文本的模棱两可",指出"隐性进程"是与情节发展并列前行的另一条表意轨道,长期以来一直被批评界所忽略。本章还将阐明隐性进程的反讽如何不同于批评界所关注的各种类型的反讽:前者是贯穿文本始终的一股反讽性暗流,局部文字

---

① 例如郝志琴:《从疏远到亲近的阅读体验——〈热铁皮屋顶上的猫〉中布里克疏离境遇的叙事修辞》,《文艺研究》2014 年第 9 期,第 69—77 页。

② 例如谭君强:《论抒情诗的叙事动力结构——以中国古典抒情诗为例》,《文艺理论研究》2015 年第 6 期,第 22—28 页。

③ 例如黄一畅:《宏观时空体中的微观叙事进程——论〈杜十娘怒沉百宝箱〉的叙事时间特色》,《四川教育学院学报》2010 年第 1 期,第 91—93 页。

④ 例如龙迪勇:《时间与媒介——文学叙事与图像叙事差异论析》,《美术》2019 年第 11 期,第 17—22 页。

⑤ 例如肖平、王笛:《影视创意短片叙事进程分析》,《现代传媒(中国传媒大学学报)》2011 年第 8 期,第 79—81 页。

往往不带反讽意味，只有在与隐性进程其他部分的文字相关联时才产生反讽含义。当情节发展本身带有反讽性时，隐性进程的反讽构成更深层次的反讽；而当情节发展不具反讽性时，隐性进程的反讽则会与之形成一种张力。

第二章旨在回答以下问题：情节发展与隐性进程之间存在哪些不同种类的互动关系？两者在并列前行的过程中，如何以各种方式互为对照、互为排斥、互为补充，在矛盾张力中表达出经典作品丰富深刻的主题意义，塑造出复杂多面的人物形象，产生新颖卓越的艺术价值。此外，两者会以哪些不同方式影响读者的阐释，并改变作者、叙述者、人物和读者之间的互动？

第三章全面系统地分析究竟有哪些原因造成经典作品的双重叙事进程长期以来被中外批评界所忽略，并指出如何才能有效挖掘情节背后的隐性进程，看到这股叙事暗流与情节发展的互动。

第四章指出由于隐性进程和情节发展构成不同的表意轨道，文字在其中可能会同时表达出不同的字面意义和隐含及象征意义。笔者指出，我们应将这种意义称为“叙事进程中的意义”，而不是通常理解的上下文中的意义。同样文字的不同“叙事进程中的意义”相互冲突、相互制衡又相互补充，产生文学作品特有的矛盾张力和语义密度，表达出丰富复杂的主题意义。[①] 现有的文体学模式都是建立在单一表意轨道之上的，只能说明文字在情节发展中产生的一种主题意义，无法涵盖文字在并列运行的双重甚或三重叙事进程中同时产生的不同意义，因此需要加以拓展和重构。

第五章探讨双重叙事进程如何对叙事学的各种模式构成重大挑战。若要应对这种挑战，就需要拓展和重构相关理论概念和研究模式。本章将提出和阐明“双重故事结构模式”“双重人物形象模式”“双重不可靠叙述模式”“双重叙事距离模式”“双重叙述视角模式”“双重叙述技巧模式”“双重故事与话语关系模式”和“双重读者认知模式”等新的研究模式。[②]

---

① 参见 Dan Shen, “Joint Functioning of Two Parallel Trajectories of Signification,'” *Style* 51.2 (2017), pp. 125—145；申丹：《文字的不同“叙事运动中的意义”》，《外语教学与研究》2015 年第 5 期，第 721—731 页。

② 参见 Dan Shen, “Dual Textual Dynamics and Dual Readerly Dynamics,'” *Style* 49.4 (2015), pp. 411—438；也请参见 Dan Shen, “Dual Narrative Progression as Dual Authorial Communication: Extending the Rhetorical Model,” *Style* 52.1—2 (2018), pp. 61—66; Dan Shen, “Dual Narrative Movement and Dual Ethics,” *Symplokē* 25.1—2 (2018), pp. 511—515。

第六章对修辞性叙事理论进行拓展性探讨，揭示出美国当代修辞叙事理论在历史化潜能方面如何超越了芝加哥学派第一代学者所创建的文本诗学理论[①]，而且指出，当代修辞叙事理论即便发挥其潜能，也只能用于阐释情节发展。若要解释双重叙事进程，就必须对其加以拓展和重构。修辞性叙事理论有两个核心概念——“隐含作者”和“作者的读者”，并被叙事研究者广泛采用。双重叙事进程理论则要求将其拓展为“双重隐含作者”和“双重作者的读者”。此外，该章也指出了美国当代修辞性叙事理论对文体分析的排斥有失偏颇，需要将结构分析与文体分析相结合，才能对作品的形式层面进行较为全面的分析。对于双重叙事进程的解读尤其如此。

上篇最后一章聚焦于双重进程与翻译的关系。对隐性进程至关重要的文字，往往对情节发展无关紧要，甚或显得离题，因此仅关注情节发展的译者常常加以省略，或者有意无意地进行改动。从情节发展来看相当到位的翻译，从隐性进程角度来观察，则可能存在较大问题。而局部处理的不妥，甚至会导致整个隐性进程不复存在。本章通过实例，说明双重叙事进程对文学翻译提出的新的严峻挑战，并从译者、翻译研究以及翻译教学等方面就如何应对这一挑战提出建议。[②]

本书下篇对经典短篇小说展开具体分析。因为作品短小精悍，下篇各章都能从头到尾详细剖析文本，读者也容易判断分析是否具有独创性，是否合乎情理。这有利于检验本书上篇首创的理论体系的应用价值。如前所述，本书研究过程中提出的理论已被中西学者运用于长篇小说、戏剧、电影甚至连环漫画的探讨（见第二和第三章）。这不仅说明其在不同体裁、不同媒介中具有普适性，而且也说明分析对象篇幅的长短并不重要。考虑到这一点，也考虑到短篇小说一直以来不受重视，因此本书以“短篇小说双重叙事运动研究”为题在国家社科基金中立项，是结项“优秀”成果。这也是本书下篇聚焦于短篇小说

---

① 参见 Dan Shen, “Implied Author, Authorial Audience, and Context: Form and History in Neo-Aristotelian Rhetorical Theory,” *Narrative* 21.2 (2013), pp. 140—158。

② 参见申丹：《叙事“隐性进程”对翻译提出了何种挑战？如何应对这种挑战？》，《外语研究》2015 年第 1 期，第 57—63 页；Dan Shen and Kairui Fang, “Stylistics” （其中有“Stylistics and covert progression”一节），*The Routledge Handbook of Literary Translation*, ed. Kelly Washbourne and Ben Van Wyke (London & New York: Routledge, 2019), pp. 325—337。

的一个重要原因(详见本书结语里的进一步说明)。

下篇的实际分析不仅受上篇理论探讨的指导,而且助力上篇的理论建构——既为其提供实例支撑,又在分析过程中不断发现和纠正相关理论的局限性。上下篇联手,通过批评实践来开拓、扩展、修正和充实新的理论框架。需要说明的是,从宏观角度考察,我们总是看到处于明处的情节发展和处于暗处的隐性进程这"一明一暗"的双重叙事进程。然而,在有的作品中,情节发展或者隐性进程本身就有两个分支,每一个分支都自成一体,沿着自身的主题轨道前行,都可以视为一种独立运行的叙事进程,这样就形成了"两明一暗"或者"两暗一明"的三重叙事进程。

下篇所探讨的作品均为经典名篇,出版历史至少都有近百年,曾引起历代批评家的共同关注,但相关阅读阐释均囿于情节发展。下篇各章将深入细致地追踪这些作品中的双重或三重叙事进程如何并列前行和交互作用,产生中外批评界以往未发现的矛盾张力,表达出更为丰富复杂的主题意义,塑造出更加丰满多面的人物形象,创造出令人耳目一新的美学价值。就作者和读者的关系而言,注意探究隐含作者如何沿着两个甚或三个并列运行的主题轨道对"作者的读者"加以劝服和引导,邀请读者对这明暗相映、分别自成一体又不断互动的两种或三种叙事进程做出复杂反应。值得注意的是,与通常的认知研究不同,本书不是描述实际读者的反应,而是描述隐含作者如何邀请读者同时沿着两条或三条不同主题发展轨道做出反应。在以往的批评阐释中,读者仅仅沿着情节发展的轨道向前走;而本书探讨的实际上是隐含作者希望读者在发现隐形进程以及其与情节发展的互动时,所做出的更为复杂的反应。

下篇中的八章可分为两个部分,前面四章(第八至十一章)构成第一个部分,探讨捷克和美国作家的作品。前两个作品都仅仅含有双重叙事进程,其情节发展均涉及父子关系,或者是父亲逼迫儿子自杀,或者是儿子被迫杀死父亲。在后面两个作品中,则都出现了三重叙事进程,但走向相异:三种叙事进程或者朝着不同方向或者朝着一个(大)方向运行。

第八章探讨弗兰兹·卡夫卡(Franz Kafka)的《判决》("Das Urteil")。这一世界名篇是最令人困惑难解的作品之一,一个世纪以来吸引了大量注意力,引发了激烈的批评争议。受长期批评传统的影响,中外学界仅仅关注了《判决》的情节冲突。倘若我们打破传统的束缚,把视野拓展到情节背后的隐性进程，就可看到情节冲突（父子冲突）背后隐藏的另一种性质不同的冲突（个人与社会的冲突）。作品的意义在于这两种冲突的相互矛盾、相互制约和相互补充。如果能看到这一点，就能更好地理解《判决》在卡夫卡创作中的重要突破，就能更好地把握为何《判决》是理解西方现代派文学的一把关键钥匙。[①]

第九章考察安布罗斯·比尔斯（Ambrose Bierce）的《空中骑士》（“A Horseman in the Sky”），揭示出其走向相异的两种叙事进程：情节发展围绕战争的残酷无情、儿子被迫弑父的悲剧展开，而隐性进程则围绕履职尽责的重要性展开。[②] 我们若从头到尾追踪这并列前行的双重叙事运动，通过文字同时产生的两种主题意义，看到两种叙事动力既互相冲突又互为补充的复杂关系，就能看到作者意在塑造的同一人物的两种不同形象，邀请读者同时做出互为对照的情感反应。这样就能更为准确地把握作品的修辞目的，更加全面地理解作品的内涵。本章将这一作品与比尔斯笔下的另外两篇作品加以比较，以此突显双重表意轨道和单一表意轨道的对照，揭示出比尔斯在不同作品中对军人履职所持的大相径庭的立场。

第十章分析凯特·肖邦（Kate Chopin）的《一双丝袜》（“A Pair of Silk Stockings”），揭示出文中朝着不同主题方向并列前行的三种叙事进程，其中两种沿着女性主义和消费主义的轨道迈进，联手构成情节发展的主流，但在其背后还存在以自然主义为主导的隐性进程。本章说明这股一直被忽略的叙事暗流如何与以女性主义和消费主义为主导的情节发展交互作用，在冲突制约、矛盾张力中塑造复杂多维的人物形象，表达丰富多层的主题意义。[③]

---

① 参见申丹：《情节冲突背后隐藏的冲突：卡夫卡〈判决〉中的双重叙事运动》，《外国文学评论》2016年第1期，第97—122页；Dan Shen, “Covert Progression, Language and Context,” in *Language, Text and Context Revisited*, ed. Ruth Page, Beatrix Busse and Nina Nørgaard (London: Routledge, 2019), pp. 17—28（这篇论文主要分析了卡夫卡的《判决》，其独创性得到英国和德国主编的高度赞赏，被置于该文集正文部分的第一篇）。

② 参见 Dan Shen, “Joint Functioning of Two Parallel Trajectories of Signification: Ambrose Bierce's ‘A Horseman in the Sky,’” *Style* 51.2 (2017), pp. 125—145；申丹：《反战主题背后的履职重要性——比尔斯〈空中骑士〉的双重叙事运动》，《北京大学学报（哲学社会科学版）》2015年第3期，第165—173页。

③ 参见申丹：《女性主义和消费主义背后的自然主义：肖邦〈一双丝袜〉中的隐性叙事进程》，《外国文学评论》2015年第1期，第71—86页；Dan Shen, “Naturalistic Covert Progression Behind Complicated Plot: Kate Chopin's ‘A Pair of Silk Stockings,’” *JNT: Journal of Narraive Theory*, forthcoming。

第十一章探讨埃德加·爱伦·坡(Edgar Allan Poe)的名篇《泄密的心》("The Tell-Tale Heart"),指出其也含有三重叙事进程。但与《一双丝袜》的叙事走向相对照,这一作品的三种叙事进程都朝着一个大的主题方向迈进。其中一种是情节发展,以往的批评家从各种角度对其进行了阐释。另外两种都是叙事暗流,构成并列前行的"隐性进程之一"和"隐性进程之二"。这两股暗流各以其特定方式独立运行;其一在文本内部通过前后文字的交互作用产生贯穿全文的戏剧性反讽,另一股暗流也产生贯穿全文的戏剧性反讽,却有赖于文本与历史语境的交互作用。[①] 笔者曾在《叙事、文体与潜文本》一书中分析过这一作品,[②]但研究目的和研究角度都有所不同。笔者当时对"隐性进程"还缺乏认识,旨在挖掘情节发展的深层意义,因此把情节发展和"隐性进程之一"揉为了一体,留下遗憾,本章将对之加以弥补,尤为关注同样的文字如何分别在不同的叙事进程中起不同的作用。

第十二至十五章构成下篇第二部分,聚焦于凯瑟琳·曼斯菲尔德(Katherine Mansfield)的四篇作品。这位出生于新西兰的英国女作家在国内外都得到了大量关注。她是世界公认的短篇小说大师,近年来在西方还引起了"曼斯菲尔德研究爆炸"[③],这与她对叙事结构的精妙构思和对文体手法的独特善用不无关联。中外学者一直赞赏她观察敏锐、描写细致、文体精美和技巧的现代化。但迄今为止,学界仅仅关注其作品中的情节发展;而笔者发现,在曼斯菲尔德的不少作品中,存在双重叙事进程。如果我们能发掘出情节发展背后的隐性进程,就会看到曼斯菲尔德在作品中建构的另一个意义世界,得以从新的角度观察其作品的修辞目的、主题意义、人物形象和审美价值,对作品达到更加全面、更加准确的把握。不少当代批评家致力于进一步确立曼斯菲尔德在现代主义经典作家中的地位,而倘若能揭示其作品中存在的双重叙

---

① 参见 Shen, *Style and Rhetoric of Short Narrative Fiction*, pp. 29—49。

② 申丹:《坡〈泄密的心〉中的不可靠叙述、戏剧反讽与道德寓意》,《叙事、文体与潜文本》(北京:北京大学出版社,2009 年)中的第九章(第 134—162 页);参见 Dan Shen, "Edgar Allan Poe's Aesthetic Theory, the Insanity Debate, and the Ethically Oriented Dynamics of 'The Tell-Tale Heart,'" *Nineteenth-Century Literature* 63.3 (2008), pp. 321—345。

③ Alice Kelly, "The Explosion of Mansfield Studies," *The Cambridge Quarterly* 40.4 (2011), pp. 388—396.

事进程,就能更好地看到曼斯菲尔德现代主义的创作手法。

下篇第一部分探讨四位不同作家的作品,与此相对照,第二部分聚焦于一位作家笔下的四篇作品,目的在于揭示同一位作家如何以不同方法、从不同角度建构双重叙事进程。在这四则短篇中,前两篇的情节发展均聚焦于一对恋人,后两篇则分别聚焦于一位男主人公和一位女主人公。这两组作品不仅在双重叙事进程的构建方法上大相径庭,而且第一与第二、第三与第四则作品之间也相去甚远。这四则短篇构建隐性进程的手法都十分微妙,但迥然不同,各有各的精彩。通过这四篇作品,我们可以看到在同一位作者笔下,双重叙事进程建构方法的丰富性和复杂性。

第十二章剖析曼斯菲尔德的《心理》(“Psychology”),批评界对这一作品的看法相当一致,认为男女主人公相互激情暗恋却竭力保持柏拉图式的纯洁友谊,视角在两人之间来回变换,这确实是情节发展的走向。然而,在情节背后,实际上存在一个隐性进程,暗暗描绘出截然不同的情形:女主人公单相思,把自己的激情暗恋投射到并未动情的男主人公身上,这一叙事暗流持续采用了女主人公的视角。隐性进程从情节发展里得到多层次的反衬,在对照中微妙而戏剧性地揭示出女主人公复杂的心理活动,并不断为其结局性的转轨做出铺垫。隐性进程与情节发展构成一实一虚、一真一假、暗明相映的双重叙事运动。两者相互补充又相互颠覆,塑造出双重人物形象,表达出丰富的主题意义,生产出卓越的艺术价值。①

第十三章探讨曼斯菲尔德的《莳萝泡菜》(“A Dill Pickle”)。这篇作品描述一对恋人分手多年之后的意外重逢。中外学界都看到作品充满反讽意味,认为反讽的矛头对准了自我中心、自私自利的男主人公。与此同时,作者从女性主义立场出发,对受到男主人公话语压制的女主人公给予同情。这的确是情节发展的走向。然而,在情节背后,存在并列前行的隐性进程,通过女主人公的视角,暗暗表达她本身的自我中心和自私自利,男主人公的某些话语对其起到反衬作用,作品由单轨反讽变成双轨反讽。看到这明暗相映的双重叙事

① 参见 Dan Shen, “Dual Textual Dynamics and Dual Readerly Dynamics: Double Narrative Movements in Mansfield's ‘Psychology,’” *Style* 49.4 (2015), pp. 411—438;申丹:《双向暗恋背后的单向投射:曼斯菲尔德〈心理〉中的隐性叙事进程》,《外国文学》2015 年第 1 期,第 27—39 页。

进程之后，人物形象会由扁平变得圆形多面，作品会由简单明了变得富有张力，反讽的对象也会从一个人物的弱点拓展到男女主人公共有的弱点，乃至社会上的人性弱点。[1]

第十四章考察的是曼斯菲尔德的《苍蝇》（"The Fly"），其情节发展富含象征意义，围绕战争、死亡、悲伤、施害/受害、无助等主题展开；在情节发展背后，存在一个与之并行的隐性进程，聚焦于对男主人公虚荣自傲的反讽。随着隐性进程的发展，男主人公的老朋友、办公室、妇女、随从、儿子和苍蝇都成了映衬其虚荣自傲的手段，构成一股贯穿全文的反讽性暗流。这两种叙事进程在作品中明暗相映，联手表达出丰富的主题意义，塑造出复杂多面的人物形象。[2] 长期以来，批评家倾向于把文本成分往情节发展这一条轨道上硬拉，造成各种阐释偏误，也形成了十分激烈的批评争论。像其他各章一样，本章通过挖掘隐性进程，不仅可以纠正相关误解，而且也能帮助揭示以往学术争议的根源所在。

最后一章转向我国读者熟悉的《巴克妈妈的一生》（"Life of Ma Parker"）。其情节发展塑造了一个历经苦难煎熬、催人泪下的女佣大妈形象。学界主要关注这一情节发展，但实际上背后还存在一个隐性进程，将女佣大妈和文人先生的社会性别暗暗加以转换，集中刻画了女主人公令人钦佩的"男性化"的形象。这两种表意轨道的共存，不仅增加了人物塑造的维度，产生矛盾张力，表达出更加深刻的主题内涵，邀请读者做出更为复杂的反应，而且也使这一作品在很大程度上有别于契诃夫（Anton Chekhov）的名篇《苦恼》（"Тоска"）。若能看到双重叙事进程，就能看到曼斯菲尔德和契诃夫在性别立场上的本质差异，也能更好地把握作品与性别政治的关联。[3]

---

① 申丹：《明暗相映的双重叙事进程：曼斯菲尔德〈莳萝泡菜〉单轨反讽背后的双轨反讽》，《外国文学研究》2019 年第 1 期。

② 参见 Dan Shen, "Covert Progression Behind Plot Development: Katherine Mansfield's 'The Fly,'" *Poetics Today* 34.1–2 (2013), pp. 147–175；申丹：《叙事动力被忽略的另一面——以〈苍蝇〉中的隐性进程为例》，《外国文学评论》2012 年第 2 期，第 119–137 页。

③ 参见申丹：《苦难煎熬背后的男女角色转换：曼斯菲尔德〈巴克妈妈一生〉中的双重叙事运动》，《英美文学研究论丛》2016 年第 2 期，第 312–333 页。

这八篇经典作品分别属于家庭问题小说[①]、战争小说、哥特小说、心理小说等不同类型，涉及浪漫主义、现实主义、现代主义等不同流派，其中最晚发表的距今也有近百年。长期以来，批评界对这些名家名作进行了各种阐释，但均聚焦于情节发展，忽略了情节背后的隐性进程，更未关注这两种叙事动力之间的交互作用。本书致力于这方面的开拓性研究，归纳而言，这种探讨具有以下几种重要作用：

一、可以更好地说明作品意义的丰富深刻，并看到人物形象的圆形多面。作品中有不少成分在情节发展和隐性进程中同时起作用，表达出明暗相映的深刻内涵。值得注意的是，在有的作品中，情节发展和隐性进程都可含有两个分支，使相关文本成分的主题作用更为多样化。同样的文本成分服务于每一种叙事进程各自的主题目的，在充满矛盾张力的叙事发展中，塑造出不同的人物形象。通过对双重甚或三重叙事进程的探讨，我们可以看到，在不少作品中，文字不是简单地在一个作品的上下文中表达一种意义，而是在并列前行的两三个叙事进程中同时表达出各不相同的复杂丰富的意义，并联手塑造出多维丰满的人物形象。[②]

二、可以看清不少文本成分的主题相关性。对于隐性进程至关重要的文本成分，从情节发展的角度观察往往无足轻重，甚或显得琐碎离题。在洞察到隐性进程之前，难以看到这些文本成分的主题相关性，往往会加以忽略，甚至排斥：认为其造成结构上的松散。而当我们逐渐观察到隐性进程时，就会越来越清楚地看到这些文本成分对表达主题意义和塑造人物形象所起的不可或缺的关键作用。

三、可以更好地说明文学作品的审美价值。作者往往通过十分微妙的文体、叙事与修辞技巧来创作出情节背后的隐性进程。当隐性进程以及它与情节发展的互动逐步显现时，我们就会越来越欣赏作者独特微妙的艺术手法。

---

① 如果仅看聚焦于父子关系的情节发展，卡夫卡的《判决》属于家庭问题小说，但其隐性进程聚焦于个人与社会的关系，超出了家庭问题的范畴。也就是说，隐性进程在情节背后的运行，也有可能会对以往小说类型的划分构成挑战。

② 可以说，这种文本现象是虚构叙事作品特有的，而不存在于日常交流之中。它是作者利用作品的虚构性创作出来的（详见 Dan Shen, “Fictionality as a Rhetorical Resource for Dual Narrative Progression,” *Style* 53.4 (2019), pp. 495—502）。

而如果仅仅看到情节发展，看不到隐性进程和两种叙事进程的交互作用，就可能会在很大程度上低估或误解作品的审美价值，这一点在卡夫卡的《判决》和曼斯菲尔德的《心理》中表现得尤为突出。

四、可以更好地说明读者阐释的多面性和复杂性。当我们逐渐看到情节背后的隐性进程时，就会逐渐观察到另一种主题意义、不同的人物形象和相异的审美效果，以及这些因素与情节发展的交互作用，从而需要不断调整和修正自己对作品的反应。这是以往的读者阐释/认知研究未能关注的一个重要方面。

五、本书将注意力从情节的深层意义拓展到了与情节并列前行的另一种叙事进程，关注这两种叙事进程之间的交互作用和作者邀请读者做出的复杂反应，因此可以看到以往聚焦于情节发展的各种相关理论的局限性，得以对这些理论进行修正、拓展和重构。

六、对双重叙事进程的研究还能为叙事作品的翻译和翻译研究做出贡献。隐性进程在情节背后的存在对翻译提出了新的挑战，也给翻译理论、翻译批评和翻译教学增加了一个新的维度。

长期以来，批评传统的束缚影响了我们对不少文学作品的复杂性和深刻性的认识，视野的局限也造成了一些不必要的批评争议。如果能把眼界拓展到情节发展背后的隐性进程，关注两者之间的复杂互动关系，就能开辟对不少作品加以进一步阐释的新的空间，得以看到其更加复杂深刻和更为广阔的意义世界。相信越来越多的研究外国文学和中国文学的学者会关注不少作品中存在的双重(甚或三重)叙事进程，从而对相关作品的主题意义、人物形象和审美价值达到更加全面和更为深刻的理解，并更好地把握作者、叙述者和读者之间的交流互动。此外，以往的文学理论往往需要借助其他领域(如哲学、语言学、社会文化理论、认知科学等等)的新思潮和新方法来加以创新。而若能打破文学批评传统自身的束缚，把视域从情节发展扩展到双重叙事进程，我们就可以在无须借助外部力量的情况下，发现理论创新的机遇，建立新视野，开辟新范畴，提出新框架，指出新的研究方向，从而在理论和实践两方面对文学研究做出新的贡献。

上篇　理论探讨

第　一　章

隐性进程与以往深层或反讽意义之不同

对于隐性进程的探讨究竟是否具有创新性和突破性，取决于这股叙事暗流是否已经受到批评界的关注。从古到今，批评界一直聚焦于情节发展这一种叙事动力(包括其不同层次和不同分支)。本章第一节旨在说明，“隐性进程”如何不同于批评家以往从各种角度挖掘的情节的深层或暗含意义。我们知道，“反讽”是一种十分重要的文学隐含意义，本章第二节聚焦于反讽，探讨隐性进程的反讽如何有别于批评界所关注的各种反讽。

第一节　“隐性进程”的独特性

一、“隐性进程”如何不同于“第二故事”?

首先，让我们看看“隐性进程”与莫蒂默(A. K. Mortimer)所界定的表层故事之下的“第二故事”(second story)之间的区别。表面上看，莫蒂默所说的“第二故事”[①]与“隐性进程”十分相似，因为根据莫蒂默的定义，“第二故事”是暗示主题意义的一股叙事暗流，只有看到了这股暗流，才能达到对作品较为全

---

① Armine Kotin Mortimer, “Second Stories,” *Short Story Theory at a Crossroads*, ed. Susan Lohafer and Jo Ellyn Clarey (Baton Rouge: Louisiana State UP, 1989), pp. 276—298。“Second story”引起了批评界的较多关注。2017 年 9 月笔者应邀在欧洲叙事学协会的双年会上作以“How Dual Narrative Movement Can Metamorphose or Extend Narratology”为题的大会主旨报告时，听众提出的第一个问题就是:“What is the difference between covert progression and second story?”

面和正确的理解。而实际上,"第二故事"与"隐性进程"有本质不同。第二故事涉及的是一个叙事秘密,有的故事在结尾处点明了这一秘密,而有的故事则始终未加点明。就前一种情况而言,在曼斯菲尔德的《幸福》("Bliss")中,年轻貌美的女主人公看上去家庭生活十分幸福美满,对丈夫也产生了很强的爱欲,在作品的结尾处却意外发现丈夫与自己的闺蜜私通,自己美满的婚姻只是一种假象。丈夫的私情构成"第二故事",女主人公和读者开始都蒙在鼓里,最后才发现真相。因为作品直到最后才点明丈夫的私情,因此莫蒂默将之称为"曾经隐匿的第二故事"[①]。与此相比,有的第二故事始终处于隐匿的状态。莫蒂默给出的典型例证来自莫泊桑的《11 号房间》。在作品的结尾,阿芒东法官的太太与情人的私通被一位警官发现。这位警官放走了他们,但他"并不谨慎"。次月,阿芒东法官被派往他处高就,并有了新的住所。读者会感到困惑不解:为何阿芒东会获得升迁?阿芒东本人并不明就里。莫蒂默认为只有第二故事才能提供正确的答案:在作品的叙事进程中,第二故事隐藏在警官的不谨慎和阿芒东的升迁之间,警官告诉了阿芒东的上司阿太太的婚外情,而上司据此占了阿太太的便宜,欲火旺盛的阿太太让这位上司心满意足,作为对她的奖赏,上司提拔了阿芒东。读者必须推导出第二故事才能理解此处的情节发展——太太私情的暴露与丈夫升迁之间的关联。莫蒂默提到的其他的"第二故事"也是叙述者没有讲述的一个"秘密"(比如谋杀、乱伦等)[②],读者需要推导出这个秘密来获取完整的情节发展。

简要地说,"第二故事"与"隐性进程"有以下四个方面的区别。首先,第二故事位于情节中的某个局部位置,而隐性进程则是从头到尾持续展开的叙事运动。其次,构成第二故事的婚外情、谋杀、乱伦等事件是情节发展本身不可或缺的因素,而隐性进程则是与情节并行的另一个叙事进程,在主题意义上往往与情节发展形成对照性甚或颠覆性的关系。再次,第二故事是情节中缺失的一环,读者会感受到这种缺失,从而积极加以寻找。与此相对照,隐性进程是显性情节后面的一股叙事暗流,不影响对情节发展的理解,因此读者阅读时

① Armine Kotin Mortimer, "Fortifications of Desire: Reading the Second Story in Katherine Mansfield's 'Bliss,'" *Narrative* 2.1 (1994), p. 41.

② Mortimer, "Second Stories," pp. 283—293.

往往容易忽略。最后,作为"秘密"的"第二故事"一旦被揭示出来,就显得索然无味了,而追踪发现"隐性进程"的过程则伴随着审美愉悦感的逐步增强和主题思考的不断深入。

二、"隐性进程"如何不同于"隐性情节"?

"隐性情节"(covert plot)是塞德里克·沃茨(Cedric Watts)提出的概念,主要指涉小说情节中未被提及的一串事件,因此他也将之称为"隐蔽的情节系列"(a concealed plot sequence)。[①] 在沃茨的《欺骗性的文本:隐性情节导论》一书于 1984 年问世之后[②],这一概念引起了较大反响。"隐性情节"中有的成分在文本中得到表达,而这些成分之间的关联则被遮蔽。这或者是因为作者有意隐去不提,或者是因为表层事件显而易见的关联占据了读者的注意力,导致他们对"隐性情节"的关联视而不见。这种文学现象在现代主义小说中较为常见。沃茨系统研究了约瑟夫·康拉德的长、中、短篇小说中的"隐性情节",尤为关注在主要情节的发展过程中,微妙表达出来的事件系列。后者的表达方式十分间接,且带有裂隙,以至于读者在读前一两遍时可能会忽略,有的读者甚至可能一直都不会看到,而只是觉得存在某种悬而未决的叙事谜团。当读者发现"隐性情节"之后,文本在读者眼中就会变得更为复杂,反讽性和艺术性都会增强,主题意义也可能会更加丰富多彩。

值得注意的是,"隐性情节"首先是对于一个主要人物(通常是第一人称叙述者)具有隐蔽性,读者可能会看到这个人物或叙述者被蒙在鼓里,有人给其挖了一个坑,或者织了一张网,而他/她开始却未察觉。也就是说,这个人物或叙述者是首先被蒙蔽的对象,然后才是读者(至少是在读第一遍时)。对于具有因果关系的事件而言,"隐性情节"的特点就是仅叙述结果,而(暂时)不给出原因,这样不仅可以让事件显得更加生动,而且开始时会显得奇怪,甚至荒唐。沃茨分析了《黑暗的心》中的一个"隐性情节":在非洲腹地,中心站的公司经理为了自己能得到提拔,意欲置竞争对手库尔茨于死地。他设法把船弄坏,并用

① Cedric Watts, "Conrad's Covert Plots and Transtextual Narratives," *The Critical Quarterly* 24.3 (1982), pp. 53—64.

② Cedric Watts, *The Deceptive Text: An Introduction to Covert Plots* (Brighton, Sussex: Barnes & Noble, 1984).

其他手段拖延，让库尔茨很长时间都得不到救援，导致他病危，在归途中丧命。第一人称叙述者马洛亲历了这一延误过程，但直到多年后回想起来时，才意识到延误有可能是公司经理出于个人目的而为之。公司经理的阴谋诡计构成“隐性情节”，库尔茨、马洛和读者（至少在读第一遍时）均不知。

不难看出，所谓“隐性情节”，就是在情节发展过程中，某个人物针对其他人物所施行的阴谋诡计，其隐蔽性在于作者对之有意隐瞒，受到影响的人物/叙述者未能及时察觉相关阴谋，而读者也容易在阅读时被蒙在鼓里。在观察到“隐性情节”之后，读者会调整自己对于整个情节（包括情节中事件序列之间的关系）的理解，看到原本未看到的作者微妙的叙述策略，观察到相关事件的反讽性和艺术性，领会情节更为丰富的主题意义。总而言之，“隐性情节”是情节发展的一部分，发生于情节的某个（或长或短的）局部。与此相对照，“隐性进程”是处于情节背后的一股叙事暗流，从头到尾与情节并列运行。两者之间有实质性区别。

值得注意的是，戴维・里克特（David Richter）赋予了“隐性情节”这一术语一种不同的意义。[①] 他研究的是伊萨克・迪内森（Isak Dinesen）的《麦田伤悲》（“Sorrow-Acre”），这是18世纪70年代发生在丹麦的故事。作品的显性情节围绕一位寡妇拼死救独子展开。儿子被控纵火，烧了老爷的谷仓。如果母亲能够在一天之内割掉三个壮男人才能割掉的麦子，老爷就会放过儿子。母亲做到了，却活活累死了。与这一显性情节聚焦于寡母相对照，里克特所说的“隐性情节”聚焦于老爷的年轻侄子亚当（Adam）。他在母亲割麦的那天从英国回到丹麦。“隐性情节”集中展现开明的侄子与封建的老爷之间的对照，并着重刻画出侄子的悲剧命运。情节的这一分支在以往的批评中或者完全被忽略，或者虽得到一定关注，但又被误解。尽管这条故事线索不引人注目，但里克特认为其主题作用实际上要大于聚焦于寡母的那条故事线索，这两条故事线索构成“两个相互交织的情节”（“two interlocking plots”）[②]。如果说这种“隐性情节”是情节发展的一个分支，那么“隐性进程”则是整个情节发展背后

---

① David H. Richter, “Covert Plot in Isak Dinesen's ‘Sorrow-Acre,’” *The Journal of Narrative Technique* 15.1 (1985), pp. 82—90.

② Richter, “Covert Plot in Isak Dinesen's ‘Sorrow-Acre,’” pp. 82—83.

的一股叙事暗流，其与情节发展并列前行，通过同样的人物和事件，暗暗表达出对照性或者颠覆性的主题意义，塑造出不同的人物形象。

三、“隐性进程”如何不同于“隐匿情节”？

让我们再看看“隐性进程”与凯莉·马什（Kelly Marsh）所说的“隐匿情节”（submerged plot）有何区别。在美国《叙事》期刊 2009 年第 1 期，马什提出了“隐匿情节”这一概念。她认为简·奥斯丁（Jane Austen）的《劝导》中有一个表面情节，围绕安妮与温特沃思的最后重新走到一起展开，另外还有一个隐匿情节，围绕安妮对母亲婚恋中性快感的追寻展开。[①] 该文发表后引起叙事研究界的关注。2016 年，马什出版专著《从简·奥斯丁到阿兰达蒂·洛伊小说中的隐匿情节与母亲的欢愉》，将研究范围加以拓展，从维多利亚小说一直到当代小说。[②] 但无论各个时期不同作者笔下的文本内容如何变化，马什的关注都不离其宗：女主人公的婚恋过程与已故母亲婚恋过程的隐蔽关联。

表面上看，“隐匿情节”与“隐性进程”十分相似，因为涉及的都是表面情节背后的一个持续不断的叙事运动，而实际上两者有较大差别。首先，“隐匿情节”涉及的是母亲的性快感这种“不可叙述之事”（the unnarratable），而“隐性进程”则不然。其次，“隐匿情节”为情节发展本身提供解释，构成人物在情节中行动的一种动因。以《劝导》为例，由于作者对安妮的母亲着墨不多，以往的批评家在很大程度上忽略了母亲的经历对安妮与温特沃思恋爱过程的影响。正如马什所强调的，只有把握了安妮与其母亲经历之间的关联，才能较为全面地理解她与温特沃思爱情故事的发展。与此相对照，“隐性进程”不为情节发展提供解释，而是自成一体，沿着自身的主题轨道独立运行，与情节发展基本不交叉。但与此同时，隐性进程和情节发展可互为补充，联手为表达作品的主题意义做出贡献。而在有的作品中，这两种进程还可呈现出互为颠覆的关系：或者在一定程度上颠覆，或者完全颠覆（详见第三章）。

---

① Kelly A. Marsh, “The Mother’s Unnarratable Pleasure and the Submerged Plot of Persuasion,” *Narrative* 17 (2009), pp. 76—94.

② Kelly A. Marsh, *The Submerged Plot and the Mother’s Pleasure from Jane Austen to Arundhati Roy* (Columbus: Ohio State UP, 2016).

四、"隐性进程"如何不同于"隐匿叙事"?

我们接下来看看"隐性进程"与"隐匿叙事"(submerged narrative)有何区别。在1979年发表的《欲望、设计和碎片》一文中,艾伦(C. J. Allen)采用"隐匿叙事"这一概念探讨约翰·霍克斯(John Hawkes)的三部小说:《血橙》(*The Blood Oranges*, 1971)、《死亡、睡眠和旅行者》(*Death, Sleep & The Traveler*, 1974)、《嘲弄》(*Travesty*, 1976)。[①] 艾伦所说的"隐匿叙事"指的是这三部小说相关联之后,所呈现的主题发展轨道:思维意识创造田园诗般美好想象的能力逐渐被无意识的需要和恐惧所削弱。这一"隐匿叙事"是作者对这三部小说的总体设计,使这三部小说成为"三部曲"。不难看出,"隐匿叙事"涉及的是情节发展本身(有意识和无意识的对照是在情节发展中产生和运作的),只是考虑范围拓展到了不同小说之间主题发展的关系。

在《石黑一雄〈长日留痕〉中的隐匿叙事》一文中,黛博拉·古思(Deborah Guth)将视野收回至单部小说。[②] 古思的"隐匿叙事"指涉与第一人称叙述者史蒂文斯的叙述相冲突的故事事实。譬如,作为管家的史蒂文斯声称其主人达林顿勋爵道德高尚,是正义和人文主义的化身,然而勋爵与法西斯分子和纳粹头目关系亲密,还出于种族主义的考虑,解雇了两个犹太女仆,其话语也暗暗体现出他对法西斯意识形态的赞赏。史蒂文斯因为对主人盲目忠诚和崇拜,因而看不清主人真正的社会政治立场;而这种史蒂文斯认识不清的故事事实,就是隐匿叙事,其与史蒂文斯的叙述话语形成冲突和颠覆关系。在史蒂文斯的私人生活中,他与肯顿小姐之间"看不见"(unseen)的恋情构成另一种隐匿叙事。之所以看不见,一是因为他没有敏锐地观察到肯顿小姐对自己的爱,二是因为他对自己的情感既认识不清,也为了自己的事业而竭力压制。无论属于哪种情况,古思为"隐匿叙事"给出的例证涉及的都是第一人称叙述者的观察、看法或表述与实际情况的不相吻合。这实际上构成各种形式的不可靠叙述,包括事实/事件轴上的"错误报道"和"不充分的报道";价值/判断轴上的

---

① C. J. Allen, "Desire, Design, and Debris: The Submerged Narrative of John Haukes's Recent Trilogy," *Modern Fiction Studies* 25.4 (1979), pp. 579—592.

② Deborah Guth, "Submerged Narratives in Kazuo Ishiguro's *The Remains of the Day*," *Forum for Modern Language Studies* 35.2 (1999), pp. 126—137.

“错误判断”和“不充分的判断”；知识/感知轴上的“错误解读”和“不充分的解读”。[①] 也就是说，这种文本内部的“隐匿叙事”依然在情节发展的轨道上运作。

五、“隐性进程”如何不同于“潜结构”和“潜叙事”？

国内《文学评论》2014年第2期登载了张清华的《“传统潜结构”与红色叙事的文学性问题》，该文借鉴叙事学和精神分析的方法，从文学性的角度，探讨作为集体无意识的“传统潜结构”，以及作为个体无意识的“潜文本”[②]。从这一角度，可以看到隐藏于红色文学中的传统的结构模型、主题原型或叙述套路，譬如“男权主义无意识或梦境改装”、“英雄美人”、“家族恩怨与复仇故事”等等。其目的是揭示情节本身的深层动因和结构肌理，没有把目光拓展到与情节发展并列前行的另一股叙事暗流。《当代作家评论》2016年第5期登载了张清华的《当代文学中的“潜结构”与“潜叙事”研究》，[③]该文集中采用精神分析的方法，来挖掘中国当代文学中的集体无意识（“才子佳人”、“英雄美人”等旧套路）和个体无意识（与性爱相关的人物心理活动）。

无论涉及的是以往的红色文学还是当代文学，“潜结构”与“潜叙事”始终没有超出情节发展的范畴；而“隐性进程”则是在情节背后沿着另一个主题轨道运行的叙事暗流。此外，对“潜结构”与“潜叙事”的探讨旨在把西方精神分析和叙事学的方法运用到中国文学的研究中；而“隐性进程”则是笔者在国内

---

① James Phelan, *Living to Tell about It* (Ithaca: Cornell UP, 2005), pp. 49—53; James Phelan and Mary Patricia Martin, “The Lessons of ‘Waymouth’: Homodiegesis, Unreliability, Ethics and ‘The Remains of the Day,’” in *Narratologies*, ed. David Herman (Columbus: Ohio State UP, 1999), pp. 91—96.

② 在解释“潜文本”概念时，该文提到：“在国内，最早将‘潜文本’作为经典理论概念的学者有据可查的大约是申丹，她的《叙事、文体与潜文本》一书，运用结构主义加精神分析的方法，对欧美一些重要的文学作品进行了‘深层意义’的分析，堪称是潜文本细读分析的可参照的范例”（第56页）。需要说明的是，笔者在那本书中并没有采用精神分析的方法，而是采用了叙事学与文体学相结合，以及该书首创的“文内、文间和文外”相结合的“整体细读”法；着力挖掘的也不是情节发展中的集体或个体的“无意识”，而是更广意义上的叙事暗流，因此有的章节超出了情节的范畴，但有的还受到情节的束缚（关于“隐性进程”与那本书中“潜文本”的区别，参见本书第十一章中的详细比较）。

③ 张清华在《中国当代先锋文学思潮论》（南京：江苏文艺出版社，1997年）中，已经多次提及“潜结构”与“潜叙事”，但未进行专门探讨。其2012年立项的国家社科基金项目“中国当代文学的‘潜叙事’与‘潜结构’研究”，2019年1月结项时被鉴定为“优秀”。

外原创的理论概念，旨在打破亚里士多德以来聚焦于情节发展的传统束缚。

六、“隐性进程”如何不同于罗尔伯杰所关注的深层意义？

让我们把目光转向玛丽·罗尔伯杰（Mary Rohrberger）所提出的另外一种深层意义。在《霍桑与现代短篇小说》一书中，罗尔伯杰区分了“简单叙事”（simple narrative）与“短篇小说”（short story），前者的“所有兴趣都处于表层”，“无深度可挖”，缺乏象征意义。[①] 而后者则有更深一层的意义。罗尔伯杰给出的一个实例是曼斯菲尔德的《苍蝇》，其情节发展富有象征意义，苍蝇是“故事中所有人物的象征”[②]。罗尔伯杰对深层意义的探讨在文学研究界具有代表性，不少学者以挖掘作品的深层意义，尤其是象征意义为己任。表面上看，罗尔伯杰所探讨的深层意义跟“隐性进程”十分相似，因为它不仅丰富了文本的主题表达，而且使读者的反应更加复杂。但实际上，通常所挖掘的这种深层意义跟隐性进程相去甚远，因为它涉及的是情节本身究竟是否具有象征意义或其他暗含意义。而隐性进程则是与情节并行的另外一种叙事运动。

就曼斯菲尔德的《苍蝇》而言，笔者所说的隐性进程是情节后面的一股叙事暗流，它围绕老板的虚荣自傲持续展开道德反讽，与情节的象征意义无关（详见第十四章）。罗尔伯杰也探讨了埃德加·爱伦·坡的名篇《泄密的心》，她认为这一作品属于简单叙事，其情节围绕谋杀和最后的恐怖效果展开，无暗含意义，因此缺乏价值。[③] 与此相对照，笔者认为这个作品颇有价值，因为在情节后面，存在围绕主人公的自我谴责和自我定罪展开的两种隐性进程，构成贯穿全文的微妙戏剧性反讽（详见第十一章）。[④]

七、“双重进程”如何不同于“双重话语”？

情节发展和隐性进程联手构成双重叙事进程，其双重性有别于以往批评界关注的双重性。在《激进的曼斯菲尔德：凯瑟琳·曼斯菲尔德短篇小说的双重话语》一书中，帕梅拉·邓巴（Pamela Dunbar）提出了“双重话语”（double

---

① Mary Rohrberger, *Hawthorne and the Modern Short Story* (The Hague: Mouton, 1966), p. 106.

② Ibid., p. 71.

③ Ibid., pp. 120—121.

④ 参见 Shen, *Style and Rhetoric of Short Narrative Fiction*, pp. 29—49。

discourse)的研究框架。[①] 这一框架涉及的范围有大有小。就大的范围而言，指的是不同作品的不同题材：有的作品聚焦于生活中充满阳光的一面，譬如物质的丰富，情感的满足等；而有的作品则聚焦于生活的阴暗面，包括异化、早逝、性变态、婚姻中的困境等。就小的范围而言，则是指在一个作品中，情节发展所涉及的这两个不同方面，一方面表达出生活的平静祥和，另一方面则表达出生活中的矛盾和丑陋。在曼斯菲尔德的一些作品中，这两个方面以不同层次或者以对位的形式展现出来。无论是大范围还是小范围，"双重话语"指涉的均为情节发展中互为对照的题材，而双重进程涉及的则是情节发展(其本身可以有不同方面、不同层次)和与之并列前行的隐性进程。

"双重话语"和"双重进程"之间的区别可以从对曼斯菲尔德的《心理》和《苍蝇》的分析中略见一斑。邓巴从双重话语的角度较为详细地分析了《心理》，聚焦于男女主人公表面上竭力维持的柏拉图式的纯洁友谊和内心互相激情暗恋之间的对照，认为作品揭示出两人所追求的理性关系是"活生生的谎言"，构成对内心深处更为"真实"的情感的阻碍。[②] 本书下篇也对《心理》进行了详细分析，若两者对比，则不难看出，邓巴的双重话语仅限于情节发展的范畴，没有涉及情节背后的隐性进程：女主人公单相思，把自己的激情暗恋投射到毫未动情的男主人公身上，而在各种因素的作用下，她最后跟男主人公协调一致，走到了纯洁友谊的轨道上(详见本书第十二章)。邓巴也对曼斯菲尔德的《苍蝇》进行了探讨，指出这一作品表达了第一次世界大战给人们带来的伤害，作品聚焦于在战争中失去了儿子的主人公的悲伤，以及主人公对悲伤的压制所造成的影响和后果。[③] 邓巴认为主人公具有分裂的人格，这导致他既是战争的受害者，又成为杀死苍蝇的施害者；同时她也指出了曼斯菲尔德对象征手法的巧妙运用，以及让一个层次的话语渗透到另一个层次的驾驭能力。[④] 值得注意的是，邓巴的分析始终囿于情节发展。而实际上，在《苍蝇》的情节发展背后，存在一个隐性进程，它沿着另一个主题轨道运行，对主人公的虚荣自

① Pamela Dunbar, *Radical Mansfield: Double Discourse in Katherine Mansfield's Short Stories* (New York: St. Martin's, 1997).

② Ibid., pp. 100－104.

③ Ibid., p. 68.

④ Ibid., pp. 68－71.

傲展开持续反讽（详见本书第十四章），而邓巴则完全忽略了这股反讽性暗流。

八、“双重进程”如何不同于“文本的模棱两可”？

在美国《文体》（*Style*）期刊2018年春季刊中，笔者发表了《作为双重作者型交流的双重进程：对修辞性模式的拓展》，这是应邀对费伦在该期首篇发表的“目标”文章的回应，在该刊最后一篇文章中，费伦又对笔者的回应进行了回应。[①] 他一方面赞同笔者首创的“双重进程”模式，认为这一模式可以深化对作品的理解，另一方面又提出可以从“模棱两可”的角度来考察文本。[②]他认为“文本几乎总是模棱两可的”。他说的“模棱两可”，指的是（不同历史时期的）不同读者可以从两个或更多的角度来解读文本，让文本的不同方面得到凸显，得出两个或者更多合乎情理的解读。[③] 这个模式仅仅涉及不同的读者对情节发展的阐释，显然无法用于揭示在情节背后运行的隐性进程。其实，费伦也清楚这一点，因此他的建议是，在笔者提出的研究模式的基础上，“增加一个步骤”，即分别对两个叙事进程加以“检验”（test）。笔者在文中揭示了凯特·肖邦《美丽的佐拉伊德》（“La Belle Zoraïde”，1893）中的双重进程：其情节发展旨在控诉种族主义的罪恶，而隐性进程则暗暗为奴隶制辩护，将对奴隶的迫害归于上帝的正义惩罚，形成一个种族主义的寓言。以往的批评家仅关注情节发展，把这一作品视为反种族主义的作品；而挖掘出隐性进程之后，则会发现它实际上是捍卫种族主义的作品。肖邦创作《美丽的佐拉伊德》时，奴隶制已经废除，无法公开为其辩护，而只能通过在情节背后构建一个隐性进程来暗暗加以捍卫。

费伦建议先“检验”情节发展，这一叙事进程“遭遇了您所指出的[与反种

① 所谓目标文章（target essay）就是请一个领域的领军人物就该领域的种种问题写出一篇文章，然后发给该领域的一些专家，邀请其就这篇论文写出回应的文章。Phelan 的目标文章是：James Phelan, “Authors, Resources, Audiences: Toward a Rhetorical Poetics,” *Style* 52. 1—2 (2018), pp. 1—33；我应邀写的回应文章是：Dan Shen, “Dual Narrative Progression as Dual Authorial Communication: Extending the Rhetorical Model,” *Style* 52. 1—2 (2018), pp. 61—66；费伦又对我们的文章进行了回应：James Phelan, “Debating Rhetorical Poetics: Interventions, Amendments, Extensions,” *Style* 52. 1—2 (2018), pp. 161—162.

② Phelan, “Debating Rhetorical Poetics,” pp. 161—162.

③ Phelan, “Debating Rhetorical Poetics,” p. 161.

族主义的立场相冲突的]文本成分的反抗”(faces the recalcitrance you point out)。[①] 费伦之所以要加上“您所指出的”这一限定,是因为过去一百多年,没有批评家发现这些捍卫种族主义的文本成分,而笔者之所以能将其挖掘出来,就是因为关注了情节背后的隐性进程。费伦建议接下来检验隐性进程,其捍卫种族主义的立场也遭遇了有的文本成分的反抗。[②] 而正如笔者在回应文章中所指出的,这些文本成分是为了构建反种族主义的表面情节所创作的。[③] 至关重要的是,隐性进程隐藏在表面情节背后,必须先挖掘出隐性进程,才有可能对之加以检验。而若要揭示出隐性进程,就必须摆脱亚里士多德以来批评传统的束缚,将目光拓展到情节发展背后,着力挖掘另一股叙事暗流,但这显然超出了“模棱两可”模式的范畴。

值得注意的是,在发现“隐性进程”之后,我们对于作者和读者都需要进行重构。肖邦在创作《美丽的佐拉伊德》时,持有两种截然不同的种族主义立场,创造出了反种族主义和捍卫种族主义这两种截然对立的叙事进程(一种是表面的,另一种是实质性的)。而就解码过程而言,读者需要从作品中推导出两个迥然相异的作者形象:从情节发展推导出反种族主义的作者形象和从隐性进程推导出支持种族主义的作者形象。这样就有了两种“作者的读者”:一种是情节发展的理想的接受对象,持反种族主义的立场;另一种则是隐性进程的理想接受对象,持支持种族主义的立场。费伦是修辞性批评的领军人物,在他看来,作者在创作文本时,心目中只有当时历史语境中的一种理想的读者。[④] 如果我们单看一种叙事进程,的确如此;但是,如果我们同时考虑文本的双重叙事进程,就会看到作者心目中同时存在两种理想的读者,看到作者同时持有的两种互为对立的创作立场。

在评价笔者提出的新的阐释模式时,波特·阿博特指出,“读者看不到隐性进程,并非因为它过于隐蔽,而主要是因为读者的阐释框架不允许他们看到

---

① Phelan, “Debating Rhetorical Poetics,” p. 161.

② Phelan, “Debating Rhetorical Poetics,” p. 162.

③ 肖邦写作这一作品时,奴隶制已经被废除,不能公开为其辩护,因此她创作了一个反种族主义的表面情节。

④ Phelan, “Debating Rhetorical Poetics,” p. 161.

其实就在眼前的东西"[①]。在以往的阐释中,包括费伦在内的不少造诣精深的西方学者都把《美丽的佐拉伊德》看成了反种族主义的作品,即便他们在阐释情节发展的过程中发现了与反种族主义相冲突的文本成分,也会有意无意地加以忽略,这说明阐释框架的强大力量。若要发现在不少作品中存在隐性进程,必须打破传统阐释框架的束缚,把目光拓展到并列前行的双重叙事运动和双重表意轨道;这样才能看到作者的双重创作立场,看到其心目中的双重理想读者。

九、"双重进程"如何不同于解构主义的"双重意义"和"双重阅读"?

解构主义学者着力从意义的双重性角度来阐释作品,挖掘与以往阐释相冲突的情节发展的另一种意义,或者同时揭示情节发展本身两种相互对立的意义。[②] 然而,无论解构的力度有多大,"双重意义"仅仅在情节发展的范畴之内运作。正因为解构主义依然囿于情节发展,未关注与其并列运行的另外一股叙事暗流,因此著名解构主义学者 J. 希利斯·米勒认为笔者对隐性进程的挖掘是一个"重大突破(a major breakthrough)"[③]。

雅克·德里达(Jacques Derrida)在其解构主义的奠基之作《论文字学》中[④],从解构的角度提出要在传统重复性阅读的基础上,进行批判性阅读。就这样的"双重阅读"而言,后一种阅读直接针对前一种进行,将其视为解构的目标,因此在叙事作品中依然囿于情节范畴——旨在发现情节发展自身的解构因素。也就是说,"双重阅读"与"双重进程"的不同不仅在于其涉及的是读者的阅读方式,也不仅在于其目的是解构而不是解读文本的意义,而且也在于其依然受到亚里士多德以来聚焦于情节发展的传统的束缚,没有把目光拓展到另外一种独立于情节发展的叙事进程。

我们知道,德里达将阅读视为游戏,将语言符号视为嬉戏,这截然不同于

---

① H. Porter Abbott, "Review: *Style and Rhetoric of Short Narrative Fiction: Covert Progressions Behind Overt Plots*," *Style* 47.4 (2013), p. 560.

② 参见 J. Hillis Miller, *Reading Narrative* (Norman: U of Oklahoma P, 2001)。

③ J. Hillis Miller, "Foreword" to *Style and Rhetoric of Short Narrative Fiction: Covert Progressions Behind Overt Plots* by Dan Shen (London & New York: Routledge, 2014), p. xii.

④ 雅克·德里达:《论文字学》,汪堂家译,上海:上海译文出版社,2005 年。

叙事学的阐释立场。需要指出的是，德里达的看法与其对索绪尔(Ferdinand de Saussure)的误读相关。[①] 索绪尔在《普通语言学教程》中明确指出，只有在单独考虑能指的时候，我们才会仅仅看到能指之间的差异，而能指和所指之间约定俗成的结合才是语言符号的实质所在："在语言这一符号系统里，唯一本质的东西是意义与音象(sound image)的结合"[②]。他还明确指出，只有社会(community)才能创造语言，个体是无法创造语言的。[③] 我们知道，在英语里，"sun"(/sʌn/)之所以能指涉"太阳"这一概念，是因为两者之间存在约定俗成的关联；而"lun"(/lʌn/)，"sul" (/sʌl/) 和 "qun" (/kwʌn/)尽管相互之间存在差异，却因为缺乏这种关联，而不能成为语言符号。在评论索绪尔的理论时，德里达聚焦于其对语言作为能指差异体系的强调，完全不提其对能指和所指之关联的强调，将语言变成能指自身的一种嬉戏，无法与任何所指发生联系，意义自然也就变得无法确定。[④]

长期以来，批评家从各种角度探讨情节的深层意义，努力挖掘情节发展中存在的张力、矛盾性和复杂性，解构主义更是着力揭示情节中直接对立、互不相容的因素，这大大丰富、加深和拓展了对作品的理解。然而，以往所有的批评模式均囿于情节发展，没有关注在不少作品中存在的情节发展背后的"隐性进程"。

第二节　"隐性进程"的反讽与通常反讽之差异

无论是属于颠覆性质还是补充性质，小说中的隐性进程经常具有不同程度的反讽性。我们知道，通常的反讽有两种基本类型："言语反讽"和"情景反讽"。前者涉及词语的表面意思和说话者意在表达的意思之间的不协调(如在雾霾天说"今天空气真好！")，后者则涉及行为预想的结果和实际结果之间的

---

① Jacques Derrida, *Positions* (Chicago: U of Chicago P, 1981).

② Ferdinand de Saussure, *Course in General Linguistics*, trans. Wade Baskin (London: Philosophical Library Inc., 1960), p. 15, pp. 120—121.

③ Ibid., p. 113

④ 参见拙文 Dan Shen, "Why Contextual and Formal Narratologies Need Each Other," *JNT: Journal of Narrative Theory* 35.2 (2005), pp. 143—145。

不协调(如以豪言壮语出征,结果一败涂地)。[①] 笔者曾区分了另一种反讽,“语境决定的反讽”,其特点是:文字与其所表达的意义协调一致,行为本身也不产生反讽意义,但这些文字和行为在特定的语境中则具有隐含的反讽性。[②] 这些都是在作品局部出现的反讽,而隐性进程的反讽则是作品从头到尾的一股反讽性潜流,而且其隐含性也有别于“言语反讽”“情景反讽”以及通常“戏剧性反讽”的明显性。

就文学研究传统来说,新批评对反讽十分关注。在探讨诗歌时,新批评学者将反讽视为诗歌有机统一体的结构原则。它引发读者进行双重解读,去发现在表层意思之下的深层意思。[③] 然而,这种诗歌的反讽模式仅涉及冲突性质的陈述、隐喻或意象,难以用于解释小说中主要依靠非冲突性、非比喻性文本成分建构的反讽性隐性进程。在《理解小说》这部新批评名著中,克林斯·布鲁克斯(Cleanth Brooks)和罗伯特·佩恩·沃伦(Robert Penn Warren)也十分关注小说中的反讽,但他们在“重要词汇”部分对“反讽”的界定相当传统,仅涉及上面提到的“言语反讽”和“情景反讽”。在正文的分析中,布鲁克斯和沃伦关注的也是情节本身的反讽性。在探讨莫泊桑的《项链》时,他们关注这样的问题:假如女主人公一直不知道首饰是假的,故事还会具有反讽性吗?[④] 在讨论霍桑的《年轻的布朗大爷》时,他们指出其情节的反讽性立足于人性的双重性。[⑤] 这是较为典型的传统上对小说中反讽的探讨,聚焦于情节本身,没有涉及情节后面的反讽性叙事暗流。

在修辞性叙事研究中,从韦恩·布思(Wayne C. Booth)的《小说修辞学》

---

① 关于这两种反讽和其他通常探讨的反讽,详见 J. A. Cuddon, *A Dictionary of Literary Terms* (London: Andre Deutsch, 1979), pp. 335－340; Roger Fowler, ed., *A Dictionary of Modern Critical Terms* (London: Routledge and Kegan Paul, 1973), pp. 101－112; D. C. Muecke, *Irony and the Ironic* (New York: Methuen, 1982)。

② 见 Dan Shen, “Non-ironic Turning Ironic Contextually,” *JLS: Journal of Literary Semantics* 38 (2009), pp. 115－130。

③ Cleanth Brooks, “Irony as a Principle of Structure”, in Hazard Adams and Leroy Searle, eds., *Critical Theory since Plato*, 3rd edition (Belmont: Thomson Wadsworth, 2004), pp. 1043－1050.

④ Cleanth Brooks and Robert Penn Warren, *Understanding Fiction* (New Jersey: Prentice-Hall, 1979), p. 72.

⑤ Ibid., p. 73.

(1961)开始,批评家们十分关注"叙事反讽"或"结构反讽"[①]。这种反讽涉及作者、叙述者、人物和读者之间的距离,但一般是对文本显性叙事进程中不可靠叙述者的反讽,也没有拓展到笔者所说的隐性进程中的反讽。在不少叙事文本中,存在"显性进程"和"隐性进程"两个不同层次的反讽,埃德加·爱伦·坡的《泄密的心》(1843)就是一个很好的例证。作品采用第一人称叙述,围绕"我"对一老头的谋杀展开。在该作品的显性进程中,我们看到的是作者对"我"不可靠叙述的"叙事反讽"或"结构反讽",这已经得到批评界的关注。但在其背后,还存在隐性进程中藏而不露的戏剧反讽:"我"谋杀了老头后,将其碎尸,埋在地板下,警察来搜查时,他误认为警察也听到了死去老人的心跳却假装不知,因此对警察怒喝:"恶棍!别再装了!"而他自己是作品中唯一佯装之人,他不仅一直在佯装,且对自己的伪装感到洋洋自得。他的怒喝无意中构成自我谴责。此外,他一直声称自己没有疯,而在当时的社会语境中,若杀了人,只有精神失常的人才能免罪。他强调自己精神没有失常,无意中构成了自我定罪。这既可视为隐性进程的两个不同分支,也可视为两个并列前行的隐性进程,每一个都形成贯穿全文的戏剧性反讽,加大了叙述者与作者/读者之间的距离。因为以往的批评家仅关注情节本身的反讽,因此忽略了《泄密的心》中隐性进程的反讽(详见第十一章)。

在曼斯菲尔德的《莳萝泡菜》中,也存在情节反讽背后的隐性进程中的反讽。中外学界对《莳萝泡菜》有一种共识:这是反讽自我中心、自私自利的男主人公的作品。批评家们认为作者从女性主义立场出发,对受到男主人公话语压制的女主人公充满同情。这确实是情节发展的走向。然而,在情节背后,存在并列前行的另一条隐蔽的表意轨道,通过女主人公自己的视角,暗暗表达出她本身的自我中心,男主人公对其起到反衬作用,作品借此由单轨反讽变成双轨反讽。在作品的中腰,男主人公回忆起多年前两人交往时的一个晚上,他给女主人公带去了一颗小圣诞树,向女主人公倾吐童年往事。"关于那个晚上,她却只记得一罐鱼子酱的事了。鱼子酱是花七先令六便士买来的。他对这耿耿于怀。想想吧——那样一小罐,要花七先令六便士[这是用自由间接引语表

① M. H. Abrams, and Geoffrey Galt Harpham, *A Glossary of Literary Terms* (Wadsworth Cengage Learning, 2009), p. 166.

达的男方的想法]。她吃的时候,他看着她,感到既高兴又震惊。'不,真的,这是在吃钱啊。这样一个小罐,你就是装七个先令也装不下啊。倒想想他们要赚多少钱。'"。就情节发展而言,我们看到的是对男方吝啬的反讽;而从隐性进程来说,我们则会关注对女方本人自私自利的反讽:她明明知道男方心疼钱,却当着他的面享用如此昂贵的鱼子酱。她不仅全然不顾男方的感受,且把自己得意洋洋的心情投射到他身上——"高兴"(delighted)是女主人公自己的心情,"震惊"则是男方的心情。从女方的视角,看到的却是男方也"高兴",而实际上他一定非常难受,所以才会"耿耿于怀"。通过女主人公的视角与实际情况的反差,隐性进程对她展开了微妙反讽(详见第十三章)。这里对女方的反讽在以往的批评中被完全忽略,因为这一片段自成一体时,对女方的反讽相当隐蔽。只有在隐性进程里,通过与前后文本成分暗暗表达的女方的自我中心相呼应,此处的反讽才会显现,才能引起关注。

在有的叙事作品中,情节发展基本不带反讽性,但背后却存在一股贯穿文本的反讽性叙事潜流,曼斯菲尔德的《苍蝇》就属于这一类(详见第十四章)。这种反讽的特点是,文字通常没有反讽意义,在隐性进程的这一局部也看不出反讽意义,但通过与隐性进程其他部分文字的前后呼应,在这一叙事运动中产生反讽。让我们看看《苍蝇》的结尾段:

> 他[老板]又纳闷起来,刚才他在想什么呢?是什么事情来着?是……他掏出手绢,在领子里擦擦脖子。他无论如何想不起来了。

单看这段文字,看不到任何反讽意义。请对比作品中腰的这一段:

> "我想讲给你听一件事,"老伍迪菲尔德说,他眼睛变得迷迷蒙蒙的,回想着,"咦,是什么事情来着?今儿早上我出门那会儿还记在心上呢。"他的手打着哆嗦,脸上没给胡子遮住的地方出现了块块红斑。
>
> 老板心里想,可怜的老家伙余日无多了。

正如我们在第十四章会详细分析的,隐性进程反讽的靶子是老板的虚荣自傲。在面对老伍先生的健忘时,老板居高临下地想着"可怜的老家伙"活不长了。如果说伍先生的健忘给了老板很强的优越感的话,我们在作品的结局却看到了老板与伍先生相似的困境和窘境。作品很唐突地以"他无论如何想不起来了"戛然终结,突出了老板的健忘。这是对老板虚荣自傲的强烈反讽:他跟老伍先生同样健忘，没有理由把自己摆到居高临下的优越位置上。值得强调的是，“他又纳闷起来，刚才他在想什么呢？[……]他无论如何想不起来了”本身并不带反讽意味，只是在跟前面老板对伍先生的健忘产生的优越感相关联时，才产生反讽意义。

有趣的是，在有的作品中，情节发展中的文字具有反讽意味，而同样的文字在隐性进程中则没有反讽性。在肖邦的《一双丝袜》中，身为贫家妇的女主人公意外得到了 15 美元，她本来想给孩子买衣服，但在商场禁不住诱惑，给自己买了一双高档丝袜，然后去买一双跟袜子相配的鞋。她挑拣得很厉害，还对售货员说，只要能买到一双她中意的鞋，价钱贵一些没有关系。从消费主义的角度来看情节发展，这段文字具有反讽性。艾伦·斯坦(Allen Stein)认为，肖邦意在表达金钱可以让人产生盲目的自尊：女主人公“凭借买了一样东西，往衣柜里添了一件新物品，她在售货员面前的行为举止就完全变了。”[①]罗伯特·阿纳(Robert Arner)则认为女主人公在消费文化的影响下，刻意模仿自己所不属于的富有阶层的购物行为，“假装”自己有足够的钱来买特别时尚的高档商品。[②] 与此相对照，在情节发展背后的隐性进程中，从自然主义的角度来观察，女主人公行为方式的改变则是由于外在环境的改变。女主人公穿上婚前熟悉的精美丝袜，重新回到婚前那种购买高档物品的环境之后，心理迅速发生变化，回归了身为富家女时的心态，像婚前购物时一样不在乎价钱，只求能买到中意的商品。在这股以环境决定论为主导的叙事暗流里，女主人公的行为不带反讽意味(详见第十章)。

隐性进程和情节发展既并列前行，又交互作用。在下一章中，我们将系统区分两者之间不同种类的互动关系。

---

① Allen Stein, “Kate Chopin's ‘A Pair of Silk Stockings’: The Marital Burden and the Lure of Consumerism,” *Mississippi Quarterly* 57.3 (2004), p. 361.

② Robert D. Arner, “On First Looking (and Looking Once Again) into Chopin's Fiction,” in *Awakenings: The Story of the Kate Chopin Revival*, ed. Bernard Koloski (Baton Rouge: Louisiana State UP, 2009), p. 125.

第　二　章

隐性进程和情节发展的不同互动关系

在不少作品中，隐性进程和情节发展暗明相映、并列前行。两者互为对照、互为排斥或互为补充，在矛盾张力、交互作用中表达出丰富深刻的主题意义，塑造出复杂多面的人物形象，生产出卓越的艺术价值。我们不仅需要在微观层次挖掘单个作品的双重叙事进程，还需要在宏观层次系统回答以下问题：隐性进程与情节发展之间存在哪些不同种类的共存和互动关系？它们会以哪些不同方式影响作者、叙述者、人物和读者之间的互动？

概括而言，隐性进程和情节发展之间的关系可以分为两大类：相互补充和相互颠覆。

第一节　隐性进程与情节发展互为补充

隐性进程与情节发展往往呈现出互为补充的关系，在这一“互补”的大类中，又可区分多种不同的小类。

一、两种冲突的并行

在有些作品中，情节发展集中展现一种矛盾冲突，而隐性进程则聚焦于另一种。前者局限于个人和家庭，而后者则往往涉及个人与社会。在卡夫卡的名篇《判决》中，就存在这样的双重叙事进程（详见第八章）。批评界对《判决》的阐释角度各异，但一致认为其情节围绕父子冲突展开：或者将父亲视为暴君，儿子是父亲暴君式统治的牺牲品；或者将儿子视为负面人物，其自我中心导致被父亲判处死刑，罪有应得。然而，倘若打破批评传统的束缚，把眼光拓展到情节背后的另一种叙事进程，则可发现贯穿文本始终的另一种冲突：个人与社会的冲突。在隐性进程里，我们看到不同个体在社会压力下的封闭、变态和异化，父亲和儿子都无形中成为社会压力的载体，无意识中把社会压力传递给了对方，成为对方的难以承受之重。儿子的死象征西方现代社会对两代人乃至所有个体的迫害。就这股叙事暗流而言，作者、叙述者和读者都把批判的矛头指向导致个体异化的现代西方社会。卡夫卡通过隐性进程里主次要人物与社会的冲突，既微妙又强化地勾勒出现代西方人生存的困境，并使《判决》与其随后创作的《变形记》《诉讼》等形成呼应，共同抗议现代西方社会对个体心灵的扭曲。只有看到《判决》隐性进程中个人与社会的冲突，才能真正把握《判决》与《变形记》《诉讼》等作品的本质相通。[①]

在托拜厄斯·沃尔夫（Tobias Wolff）的《说"是"》（"Say Yes"）中，情节发展围绕夫妻在种族立场上的冲突展开；而在情节背后运行的隐性进程，则始终聚焦于理智与情感的冲突。这两种叙事运动并列前行，既相互对照又相互补充。[②] 在莉莲·海尔曼（Lillian Hellman）的《阁楼上的玩具》（*Toys in the Attic*）这一剧作中，显性情节聚焦于逃离原生家庭禁锢这一主题，而隐性进程则围绕黑白种族越界展开。情节发展突出的是女性人物的变态情欲，而隐性进程突出的则是黑白种族间的越界情欲。[③] 两者的并列前行和互为补充，使读者的反应更为复杂，也使我们对人物产生越来越强烈的同情。

---

① 我们必须沿着两条并列运行的主题轨道来看这两种冲突。在《〈判决〉中的"父子冲突"所体现出的"个体与社会的冲突"》（《北方文学》2017（8）：220－221）中，刘艺把笔者沿着情节发展和隐性进程这两条轨道进行的阐释又在很大程度上揉到了一条轨道上。该文第一节以"'父子冲突'的显性起因"为题，来探讨儿子给在俄国的朋友写信时的思维活动，但在该节结尾，又用"另一方面"引入了笔者对个体与社会之冲突的探讨。而倘若当初笔者是沿着情节发展这一条轨道走，就不会发现"个体与社会"的冲突，而只会看到"'父子冲突'的显性起因"。该文正文仅有两节，第二节的标题就是"父子冲突"。在《判决》问世后的一个多世纪里，中外批评家都没有发现该作品隐蔽表达的个体与社会的冲突，就是因为仅沿着情节发展这一条轨道走，仅能看到父子冲突。

② 安帅：《种族立场冲突背后的理智与情感之争——沃尔夫〈说"是"〉中的隐性叙事运动》，《外国文学研究》2017 年第 3 期，第 104－111 页。这是成功运用笔者提出的隐性进程模式的论文之一。

③ 张欣：《逃离与禁锢：〈阁楼上的玩具〉的显性情节与隐性进程》，《当代外国文学》2016 年第 3 期，第 44－50 页。这篇论文成功地将笔者提出的隐性进程模式运用于戏剧分析。

通常我们认为电影中仅存在情节发展中的矛盾冲突，而实际上则不然。有学者将笔者的双重叙事进程理论运用于中外电影的分析，揭示出相关电影在一明一暗的两条表意轨道上性质相异的矛盾冲突。[①] 譬如在《暴雪将至》中，情节发展是一个追凶故事，影片也被贴上了"最冷犯罪片"的类型标签；而隐性进程则聚焦于小人物的沉沦，隐喻社会转型时期的阶级变化。[②] 在史蒂文·斯皮尔伯格（Steven Spielberg）的《头号玩家》（*Ready Player One*）中，如果我们沿着情节发展和隐性进程这两条不同的表意轨道来考察影片中的人物，也会看到两种不同性质的矛盾冲突。[③]

跟电影一样，连环漫画看上去似乎也仅有情节发展这一种叙事进程，其实在有的连环漫画中，也存在双重叙事进程，同时表达出两种不同性质的矛盾冲突。在弗兰克·米勒（Frank Miller）的《斯巴达 300 勇士》（300）中，情节发展聚焦于斯巴达国王里奥尼达斯率领的 300 勇士与野蛮的波斯军队之间的争斗，而隐性进程则聚焦于这 300 勇士的自由愿望与其狂热的集体主义之间的冲突。如果能看到隐性进程，观察到其暗中表达的另一种冲突，就不仅能极大地丰富对该连环漫画的理解，而且也能帮助解决相关批评争议。[④]

魔幻小说中也可发现表达不同矛盾冲突的双重叙事进程。有学者从这一角度探讨 J. K. 罗琳（J. K. Rowling）的《哈利·波特》（*Harry Potter*）系列，观察到在聚焦于善恶争斗的宏大英雄叙事背后，还存在一股贯穿整个系列的微小个人叙事暗流，"形成一边建构一边解构的双重叙事运动"。[⑤]

值得一提的是，无论是魔幻小说，还是电影和连环漫画，其情节发展本身都可以有不同层次和不同分支。在分析时，也需要避免将情节的不同分支视为情节发展与隐性进程这两种不同的叙事运动。但有一点毋庸置疑：如果采用双重叙事进程的模式，会有利于挖掘表层矛盾冲突之下更为隐蔽的冲突，有

---

① 张净雨：《〈暴雪将至〉：叙事的隐暗面》，《电影艺术》2018 年第 1 期，第 77—80 页；杨蕾：《矛盾背后的矛盾：〈头号玩家〉中的隐性叙事进程》，《电影新作》2019 年第 1 期，第 122—125 页。

② 张净雨：《〈暴雪将至〉：叙事的隐暗面》，《电影艺术》2018 年第 1 期，第 77—80 页。

③ 杨蕾：《矛盾背后的矛盾：〈头号玩家〉中的隐性叙事进程》，《电影新作》2019 年第 1 期，第 122—125 页。

④ Daniel Candel, "Covert Progression in Comics: A Reading of Frank Miller's 300," *Poetics Today* 41.4 (2020), pp. 705—729.

⑤ 姜淑芹：《〈哈利·波特〉系列的双重叙事运动》，《外国语文》2020 年第 6 期，第 32—38 页。

利于看到不同性质的叙事张力的并列运行，从而能更加全面、更加平衡地理解相关作品的主题内涵。

二、两种人物形象的并置

在有的作品中，情节发展描绘出人物的一种形象，而隐性进程则勾勒出另外一种。两者既相互冲突，邀请读者做出大相径庭的反应，又相互补充，使人物形象由单一变得丰富复杂。且以曼斯菲尔德的《巴克妈妈的一生》为例，中外批评界对女主人公的看法相当一致，认为这是一个受尽磨难的下层女佣，作品聚焦于其失去小外孙后的巨大悲伤。从这一角度，都认为《巴克妈妈的一生》模仿了契诃夫的《苦恼》。然而，在情节背后的隐性进程里，作者对笔下的人物暗暗进行了社会性别转换：将巴克妈妈男性化，突出她在传统框架中跟男性相联的优秀品质：坚强、自我克制、心胸宽广。就文人先生而言，如果他在情节发展里代表的是不能理解穷人的中产阶级，在隐性进程里则主要显现出传统观念中的各种女性弱点，且明确自比为女人，微妙地反衬出巴克妈妈男人般的形象。在情节发展中，巴克妈妈在丈夫病倒后，被迫独自一人养家糊口，这大大加重了她的苦难，令人更加可怜和同情她。然而，在隐性进程里，我们看到的则是巴克妈妈像男子汉一样，靠自己的力量支撑起整个家庭，成为家里的顶梁柱，令人感叹和钦佩。隐性进程还借助西方"天父地母"的传统思维，通过隐喻和暗指，将充当顶梁柱的巴克妈妈类比为天空。在失去爱孙之后，巴克妈妈尽管悲痛欲绝，但依然像坚强的男性那样，不愿让任何人怜悯她，这与契诃夫《苦恼》中的姚纳见人就想诉说自己失去爱子的痛苦形成截然对照。由于曼斯菲尔德在两种叙事进程中突出了巴克妈妈的不同方面，这一形象不仅丰满，且富有张力，而这种丰满和张力在中外学界将巴克妈妈与姚纳的相提并论中丧失殆尽。

在石黑一雄（Kazuo Ishiguro）的长篇小说《浮世画家》（*An Artist of the Floating World*）中，如果沿着情节发展和隐性进程这两条表意轨道来观察作为第一人称叙述者的画家小野的形象，不仅可看到这一人物形象的双重性和复杂性，还可看到对这一人物两种不同性质的反讽，并能更好地解释其叙述过程中前后矛盾的现象。[①] 从双重叙事进程的角度考察莱斯利·爱泼斯坦(Leslie Epstein)的长篇小说《犹太人之王》(*King of the Jews*),也可看到男主人公在情节发展和隐性进程里的不同形象,看到作者对其所持的复杂态度。这种双重性不仅“使小说充满张力,也引导人们重新审视历史”。[②]

在查尔斯·狄更斯(Charles Dickens)的《雾都孤儿》(*Oliver Twist*)这部小说中,费金在情节发展里是一个典型的犹太恶棍,而有学者观察到他在“隐性进程”中被塑造为“一个异化的犹太形象”。此外,与基督教世界虚伪残酷地对待孤儿的做法相对照,费金的贼窝世界“衬托出的反而是基督教世界之外的一丝温情与人性”。[③] 通过采用双重叙事进程理论分析费金的形象,可以看到这一人物富有张力的两面性,这能帮助我们更好更全面地理解作品的主题意义。[④] 但值得注意的是,由于费金是次要人物,因此他仅仅出现在作品的局部。在这里,我们可以看到双重叙事进程理论的另一种应用价值:可以帮助更好地理解某个次要人物在一明一暗两条表意轨道上相互矛盾的双重性。尽管这个人物的行动轨迹未贯穿作品始终,至少这种双重性在该人物身上具有持续性。

值得一提的是,如果情节发展和隐性进程涉及不同的矛盾冲突,人物形象也往往会双重化和复杂化。在卡夫卡的《判决》中,在情节发展中被塑造为暴君的父亲,在隐性进程里则成为社会压力的受害者。我们会看到父亲和儿子在社会压力下同样可怜无助,对他们都充满同情和理解。在沃尔夫《说“是”》的情节发展中,妻子十分关注种族主义这个重大社会问题,而隐性进程却在很大程度上颠覆了这一形象:妻子实际上关心的是个人的情感婚姻和家庭内部的话语权[⑤]。在海尔曼的剧作《阁楼上的玩具》中,在情节发展里努力摆脱家庭伦理束缚、离经叛道的凯莉,在隐性进程里则成了最保守的种族主义者;而

---

① 王丰裕、步朝霞:《论浮世画家的双重叙事动力》,《广东外语外贸大学学报》2016 年第 5 期,第 61—67 页。

② 张甜:《言说之殇:莱斯利·爱泼斯坦二战犹太大屠杀小说〈犹太人之王〉中的拟剧叙事及隐性进程》,《解放军外国语学院学报》2020 年第 3 期,第 51—58 页。

③ 黄莹:《费金形象被忽略的异质性:狄更斯〈雾都孤儿〉中的隐性叙事进程》,《南京邮电大学学报(社会科学版)》2018 年第 6 期,第 81—83 页。

④ 同上文,第 78—85 页。

⑤ 安帅:《种族立场冲突背后的理智与情感之争》,第 105—109 页。

在显性情节中冷漠的母亲，则成为叙事暗流里为爱欲而离经叛道的勇者。[①] 在米勒的《斯巴达 300 勇士》这一连环漫画中，由于矛盾冲突的性质不同，情节发展里 300 勇士的形象相当正面，而隐性进程里这 300 勇士的形象则变得相当负面。[②] 在《哈利·波特》系列中，前面几部作品中的情节发展塑造出哈利·波特的英雄形象，而在隐性进程里，我们同时看到的则是他弱小与普通的反英雄形象。[③]

三、象征意义的载体与独立存在的个体之并存

在有些作品中，情节和其中的人物都具有象征意义；而在情节背后的隐性进程里，人物则作为独立的个体存在，不具有象征意义。且以曼斯菲尔德的《苍蝇》为例(详见第十四章)。以往对《苍蝇》情节的阐释围绕战争、死亡、施害/受害、无助、绝望等展开，学者们从情节发展中读出了各种象征意义，人物和苍蝇都是象征意义的载体。在象征性情节的背后，还存在一个隐性进程，聚焦于对老板虚荣自傲的反讽。在情节发展里，老板是一个富含象征意义的人物，与战争的残酷和人类的无助相联；而在隐性进程里，老板则是一个自私虚荣的个体，作者/叙述者对其展开了持续反讽，并邀请读者对其加以道德评判，作者/叙述者/读者和老板之间的距离大大拓宽。这两种叙事进程既相互制约又相互补充，在并列运行中产生文学作品特有的矛盾张力和语义密度。无论是单看情节发展还是单看隐性进程，均会失之偏颇。在阅读时，读者需要综合协调对于情节发展、隐性进程以及两者之间交互作用的不同反应，在对照与融合中对作品的主题意义达到较为全面的理解，并看到人物形象的复杂多面。

四、客观描写与反讽描写的并行

在有的作品中，情节发展看上去是对现实的客观描写，而隐性进程则具有较强的反讽性，这构成另外一种在对照中相互补充的关系。在著名美国作家斯蒂芬·克莱恩(Stephan Crane)的名篇《一个战争片段》("An Episode of

---

① 张欣:《逃离与禁锢:〈阁楼上的玩具〉的显性情节与隐性进程》,第 47—49 页。

② Candel, "Covert Progression in Comics: A Reading of Frank Miller's 300," pp. 716—725.

③ 姜淑芹:《〈哈利·波特〉系列的双重叙事运动》,《外国语文》2020 年第 6 期,第 32—38 页。

War",1899)里,就存在这样的双重叙事动力。作品的情节可以概述为:一位中尉的右臂被冷枪射中。他去野战医院治疗,路上远远看到一场战斗。他在医院被截肢,最后仅剩一只胳膊回到家中。学者们普遍认为这是对战争进行现实主义和自然主义描写的作品。而实际上,在情节发展后面存在一个讽刺性很强的隐性进程:作者/叙述者利用传统的两性观,暗暗将中尉和其战友加以"女性化":极其阴柔脆弱、懦弱胆怯、被动无能、心胸狭窄,以及对受伤的中尉加以"孩童化"和"罪犯化",与男子汉光荣负伤形成截然对照。与此同时,将敌我战争暗暗替换成内部争斗,包括中尉与自己武器的搏斗,并暗中解构那场战斗的意义——敌我双方都难以区分,射击也漫无目的,以此对战争和传统英雄主义观进行藏而不露的辛辣反讽。[①] 尽管中尉和其他军人构成直接的反讽对象,但作者/叙述者邀请读者将他们视为战争的牺牲品,赋予同情而不是加以嘲讽。情节发展和隐性进程在相互偏离中互为补充。如果仅看情节发展,就会对作者的反战立场视而不见;而如果仅看隐性进程,作品则会显得过于漫画化,在一定程度上失去逼真性。

五、揭露抨击与肯定赞扬的并行

在有的作品中,情节发展揭露和抨击某种社会罪恶,而隐性进程则肯定和赞扬某种美德。在比尔斯的名篇《空中骑士》中,就存在这样的双重叙事进程。其情节发展旨在鞭笞战争的残酷无情,围绕儿子在战场上被迫弑父的悲剧展开;而隐性进程则意在强调履责的重要性,对于儿子为了履行职责,保护数千战友而大义灭亲暗暗加以赞许。这两种叙事进程沿着不同的主题轨道运行,若单看任何一种,都会失之偏颇;只有综合考虑两者,才能看到作品复杂丰富的内涵。不少批评家将《空中骑士》(1891)与比尔斯同年发表的《峡谷事件》("The Affair at Coulter's Notch")和《有一种军官》("One Kind of Officer")相提并论,认为这三个作品均着力描写战争的残酷,反讽为盲目尽责而杀死亲人或友邻军人的愚蠢行为。就情节发展而言,这种看法不无道理。然而,倘若将视野拓展到隐性进程,则会看到具有双重叙事动力的《空中骑士》与仅有单一叙事动力的另两个作品的本质差异:对于履职尽责实际上持截然不同的立

① 详见 Shen, *Style and Rhetoric of Short Narrative Fiction*, pp. 50—69。

场(详见第九章)。

六、从单一反讽到双重反讽

在有的作品中,情节发展针对个人弱点进行反讽,而隐性进程则把反讽的矛头指向社会。若能洞察到后者,就可能会看到社会歧视和压迫是造成个人弱点的深层原因。在曼斯菲尔德的《启示》("Revelations",1920)、《唱歌课》("The Singing Lesson",1920)、《一杯茶》("A Cup of Tea",1922)等作品中,情节发展均围绕女主人公的性格弱点展开,而隐性进程则围绕父权制社会对女主人公性格的扭曲展开。[①] 如果单看情节发展,我们仅会看到女主人公的虚荣、妒忌、神经质、敏感多疑、自我中心、琐碎无聊,以是否能结婚为生活的全部;我们也会居高临下地对女主人公加以道德批评。而倘若能看到隐性进程,则会看到女主人公的性格弱点实际上源于父权制社会对女性的歧视和压迫:沦为男人的玩偶,所有价值在于年轻貌美,因此十分虚荣妒忌,或因无所事事和青春不再而变得神经质;倘若得不到婚姻,就无法在社会上生存。在隐性进程里,反讽的矛头指向父权制的社会规范、社会偏见和经济结构。[②] 女主人公为受害者,是作者/叙述者和读者同情的对象。只有看到双重叙事进程,才能领会作品深刻的思想内涵和社会意义,才能真正欣赏作者独具匠心的遣词造句和令人赞叹的结构安排。

---

① 详见 Shen, *Style and Rhetoric of Short Narrative Fiction*, pp. 95—124;参见 Dan Shen, "Subverting Surface and Doubling Irony: Subtexts of Mansfield's 'Revelations' and Others," *English Studies* 87.2 (2006), pp. 191—209。

② 在《"怨女"银娣的挣扎和悲剧——基于隐性进程理论的解读》中,杨春认为《怨女》的情节发展围绕银娣的"婚前、出嫁、婚后、偷情、分家、借债、躲债"展开,而"隐性进程则隐藏的是造成银娣人生悲剧的社会根源"(80)。表面上看,这跟《启示》和《唱歌课》具有相通性,而实际上,这篇文章的探讨基本未超出情节范畴。情节发展本身经常涉及人物性格发展的社会原因,《怨女》就是如此。该文认为"在显性进程中实际上隐含着深层的隐性进程"(杨春:80),从这就可看出,该文误将情节的深层意义当成了隐性进程。美国叙事学家 Kelly A. Marsh 在阐述笔者的双重叙事进程理论时,区分了两类作品:在第一类中,作者邀请读者同情女性人物,这样就能在情节发展中看到造成她们的弱点的社会原因;而在第二类中,作者则邀请读者持续对女性人物产生反感,这样在情节发展中就难以看到造成其弱点的社会原因,而只能在情节背后的"隐性进程"里才能看到作品隐蔽的社会批判("Dual Narrative Dynamics and the Critique of Privilege," *Style* 55.1 (2021), p. 43)。《启示》和《唱歌课》均属于第二类作品,而《怨女》则不然。值得注意的是,《怨女》的情节发展聚焦的不是女主人公的弱点,而是她的不幸,邀请读者怜悯她,这样就不难在情节发展中看到造成其苦难的社会原因。

凯莉·马什指出，从笔者提出的双重叙事进程的角度来观察，可以看到克莱尔·布思(Clare Boothe)的戏剧《女人们》(*The Women*)与曼斯菲尔德的《启示》属于同一类作品。其情节发展反讽女主人公，对其进行否定性的道德评判，而情节背后的隐性进程则把反讽和批判的矛头转向父权制社会。[①]

七、针对儿童的童话情节和针对成人的隐性进程

奥斯卡·王尔德(Oscar Wilde)的《快乐王子》("The Happy Prince")是家喻户晓的童话故事，讲述了快乐王子死后目睹的种种人间苦难和社会的冷酷，以及他和燕子如何牺牲自我帮助他人。就其童话情节而言，目标读者是儿童和保持着童真的成年人；而在显性情节背后，还存在针对了解和同情同性恋的成年读者创作的隐性进程，自始至终围绕男同之爱展开，暗暗表达了作者对"不可自我表白的爱"所持的矛盾和带有悲观色彩的立场。只有看到双重叙事进程，才能对作品的主题意义、人物形象和创作技巧达到较为全面深入的理解。[②]

八、三种文学/社会思潮影响下的三种叙事进程的并行

在有的作品中，由于不同社会和文学思潮的作用，情节发展可由主题走向相异的不同叙事运动构成，而在情节背后，则可能还存在受另一种思潮影响的叙事暗流。在肖邦的《一双丝袜》中，就至少存在三种并列运行的叙事动力，其中两种推动情节向前发展，另一种则构成隐性进程，后者在以往的阐释中被忽略。

作品创作于19世纪末的美国，当时女性主义运动萌发，消费文化迅速扩张，文坛也开始掀起自然主义运动，这些语境因素在作品中均有所体现。作为早期女性主义的代表人物，肖邦在《一双丝袜》中关注了妇女在家庭责任与自我实现的矛盾中的挣扎与觉醒；同时也关注了消费主义或消费文化对人物的

---

① Kelly A. Marsh, "Dual Narrative Dynamics and the Critique of Privilege," *Style* 55.1, (2021), pp. 42—47.

② 段枫：《〈快乐王子〉中的双重叙事运动：不同解读方式及其文本根源》，《外国文学评论》2016年第2期，第177—190页。通过应用笔者提出的隐性进程模式，该文挖掘出了以往被忽略的一些微妙而重要的文本成分在叙事暗流里的作用。

影响。以往批评家分别从这两个角度切入对情节的探讨，两者之间难以调和。从女性主义的角度会看到女主人公的短暂觉醒，而从消费主义的角度观察，人物则始终处于消费文化的控制之下。应该说，两者都有其片面性。女主人公既受消费文化的操控，又在消费过程中获得了短暂的觉醒。若要较为全面地理解情节发展，就需要同时采用这两种视角，在两者的冲突、牵制、平衡和互补中来看人物塑造和主题意义。

在情节发展的背后，还存在受自然主义影响的隐性进程。在这一叙事暗流中，占据中心位置的是个人与环境的关系——环境变化对人物心态和行为所产生的决定性影响。女主人公既不代表受男权社会压迫的女性，也不代表受消费文化操控的购物者，而是代表受环境变化左右的个体。如果说从消费主义的角度来看，贫穷的女主人公进行高档消费，是做作地扮演富人，那么，从自然主义的角度观察，女主人公的行为则十分自然，因为外在因素导致她的心态和行为迅速向婚前那种富有阶层回归。这三种不同的叙事动力构成相互冲突、相互制约和相互补充的关系，作者/叙述者邀请读者从三个角度来看人物的言行，这不仅使作品呈现出很强的文学性的矛盾张力，也大大丰富了对人物形象的塑造（详见第十章）。

九、同一主题方向上三种叙事进程的并行

在埃德加·爱伦·坡的《泄密的心》中，也出现了三种叙事进程。但与《一双丝袜》不同，这三种的主题方向基本一致，都对主人公－叙述者的谋杀行为加以道德谴责。此外，与《一双丝袜》相对照，情节发展仅有一种叙事运动，而隐性进程则由并列运行的两种叙事运动构成（详见第十一章）。[①] 作品的情节发展聚焦于“我”对一位老人的谋杀和最终被警察发现。在情节发展背后，有两种隐性进程，第一种围绕杀人者无意识的自我谴责展开。在整个谋杀过程中，主人公十分虚伪，持续不断地佯装，并为此洋洋自得。他把自己的佯装投射到前来搜查的警察身上，对警察的“佯装”感到极难忍受，痛斥这种不道德的行为，而他对警察的谴责恰恰构成对他本人虚伪佯装的自我谴责。这是一股

① 参见 Shen, *Style and Rhetoric of Short Narrative Fiction*, pp. 29－49。

贯穿全文的戏剧性反讽暗流。[①] 另一种则围绕杀人者无意识的自我定罪展开。他一直声称自己神智健全，而在当时，社会上正在就“精神病抗辩”和道德错乱(moral insanity)进行激烈争论，谋杀者只有通过“精神病抗辩”才能免于处罚(犯了精神病，包括道德错乱，方可免于判罪)。《泄密的心》中的谋杀者一直声称自己没有精神方面的问题，无异于反讽性地自我定罪。在这一隐性进程中，作者不仅阻止读者用精神错乱或道德错乱来为杀人者开脱罪责，而且通过作品与社会语境的关系来微妙地拓展和强化戏剧性反讽。[②]

在唐·德里罗(Don DeLillo)的长篇小说《天秤星座》(*Libra*)中，也存在大方向一致的三种叙事进程，三者从不同角度联手再现肯尼迪刺杀案。其中两种构成情节发展的两个分支：其一，以时间为轴，聚焦于个人经历；其二，以空间为轴，聚焦于各方势力的“阴谋”。在情节发展背后，还存在围绕象棋游戏的逻辑展开的隐性进程，这股叙事暗流对平衡历史书写和虚构叙事、揭示主观能动性与历史进程之间复杂的互动关系起了重要作用。[③]

第二节　隐性进程与情节发展互为颠覆

在有的叙事作品中，隐性进程与情节发展呈现出直接对立的关系。就主题意义而言，两者可谓非此即彼，难以调和。情节发展处于明处，往往构成一种有意误导读者的表面假象，而处于暗处的隐性进程则隐蔽地承载着作者真正意在表达的内容。这一明一暗、一假一真、一虚一实、相互颠覆的两种叙事进程的并存给作品带来强烈的矛盾张力。在这一大类下面，我们至少可以区

---

① 这种隐性进程里的戏剧性反讽十分隐蔽，且有赖于前后文本成分的交互作用，因此有别于通常的戏剧性反讽——后者出现在情节发展中，显而易见，一般也仅在局部产生作用。

② 在《花语：论曼斯菲尔德小说〈第一次舞会〉中的隐性叙事手法》(《齐齐哈尔大学学报(哲学社会科学版)》2016年第2期)中，张艳敏探讨了在舞会开始、中间、结尾对杜鹃花的三处不同描写，认为这种描写构成了“隐性进程”，与情节发展互为补充。这里有三点值得注意：(1)景物描写本身无法构成叙事“进程”——“进程”涉及故事事件和人物言行的发展；(2)隐性进程是从头到尾与情节发展持续并列运行的叙事暗流，不能仅仅出现在三个点上；(3)《花语》中的杜鹃花是情节中背景描写的一部分，在情节发展里起到衬托人物情感变化的作用。

③ 安帅：《历史的棋局、空间的游戏——〈天秤星座〉中的隐性进程》，《外国文学研究》2019年第1期，第28—37页。

分两种不同的小类。

一、被社会接受的情节发展与被社会排斥的隐性进程

有的作者之所以制造这样的双重性，是因为其真正想表达的主题意义难以被社会正义和社会道德所接受，只能通过叙事暗流来隐秘地达到目的。且以凯特·肖邦的名篇《黛西蕾的婴孩》（"Désirée's Baby"，1893）为例。作品的情节具有很强的戏剧性：黛西蕾看上去是典型的白人，但属于身份不明的弃婴。她在白人养父母家长大，嫁给了家族显赫的农场主阿尔芒·奥比尼，可她生的儿子很快显现出黑白混血的特征，母子因此遭到阿尔芒的无情抛弃，痛苦至极的黛西蕾抱着儿子绝望自杀。阿尔芒准备焚烧黛西蕾母子的遗物时，无意中发现自己的母亲写给丈夫的一封信，得知其实自己才是黑人母亲的后代。中外批评界都认为这是反种族压迫和男权压迫的进步作品，黛西蕾代表了这双重压迫之受害者的形象，作品莫泊桑式出人意料的结局强有力地说明种族主义是如何不合情理。

然而，在情节发展的背后，却存在捍卫美国南方奴隶制的隐性进程，暗暗建构了黑白分明的两种奴隶制天地。在以白人为主人的天地中，既无种族歧视，也无种族压迫，（真/假）黑人不是成为白人的妻子，白人的"亲"女儿，就是受到白人家长般的关爱。与此相对照，在以（真）黑人为主人的天地中，（真/假）黑人则受到（真）黑人主人严酷的种族歧视和种族压迫，失去快乐，遭到抛弃，乃至丧失生命。在黛西蕾被误认为混血之后，白人给她的都是爱，将她和混血儿子迫害至死的正是具有黑人血统的奴隶主阿尔芒。在隐性进程里，黛西蕾和阿尔芒的性格差异在很大程度上转化成了白人的种族优势和黑人的种族劣势之间的差异；男权对妇女的压迫也从根本上被（真正的）黑人血统对（真正的）白人血统的压迫所置换。作品很可能在暗示：黑人的种族劣根性才会使奴隶制成为黑人的地狱，而白人的种族优势则使奴隶制成为黑人的天堂。[①]

在肖邦的另一作品《美丽的佐拉伊德》（"La Belle Zoraïde"，1893）中，也存在种族立场上直接对立的两种叙事进程。就情节发展而言，《美丽的佐拉伊德》控诉了奴隶制时期女黑奴的悲惨遭遇。美丽的女家奴佐拉伊德爱上了一

---

① 详见 Shen，*Style and Rhetoric of Short Narrative Fiction*，pp. 70－92。

个在地里干活的英俊黑奴，但她的女主人则要她嫁给她十分厌恶的一个混血家奴。她没有服从女主人的安排，与心上人偷情并怀了孩子。女主人设法把她的心上人卖到他乡，并让人抱走了她刚生下的孩子，谎称孩子死了，这导致她一辈子精神失常。批评界认为这是谴责奴隶制的压迫和呼唤女性婚姻自由的进步作品。然而，在情节发展后面，还存在美化奴隶制的隐性进程：白人女农场主对这个女黑奴像女儿般地疼爱，完全是为她着想，才让人抱走了她的孩子，以为这样她就能回归先前无忧无虑的幸福状态。但上帝却做出了不同的安排，决定让她一辈子处于悲伤之中。因为上帝的意志强于女主人的意志，女主人的善良愿望才未能实现。佐拉伊德精神错乱之后，女主人为了拯救她，让人找回了她的孩子，并亲自给她送来，对她说："我可怜的亲爱的佐拉伊德，这是你的孩子。留下她，她是你的。我不会让任何人再把她从你这儿夺走。"①这样，迫害佐拉伊德的白人女农场主就被美化成母亲般的保护者。由于上帝决定惩罚佐拉伊德，她在精神错乱中不认自己的亲生骨肉，女主人拯救她的努力才无法成功。在西方文化中，上帝代表正义，具有无上的权威。可以说，《美丽的佐拉伊德》在某种意义上构成一个种族主义的寓言：若黑奴违背主人的善意安排，就会遭到上帝的惩罚，导致自我毁灭。②

若要了解肖邦创作隐性进程的动机，就需要了解其生活经历。肖邦 10 岁时，南北战争爆发，她和她的家庭都站在南方奴隶制一边。她同父异母的哥哥为捍卫奴隶制而参战，她自己则冒着坐牢的危险，将北方人系在她家门口的联邦旗帜扯了下来。肖邦的娘家有很多黑奴，公公是残酷的奴隶主，丈夫是种族主义"白人同盟"的积极分子，丈夫死后，肖邦自己也当过一段时间农场主。③不难看出，在《黛西蕾的婴孩》和《美丽的佐拉伊德》中，叙事暗流对种族主义的捍卫与作者的家庭背景和生活经历密不可分。肖邦创作时，奴隶制已经废除，种族主义遭到抨击，在这种情况下，显然难以通过情节发展公然为其呐喊，而

---

① Kate Chopin, *Bayou Folk* (Boston: Houghton, Mifflin and Company, 1894), p. 289.

② 详见 Shen, *Style and Rhetoric of Short Narrative Fiction*, pp. 85—88。

③ 参见 Per Seyersted, *Kate Chopin: A Critical Biography* (Baton Rouge: Louisiana State UP, 1969); Jean Bardot, "French Creole Portraits: The Chopin Family from Natchitoches Parish," in *Kate Chopin Reconsidered*, ed. Lynda S. Boren and Sara Desaussure Davis (Baton Rouge: Louisiana State UP, 1992), pp. 29—30。

只能通过隐性进程暗暗加以辩护。

每当作品中出现与社会正义和社会道德相违的隐性进程时，我们都不妨去作者的生活经历中找寻答案。在埃德加·爱伦·坡的名篇《一桶阿蒙蒂拉多白葡萄酒》("The Cask of Amontillado",1846)里，也出现了这种隐性进程。作品围绕"我"对一位名叫福图纳托的朋友的复仇展开。"我"声称朋友侮辱了自己，因此采用种种计谋，把他骗至自家地窖的墓穴里，将他活埋，半个世纪后，"我"向"你/您"讲述了这一复仇过程。就情节发展而言，批评家们认为这一作品表达了道德教训，杀人的"我"像是在对神父进行忏悔，且"我"是五十年后进行忏悔，说明"我"一直良心不安。[①] 作者对"我"持反讽态度，"我"的残忍谋杀剥夺了自己的人性，其行凶作恶时的伪装说明他的疯狂。[②] 然而，在情节背后的隐性进程里，我们看到的则是"我"对自己正当复仇的得意叙述，五十年后为自己的成功(包括未受法律制裁)而沾沾自喜，没有忏悔之意。"我"的狡诈虚伪不再是道德谴责的对象，而成了作者眼中实现正义的高明手段。作者通过遣词造句，从头到尾都暗暗表达了对"我"的欣赏，也试图引导读者对主人公给予积极的评价。该作品发表于 1846 年 11 月，当年夏天，《镜子》期刊主编富勒(Hiram Fuller)在编者按中对坡加以侮辱性攻击。与此同时，坡与他反目成仇的朋友英格利希(Thomas Dunn English)展开笔战，后者对坡大肆侮辱谩骂。坡向法庭控告诽谤，法庭判坡获得名誉损害赔偿。[③] 有学者考证，英格利希是福图纳托的生活原型，[④]坡是在通过隐性进程发泄对生活中仇敌的痛恨，定要置其于死地而后快。

在阅读这样的作品时，开始看到的是与社会正义和道德规范相符的情节发展，我们会力求进入我们眼中"作者的理想读者"的位置，对奴隶制的罪恶和残酷谋杀朋友的罪行加以谴责，对命运悲惨的黑奴和被活埋的朋友寄予深切

---

① G. R. Thompson, *Poe's Fiction* (Madison: U of Wisconsin P, 1973), pp. 13—14.

② James W. Gargano, "The Question of Poe's Narrators," *College English* 25.3 (1963), p. 180.

③ 参见 Arthur Hobson Quinn, *Edgar Allan Poe* (New York: Cooper Square Publishers, 1969), pp. 501—506。

④ Francis P. Demond, "'The Cask of Amontillado' and the War of the Literati," *Modern Language Quarterly* 15 (1954), pp. 137—146; David S. Reynolds, "Poe's Art of Transformation: 'The Cask of Amontillado' in Its Cultural Context," *New Essays on Poe's Major Tales*, ed. Kenneth Silverman (Mass. New York: Cambridge UP, 1993), p. 93.

的同情。然而，当我们逐渐看到隐性进程时，则会看到完全不同的人物形象，也会对作者的真实立场进行抵制，加以批判。但与此同时，我们往往会看到更为微妙、更为高超的创作技巧。《黛西蕾的婴孩》之所以受到西方历代批评家的欣赏，与作品强烈的戏剧性和矛盾张力不无关联；《一桶阿蒙蒂拉多白葡萄酒》也是如此。在隐性进程逐渐暴露的过程中，戏剧性和矛盾张力都会变得越来越强。正是通过技艺超群的遣词造句和结构安排，同样的文字表达出相互排斥的主题意义，传递出截然对立的立场态度，使作者、叙述者、人物和读者之间的距离产生巨大变化。

二、两种截然不同的人物关系

在有的作品中，情节发展和隐性进程的意识形态立场保持一致，但人物关系则大相径庭。在曼斯菲尔德的名篇《心理》中，就存在这样的情况。中外批评界对情节的理解相当一致，都认为男女主人公暗暗热恋对方，却始终压制自己的性欲望，竭力保持柏拉图式的纯洁友谊；他们努力想成为精神伴侣，却始终无法如愿，两人之间的关系直到故事结尾都未发生变化。然而，在情节背后的隐性进程里，我们看到的则是浪漫的女主人公单相思，把自己的激情暗恋投射到性情呆板、毫未动情的男主人公身上，而且可以看到两人关系的明显变化：女主人公最终从激情暗恋转向了纯洁友谊，终于跟男主人公走到同一轨道上。隐性进程和情节发展里的人物关系非此即彼，两者一实一虚、一真一假、相互颠覆（详见第十二章）。

如果说，在双重叙事进程互为补充时，忽略隐性进程会导致对作品主题意义、人物形象和人物关系的片面理解和部分误解，那么，当双重叙事进程互相排斥、互为颠覆时，忽略隐性进程则可能会导致对作品主题意义、人物形象和人物关系的完全误解。无论属于哪一类，作品的隐性进程和两种进程之间的互动关系在以往的批评阐释中均被忽略。在下一章中，我们将集中探究导致这种忽略的各种原因。

第 三 章

双重进程被忽略的原因和挖掘方法

上文提到的均为文学、电影和连环漫画中的名篇，其中不少文学作品享有上百年的阅读历史，受到中外历代批评家的关注，但文中的双重叙事进程却一直被忽略。在评论笔者的相关研究时，波特·阿博特指出，“读者看不到隐性进程，并非因为它过于隐蔽，而主要是因为读者的阐释框架不允许他们看到其实就在眼前的东西”[①]。阿博特所提到的“读者”并非普通读者，而是撰文著书的批评家，其中不乏造诣精深的专家。尽管隐性进程在有的作品中相当隐蔽，并非那么一目了然，但在有的作品中，则确实比较容易发现，而历代批评家却视而不见。那么，究竟有哪些原因造成批评界长期忽略隐性进程以及它与情节发展的互动？进一步而言，我们应该如何挖掘双重叙事进程？

第一节　忽略双重进程的各种原因

我们可以总结概括至少六种导致双重进程被忽略的原因，而最主要的原因则是批评传统的束缚。

一、批评传统的束缚

从古希腊亚里士多德开始，情节发展就是西方批评家关注的唯一叙事运

---

① H. Porter Abbott, “Review: *Style and Rhetoric of Short Narrative Fiction: Covert Progressions Behind Overt Plots*,” *Style* 47.4 (2013), p. 560.

动；国内从古到今，叙事研究也围绕情节、人物、背景等要素展开。中外批评家从各种角度挖掘情节本身（可能包含多个层次和数个分支）的深层意义，而没有关注与情节并列前行的其他叙事运动。无论是短篇还是长篇小说、无论是戏剧、电影还是连环漫画，批评传统的束缚是导致情节发展背后的隐性进程被忽略的根本原因。我们不妨从以下两个方面来看批评传统如何阻碍对双重叙事进程的关注。

(1) 一种主要冲突的束缚

在上文提及的卡夫卡的《判决》、曼斯菲尔德的《启示》和《唱歌课》等作品中，情节发展都聚焦于个人（父子、夫妻、情侣、朋友、同事等）之间的冲突，而隐性进程则围绕个人与社会的冲突展开。如果仅仅关注情节发展，就难以看到后者。在阐释《判决》时，任卫东首先承认父子冲突是情节的主要冲突，然后指出："作品中还有卡夫卡本人没有看到的关系，而这正是文学评论者的任务"[①]。她从社会化角度切入，分析格奥尔格在社会化过程中遇到的种种问题，但始终没有超出个人之间的冲突，最后还是回到了父子冲突。[②] 有的西方批评家也意识到仅关注父子冲突的局限性。罗素·伯曼（Russell Berman）把视野拓展到文学创作、文学惯例和文化氛围，但依然看不到人物与社会的冲突，看不到人物在社会压力下的生存困境。[③] 从这些专家的解读可以窥见，如果不打破亚里士多德以来批评传统的束缚，把视野拓展到情节发展背后的另一种叙事进程，无论我们怎么努力，都难以看到在隐性进程里运行的另一种冲突。

就曼斯菲尔德而言，她深受易卜生的影响。《启示》在某些方面可以说是英国现代版的《玩偶之家》。但与易卜生不同，她在情节层面对女主人公在与男主人公交往时表现出的性格弱点进行了反讽。如果能看到隐性进程，就能看到这些缺陷在很大程度上源于父权制社会对英国中上层妇女的扭曲。她们无法外出工作，只能充当男人的玩偶，在百无聊赖中产生种种缺陷。作品反讽

① 任卫东：《个体社会化努力的失败》，《四川外语学院学报》2006年第3期，第41页。

② 同上文，第41—43页。

③ Russell A. Berman, "Tradition and Betrayal in 'Das Urteil,'" in James Rolleston, ed., *A Companion to the Works of Franz Kafka* (New York: Camden House, 2002), pp. 85—100.

的矛头真正指向的是父权制社会对这些妇女的限制和压迫。其实,在《启示》中,明确出现了女主人公莫妮卡渴望自由,不再充当男人玩偶的呼声。她"想喊叫:'我自由了,我自由了。我像风一样自由了。'……不,不,她只属于生活,不属于任何人";"男人多么不可信赖啊!……用不着去扮作天鹅绒篮子里的小小猫咪,不用扮作阿拉伯人,以及大胆、欢乐的小孩和小野家伙……'再也不用了,'她紧握小拳头大声喊道。"[1]然而,由于情节发展聚焦于莫妮卡的个人缺陷以及她与男主人公之间的冲突,因此这些反抗男权压迫的呼声不是被忽略,就是被误解[2]。科布勒(J. F. Kobler)认为莫妮卡的性格和行为使"她的丈夫无法认真对待她……或许大多数读者也无法把莫妮卡当回事。她看上去真的是那样的自私自利,根本不值得加以重视。曼斯菲尔德暗示我们,自私自利可能是'真实'的莫妮卡的性格本质所在"。[3] 这扭曲了文本的深层走向(通过两个"启示"来揭示莫妮卡对"自由的"真实自我的向往),消解了作品对父权制社会的抨击,将父权制社会对莫妮卡的禁锢和压迫完全合理化。如果我们能挖掘出隐性进程,就能洞察到这一看上去似乎较为浅薄的作品,实际上直指历史上"玩偶"型妇女的社会生存悲剧,具有深刻的思想内涵。[4]

以上涉及的是显性进程里个人之间的冲突掩盖了叙事暗流里个人与社会的冲突。与此相对照,在沃尔夫的《说"是"》中,情节发展涉及的是种族立场冲突,而隐性进程则聚焦于个人婚恋中的理智与情感之争。但无论属于哪一类,处于明处的情节中的主要冲突极易掩盖处于暗处的隐性进程里的另一种主要冲突。这一点适用于上一章提及的几乎所有小说(无论是短篇还是长篇,也无论是传统经典作品还是当代魔幻系列)、戏剧、电影和连环漫画。

(2) 一种人物形象的束缚

长期以来,批评家往往沿着一条主题轨道看人物形象,尽管一直关注人物

---

① Katherine Mansfield, "Revelations," in *The Stories of Katherine Mansfield* (Auckland: Oxford UP, 1984), p. 344.

② 详见 Shen, *Style and Rhetoric of Short Narrative Fiction*, pp. 98—110;参见 Shen, "Subverting Surface and Doubling Irony," pp. 191—209。

③ J. F. Kobler, *Katherine Mansfield: A Study of the Short Fiction* (Boston: Hall, 1990), p. 87.

④ 详见 Shen, *Style and Rhetoric of Short Narrative Fiction*, pp. 98—110。

形象的复杂性,但尚未考虑到在一篇作品中,会出现两条(甚或三条)不同的主题轨道,刻画出两种(甚或三种)不同的人物形象。在《巴克妈妈的一生》中,就出现了这种情况。这是曼氏"最为著名的人物故事"[①]之一,我们不妨看看《钱伯斯文学人物辞典》中,"巴克妈妈"的词条:

> 巴克妈妈是贫穷艰难的生活、疾病和死亡的可怜的化身(pathetic personification)。这位衣衫褴褛的女佣与其他人的肮脏进行斗争。她"可怜没人照顾的人",且她的一生都在为别人服务。当她心爱的小外孙因肺病夭折时,她感到非常绝望。小外孙是"她生活中的一切",她需要哭泣,然而,在社会规约的束缚下,这个自尊的人无处可去,这让她感到悲痛欲绝。[②]

单从情节发展来看,这样的人物描述是比较全面和到位的,也注意到了巴克妈妈的坚强和自尊,但这些特点被她充满苦难的一生所弱化,被"可怜的化身"这一总体概括所遮覆。其实,在探讨巴克妈妈的形象时,不少批评家注意到了她的坚忍和自尊,但相关评论却散落在对情节发展的分析中,在很大程度上被人物的孤独悲苦所遮盖。他们没有意识到这些性格特征会在另一个叙事进程中起至关重要的作用,看不到人物的另一种形象,更看不到其与社会性别转换的关联。女主人公在情节发展里凄苦绝望、催人泪下的形象和在隐性进程里男人般坚忍自尊、可敬可佩的顶梁柱形象都沿着一个主题方向被强化,可谓均有失偏颇,但两者在相互制约中达到了一种平衡,在明暗相映的互补中塑造出了一个富有特色的丰满形象(详见第十五章)。

在米勒的连环漫画《斯巴达 300 勇士》中,情节发展聚焦于 300 勇士为自由而战的正面形象。这样就令人难以看到隐性进程中暗暗刻画的其具有较强负面意味的野兽般的形象。但如果忽略后者,就会造成对人物的片面理解。[③]

---

① Rhoda B. Nathan, *Katherine Mansfield* (New York: Continuum, 1988), p. 93.

② *Chambers Dictionary of Literary Characters* (Edinburgh: Chambers Harrap Publishers, 2004), p. 506.

③ Daniel Candel, "Covert Progression in Comics: A Reading of Frank Miller's 300," *Poetics Today* 41.4 (2020), pp. 705-729.

二、对作者定见的束缚

西方批评界倾向于对作者的立场形成较为固定的看法,中国文学传统中也有"文如其人"的说法。这都立足于一种固定的作者形象,也影响了对隐性进程的挖掘。凯特·肖邦是早期女性主义的代表人物,批评界眼里的进步作家。其笔下有些作品在种族立场上确实较为开明。在《一件精美瓷器》("A Dresdent Lady in Dixie")中,肖邦正面描述了一位对农场主一家忠心不渝的黑人大爷。他正直、诚实、善良,白人女主人甚至将他的优秀品质与耶稣门徒圣彼得相提并论。[①] 这位黑人大爷的善良无私与《黛西蕾的婴孩》中(有黑人血统的)阿尔芒的残忍无情形成截然对照。肖邦的《超越牛轭湖》("Beyond the Bayou")也正面描绘了一位黑人大妈与农场主的小儿子亲如母子的深厚情感,以及这位黑人大妈如何以令人敬佩的勇气和毅力把负伤的孩子安全送到了家。[②] 这些作品都容易加深肖邦是进步作家的印象。带着这样的印象,很容易被《黛西蕾的婴孩》和《美丽的佐拉伊德》中反种族主义的表面情节所迷惑,误以为这就是作品的根本立场。

我们对于经典作家往往持有一种定见:作者的立场不仅是进步的,也是符合道德规范的。这种定见不但会妨碍我们发现种族主义的叙事暗流,而且也会在作品含有违背道德的隐性进程时,遮挡我们的视线。在阐释坡的《一桶阿蒙蒂拉多白葡萄酒》时,不少批评家没有料到作者会暗暗借作品泄私愤,因此忽略了作品中对残忍谋杀表示赞赏的隐性进程。值得注意的是,作者在创作同一主题类型的不同作品时,可能会持大相径庭的立场。坡笔下《泄密的心》就从表到里都对谋杀表示了谴责——隐性进程通过双重戏剧反讽,加强了这种正确的道德立场。

就曼斯菲尔德而言,批评界普遍认为她在创作中不关注社会问题,而是善

---

① Kate Chopin, "A Dresdent Lady in Dixie," in *The Complete Works of Kate Chopin*, ed. Per Seyersted (Baton Rouge: Louisianna State UP, 1969), pp. 345—351.

② Kate Chopin, "Beyond the Bayou," in *Bayou Folk* by Kate Chopin (Boston: Houghton, Mifflin and Company, 1894), pp. 99—110. 但值得注意的是,《超越牛轭湖》和《一件精美瓷器》中的故事都发生在奴隶制废除之后,白人与黑人之间关系融洽,而《黛西蕾的婴孩》和《美丽的佐拉伊德》的故事背景为奴隶制时期,涉及黑人的苦难和死亡。

于抓住一种情感、一个短暂的瞬间来塑造人物和营造氛围。在阐释《启示》和《唱歌课》等作品时，对作者的这种定见会阻挡视野，让我们难以看到抨击父权制社会的隐性进程，而且也让我们难以发现《巴克妈妈的一生》之隐性进程里的社会性别转换：将传统观念中的女性弱点放到男性人物身上，同时将男性优点放到女性人物身上。这颠覆了父权制框架中女性要对应女性的社会行为特征，而男性则要对应男性的社会行为特征的二元对立，从当今性别政治的角度来看，具有前瞻性和进步意义。

还有一种定见涉及作者的写作风格。我们往往仅关注作品的一种描写风格，然而，隐性进程有可能会采用与情节发展相异的描写风格。在上文提到的克莱恩的《一个战争片段》中，就出现了这样的情况。不少批评家一看到斯蒂芬·克莱恩的作品，一看到"一个战争片段"这一貌似写实的标题，就倾向于从现实主义或自然主义的角度进行阐释，因而容易忽略在写实的表面情节后面，对主人公和其他军人进行漫画式反讽的隐性叙事进程。

三、作者书信、访谈的束缚

中外批评界一致认为卡夫卡的《判决》为其后的《变形记》《诉讼》等杰作"开了先河"，成为其"缩影"，[1]却一直未看到《判决》与这些作品的本质相通：关注个人与社会的冲突。这与卡夫卡本人的介绍不无关联。卡夫卡在书信和日记中谈到《判决》时，均仅提及父子冲突，而未涉及个人与社会的冲突。我们不妨从两个角度来看这一问题。一是亚里士多德以来的批评传统一直仅看情节发展，因此卡夫卡也仅对此加以关注。二是卡夫卡有意隐瞒自己更深层次的创作意图，不提及情节背后个人与社会的冲突。诚然，我们可以指责卡夫卡误导读者，但与此同时，也应反思自己对作者言论是否过于轻信。

四、作者的障眼法

有的作品中隐性进程被忽略，与作者有意采用的障眼法有关。曼斯菲尔

---

① Angel Flores, "Foreword" to *The Problem of "The Judgment*," ed. Angel Flore (New York: Gordian Press, 1977)；凯特·费洛里斯：《〈判决〉》，载叶廷芳编《论卡夫卡》，北京：中国社会科学出版社，1988 年，第 136 页。

德的《唱歌课》就采用了多种障眼法：(1)故事情节生动地刻画了一个冷酷无情、肤浅天真的老处女。读者往往集中关注这一戏剧性形象本身的弱点(这一点与《启示》十分相似)。(2)聚焦于男女主人公之间的关系，始终没有点明社会性别歧视这一深层原因。(3)选择了一个女子学校作为故事的背景，女主人公面对的是女性人物间接实施的社会性别歧视。(4)女主人公从绝望转为欢欣，这也在一定程度上遮掩了隐性进程对父权制社会的反讽和抨击。[①]《唱歌课》发表于1920年，尽管受到19世纪末兴起的新女性运动的影响，20世纪初的英国还是相当因循守旧的。在这种社会环境中，承受着经济压力的曼斯菲尔德若想靠写作挣钱，就无法公开抨击男权压迫，而只能通过隐性进程来暗暗加以表达。略早于曼斯菲尔德的美国女作家凯特·肖邦的境遇也证明了这一点。肖邦在一些后期作品中公开表达出较强的女性主义意识，结果为出版商所拒，评论界也对她创作的新型女性人物横加指责。肖邦也是以写作为生的，为了挣钱，她被迫变得"不那么公开和直接，变得较为间接，较为含蓄"[②]。

本书绪论中提到美国《文体》期刊2021年春季刊专门用于探讨笔者首创的双重叙事进程理论。凯莉·马什在回应笔者的目标论文时，区分了两类作品，它们都同时批判中上层妇女的个人弱点和造成相关弱点的父权制社会。在第一类中，对父权制社会的批判处于明处，而在第二类中，这种批判则十分隐蔽。而之所以隐蔽，是因为情节发展持续邀请读者对女性人物进行强烈的否定性道德评判，使读者难以对其产生同情。这就遮掩了这样一个事实：这些女性人物的弱点在很大程度上源于父权制社会的限制和压迫。[③] 曼斯菲尔德的《唱歌课》和《启示》均属于这一类作品。马什采用笔者的理论分析了同属于这一类作品的布思的戏剧《女人们》。马什强调这类作品需要采用笔者提出的双重叙事动力的模式来加以解读，这样才能穿过由情节发展构成的遮挡，挖掘出聚焦于社会原因的"隐性进程"，否则就难以看到作品隐蔽的社会批判。[④]

---

① 详见 Shen, *Style and Rhetoric of Short Narrative Fiction*, pp. 111—124。

② Martha J. Cutter, "Losing the Battle but Winning the War: Resistance to Patriarchal Discourse in Kate Chopin's Short Fiction," *Legacy* 11 (1994), pp. 17—24.

③ Kelly A. Marsh, "Dual Narrative Dynamics and the Critique of Privilege," *Style* 55. 1 (2021), pp. 42—43.

④ Ibid., pp. 43—47.

在奴隶制被废除之后，肖邦则在《黛西蕾的婴孩》和《美丽的佐拉伊德》等作品中通过情节发展来制造反奴隶制的假象，只是在情节背后的隐性进程里暗暗表达捍卫种族主义的立场。而想借《一桶阿蒙蒂拉多白葡萄酒》泄私愤的坡，为了让读者接受作品，也采用了多种障眼法，这也是不少读者忽略作品真实立场的一个重要原因。

五、技巧的微妙

作者往往通过微妙的遣词造句来构建隐性进程。我们不妨看看曼斯菲尔德《心理》中的一段文字：

> 有一种他们相互交流的另一种方式，他想用这种新的方式轻轻说："你也感觉到这点了吗？你能明白吗?"……然而，令他恐怖的是，他听见自己说："我得走了。6点钟我要见布兰德。"是什么魔鬼让他这样说而不那样说？她跳了起来——简直是从椅子上蹦了出来，他听到她喊："那你得赶快走。他总是准时到。你干吗不早说?""你伤害我了；你伤害我了！我们失败了。"她给他递帽子和拐杖时她的秘密自我在心里说，而表面上她却在开心地微笑着。[①]（省略号是原文中的，着重号为引者所标）

在情节发展里，两人相互激情暗恋，男主人公一进女主人公的家门，就不想再离开。此时，男方想用新的方式跟女方交流情感，却未料到自己会提出告辞，这令他感到恐怖，也伤害了女方。与此相对照，在隐性进程里，女方单相思，男方并未动情。他已约好跟朋友傍晚6点会面，顺路进来稍坐一会，暗恋他的女方希望他来了能够久留，此时幻想着他想用新的方式跟自己交流情感，却未料到男方会突然提出告辞，这令她感到恐怖，大受伤害。就隐性进程而言，至关重要的是用自由间接的方式表达的女方的想法"是什么魔鬼让他这样说而不那样说?"女方不可能透视男方的内心，这句话实际上告诉读者是女方想要男方"那样说"，前文描述的男方的心理活动其实是女方投射到男方身上的一厢情愿。也就是说，通过"而不那样说(instead of the other)"这寥寥数

---

① Katherine Mansfield, "Psychology," in *Bliss, and Other Stories* by Katherine Mansfield (New York: Alfred A. Knopf, 1920), pp. 152—153.

字，曼斯菲尔德就在隐性进程里巧妙地改变了男方心理活动的性质（详见第十二章）。

在《阁楼上的玩具》中，隐性进程主要"是由琐碎离题的细节或者不在场的故事构成"[①]。因为这些文本成分对于情节发展无足轻重，因此在阅读过程中极易被忽略。

六、反讽的特殊性

反讽是一种常见的文学修辞手段，也是隐性进程中采用的一种重要技巧。在第一章中，我们已经探讨了隐性进程中反讽的独特性。通常的反讽往往出现在作品的局部，且不难发现，而"隐性进程"的反讽则是从头到尾运行的一股潜流。在作品的局部，我们看不到反讽，只是在与相关文本成分的前后呼应中，反讽性才会有所显现，因此相当隐蔽。在坡的《泄密的心》的结尾处，谋杀者对着前来搜查的警察大喝："恶棍，别再装了！"保罗·威瑟林顿（Paul Witherington）认为谋杀者喊出来的"恶棍！"不仅是对警察虚伪的谴责，而且也是对读者不健康阅读心理的痛斥。[②] 然而，在隐性进程里，我们则会集中关注：谋杀者从头到尾都是唯一佯装之人，也一直在为此自鸣得意，他在结尾处的怒喝无意中构成一种自我谴责，产生贯穿全文的隐蔽的戏剧性反讽。若能发现这股反讽暗流，我们就会和作者站在一起，居高临下地对谋杀者进行嘲讽。

在克莱恩的《一个战争片段》中，开篇处描写中尉用剑为各班平均切分出一份咖啡，这本身不带多少反讽意味，但后文中有："在路旁，一队军人正在煮咖啡，嗡嗡交谈着，就像女孩子的寄宿学校一般。"根据传统社会的分工，分咖啡、煮咖啡是典型的女性行为。作品不仅以男主人公细分咖啡为开篇，且重复提及军人的这种"女性"行为，并明确将军人比喻为女孩。根据父权制社会的传统两性观，男人心胸开阔，女人心胸狭窄；男人英勇无畏，女人懦弱胆怯；男人积极主动，女人消极被动；男人冷静沉着，女人容易激动；男人钢筋铁骨，女

---

① 张欣：《逃离与禁锢：〈阁楼上的玩具〉的显性情节与隐性进程》，第 46 页。

② Paul Witherington, "The Accomplice in 'The Tell-Tale Heart,'" *Studies in Short Fiction* 22.4 (1985), pp. 473—474.

人柔和脆弱。在《一个战.争片段》的隐性进程里，从头到尾暗暗出现了传统框架中的“性别置换”，中尉和其战友被漫画式地加以女性化，以此讽刺传统英雄主义观，达到反战的目的。在这种“女性化”的总体策略中，中尉用剑分咖啡也成了反讽的手段之一。[①]

通常我们仅关注局部出现的较为明显的反讽，因此容易忽略隐性进程特有的在上下文的呼应中暗暗产生的反讽。

七、互文影响

批评界普遍认为比尔斯同一年发表的《空中骑士》《峡谷事件》和《一种军官》都意在抨击战争的残酷和无意义，反讽为了履职尽责而杀死亲人的愚蠢行为。这一评价符合后两篇作品的实际，对《空中骑士》则不然。如前所述，《空中骑士》一方面通过情节发展来抨击战争（战场上主人公被迫弑父突出反映了战争的残酷无情），另一方面又通过隐性进程对主人公履职尽责、大义灭亲暗暗表示赞赏（详见第九章）。从情节发展来看，三篇作品立场一致；但就隐性进程而言，《空中骑士》与另两篇作品则形成鲜明对照。由于前者处于明处，这种表层的互文一致性就在很大程度上掩盖了《空中骑士》独特的叙事暗流。

第二节　如何挖掘双重进程？

在上文剖析的导致隐性进程被忽略的各种原因的基础上，本节就如何挖掘双重叙事进程，提出以下建议。

一、打破批评传统的束缚

长期以来，我们把情节、人物、背景视为虚构叙事作品的三大要素，将对情节（包括与之相关的人物塑造和故事背景）深层意义的集中关注视为天经地义。而这种研究模式对于含有隐性进程的作品并不适用。就这种作品而言，我们需要把视野拓展到情节背后，有意识地努力挖掘与情节并行的叙事暗流。这提醒我们两点：一是不能迷信任何批评传统，无论该传统已经延续了多长时

---

① 详见 Shen, *Style and Rhetoric of Short Narrative Fiction*, pp. 50—69。

间，也无论该传统得到了多么广泛的认可；二是要具体情况具体分析，不同种类的文本需要采用不同的批评模式。有不少叙事作品没有隐性进程，可以仅仅探讨情节发展，但也有不少叙事作品含有隐性进程，这就需要考察其中的双重叙事进程。

值得注意的是，从古到今，从中国到西方，批评家往往注重作品主题的统一性。我们需要打破这一阐释框架，着力探讨在情节发展背后，是否存在沿着不尽相同甚至截然对立的主题轨道运行的叙事暗流。如果作品中存在这样的隐性进程，在发现之前，批评家可能会把相关文本成分往情节发展上生拉硬扯，导致种种牵强附会的解读和激烈的批评争议。就卡夫卡的《判决》而言，由于批评界仅仅关注情节发展，忽略了隐性进程，这样文中就频频出现看上去偏离情节、不合逻辑或有违常理的成分，使《判决》成了一个"极其令人困惑的故事"，"布满了难以解决的问题"。[①] 就曼斯菲尔德的《苍蝇》而言，由于批评家各自沿着某一条主题轨道走，把各种文本成分往这条轨道上硬拽，这一作品也引发了十分激烈的批评争议。遇到这种令人困惑或引发强烈争议的作品，我们需要特别关注情节发展背后是否存在沿着另一条主题轨道运行、自成一体的叙事暗流。只要能看到隐性进程，文中的一切都会变得顺理成章，也不难解决激烈的批评争议。

诚然，遇到像比尔斯的《空中骑士》、曼斯菲尔德的《心理》和《巴克妈妈的一生》这种批评界看法相当一致的作品，我们也不能掉以轻心，需要深入发掘情节发展背后的叙事暗流。

就人物塑造而言，我们需要打破沿着一条主题轨道看人物的批评传统，着力考察是否存在沿着不同主题轨道塑造出的不同人物形象。我们还需要突破沿着一条主题轨道看审美技巧的传统，着力发掘相关审美技巧是否在并列运行的不同叙事进程中发挥了不同的作用。

无论属于哪种情况，如果能发现隐藏的叙事暗流，我们就能看到作品中同时存在的两种大相径庭甚至截然对立的主题意义、相异的人物形象，以及形成对照的审美技巧。如果我们能洞察到它们相互映衬、相互制约、相互补充或相

---

① Flores, "Foreword" to *The Problem of "The Judgment"*；罗素·伯曼：《卡夫卡的〈判决〉：传统与背叛》，《东吴学术》2014年第4期，第105页。

互颠覆的关系，就能较为平衡全面地理解作品，就能更好地欣赏作者在主题表达和人物塑造上的高超和创新。

二、打破对作者的定见

中外学界都倾向于对作者的创作倾向形成某种固定的看法。若要发现隐性进程，我们至少需要在以下几个方面打破对作者的定见，认识到：(一)作者可能会在不同作品中持大相径庭的意识形态立场；(二)作者可能会在符合社会道德的情节背后，创作出违反社会道德的隐性进程；(三)作者可能会在有的作品的隐性进程中，关注通常不关注的社会问题；(四)作者可能会在有的作品的隐性进程中，暗暗采用一反常态的写作风格。总之，若要发现隐蔽的叙事进程，我们必须以开放的眼光来看待同一作者笔下的不同作品，充分关注其差异性，尤其是隐蔽的差异性。

三、文内分析和文外考察相结合

作者在创作不同作品时采取的不同立场常常跟其个人经历或社会环境密切相关。肖邦的《美丽的佐拉伊德》和坡的《一桶阿蒙蒂拉多白葡萄酒》中的叙事暗流可以在很大程度上归因于作者的生活经历。卡夫卡的《判决》对个人与社会冲突的关注与作者所处的历史环境密切相关；肖邦的《一双丝袜》中自然主义的叙事暗流与当时的文学思潮也密不可分；就《唱歌课》来说，如果关注维多利亚时代得不到婚姻的英国女性所面临的困境，就会有助于我们发现作品抨击父权制压迫的隐性进程。

我们需要把文内分析和文外考察相结合，这样有利于发现和解释隐性进程，对于有违社会正义和道德规范的叙事暗流来说，就更是如此。

在进行文外考察时，我们需要防范被作者在书信和访谈中对作品的介绍所束缚，而应该清醒地认识到，作者在论及自己的创作时，可能会有所保留，因此不能轻信。上文提到的卡夫卡对《判决》的介绍就是一个典型例证。其实，若仔细考察卡夫卡的《致父亲》，我们同样也可以看到卡夫卡对自己与外部世界之关系的关注，还可以看到暴君式的父亲导致他“对其他所有人的永无止境的害怕”[1]。

此外,无论作者的介绍和相关史料如何,我们都必须以文本为重,加以仔细深入的考察,探究情节背后究竟是否存在隐性进程。

四、注意文本成分的前后呼应

叙事的隐性进程在很大程度上取决于不同地方文本成分的暗暗交互作用。若要发现隐性进程,我们需要仔细考察在情节发展的背后,处于作品开头、中间和结尾的相关文本成分是否暗暗呼应,构成一种与情节并行的隐性叙事运动,表达出与情节的主题意义相辅或相左的另一种主题意义。就这一点来说,我们还需要关注作品不同地方相似的情景是否暗含某种对照。在《黛西蕾的婴孩》中,阿尔芒向黛西蕾求婚时,黛西蕾的白人养父要阿尔芒考虑黛西蕾来路不明的身份(即她可能有黑人血统),这似乎暗示他是一个种族主义者。然而,他和夫人在领养黛西蕾时,却根本不在乎黛西蕾的来路不明,而且当黛西蕾被误认为是混血儿时,他们夫妇毫不嫌弃,把黛西蕾当成自己的亲女儿看待。这与具有黑人血统的阿尔芒对“混血”的黛西蕾的迫害形成截然对照。在这一作品中,我们若仔细考察,可以看到在反种族主义的情节后面,从文本开头、中腰到结尾持续存在着这样暗暗的对照:白人不歧视和压迫黑人,具有黑人血统的人才歧视和压迫黑人,这构成一种隐性叙事进程,暗暗美化白人统治下的奴隶制,并暗暗抨击黑人血统的低劣。

如前所述,隐性进程中的反讽有赖于相关文本成分的前后呼应,仅看局部很难发现,这也要求我们仔细考察前后文本成分的交互作用。

五、关注对情节而言琐碎离题的细节

对于隐性进程至关重要的成分,从情节发展的角度观察,可能会显得无足轻重,甚至琐碎离题。当我们发现有的文本成分从情节发展的角度来看可以忽略不计时,不要轻易将其放置一边,而要加以仔细深入的考察,看这些成分是否与前后成分相呼应,构成贯穿文本的隐性进程。在曼斯菲尔德《苍蝇》的

---

① 卡夫卡:《致父亲》,载叶廷芳主编《卡夫卡全集》第7卷,石家庄:河北教育出版社,2000年,第427—428页。

前面部分，病弱的伍德菲尔德对老板和其新装修的办公室的称赞和羡慕、老板的自鸣得意和对办公室新物品的逐一显摆等细节，看上去对围绕战争、死亡、施害/受害、苍蝇的象征意义等展开的情节无足轻重。但我们若仔细考察这些看上去无关紧要的细节与其他文本成分的交互作用，就有可能会发现情节后面反讽老板虚荣自傲的那股叙事暗流。只要逐渐发现隐性进程，相关文本细节就不会再显得琐碎，而会获得主题相关性，其审美价值也会相应显现。

在有些作品中(譬如曼斯菲尔德的《心理》和坡的《泄密的心》)，对于隐性进程至关重要的文本细节不仅在情节发展中处于边缘，而且也出现在作品的中腰甚至结尾。在这种情况下，我们需要反复仔细考察作品，探究相关文本细节是否与其他文本成分相关联，构成从头到尾与情节发展并列前行的叙事暗流。

六、将文体学的文字分析和叙事学的结构分析相结合

叙事的隐性进程具有较强的隐蔽性和间接性，往往在很大程度上由一些微妙的文字选择构成，且作者还可能采用各种障眼法，因此在阅读时很容易被忽略。而细致的文体分析有助于揭开文本表层的面纱，发现这些相关文字选择在叙事暗流里的重要主题作用。叙事批评界往往聚焦于作品的结构特征，在很大程度上忽略作者的遣词造句，这影响了对隐性进程的发掘。若要发现双重叙事进程，我们需要把文体学的文字技巧分析和叙事学的结构技巧分析结合起来，从头到尾仔细考察作者在遣词造句和结构安排上的精心选择，关注文体与结构之间的交互作用。

七、注重互文考察

将一个作品与相关作品加以比较，有助于发现作品中的隐性进程。譬如，将曼斯菲尔德的《启示》与其笔下的《序曲》和易卜生的《玩偶之家》等作品加以比较，会帮助我们看到《启示》中的隐性进程。将肖邦笔下《黛西蕾的婴孩》《美丽的佐拉伊德》和《贝尼图家的奴隶》(“The Benitous’ Slave”)放在一起考察，也可互相映照，呈现其共有的捍卫奴隶制的立场。在挖掘隐性进程时，我们需要注意互文比较，以便通过相似性，发现不同作品共享的立场。

值得注意的是，互文关联是把双刃剑，我们在注重互文比较的同时，需要

防备被不同作品的表面相似所蒙蔽。如前所述，批评界将比尔斯的《空中骑士》与仅有单一进程的《峡谷事件》和《一种军官》相提并论，无意中遮掩了《空中骑士》中特有的双重进程。

在存在双重叙事动力的作品中，倘若看不到隐性进程，无论采用什么方法，也无论分析多么深入细致，都难免会片面理解甚或完全误解作品的主题内涵、人物形象和审美价值，而以往的文学研究却忽略了这种重要的文学现象。除了文学研究，以往的文体研究、叙事研究、认知研究和翻译研究的理论模式和分析方法都是以情节发展这一种叙事运动为基础建构的。为了更好地帮助发现隐性进程，我们需要在这些领域对相关理论和批评模式加以拓展和重构。

第 四 章

双重表意轨道与文体学模式的重构

从古到今，批评界一直在考虑文字在上下文中的意义。当作品中存在两种甚或三种叙事进程时，我们就需要改变阐释框架和研究思路，因为这些不同的叙事进程构成不同的表意轨道，同样的文字可能会同时表达出两种甚或三种字面、隐含和象征意义，而且同样的文字在不同的叙事进程中可能会呈现出不同程度的重要性。我们不妨将这种意义称为"文字在叙事进程中的意义"，这是被批评界所忽略的一种重要的文字表意现象。本章前三节将选取实例，对这种以往未引起关注的语言表意现象进行梳理、概括和阐述，以期更好地引起批评界尤其是文体学界的重视。

在一个作品中，双重甚或三重表意轨道的并列运行，对现有文体学分析模式提出了严峻挑战，需要加以拓展和重构，本章第四节将致力于这一方面的探讨。

第一节　标题的双重或多重意义

作品如果含有一种以上叙事运动，其标题往往具有双重或多重意义，有可能是不同象征意义或隐含意义；也有可能是相互对立的字面意义；还有可能在一种叙事进程中具有较强象征性，而在另一种中则不具象征色彩，如此等等。

一、两种不同的象征意义

通常，我们仅关注作品标题的某一种象征意义。然而，在存在双重叙事进程的作品中，标题有可能会具有两种象征意义。在曼斯菲尔德的《莳萝泡菜》中，作品的标题“莳萝泡菜”在情节发展中象征男女主人公之间关系的酸涩或现实的苦涩或爱情的消退乏味；而在情节背后的隐性进程里，这一标题则在广义上象征人与人之间的默契和分享。这两种不同的象征意义分别与女主人公和男主人公的意识相关联。只有同时关注情节发展和隐性进程这两条并行的表意轨道，才能把握标题在男女双方的意识中产生的双重象征意义（详见第十三章）。

二、三种不同的象征意义

在有的作品中，存在三种不同的叙事进程，标题也有可能会相应具有三种象征意义。在凯特·肖邦的《一双丝袜》中，情节发展有两个既相互矛盾又相互补充的分支，沿着女性主义和消费主义的轨道并列前行。在情节发展背后，还存在一个以自然主义为主导的隐性叙事进程（详见第十章）。作品的标题是“一双丝袜”，这是女性专用物品，体现了女性特征。在女性主义的情节发展中，女主人公正是在购买和穿上一双丝袜之后，开始关注自己的身体和需求，获得自我意识，因此这一题目象征着女性自我意识的觉醒。与此相对照，在消费主义的情节发展中，“一双丝袜”则是消费文化的符号，象征着时尚商品对女性的诱惑，女主人公购买丝袜的行为是她炫耀性消费的开始。这两种相冲突的象征意义在情节发展中共同起作用，相互牵制，产生较强张力，也达到某种平衡：女主人公既受消费文化的诱导，又在消费过程中获得了短暂觉醒。在情节发展的背后，在以自然主义为主导的隐性进程里，精美丝袜则是新的外部环境的象征。女主人公婚后失去了富家女的心态和行为，而在婚前穿戴的那种高档丝袜以及其他物品的作用下，这种心态和行为迅速回归。在这一叙事暗流中，“一双丝袜”这一标题指向外在生活环境对人物的决定性影响。

在阐释标题时，批评家往往致力于挖掘一种意义，将之理解为在整个作品或整个语篇中的意义。在看到标题的双重甚或多重意义之后，我们可以悟出，标题的意义实际上是“叙事进程中的意义”。以往批评家看到的其实是标题在情节发展这一种叙事进程中的意义。倘若情节发展本身有两个沿着不同表意轨道运行的分支，我们就需要观察到标题在这两个并列前行的支流中所呈现的不同意义。如果情节背后存在隐性进程，我们还需要兼顾标题在这股叙事暗流里的特定意义。

三、两种不同的隐含意义

在有的作品中，标题具有一定的隐含意义。如果作品含有双重叙事进程，就可能会存在两种不同的隐含意义。在安布罗斯·比尔斯的《空中骑士》中（详见第九章），情节发展围绕战争的残酷和无意义展开，而隐性进程则围绕履行职责的重要性展开。无论在哪种叙事运动中，"空中骑士"这一标题都字面指涉被儿子杀死的位于万丈悬崖顶上的父亲。但在情节发展和隐性进程里，这一标题具有不同的隐含意义。在前一种叙事运动中，被儿子杀死的"空中骑士"是战争的牺牲品，含有较强悲剧性。与此相对照，在后一种叙事运动中，"空中骑士"是职责的化身，不仅不带悲剧性，且形象高大，乃至在一定程度上被神化。标题的这两种隐含意义既互不相容，又互为补充，联手帮助表达丰富的主题内涵和双重人物形象。

四、两种不同的字面意义

如果我们把注意力转向曼斯菲尔德的《心理》（详见第十二章），则会看到另一种情况：同一标题在情节发展和隐性进程里具有两种不同字面意义。就前者而言，"心理"这一标题字面指涉相互暗恋的男女主人公双方的心理；而就后者来说，"心理"这一标题则字面指涉单相思的女主人公独特的心理状态。前一种指涉为情节发展中的明指，后一种则是隐性进程中的暗指；前者为虚（虚假表象），后者为实（实际真相）。标题的意义在于这一明一暗、一虚一实两种字面意义的相互对立和合作共存。

在曼斯菲尔德的另一名篇《巴克妈妈的一生》中，作品的标题在情节发展里主要指涉巴克妈妈受尽苦难的一生，而在隐性进程里则主要指涉巴克妈妈一辈子的刚强坚忍，并在丈夫病倒后，像男子汉一样作为顶梁柱支撑起整个家庭（详见第十五章）。

五、象征意义与字面意义

在曼斯菲尔德的《苍蝇》中，我们可以看到标题表意的另外一种双重性，即标题在情节发展中具有很强的象征色彩，而在隐性进程里则没有象征意味。

在前一种叙事运动中,“苍蝇”象征上帝的冷漠,是对第一次世界大战之残暴恐怖的象征性谴责,被无法控制的外力杀死的苍蝇象征着死于战争的无辜的人。与此相对照,在情节背后的隐性进程里,叙事运动自始至终聚焦于对主人公个人的反讽,“苍蝇”不再具有象征意义,仅仅从字面上指涉主人公用于检测自己的胆量和能力的那只苍蝇。诚然,在情节发展里,“苍蝇”也字面指涉被主人公杀死的那只苍蝇。但两种字面指涉的含义不尽相同。在情节发展里,苍蝇是主人公戏弄的对象,是其施暴的可怜牺牲品;而在隐性进程里,主人公通过苍蝇来检测自己的生存能力,逐渐与苍蝇形成认同(详见第十四章)。

第二节　正文文字的双重或多重意义

如果作品含有一种以上叙事进程,不仅标题会具有双重甚或多重意义,而且正文的文字也会不断表达出不同“叙事进程中的意义”。

一、不同的象征意义

在卡夫卡的《判决》中,有这样一段描述:

> 甚至在这个晴朗的上午,他父亲的房间还是那样阴暗。耸立在狭窄庭院另一边的高墙投下了这般的阴影。父亲坐在靠窗的一个角落里,这个角落装饰着格奥尔格亡母的各种各样的纪念物,他正在看报,把报纸举在眼前的一侧,以弥补某种视力缺陷……“这里黑得真受不了。”他[格奥尔格]接下去说。“是的,确实是很黑。”父亲回答。“那你还把窗户关着?”“我喜欢这样。”①

在情节发展中,高墙下的“阴影”可以象征父亲的暴君式统治罩住儿子的“强大阴影”②;但就隐性进程而言,儿子的成熟及事业的蒸蒸日上(人生的阳光时期),则反衬出父亲的老朽衰退(人生的阴暗时期),这种反衬犹如高墙在阳光照射中投下阴影(详见第八章)。也就是说,同样的词语在两种叙事进程

① 弗兰兹·卡夫卡:《判决》,孙坤荣译,载叶廷芳等译《卡夫卡短篇小说选》,桂林:漓江出版社,2013年,第47页。

② 叶廷芳:《卡夫卡及其他》,上海:同济大学出版社,2009年,第48页。

中具有截然不同的象征意义，产生较强的语义密度和文本张力。

二、不同的褒贬涵义

在不同的表意轨道中，同样的文字往往会表达出不同的褒贬涵义。在肖邦的《一双丝袜》中，女主人公萨默斯太太进入一个剧场看演出：

> 没有人是抱着萨默斯太太对待周围环境的那种态度[来看演出的]。她是把所有一切——舞台、演员、观众，全盘接受过来，构成一个广阔的印象，充分吸收，充分享受。看喜剧，她开怀大笑；看悲剧，她唏嘘哭泣，同坐在身边的那位衣着艳丽的妇人一道哭。她俩还一块交谈议论了一会儿。那位衣着艳丽的妇女擦着眼睛，用一方薄薄的洒过香水的花边小手帕擤鼻子，又把她的糖果盒递给萨默斯太太。

从女性主义的角度来看，这些语言选择具有一定的褒义。与那些经常光顾剧院的贵妇人不同，这位贫穷的母亲想充分享受这唯一的进剧院的机会，把周围的一切都吸进脑海里。此时，她越贪婪地吸收和享受，就越说明她平时多么受贫困家庭拖累，完全失去自我，而此时她多么珍惜这个短暂顾及自我、享受生活的机会。也有学者认为，她用 15 美元"培养了自己的审美感，肖邦似乎在暗示这对这个人物的发展很重要"；通过"明智地使用这笔钱，她获得了独立感和自我实现感"[①]。

从消费主义的角度来观察，同样的语言选择则带有贬义：女主人公不仅是为了观看表演，且也是为了像那些盛装的女人一样，"参与消费主义所不断激发的自我展示的扮演"，展示自己的闲暇和富有[②]。在观看不同的戏剧时，她也跟周围盛装的女人一样，表达出"做作的情感(manufactured emotions)"[③]。

在自然主义的暗流里，我们看到的则是人物在外在因素的作用下(在充分

---

① Doris Davis, "The Awakening: The Economics of Tension," in *Kate Chopin Reconsidered*, ed. Lynda S. Boren and Sara de Saussure Davis (Baton Rouge: Louisiana State UP, 1992), p. 148.

② Allen Stein, "Kate Chopin's 'A Pair of Silk Stockings': The Marital Burden and the Lure of Consumerism," *Mississippi Quarterly* 57.3 (2004), p. 364.

③ Robert D. Arner, "On First Looking (and Looking Once Again) into Chopin's Fiction," *Awakenings: The Story of the Kate Chopin Revival*, ed. Bernard Koloski (Baton Rouge: Louisiana State UP, 2009), p. 126.

吸收和享受婚前所熟悉的场景的情况下)，回归了(婚前自己曾属于的)富有阶层的行为和心态。在这一隐性进程中，我们看到的是女主人公与旁边那位衣着华丽的女人行为的一致和交流的通畅，行为毫不做作，文字不带贬义(详见第十章)。

三、不同的主题作用

在比尔斯的《空中骑士》中，就在德鲁士举枪瞄准了敌军骑兵准备射击时，他认出了那个敌人就是自己的父亲。在强烈的情感反应之后，他清醒地意识到："他必须从潜伏处将对面的男人直接击毙——不能警告，不能有片刻的精神准备，甚至不能默默祈祷，只能让他就这么死"。从情节发展来看，这些文字充分体现了战争的残酷。儿子是在头脑清醒的状态下被迫亲手杀害父亲；父亲死前连祈祷的机会都没有，这样罪过得不到赦免，灵魂也无法安息，令人哀叹，为反战主题添砖加瓦。与此相对照，对隐性进程而言，德鲁士在这种情况下履职弑父，则更能说明职责高于一切，令人钦佩，有力加强了这股叙事暗流的主题意义(详见第九章)。

在卡夫卡的《判决》中，全文最后两句是："说完格奥尔格就松手让自己落下水去[自杀身亡]。这时候，正好有一长串车辆从桥上驶过。"就情节发展而言，车流"意味着来来往往，交流、沟通，而这正是格奥尔格所缺乏的"[①]。然而，在情节背后的隐性进程里，格奥尔格的落水和车流驶过之间的对比，则具有十分不同的主题含义。"这时候"和"正好"所突出的两者之间的反差，暗暗强化了个人(被逼自杀)与社会(照常运转)之间的对照。对于个体悲剧，社会("公共汽车""一长串车辆")显得十分冷漠，毫不关心。

同样的文字在两种叙事进程中表达的不同意思互不相容，难以调和。它们在作品中共同作用，相互之间形成牵制和平衡，产生文学作品中特有的张力。在解读作品时，若仅仅沿着一条表意轨道来看文字的意思，难免会片面理解作品的主题意义和人物形象，也容易由于单向解读而造成该方向上的过度阐释。

---

① 曾艳兵：《卡夫卡研究》，北京：商务印书馆，2009年，第203页。

四、不同的感叹意义

在情节发展和隐性进程中,同一感叹语可能会具有不同感叹意义。且以比尔斯《空中骑士》的一个感叹语为例,它出现在作品结尾的文字中:

> “听着,德鲁士,”沉默了一会后,中士说道,“别故弄玄虚。我命令你向我报告。马上有没有人?”“有。”“什么人?”“我父亲。”中士站起来走开。“天哪!(Good God!)”他说。

前文一直未明说主人公杀死的敌方侦察兵是其父亲。中士得知这一真相后,发出惊叹:“Good God!”,这是英语国家的人常用的感叹语,可以翻译成“天哪!”“啊呀!”“好家伙!”等。在围绕战争的残酷展开的情节发展里,这一感叹语仅仅表达对主人公被迫弑父这一战争导致的人间悲剧的哀叹;而在围绕履职重要性展开的隐性进程里,它也在很大程度上表达对主人公排除亲情干扰而坚定履职的感慨。这两种意思在文中共存,在矛盾冲突中帮助表达作品丰富的主题内涵。

五、现实和幻觉共存

批评界一直认为,尽管叙事作品中的视角模式经常变换,但在某个时刻,只有一种视角模式在起作用。在这一种视角中,文字或者描述客观现实,或者表达人物的主观感受,如此等等。然而,在情节发展与隐性进程并列运行的作品中,可能会出现两种视角同时运作的情况,且同样的文字可能会既描述客观现实又表达人物的主观想象。在曼斯菲尔德的《心理》中,正文的文字在情节发展和隐性进程里就不断表达出双重视角中的双重意义(详见第十二章)。这是作品的开头部分:

> 她打开门看见他站在那里,感受到一种从未有过的喜悦,他也是,跟着她走进书房时,看上去对这次来访感到非常非常的开心(seemed very very happy to have come)。
>
> “不忙吧?”
>
> “不。正要喝茶呢。”
>
> “你没在等什么客人吧?”

"没等任何人。"

"啊！那就好。"

他轻轻地、慢吞吞地(lingeringly)把外套和帽子放到一边，好像(as though)他有足够的时间来做一切事情，或者好像他要永远离开他的外套和帽子了(or as though he were taking leave of them for ever)。他走到火炉旁，把手伸向快速跳跃的火苗。

在情节发展中，全知叙述者平衡观察男女主人公，描写双方的心理活动：双方都对这次会面感到极为高兴。然而，在隐性进程里，这一片段一直采用的是女方这一人物的视角。男方已经约好跟另一位朋友傍晚六点会面，顺路进来稍坐一会。暗恋他的女方开门看见他，喜出望外，且把自己的惊喜投射到男方身上。第一句里的"too"和"seemed very very happy"在情节发展里是全知叙述者佯装旁观者的观察，具有一定的客观性；而在隐性进程里，同样的文字则是女主人公在向男主人公投射自己的感受，主观性大幅度增强。女主人公还把自己的恋情投射到男方放置外套和帽子的动作上：她期盼着跟男主人公永远生活在一起，因此幻想着他也想一直在这里待下去，不再穿衣戴帽告辞。在情节发展里，"lingeringly"是全知叙述者的描述；而在隐性进程里，则是女主人公的幻觉。在情节发展里，两个方式状语从句"as though … or as though …"是全知叙述者形容男方行为的比喻；而在隐性进程里，同样的文字则是女方投射到男方身上的自己的愿望。在下文的隐性进程中，女方不断把自己的幻想投射到男方身上；但在情节发展里，我们看到的则是全知叙述者对男方心理的客观描述(详见第十二章)。也就是说，在并列前行的双重进程中，同样的文字在指涉事实和指涉幻想之间发生变动。这两种指涉既相互排斥又相互补充，在对立冲突中联手帮助表达作品丰富的主题意义，塑造出双重人物形象。

第三节　不同进程中文字的不同重要性

隐性进程和情节发展沿着不同的主题轨道运行，在一条轨道中对于表达主题意义十分重要的文字，在另一条轨道中可能会显得无足轻重，反之亦然。

我在《叙事、文体与潜文本》一书中，曾经分析了埃德加·爱伦·坡的《泄密的心》[①]，当时没有关注文字在不同表意轨道中的不同重要性。的确，从“潜文本”的角度切入，不仅很难发现在卡夫卡的《判决》和肖邦的《一双丝袜》这样的作品中，朝着相异的主题方向运行的、独立于情节发展的隐性进程，也难以看清在《泄密的心》这样的作品中，大方向一致的显性情节和叙事暗流分别由不同的语言选择来建构。在本书第十一章中，我们将从“隐性进程”的角度重新探讨《泄密的心》。在这里，我们不妨先以这一作品的结尾为例，看看文字如何在不同的表意轨道中起作用：

> 这时[听到被害老头的心跳声时]我的脸色无疑是变得很白；——但我更是提高嗓门海阔天空。**然而那个声音**[被掩藏在地板下的被杀害的老头的心跳声]**也在提高**——我该怎么办？***那是一种微弱的、沉闷的、节奏很快的声音——就像是一只被棉花包着的表发出的声音***。我已透不过气——可警官们还没有听见那个声音。我以更快的语速更多的激情夸夸其谈；**但那个声音越来越响**。我用极高的声调并挥着猛烈的手势对一些鸡毛蒜皮的小事高谈阔论；**但那个声音越来越响**。他们干吗还不想走？我踏着沉重的脚步在地板上走来走去，好像是那些人的见解惹我动怒——但那个声音越来越响。哦，主啊！我该怎么办？我唾沫四溅——我胡言乱语——我破口大骂！我拼命摇晃我坐的那把椅子，让它在地板上磨得吱嘎作响，**但那个声音压倒一切，连绵不断，越来越响。它越来越响——越来越响——*越来越响*！**可那几个人仍高高兴兴，有说有笑。难道他们真的没听见？万能的主啊？——不，不！他们听见了！他们怀疑了！——他们知道了！——他们是在笑话我胆战心惊！——我当时这么想，现在也这么看。可无论什么都比这种痛苦好受！无论什么都比这种嘲笑好受！我再也不能忍受他们虚伪的微笑！我觉得我必须尖叫，不然就死去！——**而听——它又响了！听啊！——它越来越响！越来越响！*越来越响*！**——
>
> “恶棍！”我尖声嚷道，“别再装了！**我承认那事**！——撬开这些地

① 申丹：《叙事、文体与潜文本——重读英美经典短篇小说》，北京：北京大学出版社，2009年，第134—162页。

板！——**这儿，在这儿！——这是他可怕的心在跳动！**”[1]

《泄密的心》的情节发展围绕“我”对同居一栋屋的一位老头的谋杀和灭迹展开。他杀人后，肢解了尸体，埋在地板下。当警察来搜查时，他听到了地板下老头心脏愈来愈大的跳动声，十分紧张，终于忍受不了而承认了自己的罪行。在作品结局处，用黑体标示的文字对于情节发展至关重要。作品最后一句“——这是他可怕的心在跳动！”跟标题“泄密的心”直接呼应，将读者的注意力集中到被害老头的心跳上。历代批评家对老头心跳的象征意义进行了各种阐释。文体学强调遣词造句与主题意义的关联，从情节的主题意义来考虑，在分析这段文字时，会特别关注对被害老头心跳的描述，尤其是(1)从“那声音也在提高”到“那个声音越来越响”再到“那个声音压倒一切”的递进；(2)对那个声音“越来越响”连续九次的强调性重复；(3)从“它越来越响——越来越响——越来越响！”的两个破折号和一个惊叹号发展到“它越来越响！越来越响！*越来越响*！”的三个连续的惊叹号再加上对最后的“*越来越响*”的斜体强调。

在聚焦于“我”对老头的谋杀、灭迹和罪行暴露的情节后面，有一个围绕他的佯装和自我谴责展开的隐性进程。“我”在整个谋杀过程中都进行了精心伪装，并对此感到自鸣得意。正是因为他一直在佯装，所以他在结局处，怀疑警察听到了地板下老头的心跳声，却佯装不知。而实际上在这个怪诞的故事世界里，只有自称听觉“格外敏感”，可以听见天堂和地狱之声的这位凶手才有可能听到被害老头的心跳。结局处，他对警察怒喝：“恶棍！别再装了！”而实际上只有他一人在佯装——他把自己的佯装投射到了警察身上，因此他对警察的怒喝无意中构成自我道德谴责。这一隐性进程是一股贯穿作品的戏剧性反讽暗流，自始至终与情节发展并列运行(详见第十一章)。[2]

对于隐性进程而言，上面用黑体标示的对情节至关重要的文字，基本上都变得无关紧要，重要的是上面用下划线标示的描写凶手极力佯装和无意中自我谴责的文字。我们可以看到三个步骤的文体选择：首先，作者通过遣词造句

---

① 帕蒂克·F.奎恩编：《爱伦·坡集：诗歌与故事》上册，曹明伦译，北京：生活·读书·新知三联书店，1995年，第624—625页，略有改动，黑体和下划线为引者所标。

② 参见 Shen, *Style and Rhetoric of Short Narrative Fiction*, pp. 32—49。

再现凶手如何一再提高自己的嗓门，力图用自己的声音来掩盖受害者的心跳声，佯装无辜："我更是提高嗓门海阔天空"，"我以更快的语速更多的激情夸夸其谈"，"我用极高的声调并挥着猛烈的手势对一些鸡毛蒜皮的小事高谈阔论"，"我唾沫四溅——我胡言乱语——我破口大骂！"作者还通过凶手的动作来进一步强调凶手如何试图用自己制造的声音来掩盖地板下老头的心跳声："我踏着沉重的脚步在地板上走来走去，好像是那些人的见解惹我动怒"；"我拼命摇晃我坐的那把椅子，让它在地板上磨得吱嘎作响"。接着，作者采用了自由间接引语来描述这位惯于佯装的凶手对警察佯装的无端猜疑："难道他们真的没听见？万能的主啊？——不，不！他们听见了！他们怀疑了！——他们知道了！——他们是在笑话我胆战心惊！"最后，作者描述了凶手对其眼中警察佯装的反应："无论什么都比这种痛苦好受！无论什么都比这种嘲笑好受！我再也不能忍受他们虚伪的微笑！我觉得我必须尖叫，不然就死去！……'恶棍！'我尖声嚷道，'别再装了！"凶手最后的尖声叫嚷无意中构成了自我谴责，因为他是故事世界里唯一佯装的"恶棍"。就隐性进程的主题发展而言，这些语言选择可谓举足轻重，但对于情节发展而言，它们仅仅能起到增强戏剧性的辅助作用。

坡的《泄密的心》是 1843 年面世的，历代批评家给予了大量关注，但均忽略了情节发展背后的隐性进程。由于这两种叙事进程沿着不同的轨道走，往往由文本中不同的成分来体现，因此对于隐性进程有重要作用的文字，在探讨情节发展时很容易被忽略，或者容易被批评家往情节发展的轨道上硬拉，造成对相关语言选择的误读(详见第十一章)。无论文体分析多么细致和系统，如果仅仅关注情节发展，就难以看到与其并列运行的隐性进程。

在下篇各章所分析的作品中，我们可以看到三种情况：其一是隐性进程和情节发展的方向相左，同样的语言选择在不同的表意轨道中，表达出不同的主题意义；其二是虽然两种叙事进程的运行方向相左，但作品中有的语言选择表达出相似的主题意义，只是在两种表意轨道中具有不同程度的重要性。这两种情况可以出现在同一作品的不同地方。另外一种情况是：隐性进程和情节发展的大方向基本一致，但两者的基本构架由不同的语言选择组成。无论是属于哪种情况，现有的文体学理论和分析模式都难以涵盖。

第四节　对文体学的挑战和应对措施

文体学是语言学和文学之间的界面研究，而语言学和文学批评都未考虑文字在不同叙事进程中产生的双重或者多重意义：前者关注的是语言选择在短语、小句或句子、段落、语篇中产生的一种字面、内涵、比喻、隐含或象征意义；后者则仅仅关注情节发展，忽略了隐性叙事进程，也忽略了情节的不同分支所表达的不同主题意义（学者们往往各自沿着情节发展的某一个表意轨道走）。诚然，文学批评家也常常探讨情节的分支，但一般限于主流的旁支，而不是从头到尾并列运行的叙事进程。此外，文学批评家认为情节的主流和分支沿着同一表意轨道运行，表达的是同一种主题意义。当作品中存在沿着不同轨道表达不同意义的情节分支时，文学批评家倾向于把文本成分往一种表意轨道和一种主题意义上拽拉。这也是文体学家通常对作品认识和分析的思路。如果作品含有两种（甚或两种以上的）叙事进程，作者的语言选择因此同时产生两种（甚或两种以上的）字面、隐含或象征意义，现有的文体分析模式只能发现其中一种。此外，如果同样的语言选择在情节发展和隐性进程中具有不同程度的重要性——在一种表意轨道中至关重要的成分，在另一表意轨道中仅起辅助作用，甚或显得琐碎离题；反之亦然——现有的分析模式也只能发现其中一种。若要挖掘出文字在不同叙事进程中的双重或多重意义，以及不同程度的重要性，我们需要在以下几方面做出努力：

首先，需要打破批评传统的束缚。长期以来，文体学界着力于考察作品中的语言表达了一种什么样的主题意义。如果要发现文字在不同叙事进程中产生的意义，首先需要打破这一思维定式，认识到情节发展本身可能存在表达不同主题意义的分支。更重要的是，情节背后可能存在表达另一种主题意义的“隐性进程”。在此基础上，我们需要这样来重新认识文体意义：文体意义指语言在叙事进程中产生的主题意义。如果作品中存在两种或两种以上的叙事进程，同样的文字可能会产生两种或两种以上的文体意义。此外，同样的文字在不同的叙事进程中可能具有不同程度的重要性。文体学家需要挖掘这些不同的文体意义，并考察其如何相互对照、相互冲突又相互补充，联手表达出作品丰富的主题内涵，塑造出复杂多面的人物形象。

若要发现文字同时表达的不同“叙事进程中的意义”，我们需要更新分析路径。在进行语言学分析之前，首先凭借对文字的细致考察和对作品意义的直觉感悟，来大致判断作品中是否有可能存在双重(甚或多重)叙事进程，每一种叙事进程在哪个主题轨道上运行。在此基础上，沿着每一个可能存在的表意轨道，仔细深入地分析作品的语言，在分析过程中不断调整和修正对这一叙事进程及其主题意义的判断。此外，在分析每一种叙事进程的过程中，都需要关注文字在其中产生的文体意义与在其他叙事进程中产生的文体意义之间的相互对照、相互冲突、相互制约和相互补充。

综上所述，在含有双重叙事进程的作品中，情节发展和隐性进程构成不同的表意轨道，从标题到正文的文字都沿着这些不同轨道运行，同时产生各不相同的“叙事进程中的意义”。它们在互动中产生文学作品特有的矛盾张力，表达出丰富的主题内涵，塑造出两种甚或两种以上不同的人物形象，邀请读者做出复杂的反应。如果忽略作品的不同叙事进程和文字在其中产生的不同意义，就难免会片面理解甚或严重误解作品的主题意义、人物形象和审美价值。

文字的不同“叙事进程中的意义”对方兴未艾的文体学研究构成了严峻挑战。要应对这一挑战，我们需要开拓新的视野，把仅仅关注情节发展的研究模式扩展更新为能涵盖不同叙事进程的研究模式，这也带来了拓展文体学理论的机会。值得一提的是，文字的不同“叙事进程中的意义”不仅给文体学理论和研究方法带来了新的发展空间，而且也给文体学批评带来了新的发展机遇。半个世纪以来，文体学批评得到了长足发展，但一直受到不少文学批评家的抵制，因为文体学研究常常缺乏阐释新意，其目的不是为了提供对作品的新的解读，而是为了通过分析作者的语言选择，说明(以往的)解读是如何产生的。而对于文学批评而言，重要的是读出新意，读出深度。叙事的“隐性进程”具有较强的隐蔽性和间接性，其关键成分往往是一些从情节发展的角度看上去无关紧要的语言细节，而细致深入的文体分析有利于发现这些语言细节在“隐性进程”这一表意轨道上所起的重要作用。如果通过文体分析，能够挖掘出叙事的隐性进程，揭示同样文字的不同“叙事进程中的意义”及其交互作用，就有可能超越以往的文学批评，展示出文体分析的阐释价值。此外，如果我们把文体学的文字技巧分析和叙事学的结构技巧分析结合起来，往往能更好地展示出界面研究的优越性，从新的角度揭示文学表意的复杂丰富和矛盾张力。

第五章

双重进程与叙事学模式的重构

西方叙事研究传统由古希腊亚里士多德开创，两千多年来，学者们一直仅关注情节发展这一种叙事运动。当代叙事研究从探讨作品结构转为探讨动态进程；从分析文本拓展到分析读者认知；从关注虚构书面叙事拓展到关注口头"自然叙事"[①]，再拓展到关注违背模仿规约的"非自然叙事"[②]，但始终没有超出情节的范畴。在中国，从古到今，也一直在研究情节发展，从各种角度揭示情节的深层意义。由于这种批评传统的束缚，迄今为止，所有的叙事理论概念和研究模式都仅考虑了情节发展这一种叙事进程，不适用于含有隐性进程的作品。

正如本书下篇将详细展示的，隐性进程表达出与情节发展不同的主题意义，塑造出相异的人物形象，并具有自身的艺术价值，邀请读者沿着另一个表意轨道，做出与对情节发展不同的反应。正因为如此，双重叙事进程对叙事学提出了严峻挑战，需要对多种理论概念和研究模式加以重构。

---

① 参见 Monika Fludernik, *Towards a 'Natural' Narratology* (London and New York: Routledge, 1996); Fludernik, "Towards a 'Natural' Narratology: Frames and Pedagogy," *JLS: Journal of Literary Semantics* 39.2 (2010), pp. 203—211; Dan Shen, "Two Conceptions of Experientiality and Narrativity: Functions, Advantages and Disadvantages," *Partial Answers: Journal of Literature and the History of Ideas*, 16.2 (2018), pp. 263—270。

② 参见 Brian Richardson, "Unnatural Narrative Theory," *Style* 50.4 (2016), pp. 385—404; Dan Shen, "What are Unnatural Narratives? What are Unnatural Elements?" *Style* 50.4 (2016), pp. 483—489。

第一节 叙事学理论的局限性

作为一种界面研究,结构主义叙事学一方面借鉴了结构主义语言学的基本思路,以及语言学的一些重要概念,另一方面延续了长期以来的文学批评传统,仅仅关注情节发展。法国叙事学家茨维坦·托多洛夫(Tzvetan Todorov)对叙事作品进行了较为全面的研究,但没有超出情节范畴。[①] 托多洛夫认为叙事作品的结构跟句子的结构相似。在他看来,组成情节的最小单位为"命题"或"叙事句"。他不仅分析了"叙事句"这一构成情节的基本要素[②],还进一步研究了"序列"这一更高的叙事单位。一个序列就是一组叙事句构成的一个完整的叙事片断。理想地说,它包括从静止状态(譬如和平状态)——不平衡(敌人的入侵)——重新达到平衡(通过击败敌人,取得新的和平)这样的发展过程。作品一般包含一个以上的序列,序列之间具有以不同方式组合的可能性。这在一定程度上体现了对叙事进程的关注,但所有序列都在情节发展的范畴内运作。

法国叙事学家克洛德·布雷蒙(Claude Brémond)认为,在探讨情节时,应注重研究每一种叙事功能为故事发展的下一步提供了哪些可能性。诚然,仅有一种可能性会被人物选择或发现。就拿射箭来说,拉紧弓把箭头对准目标时,出现了两种可能性:"实现的可能性"(把箭射向目标)和"不实现的可能性"(不把箭射出去)。若箭射出,就又出现了两种可能性:成功和失败。[③] 这种对下一步发展可能性的探讨,与西方叙事研究界近三十年来对叙事进程的关注相契合,但考虑范围仅仅是一种叙事运动。

美国修辞性叙事理论家詹姆斯·费伦采用结构主义叙事学关于故事内容和话语表达的区分,将叙事进程的基础界定为故事层的"不稳定因素"和话语层的"紧张因素"。在故事事件层,人物和/或人物的处境发生了某种变化,而

---

① T. 托多洛夫:《文学作品分析》,载王泰来等编译《叙事美学》,重庆:重庆出版社,1987 年,第 46—54 页。

② 与俄国形式主义学者普洛普(Vladimir Propp)的"功能"(function)相对应,参见 Vladimir Propp, *Morphology of the Folktale* (Austin: U of Texas P, 1968)。

③ Claude Brémond, *Logique du récit* (Paris: Seuil, 1973).

这种变化是通过人物冲突关系的复杂化和最终(部分)解决来实现的;在话语表达层,则存在围绕不稳定因素展开的作者与读者、叙述者与读者之间的冲突关系——涉及价值、信仰或知识等方面的重要分歧。[①] 费伦提出的分析模式产生了较大影响。然而,在以往的研究中,无论采用什么方法,也无论从什么角度切入,对“不稳定因素”和“紧张因素”的探讨,均沿着一个主题轨道进行,始终没有超出情节发展的范畴。

就人物塑造而言,西摩·查特曼(Seymour Chatman)在其结构主义人物特征模式中,考虑了人物性格的变化。他指出在故事发展过程中,人物的某一特征也许或早或晚会出现;而随着故事的进展,人物的某一特征可能会消失,或者被其他特征所替代。譬如《远大前程》中的皮普开始较为腼腆,但继承了一笔财富后,则变得相当势利;当他发现自己的好运从何而来时,又最终变得谦恭和感恩。[②] 这种动态的性格特征模式适于分析叙事进程中的人物,但仅仅考虑了情节发展这一种叙事进程。

里蒙-凯南(Shlomith Rimmon-Kenan)区分了塑造人物的两种不同方法:“直接界定(direct definition)”和“间接展现(indirect presentation)”。所谓“直接界定”就是由具有权威性的叙述者直接给出人物的性格特征,而所谓“间接展现”则是仅仅描述人物的言行、外表和环境,而由读者从中推断人物的性格特点。[③] 像其他结构主义叙事学家一样,里蒙-凯南没有考虑到:情节发展后面可能会存在隐性进程,在这两种叙事进程中,同样的人物行为可能会“间接展示”出大相径庭的人物性格特点。

20 世纪 90 年代以来,认知叙事研究得到快速发展,不少学者从认知角度研究读者对人物形象的建构。他们力图揭示读者如何通过文本因素和(大脑中储存的)关于人物的知识结构之间的不断交互作用,逐步丰富某个人物的形象。一般先是自下而上地进行,即先通过文本提示的累积和认知草案、认知框架的作用,大致建构出一个人物形象;然后又自上而下地运作——以这个初步

---

① James Phelan, *Narrative as Rhetoric* (Columbus: Ohio State UP, 1996).

② Seymour Chatman, *Story and Discourse* (Ithaca: Cornell UP, 1978), p. 126.

③ Shlomith Rimmon-Kenan, *Narrative Fiction: Contemporary Poetics*, 2nd edition (London: Routledge, 2002), pp. 59—67.

建构的形象为基础，来统合文本线索，并指引下一步的解读。[1] 这种研究充分关注了读者阐释的动态进程，但仅仅沿着情节发展这一条轨道探索读者的思维建构；而且即便在这一条轨道上，往往对作品的主题意义也未给予充分关注。他们没有考虑到作品中可能会存在两种叙事进程，读者需要沿着两个不同的主题发展轨道，建构出不同的人物形象。

除了认知方法，近三四十年来，不少叙事研究者从女性主义、后殖民主义、可能世界理论、非自然叙事等各种新的角度展开叙事学研究。然而，受亚里士多德以来研究传统的影响，无论他们是借鉴结构主义叙事学的方法，还是提出新的理论概念、新的结构区分或新的研究模式，均没有超出情节发展的范畴。

也就是说，如果作品中存在情节发展和隐性进程这两种并列前行的叙事进程，目前的各种叙事理论概念和研究模式都无法涵盖，需要加以拓展和重构。

第二节　事件结构和人物形象模式的重构

隐性进程与情节发展的并列运行要求修正和拓展故事事件研究模式，需要把单一结构模式更改为双重结构模式。在卡夫卡的《判决》中，情节发展围绕父子之间的冲突展开。而在情节背后，隐性进程则围绕个人与社会的冲突展开(详见第八章)。也就是说，《判决》中情节发展和隐性进程的事件张力产生于两种性质不同的对立。

就凯瑟琳·曼斯菲尔德的《心理》而言，不仅事件冲突的性质发生了变化，而且事件的结构特征也有本质不同。查特曼区分了传统的结局性情节(plot of resolution)和现代的展示性情节(plot of revelation)。前者中的事件因果相连，朝着结局发展，有一个完整的变化过程；后者则是通过一个生活片断来展示人物性格[2]。在《心理》的情节发展中，仅有一个展示性质的叙事运动：男女主人公一直相互激情暗恋却无法表达；他们努力想成为精神伴侣，却也没有成

---

① See Uri Margolin, "Character," in *Routledge Encyclopedia of Narrative Theory*, ed. David Herman, Manfred Jahn and Marie-Laure Ryan (London: Routledge, 2005), pp. 54—56; Ralf Schneider, "Towards a Cognitive Theory of Literary Character," *Style* 35.4 (2001), pp. 607—640.

② Chatman, *Story and Discourse*, pp. 45—48.

功。事态停滞不前,两人的关系没有任何实质性的发展。然而,在隐性进程里,我们却看到一个明显的变化:女主人公开始时单相思,暗恋毫未动情的男方,但最终从激情暗恋转向了男主人公想要的纯洁友谊,终于跟男主人公走到同一条轨道上,事件具有"结局性"的变化(详见第十二章)。

叙事学仅关注情节发展这一种叙事运动的事件结构,无法解释像《判决》《心理》这样含有两种互为对照甚或互为颠覆的双重叙事进程的作品。我们需要把仅涉及情节发展的结构模式拓展为能涵盖隐性进程的双重结构模式:

双重故事结构模式

(a) 情节发展具有什么样的矛盾冲突?具有何种事件结构?

(b) 隐性进程具有什么样的矛盾冲突?具有何种事件结构?

(c) 两者之间呈何种关系?

我们需要分别沿着情节发展和隐性进程这两条不同的主题轨道,深入细致地考察其不同的矛盾冲突、事件结构和发展走向,并关注两者之间的互动。

与事件结构模式相似,人物形象模式也需要拓展和重构。前文已经提到,在含有双重叙事进程的作品中,情节发展会突出人物的某些特征,塑造出人物的一种形象;而隐性进程则可能会强调另外一些特征,塑造出人物的另一种形象(详见下篇各章的具体分析)。在卡夫卡的《判决》中,情节发展中的父亲是压迫儿子的暴君,也有批评家认为他受到自我中心的儿子的迫害;不少读者同情儿子,批判父亲,也有读者批判儿子,同情父亲。与此相对照,隐性进程中的父亲在社会压力下心理变态,跟儿子一样被社会力量异化,父与子均为社会压力的牺牲品,均引起读者的深切同情。在比尔斯的《空中骑士》中,情节发展中的父亲仅仅是战争的牺牲品,而在隐性进程里,父亲则是履职尽责的化身,其形象高大,在某种程度上被神圣化。在曼斯菲尔德的《巴克妈妈的一生》中,情节发展描绘了女主人公一生的悲惨遭遇,突出了其孤独悲苦的女佣形象,以及其雇主"文人先生"对下层人的痛苦和情感的不解。但在情节发展背后,隐性进程则突出了巴克妈妈身上跟男性相关联的优秀品质,并凸显了"文人先生"具有的传统观念中女性的一些弱点,由"文人先生"反衬出巴克妈妈的男性化形象。

我们需要从关注"人物形象"拓展为关注"双重人物形象",并注意考察两种人物形象之间相互冲突、相互制约、相互补充或相互颠覆的关系：

双重人物形象模式

(a) 情节发展塑造了一个人物的何种形象？突出了其哪些性格特征？

(b) 隐性进程塑造了一个人物的何种形象？突出了其哪些性格特征？

(c) 两种人物形象之间是什么关系？相互补充还是相互颠覆？

值得强调的是，情节发展和隐性进程往往协同作用，联手塑造出更为复杂和更为平衡的人物形象，如果仅仅关注两者之一，对人物的看法就难免失之偏颇。

第三节　不可靠叙述和叙事距离模式的重构

隐性进程在情节发展背后的存在使叙述者的可靠与不可靠的问题变得更为复杂。根据由韦恩·布思(Wayne C. Booth)提出并一直被批评界沿用的标准，衡量叙述究竟是否可靠的标尺是隐含作者与叙述者之间的距离。[①] 这种标尺难以用于衡量双重进程中叙述的不可靠性。在把隐含作者和叙述者之间的距离作为衡量标准时，不可靠叙述一般仅发生在第一人称叙述中，而双重叙事进程中的不可靠叙述则常常发生在第三人称叙述中，因为这种不可靠性往往是隐含作者和叙述者共谋共通的，这打破了布思创立的不可靠叙述的理论模式。

就曼斯菲尔德的《心理》来说，第三人称叙述者在情节发展中呈现的画面是男女双方相互激情暗恋，而这只是一种假象，其在隐性进程中让我们看到的女方的单相思才是真相。也就是说，情节发展的叙述是不可靠的，只有隐性进程的叙述才是可靠的。值得注意的是，这一作品的第三人称叙述者与隐含作者立场一致，享有同样的作品规范。

---

① 参见 Dan Shen, "Unreliability," in *Handbook of Narratology*, 2nd edition, ed. Peter Huhn et. al. (Berlin: De Gruyter, 2014), pp. 896－909。

在肖邦《美丽的佐拉伊德》中，情节发展表面上反种族主义，叙述看上去是可靠的；而实际上，叙述者的反种族主义立场是隐含作者有意释放的烟幕弹，是隐含作者和第三人称叙述者共有的一种伪装。在隐性进程中，叙述者暗暗捍卫种族主义，美化奴隶主，把黑奴的苦难归因于上帝的正义惩罚。[①] 如果说隐性进程在价值判断上有违社会正义，是不可靠的，那么这种不可靠性是隐含作者和叙述者共同具有的。

我们需要放弃依据隐含作者和叙述者之间的距离来判断的标准，转而采用是否符合社会正义或者是否符合故事事实等标准。此外，我们需要双重模式来解释同一个叙述者在一种叙事进程里不可靠而在另一种里面则可靠的现象。

双重不可靠叙述模式

(a) 情节发展的叙述是否可靠？对不可靠性的判断标准是什么？

(b) 隐性进程的叙述是否可靠？对不可靠性的判断标准是什么？

(c) 两种叙述之间呈何种关系？

值得注意的是，在具有互补性的双重叙事进程的作品中，即便每一个叙事进程中的叙述都符合事实，价值判断也不存在问题，但若只看单一进程，就可能会有一定的片面性，这亦可视为一种不可靠性。譬如，《巴克妈妈的一生》中情节发展对女主人公悲苦形象的集中叙述，或隐性进程对其男子汉般坚毅的顶梁柱形象的持续表达，都具有片面性。通过两者的相互补充、相互制约，才能消除片面性，建构出较为平衡和全面的人物形象。

此外，双重甚或三重叙事进程的存在，也带来了可靠与不可靠叙述的新型互动。在坡的《泄密的心》中，有三种并列运行的叙事进程。在每一种里面，叙述都既不可靠又可靠，且在不同轴上运作。首先，叙述者声称自己没有疯，但他呈现出精神不正常的一些特征，导致他的叙述在事实轴上的不可靠。但与此同时，他又神智清醒地预谋并实施了杀人计划，因此他声称自己没有疯在一定程度上又是可靠的。此外，叙述者声称自己在谋杀时很会伪装，这在事实轴上是可靠的，但他对这种不道德的伪装感到洋洋得意，这在价值判断轴上又是

① 详见 Shen, *Style and Rhetoric of Short Narrative Fiction*, pp. 85—88。

不可靠的。再者，叙述者认为警察在佯装，这在阐释轴和事实轴上都是不可靠的，但他认为这种佯装不道德，在价值判断轴上又是可靠的，而这种道德判断上的可靠性又被他对自己佯装的洋洋自得所颠覆。这样多层次的可靠与不可靠叙述的互动超出了现有理论的涵盖面，需要对其加以拓展(详见第十一章)。

隐性进程沿着不同的主题轨道在情节发展背后运行，一般都会带来叙事距离的变化。叙事距离存在于隐含作者、叙述者、人物和读者之间。就曼斯菲尔德的《莳萝泡菜》而言，在情节发展中，隐含作者/叙述者将反讽的矛头对准自我中心的男主人公，同时从正面描绘女主人公，持续采用其视角来聚焦，邀请读者对其加以同情。在女主人公与读者、女主人公与隐含作者/叙述者之间，叙事距离相当小。与此相对照，在隐性进程中，隐含作者/叙述者通过女主人公的视角，暗暗对其进行反讽，邀请读者洞察她自身的自我中心，因此大大拓宽了女主人公与隐含作者/叙述者、读者之间的距离。虽然在隐性进程里，男主人公同样是反讽对象，但在某些时刻，他却以正面形象出现，起到反衬女主人公自我中心的作用，这短暂地缩短了他与隐含作者/叙述者、读者之间的距离，带来叙事距离的另一种变化(详见第十三章)。

就曼斯菲尔德的《苍蝇》而言，在富含象征意义的情节发展中，作为中心人物的老板是战争的受害者，引发读者的同情。诚然，在故事的结尾部分，他对苍蝇的施害，也引起读者某种程度的反感，但情节发展基本不带反讽性，总体而言，在隐含作者、叙述者、人物和读者之间的叙事距离较小。与此相比，在隐性进程中，老板成为隐含作者/叙述者反讽的靶子，整个叙事运动围绕对其虚荣心和自我中心的揭示和抨击展开，邀请读者对其进行居高临下的道德评判，叙事距离很宽(详见第十四章)。

以上都是隐性进程和情节发展相互补充的作品，在这两种叙事进程相互颠覆的作品中，叙事距离往往变化更大。在肖邦的《美丽的佐拉伊德》中，情节发展是反种族主义的，抨击的矛头对准压迫黑奴佐拉伊德的女奴隶主，在读者和奴隶主之间存在很宽的叙事距离。在隐含作者/叙述者与奴隶主之间，表面上也存在很宽的叙事距离。受迫害的佐拉伊德引起反种族主义的读者的深切同情；至少在表面上，她也是隐含作者/叙述者同情的对象。与此相对照，隐性进程暗暗把女奴隶主塑造成母亲般的保护者，把抨击的矛头转而对准黑奴佐拉伊德，将其受到的种族迫害描绘成不服从善意安排的罪有应得，是上帝的正义惩罚。在隐性进程里，隐含作者/叙述者站在奴隶主一边，着力加以辩护和美化，叙事距离大幅度缩小，与此同时，其与佐拉伊德之间的距离则大大拓宽。由于这种变化，我们需要双重叙事距离研究模式：

双重叙事距离模式

首先分别考察每一种叙事进程中作者、叙述者、人物和读者之间的距离

然后分析这些不同叙事距离之间具有何种互动关系

在《美丽的佐拉依德》这样的作品中，我们还需要区分表面上的距离和实质性的距离。其情节发展的反种族主义立场是一种烟幕弹，隐含作者/叙述者与奴隶主之间的距离是虚假表象；在隐性进程中，隐含作者/叙述者与奴隶主的立场一致才是真相，叙事距离实际上很小。在发现隐性进程之后，倘若读者是种族主义者，则会跟隐含作者/叙述者站在一起；而倘若读者是反种族主义的，则会抗拒隐含作者/叙述者在叙事暗流里对奴隶制的美化，依然保持与奴隶主之间的叙事距离，同样对黑奴佐拉伊德给予同情。这使叙事距离这一问题变得更加复杂。

第四节　其他叙事研究模式的重构

隐性进程与情节发展的并列前行还可能会带来叙述视角的双重化。在曼斯菲尔德《心理》的情节发展中，视角在男女主人公之间来回变换，呈现出轮换式内聚焦；而在隐性进程里，聚焦者则一直是女主人公，男主人公是其观察对象，前者不断向后者投射自己的浪漫爱恋，出现的是固定式内聚焦（详见第十二章）。我们必须拓展叙事学的视角研究模式，才能涵盖这样的双重视角：

双重叙述视角模式

(a) 情节发展采用了何种视角模式？谁是聚焦者？

(b) 隐性进程采用了何种视角模式？谁是聚焦者？

(c) 两种视角模式之间呈何种关系？

隐性进程和情节发展的齐头并进还会带来叙述口吻的双重化，甚或多重

化。在肖邦的《一双丝袜》中，叙述者在三个并列前行的叙事进程里对人物同样的行为或予以同情，或加以反讽，或表示赞赏（详见第十章）。在比尔斯的《空中骑士》中，叙述者在两个并列前行叙事进程中以不同的口吻描述了主人公被迫弑父的行为：在情节发展中，主人公被迫弑父仅仅体现了战争的残酷无情，叙述者对此加以反讽；而在隐性进程里，叙述者则对主人公履职尽责、大义灭亲表示赞赏（详见第九章）。由于叙述口吻和其他因素的变化，作者、叙述者、人物和读者之间的距离也相应发生变化。

双重甚或多重叙述口吻模式

首先分别探讨每一种叙事进程有何种叙述口吻

然后分析这些不同叙述口吻具有何种互动关系

其实，我们需要把各种单一的叙述技巧模式都拓展成双重（甚或三重）的，才能解释情节发展和隐性进程里的不同叙述技巧及其相互作用。

双重叙述技巧模式

分析情节发展中的叙述技巧

分析隐性进程中的叙述技巧

分析两者之间的互动关系

叙事学一个最基本的区分是"故事"（所述内容，包括事件和人物）和"话语"（表达方式）的区分。由于在情节发展和隐性进程里事件/人物和话语表达技巧都会以不同的方式呈现，因此也需要建构双重研究模式：

双重故事与话语关系模式

考察情节发展中故事与话语的关系

考察隐性进程中故事与话语的关系

考察两者之间的交互作用

当作品中存在明暗相映的两个叙事进程时，我们需要分别围绕情节发展和隐性进程来探讨其各自的事件层和话语表达层的交互作用，与此同时，还需要关注这明暗相映的两股叙事流之间的关系。

值得注意的是，每一种叙事进程都会邀请读者做出特定反应。《一双丝袜》中沿着女性主义轨道走的叙事进程邀请读者同情和赞赏女主人公，而沿着消费主义轨道走的叙事进程却邀请读者对女主人公的行为持一定的批判立场；而自然主义的隐性进程则让读者感叹个体或人类完全受环境的左右。在《空中骑士》中，文字在情节发展里表达的意义只让读者感到儿子的可悲——跟父亲一样，都是战争的牺牲品；而同样的文字在隐性进程里表达的意义则邀请读者赞赏儿子履职尽责的行为。不同叙事进程所邀请或激发的不同阅读反应，对认知叙事学构成严峻挑战。面对隐性进程与情节发展并列前行的作品，我们需要把以往研究"读者认知"的模式拓展为研究"双重读者认知"的模式。

双重读者认知模式

研究情节发展中的读者认知
研究隐性进程中的读者认知
研究两种认知之间的交互作用

如果作品像《一双丝袜》或者埃德加·爱伦·坡的《泄密的心》（详见第十一章）那样含有三种叙事进程，我们就需要进一步拓展为"三重读者认知模式"，并关注读者认知的三条不同轨道之间的交互作用。

长期以来，叙事研究界一直注重理论建构，但无论是静态结构研究还是动态进程追踪，所有理论建构都围绕情节发展展开，忽略了自始至终与情节并列前行的隐性进程。值得注意的是，对隐性进程的关注不仅使我们注意到情节发展背后的叙事暗流，以及其本身可能含有的两个分支（如坡的《泄密的心》），而且由于视野的拓展，也促使我们看到在肖邦的《一双丝袜》这种作品中，情节发展本身也含有并列运行的两种叙事进程。这种叙事进程的双重化甚或三重化，对现有的各种基于单一叙事进程的理论概念、阐释框架和研究模式都提出了严峻挑战，需要加以多方面的修正和重构。这提供了新的机遇：对隐性进程的发掘不仅可以丰富叙事学批评，而且可以给叙事理论研究带来新的活力，有力拓展其发展空间。

叙事理论中有两个重要概念"隐含作者"和"作者的读者"，其产生于修辞性叙事研究领域，后来被叙事研究者广泛采用。在下一章中，我们会集中探讨修辞性叙事理论，并将结合这一研究传统，探讨双重甚或三重叙事进程所要求的"隐含作者"和"作者的读者"的拓展和重构。

第六章

当代修辞叙事理论:禁锢、潜能与重构

本书在研究方法上借鉴了西方当代修辞性叙事理论。这一理论关注作者的修辞目的和修辞手段,注重作者、叙述者、人物和读者之间的交流。在20世纪中叶创立小说修辞学的韦恩·布思是美国芝加哥学派第二代的代表人物,当今修辞性叙事理论的领军人物詹姆斯·费伦、彼得·拉比诺维茨(Peter J. Rabinowitz)等则是芝加哥学派第三代的代表人物。这两代人的研究都深深打上了芝加哥学派第一代设立的学科范畴的烙印。在与新批评派的争斗中,芝加哥学派的创始人将注意力聚焦于文本的结构关系,反对关注文字技巧。与此同时,他们又跟新批评派相类似,主张聚焦于文本,反对文学的历史研究。像很多其他流派一样,这种自我设定的研究范围使该流派具有了鲜明特色,但与此同时,也构成了一种延续到当代的自我禁锢。笔者曾在国际上发文指出,若要成为一种更好的批评方法,修辞性叙事研究就需要突破自我禁锢,将结构分析和文字分析相结合,将文本考察与语境考察相结合,同时还需要将文内研究与文本比较相结合。[①] 但在此之后,笔者却发现了当代修辞性叙事理论与早期芝加哥学派在语境立场上的本质不同:当代的理论实际上具有语境化的

---

① Dan Shen, "Neo-Aristotelian Rhetorical Narrative Study: Need for Integrating Style, Context and Intertext," *Style* 45.4 (2011), pp. 576－597. 这也是笔者在 *Style and Rhetoric of Short Narrative Fiction* 里所持的立场。

潜能,而早期的理论则没有这种潜能,这种差异一直被批评界所忽略。[①]

本章第一节分析美国修辞性叙事理论一直排斥文字研究的原因,呼吁将叙事研究与文体研究相结合。这对于挖掘双重叙事进程尤为重要,也是本书下篇身体力行的方法。第二节将探讨当代修辞性叙事理论中被遮蔽的语境化潜能。值得注意的是,修辞性叙事理论即便发挥其潜能,[②]也难以应对含有双重叙事进程的作品,因为其理论框架是建立在情节发展这一种叙事进程之上的。第三节聚焦于修辞性叙事理论的两个核心概念"隐含作者"和"作者的读者"(authorial audience),指出若要将其用于双重叙事进程的分析,必须对其加以拓展和重构。

第一节　文字技巧:排斥与兼顾

当代修辞性叙事研究有一个特点:排斥对作品语言的考虑。这可溯源到第一代芝加哥学派,其追随亚里士多德,认为文学语言从属于作品的大的结构,批评家只有忽略作品的语言,才能聚焦于作品的构架(architecture),才能较好地考察作品如何体现了其所属文类的结构原则。[③] 此外,早期芝加哥学派对以语言为中心的新批评派怀有敌意,这加重了其自身对文字技巧的排斥。这种排斥一直延续了下来。在《小说修辞学》第二版的后记中,布思坚持第一版轻视文字技巧的立场,因为"小说的效果不是以语言为基础的"[④]。在布思看来,早期芝加哥批评家采用的亚里士多德式重结构轻语言的做法有助于打开眼界,帮助考察"从来都难以仅仅进行文字分析"的人物和事件[⑤]。他赞同

---

① 在发现这一差异之后,笔者在国际上再度发文,揭示了这一潜能:Dan Shen, "Implied Author, Authorial Audience, and Context: Form and History in Neo-Aristotelian Rhetorical Theory," *Narrative* 21.2 (2013), pp. 140—158。

② 随着政治批评和文化研究的兴起,西方修辞叙事研究学者排斥社会历史语境的立场受到了方方面面的批评,面对这种局势,这派学者也越来越关注社会历史语境。然而,他们没有认识到这实际上是在发挥当代修辞学派自身理论上的潜能,至少在笔者发表于 *Narrative* 上的那篇论文面世之前是如此。

③ R. S. Crane, "Introduction," in *Critics and Criticism Ancient and Modern*, ed. R. S. Crane (Chicago: U of Chicago P, 1952), pp. 1—2.

④ Wayne C. Booth, *The Rhetoric of Fiction*, 2nd edition (Chicago: U of Chicago P, 1983), p. 461.

⑤ Booth, *The Rhetoric of Fiction*, 2nd edition, p. 460.

约瑟夫·贝克(Joseph E. Baker)的观点:小说的“审美表层”(aesthetic surface)不在于文字,而在于由人物和事件等组成的“世界”[①]。

20世纪80年代以来,越来越多的修辞批评家借鉴了叙事学关于“故事”和“话语”的区分。[②] “话语”被界定为“能指”“表达内容的方式”[③],似乎涵盖了整个表达层面。而实际上正如笔者另文所析,[④]叙事学的“话语”仅仅涵盖结构技巧,在很大程度上忽略了文字技巧,后者是文体学的关注对象。在《故事与话语》一书中,西摩·查特曼在谈到不同媒介时说:“我的主要考察对象是叙事形式,而不是叙事作品的表层形式,即文字的微妙之处,绘画设计,芭蕾动作。这个意义上的‘文体’——某种媒介的质地特征——引人入胜,读过我的论著的人知道我曾在这上面花了不少时间。然而,在本书中,我不关注文体细节,除非文体细节参与或揭示更大的、抽象的叙事运动。”[⑤]这种对文体的排斥也同样见于查特曼十二年之后出版的《叙事术语评论:小说和电影的叙事修辞学》[⑥]。查特曼在20世纪六七十年代曾经是著名文体学家,聚焦于作品的语言文字。但成为(修辞性)叙事学家之后,他有意排斥对语言文字的考虑。

詹姆斯·费伦前后出版了六部修辞性叙事理论方面的专著。[⑦] 第一部《文字组成的世界》对小说文体展开了精湛的分析。然而,在该书勒口这一显眼位置,我们看到的却是对作者立场的如此表述:“虽然语言在不同作品里具

---

① Booth, *The Rhetoric of Fiction*, 2nd edition, p. 480.

② 参见 Dan Shen, "Story-Discourse Distinction," in *The Routledge Encyclopedia of Narrative Theory*, ed. David Herman et. al. (London: Routldege, 2005), pp. 566—567; Dan Shen, "Defense and Challenge: Reflections on the Relation Between Story and Discourse," *Narrative* 10 (2002), pp. 422—443。

③ Gérard Genette, *Narrative Discourse*, trans. Jane E. Lewin (Ithaca: Cornell UP, 1980), p. 27; Seymour Chatman, *Story and Discourse* (Ithaca: Cornell UP, 1978), p. 19.

④ 参见 Dan Shen, "What Narratology and Stylistics Can Do for Each Other," in *A Companion to Narrative Theory*, ed. James Phelan and Peter Rabinowitz (Oxford: Blackwell, 2005), pp. 136—149; 申丹:《叙事、文体与潜文本》,北京:北京大学出版社,2009年,第19—24页。

⑤ Chatman, *Story and Discourse*, pp. 10—11.

⑥ Seymour Chatman, *Coming to Terms: The Rhetoric of Narrative in Fiction and Film* (Ithaca: Cornell UP, 1990).

⑦ James Phelan: *Worlds from Words* (Chicago: U of Chicago P, 1981); *Reading People, Reading Plots* (Chicago: U of Chicago P, 1989); *Narrative as Rhetoric* (Columbus: Ohio State UP, 1996); *Living To Tell About It* (Ithaca: Cornell UP, 2005); *Experiencing Fiction* (Columbus: Ohio State UP, 2007); *Somebody Telling Somebody Else* (Columbus: Ohio State UP, 2017).

有不同的重要性,但总是从属于人物和行动。费伦认为人物和行动是非语言性质的。”基于这样的立场,他的第二部专著的题目成了《阅读人,阅读情节》。虽然费伦在文体分析上功夫颇深,但从第二部专著开始,他像查特曼等修辞批评家一样,一般不关注文字细节,除非在作者与读者的交流中,“文体细节参与或揭示更大的、抽象的叙事运动”。

这种对语言文字的排斥会极大地影响对双重叙事进程的挖掘,因为隐性进程在很大程度上是隐含作者通过细微的语言细节来构建的。即便作品不含隐性进程,仅有情节发展,排斥文体细节也是不可取的。我们知道,修辞性叙事研究是否能成功,取决于批评家是否能正确推断隐含作者的规范。在《小说修辞学》中,布思指出:

> “文体”有时被广义地用于任何这样的因素:涵盖从词到词和行到行,让我们感觉到作者比其笔下的人物要看得更深入,判断得更深刻的任何因素。虽然文体是我们洞察作者规范的主要渠道之一,但由于其带有如此强烈的仅仅是文字的含义,“文体”一词不包括作者选择人物、事件、场景和概念的技巧。①

虽然布思认为文体是我们推断作者规范的一个主要方面,他依然排斥文体,因为我们难以通过仅仅分析文体来很好地理解人物和事件等结构因素。笔者完全同意布思和其他批评家的这一看法:仅仅考虑文字技巧有很大的局限性。然而,为何不能既考虑人物、事件等结构因素,又考虑文字技巧呢?从早期的新亚里士多德派和新批评派开始,我们就面临一个自我强加的不幸选择:或者关注人物和事件而忽略文体,或者关注文体而忽略人物和事件。无论做出何种选择,我们都难以很好地把握隐含作者的规范。因为正如布思自己所言,作者规范需要从作品这一“艺术整体”来进行推断,必须考虑隐含作者做出的“全部”选择②。布思写道:“如果每一个人都像马克·肖勒那样,用‘技巧’来涵盖作者做出的几乎所有的选择,那么或许会适合我们的目的。但在通常意义上,‘技巧’的范围要

---

① Booth, *The Rhetoric of Fiction*, p. 74.

② Ibid., pp. 74—75.

狭窄得多，因此行不通。"[①]按照马克·肖勒(Mark Schorer)的用法，"技巧"可以涵盖人物、事件、结构和文字等作者做出的各种艺术选择。[②] 即便在通常狭窄的意义上来理解"技巧"，也可以涵盖文体。如果像布思本人所指出的，文体是我们洞察作者规范的主要渠道之一，考察文体可以让我们看到作者比人物更为深刻的判断，那么忽略文体，就很容易导致对作者规范的误解。在很多叙事作品中，文体并不是附加的一种装饰，而是作者用于改变人物和事件的性质、传递作品复杂内涵和深层意义的重要手段。只有把握文体特征的主题意义，才能成功地与作者进行修辞交流。

笔者曾应费伦和拉比诺维茨之邀，为他们主编的《当代叙事理论指南》撰稿。当时笔者提出撰写《叙事学和文体学能相互做什么?》一文，得到他们的赞同。[③] 该文呼吁将叙事学的"话语"研究和文体学的"文体"研究相结合，因为两者呈一种互补关系。在此之后，费伦在自己的论著中，对文体也予以了理论上的关注，在提到作品的表达层时，会同时提及"话语"和"文体"(或者文字、语言)，这与他在以前的论著中仅仅提及"话语"形成对照。但是在实际分析中，费伦对文字技巧的关注还不够充分。其他修辞性叙事研究者则无论在理论上还是在实践中，对文体的关注都需要进一步加强。

笔者通过将文体考察和叙事考察相结合，发现了多个作品的双重叙事进程，从而更好地把握了隐含作者的规范。下篇的分析可以很好地说明，将语言细节的考察与叙事结构的考察有机结合，是发现双重叙事进程的有效手段。在第四章中，我们已经详细论证了：在含有双重进程的作品中，文字会沿着不同的表意轨道，同时表达出两种甚或三种不同的意义。若要发现这些不同的表意轨道，洞察到文字同时表达的不同字面、隐含或象征意义，语言细节的分析是不可或缺的。

---

① Booth, *The Rhetoric of Fiction*, p. 74.

② Mark Schorer, "Technique as Discovery," in *20th Century Literary Criticism: A Reader*, ed. David Lodge (London: Longman, 1972), pp. 387-402.

③ Dan Shen, "What Narratology and Stylistics Can Do for Each Other," in *A Companion to Narrative Theory*, ed. James Phelan and Peter J. Rabinowitz (Oxford: Blackwell, 2005), pp. 136-149.

第二节　历史语境:关注的潜能

对双重叙事进程的挖掘,除了需要关注文体细节,还经常需要关注社会历史语境。前文提到,美国当代修辞性叙事理论由芝加哥学派第二代和第三代学者所创建和发展。20世纪70年代中后期以来,这种理论一直受到抨击,认为它跟第一代芝加哥学派所创建的诗学理论一样,是无视历史语境的理论。芝加哥学派也称新亚里士多德派。以克莱恩(R. S. Crane)为代表的第一代学者继承了亚里士多德将文学视为模仿的理念,主张聚焦于文本,反对文学的历史研究。长期以来,西方学界都认为尽管后两代学者将注意力从文本诗学转向了作者与读者之间的修辞交流,所有三代芝加哥新亚里士多德派学者都以文本为中心,忽略历史语境。在回应自20世纪70年代中后期以来这方面的抨击时,当代学者强调的也往往是作者修辞手段的超越历史性(transhistorical)和不同读者接受隐含作者(文本)的邀请,做出大致相同阐释的可能性。即便考虑不同读者的不同阐释,也往往仅考虑当代读者之间的差异,关注他们的不同身份和不同个体经验等,而没有涉及历史语境的变化对阐释造成的影响。在芝加哥学派的阵营里,也出现了拉尔夫·雷德(Ralph Rader)这种强调历史语境的学者,[①]但他本人和其他人都认为这是对克莱恩和布思等为代表的芝加哥学派学术传统的偏离。

美国《文体》期刊2011年第4期首篇刊发了笔者撰写的《新亚里士多德修辞性叙事理论:需要考虑文体、历史语境和文间比较》[②],该文的目的之一在于说明为何修辞性叙事理论和批评会有意排斥历史语境,而为了更好地进行修辞批评,实际上需要考虑历史语境。在此之后,笔者又仔细研读了有关论著,对相关问题展开了进一步思考,结果发现第二和第三代芝加哥学派的修辞理论与第一代的诗学理论在历史语境这一问题上实际上有本质不同,前者的理

---

① Ralph W. Rader, "Tom Jones: The Form in History," in *Ideology and Form in Eighteenth-Century Literature*, ed. David H. Richter (Lubbock, TX: Texas Tech UP, 1999), pp. 47—74; Ralph Rader, "The Logic of *Ulysses*, or Why Molly Had to Live in Gibraltar," *Critical Inquiry* 10 (1984), pp. 567—578.

② Dan Shen, "Neo-Aristotelian Rhetorical Narrative Study: Need for Integrating Style, Context and Intertext," *Style* 45.4 (2011), pp. 576—597.

论本身就具有内在的语境化要求，而后者的理论则排斥了这种要求。[①]修辞性叙事理论有两个核心概念："隐含作者"和与之对应的"隐含读者"（implied reader）或"作者的读者"（authorial audience）[②]，两者均被普遍认为是典型的以文本为中心、忽略历史语境的概念。而实际上，两者都具有语境化的潜能，"作者的读者"甚至引发过明确要求考虑语境的论述，只是这种历史化的（潜在）因素长期以来由于种种原因被遮蔽。笔者将从"隐含作者"和"作者的读者"这两个概念入手，揭示美国修辞性叙事理论中被遮蔽的历史化因素，并剖析造成这些因素被遮蔽的种种原因。

一、"隐含作者"所暗含的语境化要求

布思在《小说修辞学》（1961）中提出的"隐含作者"这一概念是当代修辞性叙事理论最为核心的概念，正因为如此，这一概念受到了中外叙事研究界的很大关注。学者们普遍认为这一概念集中体现了修辞性叙事理论对历史语境的排斥。近来笔者发现这一修辞学概念具有语境化的潜能，而第一代芝加哥学派的诗学理论则不具备这种潜能。可以说，正是从这一核心概念开始，在芝加哥学派的学术传统中暗暗出现了从不要求考虑语境到要求考虑语境的转向。要认识到这一点，必须首先搞清楚"隐含作者"这一概念的所指究竟是什么。布思对这一概念进行了这样的界定：

> 的确，对有的小说家来说，他们写作时似乎在发现或创造他们自己。正如杰萨明·韦斯特所言，有时"只有通过写作，小说家才能发现——不是他的故事——而是故事的作者，或可以说是这一叙事作品的正式作者。"[7]无论我们是将这位隐含作者称为"正式作者"（official scribe），还是采用凯瑟琳·蒂洛森新近复活的术语，即作者的"第二自我"[8]，毋庸置疑的是，读者得到的关于这一存在（presence）的形象是作者最重要的效果之一。无论他如何努力做到非个性化，读者都会建构出一个这样写作的

---

① Dan Shen, "Implied Author, Authorial Audience, and Context: Form and History in Neo-Aristotelian Rhetorical Theory," *Narrative* 21. 2 (2013), pp. 140—158.

② "作者的读者"是 Peter J. Rabinowitz 提出来的概念（参见其"Truth in Fiction: A Reexamination of Audiences," *Critical Inquiry* 4 (1977), pp. 121—141），指涉隐含作者心目中的理想读者，与"隐含读者"基本同义；近二十年来，越来越多的叙事研究者把"作者的读者"用作了"隐含读者"的替代词语。

> 正式作者的形象……正如某人的私人信件会隐含该人的不同形象(这取决于跟通信对象的不同关系和每封信的不同目的),作者会根据具体作品的特定需要以不同的面貌在创作中出现。[①]

在这段引文的注 7 中,韦斯特说:"写作就是作者扮演角色,戴上面具。"在注 8 中,蒂洛森则说在读完乔治·艾略特的小说之后,脑子里印象最深的是"撰写小说的那个第二自我"。布思认为作者在创作时会脱离平时自然放松的状态(所谓"真人"或"真实作者"所处的状态),进入某种"理想化的、文学的"创作状态(可视为在扮演角色或戴上了面具),处于这种文学创作状态的人就是"隐含作者",即"这样写作的正式作者""撰写小说的那个第二自我"或以特定的面貌"在创作中出现"的"作者"。"隐含作者"在写作时做出各种选择;阅读时,我们则根据这些选择从文本中推导出其形象。用布思的话说,隐含作者"是自己选择的总和"[②]——他自己在写作中做出的选择构成读者了解其形象的依据。

布思的《小说修辞学》面世之际,正值研究作者生平、社会语境等因素的"外在批评"衰落,而关注文本的"内在批评"极盛之时,在这样的氛围中,若对文本外的作者加以强调,无疑是逆历史潮流而动。然而,布思旨在研究小说家影响控制读者的修辞技巧和手段,需要探讨作者和读者的交流,于是提出了"隐含作者"这一概念。"隐含"一词指向文本本身:我们根据各种史料来了解"真实作者"或"历史作者"(指日常生活中的这个人),但只能根据文本中的成分,即"隐含作者"在写作时做出的选择,来了解文本"隐含"的作者形象(写作过程中的这个人)。也许是为了回应当时以文本为中心的学术氛围,布思在保持对作者的关注时,采用了隐喻式障眼法。我们在上面引文中可以看到"创造"一词,布思反复强调真实作者"创造了"隐含作者。这实际上指的是进入了某种创作状态,发现自己在以某种方式来写作——布思将"创造"和"发现"视为同义词("发现或创造")。遗憾的是,布思的隐喻式表达导致了学界的普遍误解,误认为"真实作者"是写作者,在写作时创造了"隐含作者"这一客体,因此将"隐含作者"囿于文本之内,认为只有读者才能从文中推导建构出被"创

---

① Booth, *The Rhetoric of Fiction*, p. 71.

② Ibid., p. 74－75.

造”出来的隐含作者。与此同时，又因为布思强调了文中成分是隐含作者所选择的，从而误认为没有写作文本的、被创造出来的“隐含作者”做出了文中的各种选择。这就造成了矛盾，而这种由于误解造成的矛盾又导致了对“隐含作者”这一概念的各种抨击。

虽然布思的“隐含作者”强调文本（其形象以文本为依据，而不以史料为依托），实际上它暗暗修正了以克莱恩为代表的第一代芝加哥学派以文本为唯一考虑的立场。如前所述，布思旨在把创作过程中戴面具的写作者与日常生活中的这个人区分开来，并把同一人创作不同作品时所持的不同目的和立场区分开来，而第一代芝加哥学派的诗学分析则意在把文本与其作者相隔绝。克莱恩对该方法进行了这样的描述：

> 这种分析方法立足于将文学作品与当初的创作语境和过程隔绝开来。它更适于解释在任何时期的任何作品中都会保持不变的效果，那些根据同样的艺术组合原则建构出来的效果。①

请比较布思的相关论述：

> 正如某人的私人信件会隐含该人的不同形象（这取决于跟通信对象的不同关系和每封信的不同目的），[隐含]作者会根据具体作品的特定需要而以不同的面貌在创作中出现。

克莱恩强调的是在“任何作品中”都保持不变的诗学效果，而布思强调的则是隐含作者“根据具体作品的特定需要”，针对特定的读者所做出的特定文本选择。在克莱恩的诗学理论里，我们看不到作者，仅看到永恒的文本；但在布思的修辞理论里，处于中心位置的则是以特定立场来创作的隐含作者。既然布思对“隐含作者”（第二自我）和“真实作者”（第一自我）的区分就是对同一人在创作过程中（我们通过文本来了解其形象）和日常生活中（我们通过史料来了解其形象）的区分，我们就可以既探讨两者之间的差异，又关注两者之间的关联。倘若隐含作者戴上了十分不同的面具，这个第二自我的创作立场与第一自我的生活经历无甚关联，我们就不需要关注后者。但倘若第二自我的

① R. S. Crane, “The Concept of Plot and the Plot of Tom Jones,” *Critics and Criticism*, ed. R. S. Crane (Chicago: U of Chicago P, 1952), p. 92.

文本选择受到了第一自我生活经历的影响,我们就需要考虑相关史料。此外,隐含作者是在特定的历史时期创作,当时的历史语境很可能会影响其创作选择。在这种情况下,如果要正确理解隐含作者的创作选择,就需要考虑相关语境因素(参见第八、十、十一章)。值得强调的是,修辞批评要求读者正确理解隐含作者的特定文本选择,这本身就暗含了这样的要求:如果该隐含作者的文本选择受到了生活经历和历史环境的影响,就必须考虑相关历史因素,否则无法成功地进行修辞交流。这从本质上有别于第一代芝加哥学派无视作品写作者的文本诗学观。

然而,布思在《小说修辞学》(1961)中提出"隐含作者"这一概念时,并没有想到需要考虑相关历史因素。在该书的简短序言中,他毫不隐讳地直言:"在探讨作者控制读者的手段时,我武断地将技巧与所有影响作者和读者的社会和心理力量隔离开来了。"这一方面是因为他继承了第一代芝加哥学派排斥历史语境的传统,另一方面则是因为当时是形式主义的鼎盛期,历史语境遭到学界的普遍排斥。布思在解释"隐含作者"这一概念时,强调的是创作中的"隐含作者"如何不同于日常生活中的"真实作者",认为只有前者才与作品阐释相关。然而,如前所述,通过从文本诗学转向作者与读者的修辞交流,布思无意中使自己的理论具有了考虑历史语境的潜能。

遗憾的是,由于很多学者对布思关于"真实作者创造了隐含作者"的说法加以字面理解,误认为隐含作者不是作品的写作者,而是被真实作者(或历史作者)在写作时创造出来的,因此往往把隐含作者囿于文本之内,甚至将之仅仅视为一种语义关系。① 这完全压制了这一概念的历史化潜能,也在很大程度上影响了对"隐含读者"或者"作者的读者"的理解,以为这个跟"隐含作者"相对应的概念也是典型的脱离语境的概念。而实际上这一概念具有或明或暗的考虑历史语境的要求。

二、"作者的读者"考虑历史语境的要求

就第一代芝加哥学派的文本诗学理论而言,不仅作者从视线中消失,仅

① 参见 Dan Shen, "What Is the Implied Author?" *Style* 45. 1 (2011), pp. 80－98; Dan Shen, "Implied Author, Authorial Audience, and Context," *Narrative* 21. 2 (2013), pp. 140－158。

留下永恒的诗学效果,而且读者的特性也消失不见。在这派学者看来,"一位20世纪的读者在店里的架子上拿了本18世纪的《汤姆·琼斯》,马上就能被小说的审美力量所感染,也就是说,马上就能欣赏小说的基本意思和价值"①。与此相对照,布思强调隐含作者在创作时针对的是其假设的特定交流对象,即可以正确理解其文本选择的"隐含读者"。布思援引蒙哥马利·贝尔金(Montgomery Belgion)的话来说明自己的看法:"只有在读者的道德信念跟故事的道德信念达到完全一致时,读者才有可能产生故事意在激发的全部情感"②。在1983年出版的《小说修辞学》第二版的后记中,布思对拉比诺维茨1977年提出的"作者的读者"表示赞同。这一概念跟"隐含读者"同义,即隐含作者假定的可以正确理解其文本选择的理想读者,这一阅读位置跟"实际读者"("有血有肉的读者")的阅读位置形成对照,后者着重于个体读者之间的差异。拉比诺维茨阐明了"作者的读者"这一概念对了解历史语境的要求:

> 小说作者为某种假定的读者修辞性地设计其作品。像哲学家、历史学家或新闻记者一样,他在写作时必然会假定其读者具有某些信念、知识,并熟知相关规约。他的艺术选择以这些有意识的或无意识的假定为基础,其艺术上的成功也在某种程度上有赖于这些假定的准确性。登比(Demby)的《地下墓穴》(*The Catacombs*)中的故事发生在60年代初,读者必须知道当情节发展到1963年11月22号时,约翰·F.肯尼迪会遇刺,这样小说才能制造出死亡迫近眉睫的感觉。倘若登比假定他的读者不知道这一历史事件,他就会需要相应重写小说。因为小说的结构是为作者假设的读者所设计的(我称之为"作者的读者"),我们在阅读时必须在某种程度上具有这种读者的特征,这样才能理解文本。③

在《阅读之前》(1987)中,拉比诺维茨更为全面地探讨了隐含作者在为其

---

① Ralph W. Rader, "Tom Jones: The Form in History," in *Ideology and Form in Eighteenth-Century Literature*, ed. David H. Richter (Lubbock, TX: Texas Tech UP, 1999), p. 49.

② Booth, *The Rhetoric of Fiction*, p. 118.

③ Peter J. Rabinowitz, "Truth in Fiction: A Reexamination of Audiences," *Critical Inquiry* 4 (1977), p. 126.

心目中的理想读者进行写作时，所持有的各种假定。他说："有的假定是历史性的：福楼拜在写《情感教育》时，假设读者有较多的关于1848年大革命的知识。有的假定是社会性的：至少有一位批评家令人信服地说明了，如果要较好地理解詹姆斯的《螺丝在拧紧》，读者就必须了解，对19世纪的家庭教师来说，什么行为是得体的。"[①]在这样的情况下，"隐含作者"心目中的"作者的读者"（"隐含读者"）是处于历史语境中的读者，如果我们要进入这一阅读位置，就必须具备相关历史知识。也就是说，修辞性叙事理论有或明或暗的考虑历史语境的要求，但这种历史化的因素由于种种原因在很大程度上被遮蔽。

就布思而言，其《小说修辞学》在形式主义处于鼎盛期的20世纪60年代初面世，他在书中提出"隐含读者"这一概念时，持的是明确的形式主义立场，没有考虑相关社会历史因素。随着文化研究和政治批评的兴起，布思的形式主义立场遭到了不少学者的抨击，在《小说修辞学》第二版的后记中，布思既捍卫自己的立场，又做出了让步。他认为自己采用"超越历史"（transhistorical）的立场并没有错，因为自己研究的是小说的修辞技巧而不是小说的政治历史。[②]然而，他赞同巴赫金（M. M. Bakhtin）对文学作品的意识形态研究和历史研究。[③] 在讨论"作者的读者"时，他提到了相关历史因素：

> 拉比诺维茨在讨论作者的读者时，强调了一种我自己在讨论隐含读者时没有说清楚的复杂因素：我们既可在文本的明确表达里，又可在文本沉默不语之处，发现隐含作者在为什么样的读者写作。有的东西作者觉得没有必要提，因为他觉得其心目中的读者已经知道，或者说希望我们是那样的读者。"登比的《地下墓穴》中的故事发生在60年代初，读者必须知道当情节发展到1963年11月22号时，约翰.F.肯尼迪会遇刺，这样小说才能制造出死亡迫近眉睫的感觉。"正是因为小说对此只字未提，我们可以推导"作者的读者"了解这一事件。价值观也是同样的情况：故事有

① Peter J. Rabinowitz, *Before Reading: Narrative Conventions and the Politics of Interpretation* (Ithaca: Cornell UP, 1987), p. 21.

② Booth, "Afterword," in *The Rhetoric of Fiction*, 2nd edition (Harmondsworth: Penguine, 1987), p. 413.

③ Ibid., pp. 414—415.

的基本价值观，作者觉得没有必要提及，因为他设想我们在阅读之前就已经具备了这样的价值观。①

在此我们可以看到，布思和拉比诺维茨一样，都认为在阅读登比的《地下墓穴》时，必须了解肯尼迪遇刺的历史事件，才能进入“作者的读者”（“隐含读者”）的位置，这就对关注历史语境有了明确要求。但布思假定读者在阅读之前都已经了解这一历史事件。他没有考虑这一点：隐含作者在某一历史时期创作，其心目中的读者处于同一语境中，了解相关史实，而后面时期或不同社会语境里的读者则需要获得相关历史知识，才能进入“作者的读者”的位置。由于布思忽略了这一点，他一味强调“我们”（不分历史时期和社会语境）都能够通过文本的明示或暗示进入“作者的读者”的位置。这与布思对“超越历史”的技巧的关注不无关联，同时也与他对读者反应批评的回应有关。当时读者反应批评势头强劲，该派学者抨击了布思在《小说修辞学》中对“隐含作者”和其心目中“隐含读者”之间修辞交流的关注。为了捍卫自己的立场，布思强调读者对作品的“共同体验”：

> 当我们提到一个作品时，我们中间的大多数人都可以共享阅读体验，尽管我们公开的批评论战会表现出更多的差异。当我们提到《堂吉诃德》《卡斯特桥市长》《傲慢与偏见》《雾都孤儿》等作品时，我们指向了共享阅读体验的大的中心：“我们所有的人”（基本上是我们所有的人）都会嘲笑桑丘·潘沙，尽管我们对堂吉诃德的反应会有所不同；我们都会为迈克尔·亨查德的命运感到悲伤，为伊丽莎白和达西的婚姻感到欢欣，都会可怜奥利弗这个无助的孩子。②

在强调读者共享的阐释体验时，布思忽略了历史语境的差异。在创作《堂吉诃德》时，塞万提斯心目中的读者处于西班牙“黄金时代”的历史语境中，不同社会文化语境中的读者需要获得相关历史知识，了解相关价值观，才能较为成功地进入“隐含读者”或“作者的读者”的位置，较好地理解那一历史语境中

---

① Booth, “Afterword,” in *The Rhetoric of Fiction*, 2nd edition., pp. 422—423.

② Ibid., p. 421.

隐含作者的修辞目的和各种文本选择。[1] 同样，奥斯丁在创作《傲慢与偏见》时，心目中的读者知晓英国19世纪初乡绅社会的规约和价值观，特别是在婚恋和继承权方面。要进入这一"作者的读者"的阅读位置，处于不同社会语境的读者就需要获得相关历史知识。其他作品也是同样的情况。这是修辞理论暗含的考虑历史语境的要求，但被布思和很多其他修辞批评家所忽略。

诚然，在《小说修辞学》第二版的后记中，布思也承认具有不同阐释框架的"实际读者"会对文本做出不同的反应，但他仅仅考虑了当代的实际读者，聚焦于年龄、性别、个人经验等方面的不同而造成的阅读差异，而没有讨论社会历史语境的变化会给阐释带来的影响。这在修辞批评家中很有代表性。这也在很大程度上遮蔽了"作者的读者"所含有的考虑历史语境的要求。

从20世纪70年代至今，很多学者认为所有的知识都是相对于分析框架、认识视角或主体位置而言的。在这种情况下，修辞批评家一直都觉得有必要说明具有不同阐释框架的读者有可能接受隐含作者的邀请，进入"作者的读者"的阅读位置，达到对文本大致相同的理解。[2] 这不无道理，但与此同时，也需要强调必须考虑隐含作者创作时假定其读者具有的历史知识和历史上的价值观，只有这样，处于不同社会历史语境的读者才有可能较为成功地进入"作者的读者"的阅读位置。这是"隐含作者"与"作者的读者"的交流所暗含的一种基本要求，但修辞批评家在很大程度上忽略了这一点，而一直偏重于说明不同读者（未考虑历史时期和社会语境）有可能达到对文本大致相同的理解，这导致了修辞理论被普遍认为是排斥历史语境的理论。

值得一提的是，聚焦于隐含作者与读者之间如何达到成功交流的修辞理论与单方面重视读者反应的理论相比，具有更强的考虑创作语境的要求。如果仅仅重视读者自己的分析框架、认识视角或主体位置，我们就可以忽略历史上的作者针对同一语境中的"作者的读者"所进行的文本设计，而任凭当今的实际读者（群）对文本进行各自的阐释。正是因为修辞理论要求在阅读时力争

---

① 在中国的历史语境中，《堂吉诃德》以及其他一些外国经典作品就曾经被误解，参见申丹、王邦维总主编：《新中国60年外国文学研究》第一卷上册和下册（章燕、赵桂莲主编）中的相关章节，北京：北京大学出版社，2015年。

② James Phelan, *Living to Tell about It* (Ithaca: Cornell UP, 2005), p. 183; James Phelan, *Experiencing Fiction* (Columbus: Ohio State UP, 2005).

进入作者为之创作的那种读者的位置，以便较好地理解其创作选择，我们才需要重视和了解“作者的读者”所处的特定历史文化语境，争取获得这种读者所具有的历史知识和价值观等。

有趣的是，有的学者从历史文化角度对修辞性叙事理论提出的挑战，却无意中证实了这一理论具有的考虑历史语境的要求。在芝加哥学派内部，拉尔夫·雷德是一个很好的例证。在《汤姆·琼斯：历史中的形式》(1999)中，雷德批评克莱恩、萨克斯(Shelden Sacks)以及布思不考虑文学的创作语境和阐释语境。他指出亨利·菲尔丁(Henry Fielding)在18世纪的英国写作《汤姆·琼斯》时，心目中的读者了解当时的思潮和价值观，20世纪的读者在阅读时，必须考虑同样的历史因素，才能成为作者心目中的读者，从而较好地解读文本。[1]雷德没有注意到通过从文本诗学转向隐含作者与隐含读者(作者的读者)之间的交流，布思的修辞理论暗暗具有了这种考虑历史语境的要求。雷德对菲尔丁《汤姆·琼斯》的历史性分析，可以看成是对修辞性叙事理论(潜在)历史化要求的付诸实施。尽管他没有采用“作者的读者”这一概念，但他所说的菲尔丁为之创作的读者实质上就是修辞学家所说的“作者的读者”。雷德强调我们需要考虑相关历史知识才能进入菲尔丁心目中的读者的位置，成功地与作者进行交流，这正是修辞性叙事理论所(暗暗)要求的。

综上所述，第一代芝加哥学派的文本诗学理论无视作者，排斥了对创作语境和阐释语境的考虑，看到的只是文本中永恒的艺术结构。第二代和第三代芝加哥学派的修辞性叙事理论则或暗或明地纠正了这种排斥历史语境的立场。修辞理论的两个核心概念“隐含作者”和“作者的读者”(“隐含读者”)暗含考虑历史语境的要求，“作者的读者”还引发过明确要求考虑历史语境的表述。但由于种种原因，修辞理论中的这种历史化因素在很大程度上被遮蔽，学术界普遍认为它是排斥历史语境的理论。不少修辞批评家也认为如果考虑历史语境，就会丧失修辞理论和批评的特性。上文提到，2003年笔者应费伦和拉比诺维茨之邀，为他们主编的《叙事理论指南》撰写一章，文中分析了海明威的一个短篇，笔者结合海明威的生活经历对文本进行阐释，开始时遭到主编的反对，要求删除初稿中的这一部分，因为“采用的是修辞批评的方法”。但笔者提

① Rader, “Tom Jones: The Form in History,” pp. 47—74.

出,隐含作者对叙事结构的选择受到了真实作者经历的影响,考虑后者有助于我们理解前者,两位主编接受了笔者的意见。近十多年来,随着修辞批评家排斥语境的立场遭到越来越强烈的抨击,越来越多的修辞批评家开始强调考虑语境的重要性。这实际上是修辞理论本身的内在要求,是在实现修辞理论中的语境化潜能。希望学界能够意识到,当代修辞性叙事理论不仅强调文本,也或暗或明地强调语境,在形式和历史之间实际上达到了(或至少暗含)某种平衡。

然而,即便修辞性叙事理论既考虑文体细节,也考虑社会历史语境,依然难以应对具有双重叙事进程的作品,因为其理论是建立在情节发展这一种叙事进程之上的。我们在上一章中已经多方面探讨了双重叙事进程所要求的叙事理论的拓展和重构。在下一节中,我们集中关注双重叙事进程所要求的"隐含作者"和"作者的读者"这两个修辞性理论概念的拓展和重构。

第三节　"隐含作者"和"作者的读者":拓展和重构

当代修辞性叙事理论仅仅考虑了隐含作者在创作情节发展时采取的立场,而在含有双重叙事进程的作品中,我们经常需要面对隐含作者采取的互为对照,甚或互为对立的双重立场。倘若要解释后者,就必须对"隐含作者"以及与之对应的"作者的读者"的概念加以拓展和重构。

我们在第二章中,区分了隐性进程和情节发展之间的两大类不同关系,一种相互补充,另一种则是相互颠覆。我们先看看后一种情况。如前所述,凯特·肖邦在创作《黛西蕾的婴孩》和《美丽的佐拉伊德》时,持有两种截然不同的种族主义立场。当时,美国南方的奴隶制已经废除,种族主义遭到抨击,在这种情况下,显然难以公然为其呐喊,而只能暗暗加以辩护。因此,作品中出现了两个不同的从"隐含作者"到"作者的读者"的交流渠道:其一,作为一种"修辞伪装",隐含作者在两个作品里都创作了一个反种族主义的情节发展,交流对象是反种族主义的"作者的读者";其二,隐含作者在《黛西蕾的婴孩》里暗暗建构了一个美化白人血统和抨击黑人血统的隐性进程,在《美丽的佐拉伊德》里则暗暗创作了一个美化白人奴隶主和黑奴关系的隐性进程,两者的交流对象均为怀念种族主义的"作者的读者"。就解码过程而言,读者需要从作品中推导出两个迥然相异的隐含作者的形象：从情节发展推导出反种族主义的作者形象；从隐性进程推导出支持种族主义的作者形象。在阅读过程中，反种族主义的读者首先会试图进入情节发展邀请的（表面上反种族主义的）“作者的读者”的阅读位置，但在发现隐性进程之后，他们会抵制文本真正的捍卫种族主义的“作者的读者”的阅读位置。与此相对照，种族主义的读者一开始就会抵制情节发展呈现的反种族主义的立场，而只会接受捍卫种族主义的隐性进程邀请进入的“作者的读者”的阅读位置。

在曼斯菲尔德的《心理》中（详见第十二章），情节发展和隐性进程也互为颠覆，但隐含作者的意识形态立场是一致的，发生变化的是隐含作者对男女主人公的态度：在情节发展里一直暗暗批评男女主人公，而在并列前行的隐性进程里，则赞赏女主人公从激情暗恋转向纯洁友谊，同时对男主人公也不再持批评态度。这两种叙事进程也预设了两种“作者的读者”。

让我们把视线转向情节发展和隐性进程互为补充的情况。在肖邦的《一双丝袜》里，有三个互为补充的叙事进程，两个构成情节发展，在其背后还有一个隐性进程。隐含作者在三个进程中同时持有三种不同的立场，分别与女性主义、消费文化和自然主义相关联（详见第十章）。因为立场的不同，隐含作者在这三个并列运行的进程中，对人物的态度也相应发生变化：在以女性主义为基调的叙事进程里，对女主人公予以同情和赞赏；在与消费主义相连的叙事进程里，对女主人公加以反讽；而在与自然主义相联的隐性进程里，则对女主人公受制于环境变化而表示理解或无奈。与隐含作者的变化相对应，存在三种不同的“作者的读者”，一种同样持女性主义的立场；一种同样了解消费文化，且对受消费文化操控的个人持批判态度；一种了解自然主义，关注人物的心态和行为如何受制于环境的变化。

本书下篇将分析的《判决》《空中骑士》《巴克妈妈的一生》《莳萝泡菜》《苍蝇》等作品，都含有相互补充的隐性进程。两种进程之间存在各种形式的对照，隐含作者的立场和对人物的态度都有所不同，隐含作者心目中的理想读者也不尽相同。

修辞性叙事研究者即便考虑历史语境，也仅会关注隐含作者在创作文本时的一种意识形态立场，仅会考虑隐含作者心目中的一种理想读者。这对于含有双重叙事进程的作品不适用。就这些作品而言，在写作过程中，隐含作者不是持某一种特定立场,而是同时持两种(甚或三种)互为对照,甚至互相对立的立场;文本也不是邀请读者推导出某一种隐含作者的形象,而是邀请读者从双重(三重)叙事进程中推导出两种(三种)不同的隐含作者形象。

无论情节发展和隐性进程是互为颠覆,还是互为补充,我们都需要把现有的单一隐含作者模式修正和拓展为双重(甚或三重)隐含作者模式,同时也需要把单一"作者的读者"模式修正和拓展为双重(甚或三重)模式。

双重隐含作者模式

(a) 隐含作者在情节发展中呈现出什么立场?建构出什么规范?

(b) 隐含作者在隐性进程中呈现出什么立场?建构出什么规范?

(c) 两者之间是什么关系?

双重"作者的读者"模式

(a) 情节发展的隐含作者希望"作者的读者"如何解读这一叙事进程?

(b) 隐性进程的隐含作者希望"作者的读者"如何解读这一叙事进程?

(c) 两者之间是什么关系?

就"隐含作者"而言,在提出这一概念时,韦恩·布思指出同一作者名下的不同作品具有不同的隐含作者。他说:"正如某人的私人信件会隐含该人的不同形象(这取决于跟通信对象的不同关系和每封信的不同目的),作者会根据具体作品的特定需要而以不同的面貌在创作中出现。"[①]然而,如果作品中存在并列运行的双重叙事进程,隐含作者之间的互文关系就有可能不会如此简单。就情节发展而言,比尔斯的《空中骑士》的隐含作者与其《峡谷事件》和《一种军官》的隐含作者可谓实质相同,均持反战立场,着力揭示战争的残酷无情。但在这三个作品中,只有《空中骑士》有隐性进程,其隐含作者的立场与情节发展的大不相同。在对待战士履职的立场上,三个作品出现了很大差别。《空中骑士》隐性进程的隐含作者正面强调战士履职的重要性,对为了履行神圣职责而大义灭亲的行为表示赞赏;而仅有情节发展的《峡谷事件》和《一种军官》则

---

① Booth, *The Rhetoric of Fiction*, p. 71.

对战士盲目履职加以辛辣反讽。以往的批评家没有看到这种差别，认为这三个作品立场一致，均抨击为了履职而杀死亲人的愚蠢行为(详见第九章)。

我们不妨这样总结一下隐含作者之间的关系：

1. 当作品具有双重叙事进程时，会出现两种不同的隐含作者形象(如《空中骑士》)。

2. 当作品仅有单一叙事进程时，仅会出现一种隐含作者的形象(如《峡谷事件》和《一种军官》)。

3. 这两种作品之间隐含作者的关系：既相同又相异。

也就是说，对双重叙事进程的探讨，可以从两个大的方面拓宽我们对“隐含作者”这一理论概念的认识，使我们能看到单个作品中隐含作者的复杂性，以及不同作品之间隐含作者关系的复杂性。

不言而喻，文本中的双重叙事进程邀请读者做出双重反应。读者首先会对更为明显的叙事进程做出反应，而当读者逐渐发现相对隐蔽的另一叙事进程以及两种叙事进程之间的交互作用时，就会改变对各种文本成分的理解和判断，不断修正自己对隐含作者的修辞目的、作品的主题意义、人物关系和审美效果的看法。

在前面两章中，我们探讨了双重叙事进程对文体学和叙事诗学的挑战，本章又结合对修辞性叙事理论的探讨，分析了双重叙事进程对“隐含作者”和“作者的读者”这两个核心概念的挑战，而这两个概念是叙事研究领域广泛关注的关键词。不难看出，为了更好地发现和解释双重叙事进程，我们需要多方面改进相关理论概念和研究模式。也就是说，双重叙事进程的存在，为我们修正、拓展和丰富相关理论和批评方法提供了宝贵的机会。

双重叙事进程还给翻译研究带来了同样的机会，这是下一章将集中关注的问题。

第七章

双重进程与翻译：挑战与变革

长期以来，虚构叙事作品的翻译一直围绕情节发展展开，译者聚焦于原文中的情节、与情节相关的人物形象、故事背景和表达方式。翻译研究者关注的往往也是与这些叙事成分相关的翻译目的、翻译选择、翻译过程和译文的接受与传播。这无法涵盖并列前行的情节发展和隐性进程。同样的文字在这两种叙事进程中或表达出不同的主题意义，塑造出相异的人物形象；或具有不同程度的重要性。由于对于隐性进程至关重要的文字，对于情节发展往往无关紧要，甚或显得离题，因此常常被译者省略，或有意无意地加以变动。而局部处理的不妥，也许会导致整个隐性进程的不复存在。从情节发展来看十分出色的翻译，从隐性进程的角度观察则可能存在较大问题。这超出了目前翻译领域的实践、批评、理论研究以及教学的考虑范围，构成一种新的严峻挑战；但与此同时，也带来了拓展和变革的机遇。

自 20 世纪 80 年代文化转向以来，中外译学界均将注意力转向了影响和制约译文生成和接受传播的各种文本外因素，这在很大程度上弥补了以往翻译研究的不足，但同时也在很大程度上忽略了文学翻译中应如何尽量正确理解原文的问题。解构主义、女性主义和后殖民主义等分支对翻译忠实性的挑战，也加重了这种忽略。然而，在文学翻译中，首先应该尽可能地了解原文丰富复杂的内涵。在此基础上，译者可以争取较好地传递原文的意义，也可以出于各种实用和意识形态目的对原文进行改动和操控。无论是什么情况，尽量正确理解原文丰富复杂的意义是翻译成功的一大前提。本章对于如何理解和翻译双重叙事进程的探讨，目的之一即是帮助弥补文化转向以来对文本关注的不足。

本章第一节将指出六则短篇故事中的双重进程对文学翻译提出的挑战。翻译这些作品的译者均旨在较好地传递原文的意义。单从情节发展来看，相关译文令人相当满意；然而，若从双重叙事进程的角度来观察，译文则存在不同程度的问题——情节背后的隐性进程在翻译过程中受到各种损伤。本章第二节在实际分析的基础上，针对含有隐性进程的作品，提出需要把现有的翻译标准和规范改为针对双重叙事进程的标准和规范，并指出双重叙事进程要求文学翻译领域的多方面变革：我们需要重新考虑翻译策略、翻译研究和翻译教学。

第一节　双重进程在翻译中受到的损伤

一、《苍蝇》中的双重进程与翻译

在曼斯菲尔德的《苍蝇》中，情节发展围绕战争、死亡、悲伤、无助、施害/受害、苍蝇的象征意义等展开。在这一显性进程的后面，存在一个隐性进程，朝着另外一个方向走，聚焦于对老板虚荣自傲的反讽（详见第十四章）。这是原文开篇第一句：

> "Y'are very snug in here," piped old Mr. Woodifield, and he peered out of the great, green-leather armchair by his friend the boss's desk as a baby peers out of its pram. ①

作品以直接引语"你在这儿可真舒服啊（Y'are very snug in here）"开头，显得突如其来，在读者阅读心理中占据突出位置。按道理，伍德菲尔德自己觉得舒服才会发出感叹，作品第一句排除自我的"你在这儿"显得不合情理，而且以此开篇也颇显突兀。这句话突出的是伍先生对老板的羡慕，与稍后的叙述

① Katherine Mansfield, "The Fly," in *The Stories of Katherine Mansfield*, ed. Antony Alpers (Auckland: Oxford UP), p. 529.

评论相呼应："事实上，老板对自己的办公室是十分得意的；他喜欢人家称赞他的办公室，尤其是听老伍德菲尔德这么说。"作品开篇突如其来的"你在这儿可真舒服啊"在情节发展中无关紧要，但在以反讽老板的虚荣自傲为目标的隐性进程中则十分重要。让我们看看陈良廷的译文：

> 伍德菲尔德老先生在一个当老板的朋友那儿作客，他坐在办公桌旁边一张绿皮大扶手椅上，探头探脑的，就像小宝宝坐在摇篮车里往外探头探脑一样，他尖声说："这儿可真舒服啊。"[1]

获授"中国资深翻译家"称号的陈良廷先生是经验丰富的翻译大家。从情节发展来看，译文传神、相当到位。然而，从隐性进程的角度来观察，译文则存在较大问题。曼斯菲尔德为了衬托老板的虚荣自傲而刻意置于篇首的直接引语被译者根据翻译规范后置，从而在读者的阅读心理中不再显得突出。对于隐性进程非常重要的第二人称代词"你"（"你在这儿可真舒服啊"）在译文中被删除。在隐性进程中"你在这儿可真舒服啊"表达的是伍先生对老板的羡慕，而译文中的"这儿可真舒服啊"则是伍先生对自己的舒适发出的感叹，因此在很大程度上失去了反讽老板虚荣自傲的作用，对于隐性进程的表达有一定损伤。

这是作品的最后一段：

> "Bring me some fresh blotting-paper," he said sternly, "and look sharp about it." And while **the old dog padded away** he fell to wondering what it was he had been thinking about before. What was it? It was. . . He took out his handkerchief and passed it inside his collar. **For the life of him he could not remember.**[2]

作品以老板的健忘作为结尾，这与"苍蝇"的标题看上去无关，与战争、死亡、悲伤等情节发展的主题意义也无甚关联。但是，对于反讽老板虚荣自傲的隐性叙事进程则有着至关重要的作用。请比较作品中间的一段：

---

① 陈良廷译：《苍蝇》，载陈良廷、郑启吟等译《曼斯菲尔德短篇小说选》，上海：上海译文出版社，1983年，第262页。

② Mansfield, "The Fly," p. 533，黑体为引者所标。

> "There was something I wanted to tell you," said old Woodifield, and his eyes grew dim remembering. "Now what was it? I had it in my mind when I started out this morning." His hands began to tremble, and patches of red showed above his beard. Poor old chap, he's on his last pins, thought the boss. ①

此处,面对伍先生的健忘,老板的优越感达到了顶点,居高临下地想着"可怜的老家伙活不长了(Poor old chap, he's on his last pins)"。在作品的开头处,老板面对伍先生的病弱感到洋洋自得:"他坐镇在办公室中央,眼看着这个虚弱的老头子围着围脖儿,自己深深地、实实在在地感到心满意足了(a feeling of deep, solid satisfaction)"②。因为虚荣心作祟,老板看到中了风的老朋友虚弱无助,不是感到同情,而是因能反衬出自己的强健而格外洋洋自得。曼斯菲尔德反讽性地采用了"deep"和"solid"来修饰老板这种自私的虚荣心。如果说伍先生的健忘给了老板极强的优越感的话,我们在作品的最后一段却看到了老板与伍先生相似的困境和窘迫:伍先生因为想不起来而着急,"在胡子上方出现了块块红斑(patches of red showed above his beard)",而老板也因为想不起来而着急,身上冒出了冷汗,只好"掏出手绢,在领子里擦擦脖子"。曼斯菲尔德刻意采用了完全一样的词语"what was it?(是什么来着?)"来凸现两人健忘的相似,并且采用了"无论如何(for the life of)"来强调老板的健忘。作品的最后一句在读者的阅读心理中位置显著。作品很突兀地以"他无论如何想不起来了"戛然终结,突出了老板的健忘。这是对老板虚荣自傲的强烈反讽:他跟伍先生同样健忘,没有理由把自己摆到居高临下的优越位置上。此外,在这一结尾段中,办公室的老雇员被称为"老狗(old dog)"。请看作品前文中的相关描写:

> while the grey-haired office messenger, watching him, dodged in and out of his cubby-hole like a dog that expects to be taken for a run. ③

---

① Mansfield, "The Fly," p. 531.

② Ibid., p. 529.

③ Ibid., p. 531.

虽然此处的视角是叙述者的，但将老员工描述成"一条狗(a dog)"则是叙述者对老板自傲眼光的戏仿。在老板眼里，头发灰白的老员工只不过是一条狗，而此处的"躲躲闪闪(dodged)"和结尾处的"轻轻退出(padded away)"也反映出老员工的低三下四，这显然是为了迎合老板的虚荣自傲。让我们看看陈良廷先生是如何翻译结尾段的：

> "给我拿点干净的吸墨纸来，"他严厉地说，"快去。"老头儿轻轻退出去了。他又纳闷起来，刚才他在想什么呢？是什么事情来着？是……原来……他掏出手绢，在领子里擦擦脖子。他有生以来第一回记不得了。[①]

从情节发展来看，译文令人满意。但从隐性进程的角度来观察，译文则存在明显缺陷。颇具反讽意味的"the old dog"被翻译成了中性的"老头儿"，从而失去了反讽老板自傲的功能。对于隐性进程起着重要作用的强调性状语"无论如何(For the life of)"被翻译成时间状语"有生以来第一回"。原文中的隐性进程旨在暗暗强调老板与他看不起的伍先生同样健忘，以此来反讽他的自傲。译文表达的则是老板以前从不健忘，这次是唯一的例外——这显然不同于中过风的伍先生的经常健忘。这样的改动使作品的结尾失去了反讽老板自傲的作用，对隐性进程造成较大损伤。

二、《心理》中的双重进程与翻译

曼斯菲尔德的《心理》发表于1919年。近一个世纪以来，中外批评家对作品的阐释相当一致，达成了一种共识：在《心理》的情节发展中，男女主人公相互激情暗恋却竭力保持柏拉图式的纯洁友谊。然而，在情节背后的隐性进程里，我们看到的则是女主人公单相思，不断把自己的激情暗恋投射到并未动情的男主人公身上(详见第十二章)。在此，我们仅选取一个片段来探讨隐性进程给翻译带来的新挑战。

> She lighted the lamp under its broad orange shade, pulled the curtains, and drew up the tea table. Two birds sang in the kettle; the fire fluttered. **He sat up clasping his knees.** It was delightful—this

---

① 陈良廷译：《苍蝇》，第268页。

business of having tea—and she always had delicious things to eat—little sharp sandwiches, short sweet almond fingers, and a dark, rich cake tasting of rum—but **it was an interruption**. He wanted it over, the table pushed away, **their two chairs drawn up to the light**, and the moment came when he took out his pipe, filled it, and said, pressing the tobacco tight into the bowl: "I have been thinking over what you said last time and it seems to me. . . ." Yes, that was what he waited for and so did she. Yes, while **she shook the teapot hot and dry over the spirit flame she saw those other two**, him, leaning back, taking his ease among the cushions, and her, curled up *en escargot* in the blue shell arm-chair. ①

(译文 A)她点起了那橘色罩子的灯,扯拢了窗幕,摆好了茶桌子。水壶里两只小鸟唱起来了,火焰震跃着。他坐起来,两手扳住膝头。吃茶固是一桩有趣味的事,——她这里常有好东西吃——尖小的夹饼,短而甜的杏仁条儿,浓厚的黑糕带着一点酒味——虽然如此,吃茶究竟是一桩打岔。他巴不得茶早完了,桌子挪开了,他们的两只椅子挪近了炉火,那时候,他摸出他的烟斗,装上烟叶,一面用手指去压紧斗杯里的茶叶,一面说:"我们上回说的话,后来我曾想过,我以为……"是的,那是他渴望的,也是她渴想的。是的,当她摇动那酒精灯上的小壶的时候,她看见了他们俩的影子,——他很适意地倒在那一堆软垫上,她盘蜷在那浅蓝的座椅上。②

(译文 B)她站在昏黄的阴影中把灯点亮,拉上窗帘,搬出茶几。水壶上两只鸟嘴在叫,火光一明一灭地闪烁着。他双手抱膝坐在那里。喝茶这种活儿是很惬意的。她还总是弄些好吃的东西——比如味道很冲的小块三明治,小个甜杏仁棒,还有一种黑朗姆酒味的糕饼。这不过是一种消遣。他只想这件事赶快结束,然后推开桌子,两把椅子对着灯光摆开,这

---

① Katherine Mansfield, "Psychology," in *The Stories of Katherine Mansfield*, ed. Antony Alpers (Auckland: Oxford UP), pp. 318—319,黑体和下划线为引者所标。

② 胡适译:《心理》,载《胡适译文集:外国短篇小说》,上海:上海译文出版社,2014 年,第 146 页。胡适采用了忠实于原文的译法,但仅完成了原文一半文字的翻译。本书第十二章中《心理》的译文由笔者根据曼斯菲尔德的原文(Mansfield, "Psychology")自译。

时他拿出烟斗，装满烟，把烟草结结实实地压到烟斗里，然后说："我一直在想你上次对我说的那些话，我觉得好像……"是啊，他一直等待的就是这个，她也在等着这个时刻。她摇晃着茶杯让水冷却，抑制着心灵的火焰。看这两个人，他背靠沙发样子很放松，她呢，像蜗牛一样蜷缩在蓝色贝壳手扶椅中。①

在情节发展中，我们看到相互暗恋的男女双方的思想活动。然而，在情节背后的隐性进程里，我们则仅仅看到女方的心理活动(从"It was delightful"开始，我们就进入了女方的内心世界)。在女方看来，喝茶是对两人充满爱意的潜心交流的"一种干扰(an interruption)"，因此希望尽快喝完。她把这种愿望投射到男方脑海里，幻想着"他只想[喝茶]这件事马上结束……(He wanted it over…)"。对于隐性进程至关重要的是"she saw those other two(她看到了另外那两位)"这一表述。"另外那两位"回指"He wanted… their two chairs drawn up to the light(他只想……他们的两把椅子对着灯光摆开)"之后，坐在椅子上的男女双方。这一回指明确无误地表明前文中的"他只想……"是女主人公投射到男主人公脑海里的，此时她在延续那一幻想。让我们比较一下现实中和女方幻想中两人的行为：

现实中的两人	**女方幻想中的两人**
他双手抱膝端坐在那里等候喝茶。	他已喝完茶，向后靠在椅子的靠垫上，很放松，准备交谈。
她拿着茶壶在火上晃动，准备冲水沏茶。	她已喝完茶，像蜗牛一样蜷缩在扶手椅中，准备交谈。

如果仅仅看情节发展，两种译文均令人满意地传递了原文的主题意义和人物形象；但从隐性进程的角度来观察，两者则都不尽人意。在(A)中，译者将"she saw those other two(她看到了另外那两位)"翻译成"她看见了他们俩的影子"。由于"影子"一词为新信息，因此不具备回指功能；而指涉前面女

① 曼斯菲尔德：《心理学》，杨向荣译，载《曼斯菲尔德短篇小说选》，北京：外文出版社，2000年，第39页。

方投射到男方脑海里的(已经喝完茶准备交谈的)"另外那两位"也被翻译成了当下的"他们俩"。无论观察多么仔细,读者都无法洞察到前文中的"他巴不得[……]"实际上是女方投射到男方身上的幻觉。在(B)中,译者则将女主人公的眼光"she saw those other two"转换成了叙述者的眼光"看这两个人",同时也把幻想中的事情转换成了正在眼前发生的事情,因此也无法看到隐性进程。由于长期批评传统的影响,两种译文均仅仅围绕情节发展进行翻译选择,其结果是隐性进程在两种译文中均不复存在。

在下篇第十二章中,我们会通过详细分析,看到曼斯菲尔德在《心理》中如何制造了情节发展与隐性进程与这一虚一实、一假一真、明暗相映的双重叙事进程。情节发展中男女主人公的"实际"言行反衬出隐性进程里女主人公的相关幻觉;情节发展中两人的相互激情暗恋反衬出隐性进程里女主人公单方面的相思相恋;情节发展中视角在男女主人公之间的来回变换,也反衬出隐性进程里固定不变的女主人公视角。如果仅仅看到情节发展(把女方投射到男方身上的幻觉当成实际发生的事),就难以看到两人之间的性格差异;而如果能看到隐性进程,就能看到性情呆板、缺乏想象力的男主人公与性情浪漫、想象力极为丰富的女主人公之间的截然对照。正是通过这种多层次的反衬对照,曼氏极其微妙又富有戏剧性地揭示出单相思女主人公的性格特征和心理状态。在翻译中,如果不能传递情节背后的隐性进程,就难以再现作者通过双重叙事进程有意创造的双重人物形象、双重叙述视角和由此产生的丰富的主题意义和卓越的艺术价值。

双重进程对作品标题的翻译也提出了挑战。标题的原文是"Psychology",该词可译为"心理",也可译为"心理学"。民国时期的胡适采用了"心理",而当代中国翻译界和学术界则一致采用了"心理学"。作品的男主人公是小说家,在与身为剧作家的女主人公交谈时,提到自己在考虑是否把下一部小说写成心理小说,并与之探讨心理学、精神分析与文学创作的关系。如果仅仅看情节发展,可以译成"心理学"。然而,作品的隐性进程聚焦于单相思女主人公的心理状况,标题仅适于翻译成"心理"。此外,情节发展本身也着重揭示男女主人公的心理状态和心理游戏。如果综合考虑,译成"心理"更为合乎情理。

三、《一双丝袜》中的隐性进程与翻译

正如下篇第十章将详细分析的，不少学者从女性主义的角度对肖邦的《一双丝袜》加以解读，围绕传统的贤妻良母角色对女性的束缚、女性在家庭责任与自我实现矛盾中的挣扎与觉醒、女性主体意识的建构等方面展开；也有批评家从消费主义或消费文化对人物的影响和操控这一角度展开探讨。然而，在以女性主义和消费主义为主导的情节发展的背后，还存在一个以自然主义为主导的隐性进程。在这一叙事运动中，占据中心位置的是个人与环境的关系——环境变化对人物心态和行为所产生的决定性影响。对于隐性进程至关重要的是从情节发展来看貌似偏离主旨的一些文字，譬如下面这一片段中的黑体字：

> The neighbors sometimes talked of **certain "better days" that little Mrs. Sommers had known** before she had ever thought of being Mrs. Sommers.[①]

无论是从女性主义还是从消费主义的角度看情节发展，这些文字都无关紧要，甚或离题；但在自然主义的隐性进程中，这些文字则至关重要。隐性进程强调的是环境决定论：萨默斯太太曾身为富家女，婚后成为贫家妇，在意外得到15美元之后，她得以像婚前那样消费，而她的心态随着环境因素的变化彻底发生变化。这是文中第一次提到萨默斯太太婚前的日子，在隐性进程中占据重要地位，需要直接点出萨默斯太太曾身为富家女的身份。"know"这个词的意思之一是"经历；体验"，商务印书馆出版的《最新高级英汉词典》(2007)给出了这样的例句和翻译："He's known better days"(他可过过好日子)；"He knew poverty and sorrow in his early life"(他在早年生活中经受过困苦)。请看下面的译文：

> 邻居们时不时聊起过去的"好时光"。那种好时光，萨默斯太太是见

① Kate Chopin, "A Pair of Silk Stockings," in *A Pair of Silk Stockings and Other Stories* by Kate Chopin (New York: Dover Publications, 1999), p. 56，黑体为引者所标。

识过的，那还是早在她想到成为萨默斯太太以前的事。[①]

从情节发展来看，把原文中的"certain 'better days' that little Mrs. Sommers had known"翻译成"那种好时光，萨默斯太太是见识过的"没有任何问题。但从隐性进程的角度来观察，则需要翻译成"过过那种好日子"或者"享受过那种好日子"，这样才能明确点出女主人公曾身为富家女。此外，无论是从隐性进程还是从情节发展来观察，也值得保留修饰女主人公的形容词"little"。这一作品以"Little Mrs. Sommers"开头，形容词"Little"作为开篇第一词，在读者的阅读心理中位置突出。这个词有可能一方面客观形容人物身材的纤小，另一方面则带有象征意义。在自然主义的隐性进程中，该词暗指女主人公像其他人一样，受环境变化的左右。从女性主义情节发展的角度看，这一形容词则暗指女主人公像类似的女性一样，由于"过多的自我牺牲导致了其自我隐身的状况"[②]；从消费主义的角度来说，该词可暗指消费文化中的购物者受消费意识形态的操控。综合来看，更为合适的译法是"小小的萨默斯太太享受过那种好日子"。

四、《泄密的心》中的隐性进程与翻译

坡的《泄密的心》的情节围绕一个神经质的"我"对同居一屋的老头的谋杀展开，而在情节发展后面，存在一个并列前行的隐性进程，围绕"我"虚伪佯装和无意识的自我道德谴责展开，构成贯穿作品始终的戏剧性反讽(详见第十一章)。对于隐性进程而言，最为重要的是作品最后一段中笔者用黑体标示的文字：

> **"Villains!"** I shrieked, **"dissemble no more!** I admit the deed! —tear up the planks! here, here! —It is the beating of his hideous heart!"[③]

这是作品最后的文字。在埃德加·爱伦·坡的美学思想中，作品的结局

---

① 杨瑛美译：《一双丝袜》，载萧邦著《觉醒》，沈阳：辽宁教育出版社，1997年，第158页。

② Kristin B. Valentine & Janet Larsen Palmer, "The Rhetoric of Nineteenth-Century Feminism in Kate Chopin's 'A Pair of Silk Stockings,'" *Weber Studies* 4.2 (1987), pp. 62—63.

③ Edgar Ellan Poe, "The Tell-Tale Heart," in *Poetry and Tales* by Edgar Allan Poe (New York: Literary Classics of the United States, 1984), p. 559.

是最为重要的。他认为作者应该随时想着作品的结局，全文都“必须朝着结局发展”[①]。对于围绕谋杀展开的情节来说，最为重要的是与标题直接呼应的最后一句“It is the beating of his hideous heart!（这是他可怕的心在跳动！）”。而对于情节背后的隐性进程而言，最为重要的则是“Villains! dissemble no more!（恶棍！别再装了！）”作为主人公—叙述者的“我”在整个谋杀过程中都进行了处心积虑的伪装并对自己的伪装感到自鸣得意。正是因为他自己一直在佯装，所以在结局处他怀疑警察听到了埋在地板下的老头的心跳声，却佯装不知。而实际上在这个怪诞的故事世界里，只有自称听觉格外敏感、可以听见天堂和地狱之声的这位凶手才有可能听到被害老头的心跳。他对警察的怒喝：“恶棍！别再装了！”是一种无意识的自我道德谴责——实际上只有他一人在佯装。他把自己的虚伪佯装投射到了警察身上，因此他对警察的怒喝构成强烈的戏剧性反讽。

让我们看看曹明伦的译文：

> “你们这群恶棍！”我尖声嚷道，“别再装聋作哑！”[②]

曹明伦不仅是经验丰富的高水平译者，而且十分坚持“以忠实为取向的翻译标准”[③]。就情节发展而言，译文非常精彩。但在添加了人称代词“你们”和把“dissemble no more”具体化成“装聋作哑”之后，就整个破坏了围绕凶手无意识的自我道德谴责展开的隐性叙事进程。原文中出自凶手之口的“恶棍（Villains）”在指称上可以包括凶手本人，也实际上仅仅指向凶手本人——他是这个故事世界里唯一虚伪佯装的恶棍。而添加了人称代词“你们”之后，恰恰排除了对凶手本人的指涉。此外，在把“dissemble”具体化成“装聋作哑”之后，也完全排除了对凶手本人的指涉，因为他的佯装始终没有“装聋作哑”的成分；在作品的结局处，他还一再提高自己的嗓门，力图用自己的声音来掩盖受害者的心跳，佯装无辜。在翻译“Villains! dissemble no more!”时，曹明伦做

---

① Edgar Ellan Poe, “The Philosophy of Composition,” in *Essays and Reviews by Edgar Allan Poe*, ed. G. R. Thompson (New York: Literary Classics of the United States, 1984), p. 13.

② 埃德加·爱伦·坡：《泄密的心》，载《爱伦·坡集：诗歌与故事》上册，曹明伦译，北京：生活·读书·新知三联书店，1995年，第625页。

③ 曹明伦：《论以忠实为取向的翻译标准》，《中国翻译》2006年第4期，第12—19页。

出了忠实于情节的具体化翻译选择，但却由于这一符合翻译规范的局部的具体化，整个失去了围绕凶手无意识的自我谴责展开的隐性进程，失去了具有很高艺术价值的贯穿全文的戏剧性道德反讽。

五、《莳萝泡菜》中的隐性进程与翻译

中外学界都认为，曼斯菲尔德的《莳萝泡菜》是反讽自我中心的男主人公的作品。然而，在情节发展背后，存在并列前行的另一条隐蔽的表意轨道，通过女主人公的视角，暗暗表达出她本身的自我中心，男主人公的话语对其起到反衬作用，作品由单轨反讽变成双轨反讽（详见第十三章）。在下面这个片段中，男方回忆起在俄国的生活：

> 我记得，那天晚上，我们一伙，我的两个朋友和他们当中的一个人的妻子，一起到黑海边去野餐。我们带了晚餐，香槟酒，在草地上又吃又喝。我们正在吃的时候，那个马车夫走过来了（the coachman came up），'尝点莳萝泡菜吧，'他说。他请我们一起吃（He wanted to share with us）。这在我看来是挺恰当的，挺——你明白我的意思吗？"[……]她看到那辆马车停在路边，那一小伙人在草地上……在离他们有一定距离的地方，坐着那位马车夫，他的晚餐放在膝盖上一块布里（Apart from them, with his supper in a cloth on his knees, sat the coachman）。"尝点莳萝泡菜吧，"他说着。她虽然拿不准莳萝泡菜到底是什么东西，但她看到了那个盛着鹦鹉嘴般的、闪闪发亮的红辣椒的淡绿玻璃瓶。她倒吸了一口气；那泡菜酸得够呛。[……]"是的，我完全明白你的意思，"她说。[1]

这是正文唯一提及"莳萝泡菜"之处，与标题直接呼应，是一个重要的主题片段。在隐性进程中，通过男主人公的讲述，"莳萝泡菜"具有了象征含义：马车夫走上前来，请乘车的客人一起吃自己的泡菜，这代表人与人之间超越阶级界限的分享。与此相对照，在女主人公的想象中，出现的则是另一种画面。通过把"Apart from them"放在句首，加以强调，作者突出了女方眼中马车夫与

---

[1] 曼斯菲尔德：《莳萝泡菜》，载陈良廷、郑启吟等译《曼斯菲尔德短篇小说选》，上海：上海译文出版社，1983年，第220—221页。

客人的分离。马车夫的晚餐放在膝盖上，显然没有打算走近客人。虽然女方说自己“完全明白”男方的意思，但她根本没有领会男方旨在表达的是人与人之间的分享，想到的仅仅是泡菜本身的酸涩。通过采用女主人公的视角来揭示两人观念上的差异以及女方的话语与实际情况的不相吻合，隐性进程暗暗对自我中心的女方加以反讽，男方在这里起到一种反衬的作用。

在翻译这一片段时，汤真将“Apart from them, sat the coachman”翻译成“除了他们之外，还坐着那个马车夫”[①]。我们知道，在跟动词联用时，“be apart from”的意思实际上是“be at a distance of(有一定的距离)”，例如“She stood apart from him”，意思是“她跟他分开站着”。尽管对原文的理解出现了偏差，但就反讽男主人公的情节发展而言，汤真对女方想象的这种译法对主题意义并没有影响。在情节背后的隐性进程里，这样的处理则削弱了对女方的反讽。与男方回忆中，马车夫走到客人面前请客人品尝泡菜形成对照，在女方眼里，马车夫与客人相互分离，客人根本够不着在一定距离之外的车夫腿上的泡菜，因为她完全没有想到人与人之间的交流分享。汤真笔下的“除了他们之外，还坐着那个马车夫”则拉近了马车夫与客人之间的距离——很可能客人能够够得着车夫的泡菜，这样就损伤了隐性进程刻意突出的在人与人之间的分享上男女双方观念上的差异。

六、《巴克妈妈的一生》中的隐性进程与翻译

在曼斯菲尔德《巴克妈妈的一生》中，叙述者始终没有告知文人先生的姓名，仅仅称呼他为“literary gentleman”。从情节发展来看，这突出了他与贫穷女佣相对照的阶级属性。有些译者将之翻译成“文学家”[②]，也能达到同样的目的。然而，从隐性进程来看，曼斯菲尔德很可能想在“gentleman”上做文章，用“man”来突出其性别，为他与巴克妈妈之间的社会性别转换做铺垫。通过赋予这位“先生”女性弱点，并让这位“先生”以女人自居，来反衬出巴克妈妈身

---

① 汤真(译)：《莳萝泡菜》，载陈良廷、郑启吟等译，《曼斯菲尔德短篇小说选》，上海：上海译文出版社，1983年，第221页。

② 曼斯菲尔德：《巴克妈妈的行状》，徐志摩译，载《一个理想的家庭》，合肥：安徽人民出版社，2012年，第27—35页；曼斯菲尔德：《派克大娘的一辈子》，王嘉龄译，载《曼斯菲尔德短篇小说集》，天津：天津人民出版社，1982年，第173—181页。

上的男性优点(详见第十五章)。如果把"literary gentleman"翻译成"文学家",会对隐性进程造成一定程度的损伤,建议翻成"文学先生""文人先生"或者"作家先生"。

在作品的中腰,当巴克妈妈在厨房里烧水和打扫时,出现了一个拟人化的景物描写:"whenever there were clouds they looked very worn, old clouds, frayed at the edges, with holes in them, or dark stains like tea"(每当有云的时候,云片总是看上去很破旧,边缘上磨破了,中间还有些窟窿,或者像染上了茶渍似的污斑)。我们知道,"old"一词既有"旧"的意思,也有"老"的意思。"worn"一词也含有两种意思,一是"破旧的""磨损的";另一是"疲惫的""憔悴的"。这两个词用于形容巴克妈妈都非常贴切,而云彩则并无新/旧和完好/破损之分。"边缘上好像都磨破了,中间还有些窟窿"也更像是在描述巴克妈妈的衣着。巴克妈妈在厨房里烧水沏茶,衣服上可能带有"茶渍似的污斑",而云彩也"染上了茶渍似的污斑"。尤其值得注意的是,通过"whenever"这一副词,作品将天空与巴克妈妈的关联常态化和固定化了——"每当有云的时候,云片总是看上去很破旧,边缘上磨破了……"。不难看出,曼斯菲尔德刻意将天空类比成巴克妈妈。巴克妈妈在丈夫病倒后,除了母亲的角色,还担当起父亲的责任,独立支撑起整个家庭。这段景物描写采用偏离规约的手法,将天空常态化地类比为巴克妈妈,有可能是有意将充当家庭顶梁柱的巴克妈妈与天父相联,但这一关联仅仅存在于隐性进程中(详见第十五章)。

在翻译时,王嘉龄将这段景物描写简单地处理成:"可以看见一片寥廓沉郁的天空。"[①]就情节发展而言,在翻译中把这段景物描写进行总结概述并不影响作品的主题目的——刻画出巴克妈妈悲惨的一生。然而,就隐性进程而言,这段景物的拟人化描写有着重要的主题作用,翻译中的这种"去拟人化"的简单处理是不可取的。

第二节 双重进程所要求的翻译领域的变革

迄今为止,双重叙事进程尚未进入译者、翻译研究者和翻译教育者考虑的

① 王嘉龄译:《派克大娘的一辈子》,第175页。

范围，这种情况急需改变。面对不少叙事作品中存在的双重进程，我们需要采取相应的对策。

一、双重进程所呼唤的翻译实践的变革

就译者而言，如果翻译目的是较好地传递原文的主题意义和人物形象，则需要在以下几方面做出努力。

（1）译者首先作为原作品的读者，要打破长期以来批评传统的束缚，改变以往仅仅关注情节发展的思维定式，着力探索在情节的背后是否还存在一股并行的叙事暗流。

（2）如果译者通过细致反复的阅读成功捕捉了这股暗流，就需要格外注意对之至关重要而对于情节发展无关紧要的文本成分。这些成分有可能是词语选择（如《泄密的心》的"Villians"或《一双丝袜》的"had known"）、句式结构（如《苍蝇》的开头句型）、文本逻辑（如《心理》"those other two"的前文指涉）、修辞手段（如《巴克妈妈的一生》中的拟人化景物描写），还有可能体现在原作品的其他写作方式中（如《莳萝泡菜》中暗暗反讽女方意识的"Apart from them, sat the coachman"）。译者应将这些内容标记为翻译过程中需着重考虑的文本细节和特点。

（3）翻译过程中，需要从头到尾都注意选择既能表达情节中的意义又能表达隐性进程中的意义的语言成分，并从词语的安排、句型的构建、结构的调整、逻辑的契合、文风的塑造、注释的添加等多方面入手，着力同时传递这两种并列前行、贯穿全文的叙事进程。

（4）充分利用中文的特点和优势来翻译原作品中的隐性进程。例如，在坡的《泄密的心》中，原文中的"Villains"为明确的复数形式，这在英文中是无可避免的，而中文中的名词没有复数标记，"恶棍"一词可以指数人，也可以仅指一人。此处选用"恶棍"一词，就可以更好地传递隐性进程中凶手无意识自我谴责的效果。

二、双重进程所呼唤的翻译研究的变革

从翻译学的角度来看，就含有隐性进程的作品而言，需要开辟一个新的研究领域，对双重叙事进程的翻译展开系统深入的研究。至少需要在以下几方

面做出努力:(1)针对双重叙事进程的翻译展开翻译批评,揭示忽略情节发展背后的隐性进程所造成的对原文修辞目的和主题意义的损伤;(2)将针对情节发展建立的翻译标准和翻译规范改为针对双重叙事进程翻译的标准和规范;(3)探索针对双重进程的翻译需要采用的翻译策略和翻译方法。

三、双重进程所呼唤的翻译教学的变革

为了帮助建立并保持双重进程翻译的规范,需要在翻译教学课堂、教科书和教学方法中增加相关内容,并使讲授翻译技巧和翻译理论的教师充分意识到在不少作品的情节发展后面,存在与之并行的隐性进程,这股叙事暗流表达出不同的主题意义,塑造出不同的人物形象和采用不同的审美技巧。此外,对于情节发展无关紧要的文本成分有可能对于隐性进程至关重要。

在翻译教学中,需要引导学生注意挖掘原作中的隐性进程,并关注隐性进程和情节发展之间的互动关系;需要注意传授能较好传递双重进程的翻译策略和翻译方法,让翻译选择能较好地兼顾两种进程的不同修辞目的、主题功能、人物塑造以及审美价值。

从古到今,中外文学评论界和翻译界对虚构叙事作品的阐释、翻译或翻译研究均围绕情节发展展开。在存在双重进程的作品中,如果在翻译中看不到隐性进程以及它与情节发展的互动,就难以较好地传递作品丰富复杂的主题意义,而且很可能会失去人物形象的一个重要层面,甚或失去作者意在塑造的真正的人物形象和人物之间的关系(如《心理》)。这会在很大程度上失去原作重要的审美价值。双重进程的存在对翻译实践、翻译研究和翻译标准均提出了新的挑战。面对这样的挑战,我们需要调整翻译研究的范围和对象,制定新的翻译标准,推出新的翻译规范。无论翻译的目的和策略是什么,在面对具有双重叙事进程的作品时,观察到情节背后的隐性进程并采取相关应对措施是翻译成功的重要前提。相信在文学评论和翻译理论互相影响、互相促进的文学翻译研究领域里,在文学译者和教学者的亲身实践和努力下,双重叙事进程的翻译会逐渐成为一种自觉意识,得到足够的重视和不断推进。

下篇　作品分析

第 八 章

《判决》:情节冲突背后隐藏的冲突

西方现代派文学宗师弗兰兹·卡夫卡(1883—1924)的短篇小说《判决》(1912)不仅是“理解卡夫卡主要成就的一个关键作品”,而且对于理解“20 世纪文学的敏感性”也至关重要。[①] 西方批评界十分青睐这一作品,至 20 世纪 80 年代,公开发表的专论已近 200 篇[②];国内也有不少学者对其加以关注[③]。作品的情节线索较为简单:年轻商人格奥尔格·本德曼在自己的房间里给在俄国经商的朋友写了封信,告知自己订婚的消息。接着他带着这封信去找父亲。父亲的反应则令人诧异,开始说不相信儿子有这位朋友,后来又说自己一直在跟这位朋友联系。他指责儿子欺骗这位朋友,缺乏人性,最后他判决儿子投河淹死,而儿子果真冲出家门去投河自尽。一个世纪以来,批评家们采用了各种方法阐释这一文本,尽管角度各异,阐释结果也难以调和,但大家达成了一种共识:《判决》的情节发展围绕父子冲突展开。一种有代表性的阐释根据卡夫卡的书信和日记,将父亲视为暴君:“《判决》中父子的冲突居于故事的中心。父亲对儿子的判决,是儿子长期畏惧父亲那‘暴君式’的统治而又始终不能战胜父亲‘强大阴影’的必然结果。换句话说,这样的父子关系对儿子来说

---

① Russell A. Berman, “Tradition and Betrayal in ‘Das Urteil,’” in *A Companion to the Works of Franz Kafka*, ed. James Rolleston (New York: Camden House, 2002), p. 85; Walter H. Sokel, “Kafka and Modernism,” in *Approaches to Teaching Kafka's Short Fiction*, ed. Richard T. Gray (New York, MLA, 1995), pp. 23—34.

② Stanley Corngold, *Franz Kafka: The Necessity of Form* (Ithaca: Cornell UP, 1988), p. 24.

③ 但国内专论相对较少,在中国期刊网上仅能查到二十多篇。

只有死路一条。"[①]也有不少学者将儿子视为负面人物，认为他"所看到的只是非现实的世界"，读者跟随儿子的视角，"经历了噩梦，经历了父亲对儿子幻想世界的挑战"，最后儿子的"世界土崩瓦解"；他"由于自我中心主义被他父亲判处了死刑"，"父亲对他的判决是他罪有应得"。[②]

然而，倘若我们打破长期批评传统的束缚，在关注情节发展的同时，把眼光拓展到其后的另一种叙事运动，即笔者称之为"隐性进程"的叙事暗流，则能发现贯穿文本始终的另一种冲突：个人与社会的冲突。在这一冲突中，儿子、父亲以及其他人物均成为社会压力的牺牲品。卡夫卡通过叙事暗流里的这种冲突，既微妙又强化地勾勒出现代西方社会中个体在社会压力下的异化，使作品暗暗成为现代西方人生存困境的一个缩影，并使《判决》与他随后创作的《变形记》《诉讼》等形成呼应，共同抗议现代西方社会对个体心灵的扭曲。在《判决》里，隐性进程和情节发展的冲突并列前行，两者相互矛盾、相互排斥、相互制约又相互补充，在张力中联手表达出作品丰富的主题意义，塑造出多面的人物形象。

第一节　关于朋友的思考中的双重叙事进程

故事的开头段落从全知叙述者的角度进行描述，寥寥几行字交代了故事时间（春天的周日上午）、写信地点（格奥尔格的房间）、事情起因（给朋友写了封信）。格奥尔格把信装进信封后，看着窗外的景色，陷入了沉思。从第二段开始，作者把读者带入格奥尔格的内心世界，直接展现他的思维活动。这一思考几乎占去了作品三分之一的篇幅，但却基本未涉及格奥尔格与父亲的关系，而是聚焦于那位朋友以及格奥尔格与他的关系，其中一段文字如下：

> 他就这样在国外徒劳无益地苦心经营着……他的皮肤蜡黄，看来好像得了什么病，而且病情正在发展。据他自己说，他从来不和那儿的本国

---

① 叶廷芳：《卡夫卡及其他》，上海：同济大学出版社，2009年，第48页；Max Brod, *Franz Kafka: A Biography* (Boston: Da Capo Press, 1995), pp. 129—130。

② 曾艳兵：《卡夫卡研究》，北京：商务印书馆，2009年，第195—203页；Berman, "Tradition and Betrayal in 'Das Urteil,'" pp. 85—100。

侨民来往,同俄国人的家庭也几乎没有什么社交联系,并且准备独身一辈子了……或许应该劝他回国,在家乡定居,恢复同所有旧日友好的关系,——这不会有什么障碍的——此外还要信赖朋友们的帮助?但是这样做不就等于告诉他,他迄今为止的努力都已经成为泡影,他最终必须放弃这一切努力,回到故乡,让人们瞪大着眼睛瞧他这个回头的浪子;这不就等于告诉他,只有他的朋友才明白事理,而他只是个大孩子,必须听从那些留在国内并已经取得成就的朋友的话去行事。这话说得越委婉,就越会伤害他。更何况使他蒙受这一切痛苦烦恼,是否就一定有什么意义呢?也许,要他回国是根本不可能办到的——他自己说过,他已经不了解家乡的情况。这样的话,他将不顾一切地继续留在异乡客地,而朋友们的规劝又伤了他的心。使他和朋友们更加疏远一层。如果他真的听从了朋友的劝告回归祖国,而在国内又感到抑郁——当然不是大家有意为之,而是现实造成的——,既不能和朋友相处,又不能没有他们,他会抱愧终日,而且当真觉得不再有自己的家乡和朋友了,那倒不如听凭他继续留在异国他乡。[①]

由于情节围绕父子冲突展开,而这段沉思却聚焦于这位朋友,其究竟起何作用成了一个难解之谜。卡夫卡曾经提到,这位朋友是“父子之间的联系”,也体现了“父子两人最大的共同点”。[②] 从情节结构来看,父子冲突因给这位朋友的一封信而起,父亲对儿子的“判决”也跟朋友直接相关,因此这位朋友构成父子之间的结构纽带。[③] 然而,这依然难以说明,为何要用长达作品三分之一的篇幅来展示格奥尔格对这位朋友的思考。

---

① 弗兰兹·卡夫卡:《判决》,孙坤荣译,载叶廷芳等译《卡夫卡短篇小说选》,桂林:漓江出版社,2013年,第43—53页。后文出自同一著作的引文,将随文标出该著名称首字及引文页码,不再另注。任卫东教授和叶廷芳先生仔细对照了原文和译文,提出了宝贵修改意见,笔者根据他们的意见,对译文有的地方进行了改动。

② Franz Kafka, *Letters to Felice*, trans. James Stern and Elisabeth Duckworth (New York: Schocken, 1973), p. 267; Franz Kafka, *The Diaries of Franz Kafka*, 1910—1913, ed. Max Brod, trans. Joseph Kresh (New York: Schocken, 1954), p. 278.

③ 参见 Kurt J. Fickert, "The 'Doppelgänger' Motif in Kafka's 'Blumfeld,'" *Journal of Modern Literature* 6.3 (1977), pp. 420—423。

约翰·怀特(John White)在针对这位朋友的专论中,[1]首先总结了其他几位批评家的看法:其一,这位朋友是作品中"唯一奇怪的因素",使作品"从一个简单的自然主义的故事转变成一个真正的卡夫卡式的谜团";其二,这位朋友是"一个生动简练艺术作品中的一个败笔",他"无法变得活生生的",也"无法表达卡夫卡希望他表达的意义";其三,这位朋友是一个负面形象:"不在场、无姓名、未结婚、事业失败、身患疾病"。[2] 在此基础上,怀特指出了这位朋友与格奥尔格之间的种种差异:前者事业上的失利反衬出后者事业上的成功;前者离群索居和孑然一身反衬出后者的朋友环绕和订婚之喜;前者对自己境遇的满腹牢骚反衬出后者对自己境遇的心满意足;前者的清心寡欲和注重精神反衬出后者的世俗肉欲。[3]

格奥尔格与这位朋友的差异是有目共睹的,但作者究竟想通过这些差异表达何意则众说纷纭。大多数学者认为格奥尔格旨在通过朋友的反衬,使自己更加自鸣得意;与其说是在为朋友考虑,倒不如说是为了自我欣赏[4]。也有不少学者认为那位身处异国的朋友是格奥尔格个性中的另一面(alter ego):做生意的格奥尔格追求物质,而那位朋友则象征他身上追求精神和文学创作的一面,或者是他从前更加"纯真的自我"的投射。[5] 从精神分析角度切入的另一种看法则认为那位朋友就是梦幻中的格奥尔格自己,朋友的失意是格奥尔格(的自我所不承认的)自身失意的一种伪装,朋友远走他国则代表了格奥尔格逃脱父亲阴影的愿望。[6] 也有学者认为那位在俄国的朋友"代表着格奥尔格性格中恋母的那一部分";订婚之后,"格奥尔格性格中的两个部分已经发

① John J. White, "Georg Bendemann's Friend in Russia: Symbolic Correspondences," in *The Problem of "The Judgment": Eleven Approaches to Kafka's Story*, ed. Angel Flores (New York: Gordian Press, 1977), pp. 97—113.

② White, "Georg Bendemann's Friend in Russia," pp. 98—99.

③ White, "Georg Bendemann's Friend in Russia," pp. 99—100. White 还关注了那位朋友与格奥和格奥父亲的其他关联(见下文)。

④ John M. Ellis, "Kafka: 'Das Urteil,'" in his *Narration in the German Novelle* (New York: Cambridge UP, 1974), pp. 188—211; especially p. 193.

⑤ 转引自 White, "Georg Bendemann's Friend in Russia," pp. 100—101;而实际上那位朋友也在做生意,只是未做成功而已。

⑥ Robert T. Levin, "The Familiar Friend: A Freudian Approach to Kafka's 'The Judgment' ('Das Urteil')," *Literature and Psychology* 27.4 (1977), pp. 164—173.

展到两个极端:一边是寻求自我社会化的部分,另一边是恋母的部分。在此过程中,寻求自我社会化的部分不断压抑和排斥恋母的部分”。[①]

由于批评界公认《判决》中的情节聚焦于父子冲突,而儿子关于朋友的思考却基本未涉及父亲,因此批评界集中关注这一思考对塑造儿子的形象所起的作用。然而,在父子冲突的情节背后,存在一个与之并行的隐性进程,它转而聚焦于个人与外部世界的冲突。在这一叙事暗流中,格奥尔格关于朋友的思考,暗中体现了他对自己与外部世界之间关系的看法,为作品展现他与外部世界的冲突做出铺垫。在这一隐性进程中,重要的不是涉及朋友个人境遇的词语,而是涉及朋友社交圈的词语:

> 让人们瞪大着眼睛瞧他这个回头的浪子;这不就等于告诉他,只有他的朋友才明白事理,而他只是个大孩子,必须听从那些留在国内并已经取得成就的朋友的话去行事。这话说得愈委婉,就愈加会伤害他的感情。更何况使他蒙受这一切痛苦烦恼……而朋友们的规劝又伤了他的心。使他和朋友们更加疏远一层。如果他真的听从了朋友的劝告回归祖国,而在国内又感到抑郁——当然不是大家有意为之,而是现实造成的——,既不能和朋友相处,又不能没有他们,他会抱愧终日,而且当真觉得不再有自己的家乡和朋友了,那倒不如听凭他继续留在异国他乡。

这些文字对于情节发展无关紧要,甚或显得琐碎离题,但对于隐性进程却至关重要。在格奥尔格看来,朋友回国的主要障碍是国内社交圈的评价,是社会压力对自我的损害。值得注意的是,这种社会压力是朋友未曾提及的,而仅仅是格奥尔格自己的主观推测。那位朋友跟他十分相似,两人的友谊始于孩童时期,一起长大成人,现在都是年轻商人。从格奥尔格和他父亲居住的“构造简易的低矮的房屋”(《判决》:43)来看[②],他家的生意以前并不兴隆,跟朋友的境遇有某种相似之处,因此能够设身处地地为朋友着想。他对朋友的思考,

---

① 任卫东:《个体社会化努力的失败》,《四川外语学院学报》2006年第3期,第42页。

② 有钱人的房屋在结构上往往各具特色,而在故事简短的开头,全知叙述者从自己的视角,特别描写了格奥尔格的“住所是沿河一长溜构造简易的低矮的房屋中的一座,这些房屋几乎只是在高度和颜色上有所区别”(《判》:43)。值得一提的是,与英法等国相对照,奥地利和德国一些传统城镇的房屋往往颜色鲜艳,且色彩和高度不一。

反映出他自己的如下心理特征:其一,十分在乎周围人的看法,如果“既不能和朋友相处,又不能没有他们”,就会“抱愧终日”;而“一切痛苦烦恼”都源于朋友的爱护无意中造成的社会压力。其二,从“朋友”与“家乡”“祖国”的相提并论,我们可以看到周围的人代表了整个社会;如果不再能跟朋友相处,也就意味着不再有家乡和祖国。从这一角度,我们可以推断朋友在俄国离群索居的原因:为了躲避事业发展不顺所带来的社会压力,朋友既不和“本国侨民”来往,也不和“俄国人的家庭”来往。

如上所引,据这位朋友“自己说”,他不能回国是因为“他已经不了解家乡的情况”。但在格奥尔格的思考中,我们则看到:“他的解释完全是敷衍文章,说是俄国的政治局势不稳,容不得一个小商人离开,哪怕是短暂的几天都不行。然而,就在这段时间内,成百上千的俄国人却安闲地在世界各地旅行”(《判决》:44)。朋友商场失意之后,“归国的次数越来越少”(《判决》:43),这显然是因为愧对国内的亲朋好友,但他自己却不愿承认这一点。通过直接展示格奥尔格对朋友无法回国的思考,又将他的解释与朋友的解释加以对照,作品以微妙的笔法,暗暗强调了他对社会压力的关切和重视。

紧跟上面那段引文是格奥尔格的一句总结:“考虑到这些情况,怎能设想他回来后一定会前程似锦呢?”(《判决》:44)通常,经商究竟是否能“前程似锦”取决于个人能力和资金、货源、商铺、客流等条件,但格奥尔格的思考则没有涉及这些内在和外在条件,他脑海里的“这些情况”直接指涉外人的看法或社会压力对自我的挤压和损害:“让人们瞪大着眼睛瞧他这个回头的浪子[……]必须听从那些留在国内并已经取得成就的朋友的话去行事[……]愈加会伤害他的感情[……]使他蒙受这一切痛苦烦恼[……]在国内又感到抑郁[……]他会抱愧终日。”

这句总结之后,是格奥尔格的如下评论:“鉴于这些原因,如果还想要和他继续保持通信联系的话,就不能像对一个即便是最疏远的熟人那样毫无顾忌地把什么话都原原本本地告诉他。”(《判决》:44)值得注意的是,此处的“这些原因”和上句中的“这些情况”所指完全相同,都涉及社会评价和社会压力可能对个人造成的伤害。我们在作品后面会看到,格奥尔格一直不敢在信里告诉朋友自己近几年商业上的成功。与其说这是怕“徒劳无益地苦心经营着”的朋友心生妒忌,倒不如说是为了不给朋友带去社会压力。他的成功依然会让身处异国的朋友觉得只有“那些留在国内并已经取得成就的朋友”“才明白事理”。这种无形的社会压力依然会让他“感到痛苦烦恼”和“抱愧终日”。

众多批评家以卡夫卡的《致父亲》以及其他书信和日记为依据,认为《判决》的主题涉及儿子(卡夫卡本人)与暴君式父亲(卡夫卡的父亲)之间的冲突关系。然而,若仔细考察卡夫卡的《致父亲》,我们同样也可看到卡夫卡对自己与外部世界之关系的关注:“我常想起我们常在一个更衣室里脱衣服的光景。我又瘦、又弱、又细,你又壮、又高、又宽。在更衣室里我已经自惭形秽,而且不仅是对你,而是对全世界,因为你在我眼里是衡量一切的标准[……]有时你自己先脱了衣服,我得以一个人留在更衣室里,尽可能拖延到公众面前去献丑的时间[……]你自来这样指责我(有时面对我一个人,有时当着其他人的面,你对后一种场面的侮辱性压力毫无感觉”[①]。此外,在《致父亲》里,我们可以看到暴君式的父亲给卡夫卡在别人面前带来了很强的负罪感,也导致他害怕别人:“当我同其他人相遇在一起时,我在他们面前会陷入更深的负罪意识之中[……]到头来,这种不信任变成了我对自己的不信任,变成了对其他所有人的永无止境的害怕”[②]。在《判决》的情节发展中,我们看到的是父子之间的关系和冲突,在情节背后的隐性进程里,我们看到的则是个体与外部世界的关系和冲突。

格奥尔格对朋友的思考还涉及了自己的未婚妻:

> 他常常和未婚妻谈起这位朋友,以及他们在通信中这种特殊的情形。“那么他不会来参加我们的婚礼了,”她说,“然而,我是有权利认识你所有的朋友的。”“我不想打扰他,”格奥尔格回答说,“不要误会我的意思,他可能会来的,至少我认为他要来的,但他会感到非常勉强,自尊心受到损害,也许他会嫉妒我,而且一定会不满意,可是又没有能力消除这种不满,于是只好孤独地再次出国。孤独——你知道这是什么意思?”“是的,难道他不会通过另外的途径获悉我们结婚的消息吗?”“这个我当然不能阻止,但是由于他的生活方式,这是不太可能的。”“既然你有这样一些朋友

① 卡夫卡:《致父亲》,载叶廷芳主编《卡夫卡全集》第7卷,石家庄:河北教育出版社,2000年,第407—419页,着重号为引者所标。

② 卡夫卡:《致父亲》,第427—428页,着重号为引者所标。

(Freunde),格奥尔格,你就根本不应该订婚。”“是的,这是我们俩的过错,不过我现在不愿意再改变主意了。”她在他的亲吻下尽管气喘吁吁,却还说道:“这其实伤害了我。”(《判决》:45—46,着重号为引者所标)

通常,单身汉参加别人的婚礼,易心生嫉妒,然而,格奥尔格首先认为那位朋友参加自己的婚礼,“自尊心”“一定”会“受到损害”。这是因为在男大当婚的社会里,到一定年纪的男子若无能力结婚,会受到或明或暗的社会压力。这位朋友事业不顺,因而独身。参加格奥尔格的婚礼,会让他对自己“感到不满意”,“可是又没有能力消除这种不满”——在国外发展不顺,又无法回国面对社会压力。

在这一片段里,我们还可看到对格奥尔格的第一个“判决”:“既然你有这样一些朋友,你就根本不应该订婚。”未婚妻这一“判决”的言下之意是:你不配做我的丈夫,我也不应成为你的妻子。其衡量标准并非格奥尔格的自身缺陷,也并非两人之间的不协调,而是朋友的行为①。我们知道,西方的婚礼不仅是人生历程的重要里程碑,而且是极其重要的社交场合。新郎的朋友是否参加婚礼,体现出是否重视新郎和新娘;不参加婚礼会使新人丢失脸面。在未婚妻看来,以朋友为代表的社会评价高于一切,只要朋友不能来参加婚礼,结婚就是个错误。对于这一判断标准,格奥尔格加以认可(“是的,这是我们俩的过错”)。然而,他的情欲此时占了上风,尽管他的亲吻也调动起了未婚妻的情欲(“气喘吁吁”),但社会评价依然压在她的心头(“却还说道:‘这其实伤害了我’”)。接下来是这么一段文字:

这时,他真的认为,如果把这一切写信告诉他的朋友,也不会有什么麻烦。“我就是这样的人,他必须接受。”他自言自语地说,“我无法从我身上分割出另一个比我更适宜承担同他的友谊的人来。”

事实上,他在这个星期天上午写的这封长信中,已经把他订婚的事告诉了他的朋友,信里这样写道:“我把最好的消息留到最后才写。我已经和一位名叫弗利达·勃兰登菲尔德的小姐订婚了,她出身富家[……]我

① 虽然前文仅涉及在俄国经商的那一位朋友,卡夫卡却选用了复数的“Freunde”来涵盖格奥的其他朋友。这在情节发展里无关紧要,甚至显得不合逻辑,但在隐性进程里却十分重要,因为卡夫卡想要表达的是格奥的朋友们所体现的社会压力。

知道,以往你由于种种原因而不能来看我们,难道我的婚礼不正是一次可以扫除一切障碍的极好的机会吗?但是,不管怎样,你还是不要考虑太多,而只是按照你自己的愿望去做吧。”

格奥尔格手里拿着这封信在书桌前坐了很久[……]他终于把信放入口袋,走出房间,穿过狭小的过道来到对面他父亲的房间里(《判决》:46)。

为了更好地理解这些文字,我们不妨先看看前面那一片段:“他常常和未婚妻谈起这位朋友,以及他们在通信中这种特殊的情形。‘那么他不会来参加我们的婚礼了,’她说……”。在该段首句中,“常常”这一副词表明此处的叙述模式是总结概述,然而,从第二句开始,又突然转为直接引语这种场景展示模式。通常,总结概述和场景展示是互为对照、互不相容的叙述模式,然而卡夫卡却巧妙自然地把两者融合为一体,用一个“场景”来“概述”常常发生的事:格奥尔格与未婚妻关于这位朋友的一次对话,代表了他们的多次对话。毫无疑问,未婚妻对社会评价的担忧,不止一次引起了他的类似忧虑。然而,在此之前,他更加关注的是朋友的自尊和困境。而“这时”,他对社会评价的担忧终于占了上风,不再顾忌贫穷潦倒的朋友的感受:他决定告诉朋友自己订了婚,对象是一位“富家”小姐。卡夫卡还通过格奥尔格的“自言自语”,直接展示出他为了社会评价而不惜牺牲友情:“我无法从我身上分割出另一个比我更适宜承担同他的友谊的人来”。在这里,我们可以看到社会压力对个体的扭曲:一个十分看重发小、一心为其考虑的男人,在社会目光的压力下,可以不顾发小的感受,甚至不惜牺牲他们之间的长期友谊。[①] 格奥尔格之所以告诉朋友自己订了婚,是为了邀请和劝说朋友来参加自己的婚礼,以便为自己和未婚妻赢得更好的社会评价,同时为自己在未婚妻面前挽回脸面。当然,他不能过于勉强朋友,因此还是表示尊重朋友的意愿。格奥尔格与未婚妻的短暂互动,展现出他的一大困境:明知告诉朋友自己订婚并邀请他参加婚礼,对方会受到伤害,但又迫于社会压力最后不得不这么做。

综上所述,就格奥尔格关于朋友的长篇思考而言,在隐性进程里,我们看到的不是父子冲突,也不是他和朋友(或其自身的另一个自我)之间的差异,而

① 那位朋友非常珍视跟格奥的友情,曾邀请格奥移居俄国发展,但他为格奥预测的前景与格奥现在的成功相比,“简直微不足道”(《判》:45),因此不会给他带来太大压力。

是他和朋友面对社会压力时的本质相通:两人都极其在乎社会评价,都受到社会的挤压和扭曲。在这股叙事暗流里,我们关注的是与父子冲突处于不同运行轨道的个人与社会的冲突:一个人是否能回国发展,取决于能否在朋友面前抬得起头;是否具有结婚资格,取决于朋友能否参加婚礼;是否能维持和发小的友情,也受制于社会的看法。也就是说,个人的事业和生活均受制于社会压力,取决于社会评价。从这一角度,我们不难理解为何那位事业不顺的朋友"准备独身一辈子"——可以借此躲避妻子带来的社会压力。

第二节 父子互动部分的双重叙事进程

格奥尔格写完信后,"手里拿着这封信在书桌前坐了很久",显然感到十分负疚和不安。在这种心态下,他拿着信去找住在过道另一头的父亲。

> 他已经有好几个月没有来过父亲的房间了。事实上,他也没有必要到他父亲的房间里去,因为他在商行里经常同父亲见面,他们又同时在一个餐厅用午餐,晚上虽然各干各的,可是除非格奥尔格出去会朋友——这倒是常事,或者如现在这样去看望未婚妻,他们总要在共同的起居室里坐上一会儿,各人看自己的报纸。(《判决》:46;着重号和下划线为引者所标)

这是全知叙述者从自己的角度进行的描述。对于聚焦于父子冲突的情节发展而言,用下划线标记的文字十分重要,体现出父子之间缺乏交流。[①] 而在情节背后的隐性进程里,重要的则是用着重号标记的文字,间接表达出格奥尔格在社会压力下所陷入的困境。全知叙述者告诉读者,格奥尔格平时不去父亲的房间,"事实上,他也没有必要到他父亲的房间里去"。三个表示转折的副词"虽然""可是""总要",也强调父子有机会在"共同的起居室"会面。然而,这封信却迫使格奥尔格打破惯例:他很可能是想通过告诉父亲这件事并得到父亲的认可,来减轻自己的负疚和不安。

值得注意的是,在《判决》的隐性进程中,社会评价和社会压力是通过周围

---

① 参见曾艳兵:《卡夫卡研究》,第 201 页;Berman, "Tradition and Betrayal in 'Das Urteil,'" pp. 92—93。

的人体现的。那位朋友所感受的社会压力，源于跟格奥尔格和其他朋友在事业和生活上的对比，父亲所感受的社会压力则来自跟儿子的对比。我们不妨先看看父亲的这段话语：

> “是的，我当然是在演滑稽戏！滑稽戏！多好的说法！一个老鳏夫还能有什么别的安慰呢？你说——在你回答问题的这个瞬间，你还是我的活着的儿子——除此之外我还剩下什么呢？我住在背阴的房间里，已经老朽不堪，周围的一批职工又是那样的不忠实。而我的儿子春风得意招摇过市，签订一项又一项其实我早已打点好的生意，趾高气扬，忘乎所以，却还在他父亲面前摆出一副三缄其口的正人君子相！你以为我不曾爱过你这个我亲生的儿子吗？”（《判决》：51）

父亲自称“已经老朽不堪”的“老鳏夫”，心里清楚除了“演滑稽戏”，自己一无所有。因为已经由儿子接班，职工对他也不再忠实。如果远走俄国的朋友仅因为留在国内的朋友事业有成就会承受重压，面对事业方兴日盛的儿子，日渐老朽的父亲所感受的社会压力更是可想而知。

从“在你回答问题的这个瞬间，你还是我的活着的儿子”可以窥见，面对儿子带来的社会压力，父亲甚至希望儿子死去。在谈到俄国的那位朋友时，父亲说：“他要是我的儿子倒合我的心意”（《判决》：50）。那位朋友穷困潦倒，孑然一身，不会给父亲带来社会压力，因此得到父亲的喜爱。通常，父亲会希望儿子事业成功，生活幸福，但在《判决》中，社会压力是个人难以承受之重。父亲在社会压力下心理严重变态，不满儿子的成功和订婚，反而希望儿子像那位朋友一样沦入困境。

格奥尔格进入父亲的房间后，感到非常惊讶：

> 甚至在这个晴朗的上午，他父亲的房间还是那样阴暗。耸立在狭窄庭院另一边的高墙投下了这般的阴影。父亲坐在靠窗的一个角落里，这个角落装饰着格奥尔格亡母的各种各样的纪念物，他正在看报，把报纸举在眼前的一侧，以弥补某种视力缺陷[……]
>
> “这里黑得真受不了。”他[格奥尔格]接下去说。
>
> “是的，确实是很黑。”父亲回答。
>
> “那你还把窗户关着？”

> “我喜欢这样。”(《判决》:47)

在情节发展中,高墙下的“阴影”可以象征父亲的暴君式统治罩住儿子的“强大阴影”[①];就隐性进程而言,儿子的成熟及其事业的蒸蒸日上(人生的阳光时期),则反衬出父亲的老朽衰退(人生的阴暗时期),这种反衬犹如高墙在阳光照射中投下阴影。也就是说,同样的词语在两种叙事进程中具有截然不同的象征意义,产生较强的语义密度和文本张力。

格奥尔格的那位朋友因为事业不顺而躲在国外,离群索居,将自己封闭;父亲则因为自己的“老朽不堪”而坐在墙角,大晴天把窗户关上,将自己封闭。格奥尔格告诉父亲:

> “我写了一封寄彼得堡的信宣布我订婚的事。”他把信从口袋中抽出一点儿,然后又放了回去。
>
> “为什么要写信到彼得堡去?”父亲问。
>
> “告诉我在那儿的朋友。”[……]
>
> “哦,你的朋友。”父亲以**特别强调**的口吻说道。
>
> “父亲,你知道,我一开始并不想把订婚的事告诉他。**这主要是考虑到他的情况**,并不是由于别的原因[……]他**反正决不会从我自己这里知**道这件事情。”
>
> “这么说你现在已经改变了主意?”父亲问道[……]
>
> “是的,现在我已经仔细考虑了。我想,如果他是我的好朋友,那么我的幸福的婚约对他讲来也是一件高兴的事。因此我不再犹豫,一定要把这件事通知他。可是在我发信之前,我先要把这件事告诉你。”(《判决》:47—48,着重号为引者所标)

如前所述,格奥尔格明白这封信会给朋友造成伤害。他在跟父亲谈这封信时,一开始并未提到朋友,而仅仅提及朋友所在的城市,拿出信件时也显得十分犹豫,从一个侧面反映出这封信给他带来的负疚和不安。父亲也清楚这封信会给朋友带去的社会压力,因此以“特别强调”的语气说道“哦,你的朋友。”从格奥尔格回答中的“反正决不会从我自己这里知道这件事情”来看,他

---

① 叶廷芳:《卡夫卡及其他》,第 48 页。

曾经以友情为重,下决心保护朋友的自尊;然而,面对未婚妻的不断施压,他终于写下这封信,把自己面临的社会压力转移到朋友身上。

跟朋友为不回国找借口一样,格奥尔格也为写这封信找了借口(从中也可窥见社会压力对个人的一种扭曲:为了自己的脸面而找借口,说假话):"我想,如果他是我的好朋友,那么我的幸福的婚约对他讲来也是一件高兴的事。"然而,他此前的自言自语"我无法从我身上分割出另一个比我更适宜承担同他的友谊的人来"则暴露出,他非常清楚,这封信不仅会伤害朋友的自尊,而且会破坏两人的珍贵友情。

儿子几个月来首次来父亲的房间,商量请教。"老朽不堪"的父亲近来一直感受到儿子给自己带来的沉重社会压力,而此时终于获得机会来贬斥儿子,提高自己的社会评价:

> "格奥尔格,"父亲说,撇了一下牙齿都已脱落了的嘴,"听我说!你是为这件事到我这里来想要同我商量,这无疑会让你感到荣幸(Das ehrt dich ohne Zweifel)。但是,如果你现在不把全部事情的真相告诉我,这等于什么也没说,甚至比不说更令人恼火。[……]我已经精力不济了,记忆力也在逐渐衰退[……]但是既然我们正在谈论这件事,谈论这封信,我求你,格奥尔格,不要欺骗我。这是一件小事情,可以说是微不足道的,所以你千万不要欺骗我。难道你在彼得堡真有这样一个朋友?"(《判决》:48)

值得一提的是,德语的"ehren"(ehrt 的原形)有"使……感到荣幸,感到自豪"的意思[①]。笔者借鉴的中译本将"Das ehrt dich ohne Zweifel"翻译成"毫无疑问你这样做是值得赞许的",而两个英译本则分别译为"No doubt that does you honor(毫无疑问这为你增光)"[②]和"That does you credit, no doubt(这绝对是给你增光)"[③]。中译本的选择从情节发展来看没有问题,语流也更加顺

---

① 张才尧等编:《新编德汉词典》,北京:外语教学与研究出版社,2004 年,第 373 页。

② Willa Muir and Edwin Muir, trans. "The Judgment," in *Selected Short Stories of Franz Kafka* (New York: The Modern Library, 1993), pp. 10—11.

③ Malcolm Pasley, trans. "The Judgment," in Flores, ed., *The Problem of "The Judgment"* (New York: Gordian Press, 1977), p. 6.

畅。但从隐性进程考虑,"让你感到荣幸"或"给你增光"这样的翻译才能达意。[①] 在家庭内部,儿子跟父亲商量一封写给朋友的信,实在谈不上会让儿子感到荣幸或给儿子增光,父亲这种不合情理的评价实际上反映出他急于通过抬高自己、贬低儿子,来减轻社会压力的病态心理。

在上引片段中,父亲首先用命令式的"听我说!"把自己摆到了居高临下的位置,接着又用"这无疑会让你感到荣幸",来加强这种我高你低的对比。随后父亲以自己"记忆力也在逐渐衰退"为铺垫,以"我求你"为幌子,出人意料地抛出一句:"你千万不要欺骗我。难道你在彼得堡真有这样一个朋友?"在阐释情节发展时,关于父亲的这句问话,批评家们看法不一。有学者认为父亲的问话跟事实相冲突,是其神志错乱的体现[②];有学者认为父亲是在质疑格奥尔格与那位通信者是否真的是朋友[③];也有学者认为父亲的问话质疑了格奥尔格心里想着的这位朋友究竟是否存在。[④] 在情节背后的隐性进程里,我们看到的则是,父亲在社会压力下的心理变态:神志健全的他有意上演"滑稽戏",明知儿子说的是真话,却要攻击儿子说假话;明知儿子有这位朋友,[⑤]却要问儿子究竟是否有这位朋友,藉此打击儿子的自尊和自信,减轻自己在儿子身上感受的社会压力。父亲的问话令格奥尔格"非常困惑"(《判决》:48),他答道:

> "别去管我的朋友了,一千个朋友也抵不上我的父亲。你知道,我是怎样想的?你太不注意保重你自己了,年岁可不饶人。商行里的事没有你是不行的,这你知道得很清楚,但是如果因为做生意而损坏了你的健康,那么我明天就把它永远关门。这样可不行,我们必须改变一下你的生活方式,并且要彻底改变……。"(《判决》:48)

可以看出,格奥尔格是一个有很强负疚感的人。给朋友的信令他如此负疚才来找父亲,而父亲令他困惑不解的问话,又让他担忧年迈父亲的健康,觉

---

① 也可翻译成"你这样做无疑很得体"。

② Claude-Edmonde Magny, "The Objective Depiction of Absurdity," in *The Kafka Problem*, ed. Angel Flores (N. Y.: Gordian Press, 1976), pp. 81—87.

③ Heinz Politzer, *F. K.: Parable and Paradox* (Ithaca: Cornell UP, 1962), p. 57.

④ White, "Georg Bendemann's Friend in Russia," p. 98.

⑤ 父亲的第一反应"哦,告诉你的朋友了?"和后面的多处断言,如"我当然认识你的朋友……"(《判》:50)都确认了朋友的存在。

得自己不应再打搅他。父亲是他最为看重的人,为了父亲的身体,他希望父亲不要再管商行,要彻底改变生活方式。同时为了安抚自尊心极强的父亲,他不惜贬低自己,抬高父亲:“商行里的事没有你是不行的”(请比较前文中他的自言自语)。接下来,他提出和父亲对调房间,让父亲享受阳光和明亮。[①] 他以为父亲真的忘了这位朋友,于是提起朋友从前来访时跟父亲交流的情况,特别是朋友跟他们说起的“关于俄国革命的令人难以置信的故事”(《判决》:49),以此来刺激父亲的思维,帮助他恢复记忆。他替父亲脱掉衣服,服侍他上床休息:

> 说话中间格奥尔格已经扶他父亲坐下,并且小心地替他脱掉穿在亚麻布衬裤外面的针织卫生裤,又脱掉了袜子。当看到父亲的不太清洁的内衣时,他责怪自己,对父亲照顾不够。经常替父亲更换洁净的内衣,这是他应尽的责任。他还没有开口同未婚妻商量过,将来他们准备怎样安置父亲。因为他们俩都有个心照不宣的想法,父亲会独自留在老宅子里的。可是他现在迅速而明确地决定,要把父亲接进未来的新居。如果仔细考虑一下,搬进新居后再去照顾父亲,看来可能为时已经太晚了。
>
> 他把父亲抱到床上,当他向床前走这几步路的同时,他注意到父亲正在他怀里玩弄他的表链,于是产生了一种惊恐的感觉。他一时无法把父亲放到床上,因为父亲紧紧地抓住表链不放。(《判决》:50,着重号为引者所标)

通过选用着重号标示的词语,并直接展示格奥尔格的内心想法,卡夫卡让我们看到,这是一个责任感和负疚感很强、对父亲相当孝顺的儿子。作品也通过三方面的描述突出了父亲的“老朽不堪”:一是儿子的想法“搬进新居后再去照顾父亲,看来可能为时已经太晚了”,暗示儿子担心父亲病倒,甚或活不长久;二是“牙齿都已脱落”“白发蓬乱的”(《判决》:49)父亲在儿子“怀里玩弄”表链,并“紧紧地抓住表链不放”这种孩童般的行为;三是格奥尔格看到曾经独断威严、身材依然魁梧的父亲这种孩童般的行为时,所产生的“一种惊恐

---

① 父亲(和母亲)一直住在这个背阴的房间。很可能是出于对亲生儿子的爱(“你以为我不曾爱过你这个我亲生的儿子吗?”),父母把朝阳的房间让给儿子住。

的感觉”。儿子一心为父亲的健康考虑，希望尽力照顾好年迈力衰的父亲。而父亲却在社会压力下心理变态，不断贬斥儿子，导致其投河自尽（详见下一节）。

当儿子问父亲是否想起了朋友时，心里清楚自己在演“滑稽戏”的父亲转换话题，反问儿子“我现在已经盖严实了吗？（Am I well covered up now?[①]）”。当儿子帮他掖好被，回答说已经盖严实了时，父亲却抓住这个机会来抬高自己，打击儿子。他掀开被子，直立在床上，用一只手“轻巧地撑在天花板上”，显得顶天立地，然后对儿子说：

> “你要把我盖上（You wanted to cover me up），这我知道，我的好小子，不过我可还没有被完全盖上。即使这只是最后一点力气，但对付你是绰绰有余的。我当然认识你的朋友。他要是我的儿子倒合我的心意。因此这些年来你一直在欺骗他。难道不是这样吗？你以为我没有为他哭泣过吗？因此你把自己关在办公室里——经理有事，不得打扰——就是为了你可以往俄国写那些说谎的信件。但是幸亏父亲用不着别人教他，就可以看透儿子的为人。现在你认为，你已经把他征服了，可以一屁股坐在他的身上，而他则无法动弹，因为我的儿子大人已经决定结婚了！”
>
> 格奥尔格抬头望着他父亲这一副骇人的模样。父亲突然之间如此了解这位身居彼得堡的朋友，而这位朋友的景况还从来没有像现在这样打动过格奥尔格，他看见他落魄在辽阔的俄罗斯，他看见他站在被抢劫一空的商店门前，他正站在破损的货架、捣碎的货品和坍塌的煤气管中间。他为什么非要到那么遥远的地方去呢？（《判决》：50）

不少批评家从“cover up”一词读出了“埋葬”的意思，认为儿子在跟父亲的竞争中，想“埋葬”或“除掉”父亲。[②] 而不少从俄狄浦斯情结角度切入的批评家则认为，该词象征着儿子取代父亲成为一家之主和商行老板。[③] 从这些

---

① Muir and Muir, trans. “The Judgment,” p. 14；下面两个括号中的英文均出自同一页。

② 曾艳兵：《卡夫卡研究》，第 201 页；[美]凯特·费洛里斯《〈判决〉》（1947），李自修译，载叶廷芳编《论卡夫卡》，北京：中国社会科学出版社，1988 年，第 138—139 页；White, “Georg Benemann's Friend in Russia,” p. 106。

③ Kenneth Hughes, “A Psychoanalytic Approach to ‘The Judgment,’” in Gray, ed., *Approaches to Teaching Kafka's Short Fiction*, p. 87.

角度来看,父亲对儿子的指控合乎情理。然而,前文已经明确无误地告诉读者"老人自己盖上被子。还把被子盖过了肩膀(He covered himself up and even drew the blankets farther than usual over his shoulders)"(《判决》:50)。父亲自己做了件事(covered himself up),却就此事无理取闹,诬赖儿子,这充分体现出他在社会压力下的心理变态。他把事业有成的儿子看成社会压力的化身,把他当成敌人来"对付",无中生有地加以诋毁。与此同时,父亲对身在俄罗斯的那位儿子的朋友则同病相怜,与其说他是为那位朋友的境遇哭泣,倒不如说他是联想到自己类似的境遇而感到自怜。他明知儿子不告诉那位朋友自己订婚,是为了保护那位朋友,却要攻击儿子说谎骗人。出于病态心理,他把儿子的订婚描述成压迫那位朋友的行为。卡夫卡则通过直接展示儿子的内心世界,让我们看到儿子对朋友的深切关怀和满心担忧,这有力反驳了父亲的指控。接下来父亲攻击儿子受到未婚妻的诱惑而与其订婚:

> "因为她这样地、这样地、这样地撩起了裙子,你就和她接近,就这样你毫无妨碍地在她身上得到了满足,你亵渎了我们对你母亲的怀念,你出卖了朋友,你把父亲按倒在床上,不叫他动弹。可是他到底能动还是不能动呢?"说完他放下撑着天花板的手站着,两只脚还踢来踢去。他由于自己能洞察一切而面露喜色。
>
> 格奥尔格站在一个角落里,尽可能地离他父亲远一点。长久以来他就已下定决心,要非常仔细地观察一切,以免被任何一个从后面来的或从上面来的间接打击而弄得惊慌失措。现在他又记起了这个早就忘记了的决定,随后他又忘记了它,就像一个人把一根很短的线穿过一个针眼似的。
>
> "但是你的朋友毕竟没有被你出卖!"他的父亲喊道,一面摆动食指以加强语气,"我是他在这里的代表。"
>
> "你真是个滑稽演员!"格奥尔格忍不住也喊了起来,但立刻认识到他闯下了祸。并咬住舌头,不过已经太晚了,他两眼发直,由于咬疼了舌头而弯下身来。(《判决》:51)

无论是活在世上还是亡灵在天,母亲都会盼望早已成年的儿子结婚成家。然而,在社会压力下心理变态的父亲却指控儿子订婚是对亡母的亵渎,还无中生有地指控儿子限制自己的自由。这些都使“洞察一切”这一词语带上了较强的反讽色彩。

一个年迈体衰的老人,突然掀开被子,直立在床上,“两只脚还踢来踢去”,上演“滑稽戏”,令人觉得十分荒唐可笑。但老人这样做,是为了减轻自己在儿子身上感受的社会压力,这又令人觉得十分可悲。社会压力逼迫朋友留在“那么遥远的地方”,也象征性地逼迫父亲待在门窗紧闭的房间一角。而此时,父亲对儿子施加的社会压力(指责儿子背叛母亲,出卖朋友,迫害父亲),又把儿子逼到了“角落里”。从“一切”和“任何一个”这些宽泛的指涉语可以看出,格奥尔格“长久以来”下决心躲避的,是两个层次的打击。在情节发展这一层次,他躲避的是暴君式父亲的打击。而在情节背后的隐性进程里,他躲避的则是来自整个外部世界的打击。我们可以从中窥见个体在社会压力之下的异化,随时为防备外来打击而提心吊胆。格奥尔格接管公司之后,飞黄腾达,社会压力大大减轻,所以“忘记了”自己的决定。父亲的无端指控使他想起了自己的决定,但又马上忘记了,这种忘性为他对父亲的无端指控信以为真做出铺垫。

父亲不仅无端攻击儿子,还声称自己是那位朋友的代表,这让格奥尔格忍不住大声反驳,但马上极其后悔。从情节发展来看,格奥尔格这么后悔,是因为冒犯了暴君式父亲的家长权威;而就隐性进程而言,则是因为这给了父亲负面的社会评价,而格奥尔格深知其后果之严重。父亲跟儿子展开争斗:

> “你别搞错了!我还是要比你强得多。如果单靠我一个人也许我不得不退缩,但是你的母亲把她的力量给了我,我和你的朋友关系好得很,你的顾客的名单也都在我的口袋里呢!”
>
> “他甚至连衬衣也有口袋!”格奥尔格寻思道,并且相信,他如果把这些谈话公之于世,就会使父亲不再受人尊敬。他也只是在一刹那间想到这些,因为他不断地又把一切都忘记了。[……]
>
> “今天你真使我非常快活,你跑来问我,要不要把你订婚的消息写信告诉你的朋友。他什么都知道了,你这个傻小子,他什么都知道了!我一直在给他写信,因为你忘了拿走我的笔。因此他这几年就一直没有来我们这里,他什么都知道,比你自己还清楚一百倍呢,他左手拿着你的信,连读也不读就揉成了一团,右手则拿着我的信,读了又读!”
>
> 他兴奋得把手臂举过头顶来回挥动。“他什么都知道,比你清楚一千

倍!”他喊道。

“一万倍!”格奥尔格说这话本来是想嘲笑他父亲的,但是这话在他嘴里还没说出来时就变了语调,变得非常严肃认真。(《判决》:52,着重号为引者所标)

在情节后面的隐性进程中,父亲和儿子都在跟社会压力抗争。年迈体衰的父亲把儿子视为社会压力的化身,力求通过与亡妻、儿子的朋友和顾客结盟,来压倒儿子。这种结盟的基础是谎言。母亲已经去世,无法给父亲力量,且不会与儿子为敌。在格奥尔格思考与朋友的关系时,曾这样想:“对这种不幸事件[自己失去母亲]的悲痛是身居异国的人所完全无法想象的”(《判决》:44)。表面上看,这仅仅涉及朋友的情感变化,而在更深的层次,也在为此处暗暗揭穿父亲的谎言做铺垫。从“完全无法想象”可以推断,格奥尔格对母亲的逝世十分悲痛,母子之间感情至深。我们在格奥尔格的思考中也可看到,朋友认真阅读他的信,并予以回应,对他信中提到的事情“发生了兴趣”(《判决》:45),这暗暗驳斥了父亲“他左手拿着你的信,连读也不读就揉成了一团”的描述。父亲声称自己跟儿子的顾客也有密切联系(“你的顾客的名单也都在我的口袋里”)。儿子的反应(“他甚至连衬衣也有口袋!”)则说明了两个问题:一是因为实际上衬衣没有口袋,因此父亲的话是谎言;二是儿子极其在意社会评价,他相信,如果把父亲的话语公之于众,“就会使父亲不再受人尊敬”。但格奥尔格仅仅保持了“一刹那”的清醒,他“不断地又把一切都忘记了”。这是全知叙述者的字面描述,与其前面的比喻性表达相呼应(“随后他又忘记了它,就像一个人把一根很短的线穿过一个针眼似的”),突出了此时格奥尔格的健忘。这种忘性使格奥尔格越来越难以判断什么是父亲的无中生有。当父亲喊出“一千倍!”时,他想用“一万倍!”来嘲笑父亲,但他语气的突转告诉我们,他瞬间就忘记了父亲在说谎,而把父亲的话当了真。父亲接着说:

“这些年来我一直注意着,等你来问这样的问题!你以为,我关心的是其他的事吗?你以为,我在看报纸吗?你瞧!”说着,他扔给格奥尔格一张报纸,这张报纸是他随便带上床的。这是一张旧报,它的名字格奥尔格是完全不知道的。

“你成熟之前,犹豫的时间可真不短啊!先得等你母亲死了,不让她经历你的大喜日子；你的朋友在俄国快要完了，早在三年以前他就已经十分潦倒；至于我呢，也到了你现在眼见的这副样子。你不是有眼无珠，我是怎么个状况你是看得见的嘛！”

“这样说你一直在等着打击我！”格奥尔格喊道。

他父亲替他遗憾地随口说道：“你可能早就想说这句话了。现在这么说可就完全不合适了。”

接着，他又提高嗓门说：“现在你才明白，除了你以外世界上还有什么，直到如今你只知道你自己！你本来是一个无辜的孩子，可是说到底，你是一个魔鬼般的人！——所以你听着，我现在判你去投河淹死！”(《判决》:52—53)

如前所引，格奥尔格进父亲房间的时候，父亲“坐在靠窗的一个角落里，这个角落装饰着格奥尔格亡母的各种各样的纪念物，他正在看报”。母亲在世时，父亲掌控一切，享有较高社会声誉。母亲去世后，儿子接管公司，父亲不仅失去掌控，而且日渐衰老，在与儿子的对比中，社会压力日渐增大。为了减轻压力，父亲一方面逃避现实，躲进布满母亲纪念物的角落，阅读昔日的报纸，沉湎在对过去的怀念中；一方面则等待机会打击儿子：

自从你亲爱的母亲去世后，已经出现了好几起很不得体的事情。也许谈这些事情的时候到了，也许比我们想象的要来得早一些[……]今天你真使我非常快活，你跑来问我，要不要把你订婚的消息写信告诉你的朋友[……]这些年来我一直注意着，等你来问这个问题！你以为，我关心的是其他的事吗？(《判决》:48—52)

父亲在社会压力下严重异化和变态，一心想着如何通过打击儿子，来减轻自己的压力——这成了这些年他唯一关心的事情，今天好不容易等来机会，因此“非常快活”。值得注意的是，父亲对社会压力极为敏感，在他眼里，儿子“在他父亲面前摆出一副三缄其口的正人君子相！”，而我们看到的实际情况则是：儿子为了那封给朋友的信，来征求父亲的意见；他“既善良又恭顺尽责”[1]，进入父亲的房间后，十分关心体贴父亲；当父亲叫他的名字时，他“立刻在父亲身

---

① Brod, *Franz Kafka: A Biography*, pp. 128—129.

旁跪了下来”(《判决》:49);当他忍不住顶了父亲一句嘴时,马上极端后悔,“由于咬疼了舌头而弯下身来”。

父亲的指控“直到如今你只知道你自己!”直接关涉前面那句“至于我呢,也到了你现在眼见的这副样子。你不是有眼无珠,我是怎么个状况你是看得见的嘛!”儿子身体健壮、事业发达、订下婚约,这些通常让父亲引以为自豪的东西,在这个社会压力使个体异化和变态的虚构世界里,都成了社会压力的载体,使衰老丧妻的父亲难以承受,因此成为父亲眼里的罪过,甚至让儿子变成“魔鬼般的人”。

就父子互动部分而言,在情节发展中,我们看到的是两人之间的冲突。我们或者把善良孝顺的儿子看成父亲暴君式统治的牺牲品,或者认为自我中心的儿子罪有应得。在情节背后的隐性进程里,我们看到的则是个体与社会的关系,父亲在社会压力下残忍赐死自己的亲生儿子;儿子也无意中成为社会压力的化身,成为父亲的难以承受之重。父子两人都是社会压力的牺牲品。

第三节 结尾部分的双重叙事进程

下面这两段构成作品的结尾:

> 格奥尔格觉得自己被赶出了房间,父亲在他身后“砰”的一声倒在床上的声音还一直在他耳中回响。他急忙冲下楼梯,仿佛是滑过一片倾斜的平面。他出其不意地撞上了正走上楼来预备收拾房间的女佣人。“天哪!”(Jesus!)女佣人喊道,并用围裙遮住自己的脸,可是,格奥尔格已经走远了。他快步跃出大门,被驱使着穿过马路,向河边跑去。他已经像饿极了的人抓住食物一样紧紧地抓住了桥上的栏杆。他悬空吊着,就像一个优秀的体操运动员。在他年轻的时候,他父母曾因他有此特长而引为自豪。他那双越来越无力的手还抓着栏杆不放,他从栏杆中间看到驶来了一辆公共汽车。它的噪声可以很容易盖过他落水的声音。于是,他低声喊道:“亲爱的父母亲,我可一直是爱着你们的。”说完他就松手让自己落下水去。
>
> 这时候,正好有一长串车辆从桥上驶过。(《判决》:53)

在作品前面部分，我们看到的是，“在最美好的春季里”(《判决》:43)，掌管公司、“鸿运高照”(《判决》:45)的格奥尔格享受着较高社会声誉，居高临下地考虑着身处异国的那位朋友；享受着国内的朋友圈子(“除非格奥尔格出去会朋友——这倒是常事”)；为自己事业上的成功而洋洋自得；已经和富家小姐订婚；母亲过世后和父亲一起生活。然而，父亲的贬斥完全打碎了这个画面。如前所引，全知叙述者通过字面和比喻性表达的相互呼应、相互加强，强调了格奥尔格此时的健忘。这种健忘使格奥尔格对父亲的无端攻击和一派谎言信以为真：身处异国的朋友因为被他“欺骗”和“出卖”而鄙视他，连他的信都不屑一顾，而这位朋友是其他朋友的代表(“既然你有这样一些朋友”)；母亲“把她的力量给了”父亲，联手来“对付”他；顾客也跟父亲站在一起。格奥尔格颇为自豪的商业成功是因为父亲“早已打点好”；他引以为荣的跟富家小姐的订婚，则是因为自己缺乏道德，经不起诱惑，也是对母亲的“亵渎”。父亲是母亲、朋友和顾客的“代表”——整个社会和整个外部世界的代表。未婚妻会离他而去(“挽着你的未婚妻走到我的跟前来吧！我会让你还不知道是怎么一回事，就将她从你的身边赶走的！”《判决》:52)；女佣人也排斥他(“用围裙遮住自己的脸”)。

在情节发展里，我们为格奥尔格真的去自杀感到“诧异”和“困惑难解”[①]；但在隐性进程里，这却毫不费解——他遭到了整个社会的贬斥和抛弃。在这个虚构世界里，社会压力是个人难以承受之重(格奥尔格死到临头，还在考虑自己的脸面——“它的噪声可以很容易盖过他落水的声音”)，他除了自杀别无他路。上引“格奥尔格觉得自己被赶出了房间[……]被驱使着穿过马路”，暗示着他受到社会压力的驱赶，而父亲也是在社会压力的作用下，充当了儿子的刽子手。儿子的死是社会压力对父子两人扭曲的结果，象征的是社会压力对两代人乃至所有个体的迫害。

在作品结尾，我们不仅在明处看到儿子的自杀，而且在暗处看到父亲的悲惨结局。当父亲直立在床上演滑稽戏时，格奥尔格心想“要是他倒下来摔坏了

---

① [美]罗素·伯曼：《卡夫卡的〈判决〉：传统与背叛》，赵山奎译，《东吴学术》2014年第4期，第106—107页。Elizabeth W. Trahan, “Georg Bendemann's Path to the Judgment,” in Gray, ed., *Approaches to Teaching Kafka's Short Fiction*, p. 94.

怎么办?”(《判决》:51)。这一担心此时成为现实:“父亲在他身后‘砰’的一声倒在床上的声音还一直在他耳中回响”。在隐性进程里,这句话大大加强了悲剧效果。儿子一心想照顾好父亲(“一直在他耳中回响”暗示他十分挂念父亲),但现在明知父亲摔坏了,却只能置之不顾,被社会压力逼着往自绝的道路上冲。可以想见,摔倒在床的父亲会沦入怎样的困境——会比落魄在俄国的朋友、甚或自杀的儿子更加悲惨。格奥尔格的未婚妻遭父亲排斥,在格奥尔格死后应不会造访。丧妻丧儿、“老朽不堪”的父亲摔坏之后,只能在病痛的折磨中孤独地死去。如果仅仅看情节发展,我们可以看到暴君式的父亲象征奥匈帝国统治者的暴政[①]、专横过时的社会秩序[②]或者父权制的家长权威[③],但却难以看到,貌似强权的父亲其实是在社会压力下跟儿子同样可怜的牺牲品。

结尾也通过儿子的体操特长,突出了过去和现在的对照,过去儿子的优秀是父亲的骄傲,因为那不会带来社会压力;而现在儿子的成功则成为父亲眼中的死罪,因为社会压力使父亲严重变态。格奥尔格低声喊出的遗言“亲爱的父母亲,我可一直是爱着你们的”,有力地增强了作品的悲剧性。这是在生命的最后关头,在四周无人的情况下,格奥尔格由衷的、绝望的呼声。[④] 这是一个本来可以让父亲晚年幸福的孝子,而心理变态的父亲却扼杀了正当年的儿子,同时把自己送上绝路。

作品的最后一句“这时候,正好有一长串车辆从桥上驶过”构成一个独立段落,在读者的阅读心理中占据突出位置。就情节发展而言,可以说,车流“意味着来来往往,交流、沟通,而这正是格奥尔格所缺乏的”[⑤]。然而,在情节背后的隐性进程里,格奥尔格的落水和车流驶过之间的对比,则具有十分不同的含义。“这时候”和“正好”所突出的两者之间的反差,暗暗强化了个人(被逼自杀)与社会(照常运转)之间的对照。对于个体悲剧,社会(“公共汽车”“一长串

---

① 叶廷芳:《卡夫卡及其他》,第 142 页。

② Carolin Duttlinger, *The Cambridge Introduction to Franz Kafka* (Cambridge: Cambridge UP, 2013), p. 29.

③ David Pan, "The Persistence of Patriarchy in Franz Kafka's 'Judgment,'" *Orbis Litterarum* 55 (2000), pp. 135-160.

④ 格奥对父亲始终不渝的爱使我们联想起卡夫卡《变形记》里,变成大甲虫的主人公对冷漠的家人恒久不变的爱,两位主人公都被自己一直深爱的家人和社会抛弃,在孤独中绝望地死去。

⑤ 曾艳兵:《卡夫卡研究》,第 203 页。

车辆”)显得十分冷漠,毫不关心。

第四节 情节发展与隐性进程

一个世纪以来,中外批评家从各种角度对《判决》的情节进行了解读,挖掘出多种深层意义,大大拓展和丰富了我们对这一作品的理解。然而,如果仅考察情节发展这一种叙事进程,我们的视野难免会受到限制。前文提到的约翰·怀特探讨了格奥尔格的自我中心与他对自身某方面的背叛在作品中的“交织”,看到“父亲、朋友和格奥尔格代表了同一个人的不同方面”,认为这三个主要人物的“象征性对应”既突出表达了格奥尔格的自我中心,也更加生动地展示出他对自己的背叛。[①] 怀特和其他不少中外批评家的论述不乏辩证眼光、敏锐洞察和深入思考,令笔者十分钦佩,但因为仅仅关注了情节发展,因此囿于对人物性格和人物关系的解读。有学者提出了这样的质疑:“既然[格奥尔格的]朋友回国定居‘不会有什么障碍’,那么回国怎么又是‘根本不可能办到的’呢?”[②]在情节发展中,我们仅能看到格奥尔格与朋友的冲突:“真正阻止朋友回国的障碍不在别人,而在格奥尔格自己[……]他不希望有一个潜在的竞争对手生活在自己的眼皮底下”。这一解读意在为阐释父子两人之间的冲突做出铺垫:“格奥尔格所做的一切在于降低父亲的地位,使他不再成为自己的威胁,这就像他对朋友的怜悯一样,其目的在于肯定自己目前的生活和地位,不希望发生什么变化。”[③]至于格奥尔格在邀请朋友参加自己的婚礼这件事上表现出的犹豫不决,有批评家认为这显示出格奥尔格对朋友缺乏诚意和情谊。[④] 我们只有把注意力拓展到情节背后的另一种叙事进程,才有可能超出个人与个人的关系,看到个人与社会的冲突。

有不少学者从精神分析角度切入对父子关系的研究,或认为父亲是儿子的“心理投射”,父亲的行为是儿子内心梦幻的外化[⑤];或倾向于从俄狄浦斯情

---

① White, “Georg Bendemann's Friend in Russia,” p. 112.

② 曾艳兵:《卡夫卡研究》,第 198 页。

③ 同上书,第 198—200 页。

④ Berman, “Tradition and Betrayal in ‘Das Urteil,’” p. 93.

⑤ Sokel, “Kafka and Modernism,” pp. 24—25.

结的角度来看父子冲突。[①] 然而,无论批评家如何洞察敏锐,也仅能看到个体的心理特征和家庭内部的关系,而无法看到个人与社会的冲突。

有的西方批评家也意识到仅关注父子冲突的局限性。罗纳德·格雷(Ronald Gray)认为,理解这个故事所需要的大量传记信息限制了其价值,因此得出结论:《判决》"只是理解卡夫卡作品的一个入口,而其自身还算不上是杰出成就。"[②]罗素·伯曼挑战了这一评价,力图捍卫《判决》的文学价值,他把视野拓展到文学创作、文学惯例和文化氛围,认为人物处于"自恋"的文化氛围中,"在此种文化中对自我的兴趣与背叛相联系:格奥尔格背叛了朋友和对母亲的记忆,也抛弃了自己的父亲。但首要的是,这种文化是由一种退化堕落的写作模式标示出来的——卡夫卡通过这个文本突破了自我,走向了成熟,而这个文本恰是关于写作的。"[③]

从这些解读可以窥见,如果不打破亚里士多德以来批评传统的束缚,把视野拓展到情节发展背后的隐性叙事进程,无论我们怎么努力,都难以看到《判决》中隐藏在父子冲突背后的个人与社会的冲突。

结 语

一个多世纪以来,《判决》"在文学原野上赫然耸立"[④],引起广泛关注。这是一个"极其令人困惑的故事","布满了难以解决的问题",卡夫卡自己"试图加以解说,但他的评论只是让作品更加神秘难解。也有可能他自己都没有完全明白自己写了什么"。[⑤] 这种"神秘难解"在很大程度上源于作品中存在双重叙事进程。如果我们仅仅考察两者之一,即情节发展,我们就很难解释文中很多看上去不合逻辑、有违常理或偏离情节的文本成分。

---

① Hughes, "A Psychoanalytic Approach to 'The Judgment,'" pp. 86—93,该文 84—86 页总结了其他从俄狄浦斯角度切入的批评家的看法。

② Ronald Gray, "Through Dream to Self-Awareness," in Flores, ed., *The Problem of "The Judgment*," p. 72.

③ 伯曼:《卡夫卡的〈判决〉:传统与背叛》,第 112 页。

④ 同上书,第 105 页。

⑤ Angel Flores, "Foreword" to Flores, ed., *The Problem of "The Judgment"*;伯曼:《卡夫卡的〈判决〉:传统与背叛》,第 105 页。

卡夫卡自己关于《判决》的介绍和评论，均聚焦于父子冲突，而未涉及个人与社会的冲突，这是中外批评界忽略后者的最为重要的原因。我们可以从两个不同角度来看这一问题。一是亚里士多德以来的批评传统一直仅看情节发展这一种叙事进程，因此卡夫卡也仅对此加以关注。二是卡夫卡有意隐瞒自己更深层次的创作意图，不提及情节背后个人与社会的冲突，将之留给读者来发现。我们需要注意，作者在日记、信件和访谈中所涉及的，很可能只是作品某个方面的意思。譬如，在提到《判决》最后一句（"这时候，正好有一长串车辆从桥上驶过"）表达了何意时，卡夫卡曾说："在写这句话时，我想到的是一次猛烈的射精"。[①] 显然，我们不能（完全）以此为据，来理解作品的结尾句。面对作者的评论，我们需要以作品本身为重，通过全面深入细致地考察文本，判断作品是否超出了作者自己的评论。

如果说《判决》是西方现代派文学的代表作，是卡夫卡创作生涯中一个"真正的突破"，为此后创作的《变形记》《诉讼》等一系列杰作"开了先河"，成为其"缩影"，[②]那我们就不能仅仅关注情节中的父子冲突，而必须把视野拓展到隐性进程中个人与社会的冲突。众所周知，西方现代派文学重在从个人的心理感受出发，表现现代西方社会中人的生存困境，演绎现代西方社会对个体的压抑和扭曲。个人与社会的冲突是西方现代派文学普遍关注的冲突，也是《变形记》《诉讼》等卡夫卡杰作重点描述的冲突。《判决》和《变形记》均创作于第一次世界大战前的1912年，前后相隔不到三个月。[③] 当时的西方社会矛盾重重，危机四伏，现代工业对人的异化已经凸现，个体在社会压力下普遍感到孤独、压抑和绝望。就卡夫卡本人而言，至少有三种因素导致他特别关注社会压力。一是他的社会身份特殊：生活在布拉格的说德语的犹太人，漂泊于社会边缘。二是他生性懦弱内向，对外部压力十分敏感，正如他在《致父亲》里所说，他因为体格不如父亲，而感到愧对"全世界"；而暴君式的父亲也造成了他"对其他所有人的永无止境的害怕"（见上引）；三是卡夫卡有很强的社会责任感，曾在致密伦娜的一封信中发出这样的呼声："什么时候才能把这颠倒了的世界

---

① Brod, *Franz Kafka: A Biography*, p. 129.

② Flores, "Foreword" to *The Problem of "The Judgment"*；费洛里斯：《〈判决〉》，载叶廷芳编《论卡夫卡》，第136页。

③ 参见 Berman, "Tradition and Betrayal in 'Das Urteil,'" p. 85。

稍稍矫正过来一些呢?"[①]正是从《判决》开始,卡夫卡对压迫和扭曲个体心灵的现代西方社会或者进行隐蔽的抗议,或者发出有力的呐喊。如果说在《变形记》和《诉讼》等作品中,个人与社会的冲突处于明处,凸显出主人公一人的承压和异化,在《判决》中,这一冲突则隐藏在聚焦于父子冲突的情节背后,处于暗处,更为微妙,表达也更有力度。如果能看到《判决》的隐性进程,就能看到不同个体在社会压力下的封闭、变态和异化,看到主次要人物都是社会压力的牺牲品——身患疾病、落魄天涯的朋友为了逃避社会压力而离群索居,有国不能归;格奥尔格长久以来充满孤独感和恐惧感,提心吊胆地躲避来自各方的打击,此时在父亲面前感受到整个社会的贬斥,并因此丧失无辜的生命;父亲则在社会压力下心理变态,把儿子和自己都送上绝路;格奥尔格的未婚妻因为社会压力逼迫格奥尔格邀请朋友参加婚礼,却无意中导致未婚夫在社会压力下丧命,婚礼也就无从谈起。

在《判决》中,隐性进程与情节发展构成明暗相映、并列前行的双重叙事进程,两者互相偏离、互相排斥又互为补充,在矛盾冲突中联手塑造出多面的人物形象,表达出丰富深刻的主题意义,生产出卓越的艺术价值。我们必须打破亚里士多德以来批评传统的束缚,把眼光拓展到情节背后,着力挖掘这股并行的叙事暗流。如果能做到这一点,我们就能更好地理解作品的社会意义,更加深刻地把握《判决》和《变形记》《诉讼》之间的本质相通,就能真正看到为何《判决》不愧是杰出的艺术成就,不愧是卡夫卡本人最为欣赏的作品之一,也不愧为理解西方现代派文学和"20世纪文学敏感性"的关键作品。

---

① 叶廷芳主编:《卡夫卡全集》第9卷,石家庄:河北教育出版社,2000年,第487页。

第九章

《空中骑士》:反战主题背后的履职重要性

在上一章分析的卡夫卡的《判决》中,父亲逼迫儿子自杀;在本章将要探讨的安布罗斯·比尔斯(1842—1913)的《空中骑士》中,儿子则被迫杀害了父亲。在《判决》中,情节发展和隐性进程分别聚焦于两种不同的关系:父与子的关系、个人与社会的关系;与此相对照,在《空中骑士》中,情节发展和隐性进程均聚焦于父子之间的关系,但儿子弑父的行为在这两种并列运行的表意轨道中具有不同的主题意义。

《空中骑士》是安布罗斯·比尔斯最著名、"最为精彩"的作品之一[①],被置于其短篇小说集《军人与平民的故事》(*Tales of Soldiers and Civilians*, 1891)的首篇位置,后又入选多个短篇小说选集。这是一篇描写南北战争的作品:弗吉尼亚州一位名叫卡特·德鲁士(Carter Druse)的年轻人和他父亲分别加入了北方和南方的部队。德鲁士放哨时,在对面的悬崖顶上看到了敌军的一个侦查骑兵,对方已经发现了自己部队的埋伏。他想射杀这个敌人时,意外发现是自己的父亲。在思想斗争之后,为了保护埋伏中的几千战友,他射杀父亲骑的马,人和马均坠下万丈悬崖。

比尔斯自己 1861 年 4 月加入联邦军队,充当志愿兵,参加了南北战争。尽管他曾为反奴隶制和维护国家统一而英勇作战,但交战双方的互相残杀给他留下长久的心理创伤。战后他成为一位反战作家,写了不少讽刺战争之恐

---

① Vincent Starrett, "Ambrose Bierce," in *Buried Caesars: Essays in Literary Appreciation* (Chicago: Covici-McGee Co., 1923), pp. 51-52.

怖和残忍的作品。可以说,在英美19世纪的战争小说家中,“比尔斯最始终如一地对战争进行了反讽”[①]。批评界普遍认为,比尔斯描写南北战争的小说是斯蒂芬·克莱恩《红色英勇勋章》(*The Red Badge of Courage*, 1895)面世之前的“最为出色的反英雄主义小说”[②]。小说中的主人公“都被困在令人费解的噩梦般的世界里”,这个世界以“突如其来,而且常常是偶然发生的毁灭”为标志[③]。在欧内斯特·霍普金斯的眼里,比尔斯笔下的战争小说可视为一部小说的不同章节,“共同构成美国文学中最为经久不衰的反战文件”,连贯一致地表达同一主题:战争中的人犹如被困在陷阱里的老鼠[④]。贝茨(H. E. Bates)断言:“单是比尔斯的名篇《空中骑士》就足以让他在描写战争无意义的作家中名列前茅”。[⑤] 不少批评家提到了比尔斯战争小说的一个显著特点,即中心人物的孤立无援。乔希(S. T. Joshi)指出这些人物不仅孤立无援,而且处于一种“被迫行动的状态”,“囿于一种难以忍受、无法逃脱的困境之中,最终难逃厄运——无论是死亡还是疯狂”。他将以弑父为结局的《空中骑士》作为典型例证:“卡特·德鲁士除了杀死身为敌军侦察兵的父亲之外,别无选择。”[⑥]艾伦·劳埃德·史密斯(Allan Lloyd Smith)认为《空中骑士》可以加上“死去的父亲”这一副标题[⑦]。埃里克·所罗门(Eric Solomon)认为,像埃德加·爱伦·坡一样,比尔斯的选择性很强,聚焦于某一个决定性的、最能说明问题的关键时刻,“譬如《空中骑士》中的短暂停滞,这时一个青年平静地扣动

---

① Eric Solomon, “The Bitterness of Battle: Ambrose Bierce's War Fiction,” *The Midwest Quarterly* 4.2 (1964), p. 155.

② Giorgio Mariani, “Ambrose Bierce's Civil War Stories and the Critique of the Martial Spirit,” *Studies in American Fiction* 19.2 (1991), p. 221.

③ Roy Morris, Jr., “‘So Many, Many Needless Dead’: The Civil War Witness of Ambrose Bierce,” in *Memory and Myth*, ed. David B. Sachsman et. al. (West Lafayette, Ind.: Purdue UP, 2007), pp. 122–123.

④ Ernest Jerome Hopkins, *The Complete Short Stories of Ambrose Bierce* (Lincoln: U of Nebraska P, 1970), p. 261.

⑤ H. E. Bates, “American Writers after Poe,” excerpted in *Short Story Criticism* Vol. 9, ed. Thomas Votteler (Detroit: Gale, 1992), p. 50.

⑥ S. T. Joshi, “Ambrose Bierce: Horror as Satire,” reprinted in *Twentieth-Century Literary Criticism* Vol. 44, ed. Laurie DiMauro (Detroit: Gale, 1992), p. 47.

⑦ Allan Lloyd Smith, “Can Such Things Be?” in *Spectral America*, ed. Jeffrey Andrew Weinstock (Madison: U of Wisconsin P, 2004), p. 74.

了扳机，其父亲的躯体慢慢从空中落下。”[①]所有这些阐释均围绕情节展开，然而，在《空中骑士》的情节发展背后，还存在一个与之并行的隐性叙事进程。

第一节 开头部分的双重叙事进程

比尔斯的《空中骑士》共有四章（Chapters）。第一章为开头部分，共有四段，这是第一段：

> 1861年秋天一个风和日丽的下午，弗吉尼亚州西部一条大路边的月桂树丛里趴着一个士兵，四肢伸展，脚趾顶着地面，双脚隆起，脑袋搁在左臂上。他右手前伸，已经松散的手紧抓着步枪（loosely grasped his rifle）。这看上去像是一个死人，但若观察他四肢摆放的位置，注意他挂在腰带后面的子弹盒还在有规律地微微起伏，就可看出这并不是死尸，他只是在执勤的岗位上睡着了。然而，要是被发现，他很快就会死去，因为死刑是对他的罪行公正和合法的惩罚。[②]

作品的开头聚焦于放哨时因疲劳过度而睡着了的主人公。从情节发展来看，这一段落里频繁出现的死亡指涉让读者联想到战争的残酷。我们不知道主人公的名字，仅仅看到一个“士兵”，其趴在地上的样子很像一具尸体，让人联想到战场上死去的成千上万的“士兵”。天气的美好也反衬出战争的严酷。对主人公步枪和子弹盒的指涉则为其在情节高潮处的弑父行为埋下伏笔。从整个情节运动来说，放哨时沉沉睡去，一醒来就发现为敌军侦查的父亲，这带来了很强的戏剧性。

若仔细考察全文，可以发现在这个以反战为主题的情节发展后面，还存在一个强调履职重要性的“隐性叙事进程”。从这一角度来观察，这个士兵的责任感极强，在沉睡中，右手依然“紧抓”着枪。原文中“grasp”一词的意思是“紧

---

① Solomon, “The Bitterness of Battle,” pp. 150－151.

② Ambrose Bierce, “A Horseman in the Sky,” in *Civil War Stories* (New York: Dover, 1994), p. 27，全文为27－32页，下面引用时将以文中注标示页码，为节省篇幅，未保留段落标记；笔者自译，译文参考了程闰闰译：《空中骑兵》，载《鹰溪桥上》，A. 布尔斯著，重庆：重庆大学出版社，2013年，第81－89页。如果直接引用译文，则采用脚注。

抓”“紧握”;若直译,“loosely grasped”就是“松散地紧抓着”,这一矛盾修辞法同时在情节发展和隐性进程里起作用。对于情节而言重要的是“松散地”这一副词,表达主人公在战场上的极度困倦;而在隐性进程里起作用的则是“紧抓着”,强调主人公极强的责任感。这一片段的最后一句表面上看连贯一致“要是被发现,他很快就会死去,因为死刑是对他的罪行公正和合法的惩罚”,但在情节发展和隐性进程里含义也不尽相同。在情节发展中,叙事重点落在死刑这样的严酷惩罚上,让读者联想到战争中你死我活的残忍;而在隐性进程里,叙事重点则落到“罪行”“合法和公正”等词语上,体现出全知叙述者的价值判断,强调的是履职的重要性和失职的无可原谅。

接下来是对周围环境的描写,放哨的士兵位于一个悬崖上面凸起的地方,“若是有石头从悬崖边缘滑落,就会直降一千英尺,落到谷底的松树上”;他只要往悬崖下看一眼,就可能会头晕目眩。悬崖下面的“山谷好像是完全封闭的,让人禁不住想弄明白那条路是怎样通向谷中又是怎样通向山外”(《空中》:27—28)。全知叙述者评论道:

> 没有哪个地方会如此荒凉、如此险峻,然而,男人们会把这里变成战争的舞台。在山谷底部的树林里,隐匿着联邦部队五个兵团的士兵,这个山谷像是个军事捕鼠器,只要有五十来人把住出口,就足以困住一个部队,迫其投降(that military rat-trap, in which half a hundred men in possession of the exits might have starved an army to submission)。前一天昼夜行军的队伍正在此处休息。夜幕降临时,他们会再次上路,攀爬到那个渎职哨兵所在的悬崖顶上,然后顺着另一边的山脊往下走,在午夜时分进攻敌军营地。这条路正好通向敌营后方,他们希望利用地势突然袭击。万一行动失败,他们将陷入极度危险的境地;而且,只要敌军偶尔发现他们的行踪,他们就注定会失败。(《空中》:28)

对情节发展而言,这些文字描述了战争环境的艰苦险恶、哨兵所在部队的行动目的,以及可能遭遇的危险。然而,在隐性进程里,这些文字则重在为哨兵履职弑父作铺垫:作为敌军侦察兵的父亲发现哨兵所在部队的行踪之后,如果哨兵不果断杀死父亲,整个部队的行动就会失败,五个兵团的数千将士就会遭受灭顶之灾。原文中“that military rat-trap, in which half a hundred men in possession of the exits might have starved an army to submission"没有说明我方和敌方，而是采用了中性词语："军事的"(military)，"男人们"(men)，"一个部队"(an army)。有译者将这些文字翻译成"外围的各个出口散布着五十个足以困住敌军以迫其投降的士兵"[①]。这一译法考虑的是情节发展，出发点是哨兵所在部队的行动目的。然而，从隐性进程来说，这些文字则意在表达如果五十个敌军士兵把住了出口，就会将哨兵所在的整个部队置于险境，为哨兵后面的履职弑父铺路搭桥。

第二节 中间部分的双重叙事进程

中间部分由第二和第三章构成。第二章首先介绍了相关背景，这个哨兵名叫卡特·德鲁士，来自弗吉尼亚州的这个西部山区，是出身于富裕家庭的独子，有很好的教养和品行。一天早晨儿子突然"平静而严肃地"跟父亲说自己要加入北方联邦的队伍(他们所在的弗吉尼亚州因反对取消奴隶制而加入了南方邦联)。父亲"默默地看了儿子一会，回答道：'去吧，先生，无论发生什么事情，都要履行你心目中应尽的职责。既然你背叛了弗吉尼亚，这个地方只能不指靠你了。医生已经告诉你，你母亲病危，顶多还能再活几个星期，时间很宝贵，最好不要打搅她。'卡特·德鲁士恭敬地向父亲鞠了一躬，父亲也庄严地回了礼，以掩盖他那破碎的心。"(《空中》:28)对于情节发展来说，父子间的对话体现出战争的残酷，把好端端的一个家庭拆散，儿子不得不背叛自己所在的州，令父亲心碎，也无法陪伴病危的母亲；且为了不让母亲伤心，还不能跟母亲告别。而在隐性进程里，主题则是职责高于一切。父亲之所以忍着心碎，支持儿子背叛自己的家乡且抛下病危的母亲去加入联邦部队，是因为他认为儿子应该履行自己心目中的职责。在情节发展里，父亲从此处的心碎到后来被儿子杀害，构成一个带有较强悲剧性的形象。与此相对照，在隐性进程里，父亲则是职责的化身，不仅不带悲剧性，而且形象高大，乃至被神化(详见下文)。

对于隐性进程而言，至关重要的是父亲的临别叮嘱"去吧，先生，无论发生什么事情，都要履行你心目中应尽的职责。"这句话的原文是"Well, go, sir,

① 程闰闰译：《空中骑兵》，载《鹰溪桥上》，第82页。

and whatever may occur do what you conceive to be your duty”。中译文则是“去吧,卡特! 不管发生什么事情,你去做你认为自己应该做的吧”[1]。原文中,父亲对儿子的称呼不是“卡特”,也不是“儿子”(my son),而是“先生”(sir),这既减弱了亲情色彩,也给父亲的叮嘱增添了威严,译文没有保留这样的称呼。父亲的叮嘱强调的是职责,而译文强调的则是个人意志。就围绕战争的残酷展开的情节发展而言,这些改动无伤大雅;而对于围绕职责重要性展开的隐性进程来说,这样的改动则令人遗憾。值得一提的是,对父亲临别叮嘱的误译还可能会导致对整个作品主题意义的误解。《美国核心价值观的赞歌》一文提出:“这个作品的主题和基调都在张扬和诠释一种典型的美国个人主义精神——‘无论发生什么事,做自己认为该做的’。”[2](详见下文)

尽管卡特·德鲁士十分忠于职守,但放哨时实在太疲乏——“疲倦强于决心,让他在哨位上睡着了”(《空中》:29)。在情节发展里,“决心”一词无足轻重,重要的是体现战争之艰难的“疲倦”;而在隐性进程里,重要的则是履职的“决心”,该词跟哨兵睡梦中仍然“紧抓着”枪暗暗呼应,强调哨兵的高度责任感。此时,出现了这样的描述:“究竟是一个好的还是一个坏的天使进入了他的睡梦把他拉出了这种罪恶的状态,谁知道呢?”(《空中》:29)从隐性进程的角度来看,把哨兵拉出渎职的“罪恶”,使他得以履行职责的天使,无疑是好的或有益的天使。然而,从情节发展的角度观察,把哨兵唤醒,使他不得不杀死身为敌军侦察兵的父亲则是坏的或有害的天使[3]。不难看出,只有从双重叙事进程的角度,才能较好地理解全知叙述者权威性的评论中出人意料的模棱两可。醒来的德鲁士“右手本能地握紧了枪杆”(《空中》:28),这在情节发展里无关紧要;与此相对照,在隐性进程里,这些文字则跟“紧抓着枪”、父亲的临别叮嘱、履职的“决心”等相呼应,构成同一中心链条上的重要环节。

德鲁士醒来后看到了一个充满艺术性和神圣氛围的景象:

> 在由悬崖绝壁构成的巨大底座上的边缘位置,一名骑在马上的士兵

---

[1] 程闰闰译:《空中骑兵》,载《鹰溪桥上》,第 83 页。

[2] 魏亚宁、傅晓微:《美国核心价值观的赞歌——〈空中骑士〉主题新解》,《成都大学学报(社会科学版)》2009 年第 2 期,第 73 页。

[3] 原文中的形容词是“good”和“bad”,也可翻译成“有益的”和“有害的”。

> 定格在那里，在天空的映衬下，构成一具骑士雕像，十分庄严，给人印象深刻。人骑在马上，身形笔直，颇具军人气概，但又像是大理石上雕刻的希腊神像，巍然不动。[……]一支卡宾枪的枪身横在马鞍的前鞍桥上，骑兵的右手稳稳地紧握着枪柄[……]天空的映衬，加上德鲁士对近敌产生的紧张情绪，位于崖顶的人和马显得高大无比。(29)

不难看出，父亲的形象十分正面，充满英雄气概，令人敬畏。从情节发展来说，父亲的形象越正面，德鲁士在战争中被迫弑父的悲剧性就越强，就越令读者感到悲哀。然而，从隐性进程来说，由于最后促使德鲁士下决心履职弑父的正是父亲的临别嘱咐"无论发生什么事情，都要履行你心目中应尽的职责"。父亲的形象越高大，父亲的叮嘱就越有力量，德鲁士的行为就越能让读者理解。情节发展和隐性进程沿着不同的主题轨道前行，两者既相互补充又相互颠覆，表达出丰富的主题意义，产生较强的文本张力，邀请读者做出复杂的反应。

这时候，"德鲁士产生了一种说不清楚的奇怪感觉，他好像一觉睡到了战争的结束，仰望着那位在高处的人马构成的缅怀过去英勇行为的艺术品，而他成了其中可耻的一部分"[①]。在情节发展中，德鲁士的幻觉(战后观赏艺术品中的勇士与马)与现实(被迫亲手杀害父亲与马)之间的冲突增加了战争带来的悲剧性，而他放哨时睡着了则是无关紧要的细节。与此相比，在隐性进程里，最为重要的是放哨时睡着了的"可耻"：不仅代表作者立场的全知叙述者把这种渎职视为"罪行"，而且德鲁士本人也深感这种行为的"可耻"，这也在为后面的履职弑父做铺垫。

就在德鲁士举枪瞄准了敌军骑兵准备射击时，骑兵转过了头朝德鲁士埋伏的方向张望，"好像直盯着他的脸、他的眼睛，以及他那颗英勇而善良的心"(《空中》:30)。德鲁士的脸一下变得苍白，四肢颤抖，一阵头晕目眩，枪从手中滑落，头也垂落到地上，"强烈的情感几乎让这个勇敢的男人和坚强的战士晕厥过去"(《空中》:30)。叙述者有意卖关子，暂时隐瞒了骑兵是德鲁士父亲的事实，以制造悬念和戏剧性。但德鲁士已经认出父亲，出现了强烈的情感反

① 程闰闰译:《空中骑兵》，载《鹰溪桥上》，第84页。

应,这说明他深深地爱着父亲。在情节发展里,儿子对父亲的深爱与父亲的高大形象相呼应,强化了儿子在战争中被迫弑父的悲剧性,为反战主题添砖加瓦。与此相对照,在隐性进程里,德鲁士对父亲的深爱是他执行杀敌任务的严重阻碍,当他克服阻碍而履职杀父时,则更能说明职责高于一切。

很快,"德鲁士的脸就从地上抬了起来,双手重新握住了枪,食指摸索到了扳机;他头脑清楚,目光清晰,良心和理智都很健全(conscience and reason sound)"(《空中》:30)。德鲁士无法抓住对面悬崖上的敌人,也不能惊动他,以防他回去通风报信,给自己的部队带来灭顶之灾。"这个军人的职责很清楚:他必须从潜伏处将对面的男人直接击毙——不能警告,不能有片刻的精神准备,甚至不能默默祈祷,只能让他就这么死"(《空中》:30)。从情节发展来看,这充分体现了战争的残酷。儿子是在头脑清醒且充满良心的状态下,被迫亲手杀害父亲;父亲死前连祈祷的机会都没有,这样罪过得不到赦免,灵魂也无法安息,令人哀叹。与此相比,对隐性进程而言,德鲁士在头脑清醒和充满良心的情况下履职弑父,则更能说明职责高于一切,令人钦佩。

这时,德鲁士突然想到父亲可能没有发现隐匿在谷底的部队,那样就不用伤害他,可往谷底一看,却发现有士兵到毫无遮掩的小溪去饮马,已经暴露无遗。

德鲁士从谷底收回目光,重新瞄准了空中的人和马,但这一次枪口对准的是马。在他的耳中,宛如神圣的命令,响起了父亲的临别叮嘱:"无论发生什么事情,都要履行你心目中应尽的职责。"他现在很镇静,坚定但并非僵硬地咬紧了牙关;他的神经像熟睡的婴儿那样的安宁——身上的肌肉没有任何颤抖;他的呼吸平稳而缓慢,直到瞄准时屏住呼吸。职责战胜了一切;他的精神在对身体说(the spirit had said to the body):"平静,安静(Peace, be still)。"他扣动了扳机(《空中》:30)。

在情节发展里,这一场景充分体现了战争的残酷,连亲生父子都不得不自相残杀。儿子既"善良"又有"良心",但在战场上杀死父亲一点都不手软;对婴儿的指涉令人联想起父亲的养育之恩,而射杀亲生父亲的儿子则是那样的安宁和平静,读来让人禁不住有点毛骨悚然。然而,在隐性进程里,德鲁士的行为则具有截然不同的含义。真正促使他履职弑父的是父亲的临别叮嘱。父亲的形象不仅高大，且被神圣化。[①] 在西方，天空/天堂是天神和上帝所在之地。悬崖顶上的父亲被描述成“在空中”(in the sky)；他的叮嘱被形容为“神圣的命令”(divine mandate)；把德鲁士从睡梦中唤醒的是“天使”。此外，德鲁士开枪前对自己身体下的命令“Peace, be still”重复了《圣经》马可福音第4章第39节里同样的文字[②]。这是基督在船上遭遇狂风大浪时对大海下的命令，话一出口，即刻风平浪静。对德鲁士的身体下命令的是“the spirit”(请比较his spirit)，这也使人联想到指涉上帝的“the Holy Spirit”(圣灵)，从而使履职的命令进一步神圣化。经过激烈思想斗争之后，为了执行父亲本人和上帝给他下达的“神圣的命令”，为了保护五个军团数千人的生命，以及保证自己部队行动的成功，德鲁士履行了哨兵的职责。射杀父亲时他的镇静与平和，说明他履职的决心，说明职责高于一切，这是隐性进程旨在表达的主题意义。此外，神圣化的手法也使隐性进程带上了寓言色彩，使这一作品在某种意义和一定程度上，构成强调职责重要性的寓言。

接下来的第三章聚焦于万丈悬崖脚下不远处，德鲁士部队一名军官的观察和反应。当他边走边往悬崖顶上张望时，惊讶地发现“一个马背上的男人正从空中往山谷里飞骑下来！”

> 这位骑士像军人那样笔直地坐在马背上，两腿稳稳夹住马鞍，一面紧拉缰绳，以防马过于猛烈地俯冲。他头上没戴帽子，长发像翎毛一样向上飘扬。他的双手被马匹飘起的鬃毛所遮盖。[……]
>
> 对于空中骑士这一奇异景象，军官心里充满惊诧和敬畏，都有点相信自己是上帝选中来见证新的天启(Apocalypse)的。那一刻，他被内心强烈的情感所震慑，双腿一软，倒在地上。几乎与此同时，他听到树林中轰然一响——这声响突然沉寂，没有一点回声——一切又平静如初。
>
> 军官爬了起来，颤抖不已。小腿擦伤这种熟悉的痛感把他从眩晕中唤醒。振作起来之后，他快步斜着跑到离悬崖有一定距离的地方，去寻找

① 作品的标题是“空中骑士”，对于情节发展来说，这样的标题增添了戏剧性；但对于隐性进程而言，这一标题起到帮助将父亲的履职叮嘱神圣化的作用。父亲第一次出现在德鲁士视野中时，重复出现了“在天空的映衬下”这一状语，悬崖顶上半空中的父亲被比喻成希腊的天神。

② *The Holy Bible: English Standard Version* (Wheaton, IL: Crossway Books, 2002), Mark 4: 39.

> 他看到的那个男人,自然没法找到。在他看到奇异景象的那一片刻,他的想象力只顾去捕捉那非凡的空中骑术所显现的优雅和从容,以及其行动的目的,而完全没有想到那空中骑士是垂直着往下行进(march),就在悬崖脚下,他可以找到他寻找的目标。(《空中》:31)

从情节发展来看,这个见证父亲死亡的军官起到强化悲剧气氛的作用。军官看到的是与战争和死亡无关的空中神奇的骑术。由于父亲的军帽在坠落过程中被吹跑,且父亲握枪的手和枪也为鬃毛所遮盖,军官眼里出现的是一位"骑手"(a man on horseback; a rider; a horseman),而不是一名军人。军官心中充满对天神、天启和空中骑术的敬畏和惊诧,关注的是空中骑士的优雅和从容,认为这是有"目的"的自主行动。而现实情况则是:在战场上,父亲和儿子作为敌我双方狭路相逢,父亲在全然不知情的状况下被儿子杀害。儿子开枪后,父亲和马从崖顶坠落,在万丈悬崖下粉身碎骨。父亲和马在树林中坠毁的轰然一响,以及那声响的突然沉寂(died without an echo),令读者毛骨悚然。军官看到的神奇的和平画面与残酷战争现实的冲突,产生强烈的反讽效果和悲剧效果。

如果我们把目光转向隐性进程,则会看到另一番景象。对于隐性进程至关重要的是另外一些文字:在坠落过程中,父亲依然坚定地履行自己军人的职责:两腿稳夹马鞍,紧拉缰绳,努力控制住自己的马,使马在往下坠落时,也保持了在陆地上"行进"的状态。军官眼中父亲的神圣化和心中对神的敬畏感与前文中父亲的神圣化相呼应,使父亲的形象显得更加高大,也使父亲的履职叮嘱更有力量和权威性。父亲坠落时的优雅从容与儿子开枪时的安宁平静相呼应,给儿子的遵父嘱尽职责增添了平和感和正义感,进一步说明职责高于一切。

情节发展和隐性进程沿着不同主题轨道前行,相互冲突,相互制约,又相互补充,在互动中产生文学作品特有的矛盾张力,表达出丰富的主题意义,邀请读者做出复杂的反应。

第三节 结尾部分的双重叙事进程

结尾部分由第四章构成,这是其全部文字:

开枪射击之后，列兵卡特·德鲁士重新给枪装上子弹，又开始了监视。不到十分钟，一名联邦中士小心翼翼、手脚并用地爬了过来。德鲁士没有回头，也没有看他，趴在地上一动不动，好像没有意识到。

"你开枪了吗？"中士低声问道。

"是的。"

"打中什么了？"

"一匹马。它当时站在那边的岩石顶上——远处的那个。你看，它已经不在那里了。掉到悬崖下面去了。"

这个男人脸色苍白，却没有流露出其他情感的迹象。回答完问题之后，他转过头去，一声不吭。中士不明白其中缘由。

"听着，德鲁士，"沉默了一会后，中士说道，"别故弄玄虚。我命令你向我报告。马上有没有人？"

"有。"

"什么人？"

"我父亲。"

中士站起来走开。"天哪！"他说。（《空中》:32）

对于围绕反战主题展开的情节发展而言，结尾部分除了对弑父行为的揭示，更为重要的是："德鲁士没有回头，也没有看他，趴在地上一动不动，好像没有意识到[……]这个男人脸色苍白[……]他转过头去，一声不吭。"全知叙述者在这里采用了"德鲁士"和"这个男人"来指称主人公，而没有用"列兵""哨兵"等军人指涉，这更容易让人想到德鲁士作为儿子的身份。在杀死父亲之后，儿子内心非常痛苦，这从他的异常表现和苍白的脸色可以见出。然而，由于受到围绕履职重要性展开的隐性进程的制约，作者没有在德鲁士的内心煎熬上下太多笔墨，而只是点到为止，但读者已足以感受到战争的残酷。

对于隐性进程而言，更为重要的则是"开枪射击之后，列兵卡特·德鲁士重新给枪装上子弹，又开始了监视"。尽管射杀的是亲生父亲，但身为"列兵"的德鲁士却没有因为情感困扰而忘记自己的职责，立刻给枪上膛，继续执勤。从指称来说，德鲁士名字前面加上的"列兵"一词是多余的，之所以采用这一赘词，显然是为了突出其军人身份。前来探询的联邦中士先是"小心翼翼、手脚并用地爬了过来"，在得到德鲁士的回答之后，则是放心大胆地"站起来走开"，这从一个特定角度体现出,德鲁士用履职弑父换来了自己部队的安全。

中士最后说的"Good God!",是英语国家的人生活中常用的惊叹语(除了"天哪!",还可翻译成"啊呀!""好家伙!"等)。它既可表达对弑父这一战争导致的人间悲剧的哀叹,也可表达对哨兵排除亲情的干扰坚定履职的感慨。在情节发展里,起作用的仅仅是前者;而在隐性进程里,后者也起较为重要的作用。这两种含义在文中共存,在矛盾冲突中帮助表达作品丰富复杂的主题意义。

第四节 不同隐含作者对待履职的不同立场

在中外文学传统中,都有文如其人的说法,批评家也容易对一个作家形成某种固定的看法。与此相对照,美国学者韦恩·布思在《小说修辞学》(1961)中提出了"隐含作者"(implied author)和"真实作者"(real author)的区分;前者是一个作品创作过程中的作者(这一作品会"隐含"这一创作者的特定形象),后者则是日常生活中的同一人;两者往往表现出不同的立场和态度。[①] 此外,一个人名下的不同作品有不同的隐含作者,这些隐含作者也常常会表现出不尽相同的立场和态度,但这种差异容易为批评界所忽略。

不少批评家将比尔斯的《空中骑士》与比尔斯同年发表的另一作品《峡谷事件》("The Affair at Coulter's Notch")相提并论,认为两者均旨在抨击战争的残酷和无意义,反讽为了履职尽责而杀死亲人的愚蠢行为。[②] 如果我们单

---

① Wayne C. Booth, *The Rhetoric of Fiction* (Chicago: U of Chicago P, 1961)。"隐含作者"这一概念引起了不少误解,笔者曾对之加以澄清,参见 Dan Shen, "What Is the Implied Author?" *Style* 45.1 (2011), pp. 80—98; Dan Shen, "Implied Author, Authorial Audience, and Context," *Narrative* 21.2 (2013), pp. 140—158;申丹:《何为"隐含作者"?》,《北京大学学报(哲学社会科学版)》2008 年第 2 期,第 136—145 页。

② 参见 Joshi, "Ambrose Bierce: Horror as Satire," pp. 44—47; Roy Morris, Jr., "'So Many, Many Needless Dead': The Civil War Witness of Ambrose Bierce," in *Memory and Myth*, ed. David B. Sachsman et. al. (West Lafayette, Ind.: Purdue UP, 2007), pp. 122—123; David Yost, "Skins before Reputations: Subversions of Masculinity in Ambrose Bierce and Stephen Crane," *War, Literature, & the Arts* 19.1—2 (2007), pp. 249—252; Lawrence I. Berkove, "The Heart Has Its Reasons: Bierce's Successful Failure at Philosophy," *A Prescription for Adversity: The Moral Art of Ambrose Bierce* (Columbus: The Ohio State UP, 2002), pp. 64—65。

看情节发展，这种看法不无道理。两个作品主人公的家庭和其所在的州都捍卫南方的立场，而他们自己则加入了北方的部队。在与南方部队交战时，一个为了履职杀死了自己的父亲，另一个则为了履职而杀死了自己的妻子和孩子。然而，如果我们将视野拓展到情节后面的隐性进程，则会看到这两个作品的本质不同。《空中骑士》中有两个并列前行的叙事进程：情节发展沿着这些批评家眼中的那条主题轨道走，而隐性进程则将履职加以神圣化，在某种意义上构成强调职责重要性的寓言。与此相对照，《峡谷事件》中仅有情节发展这一种叙事进程，仅仅意在讽刺带来家庭毁灭的愚蠢履职。

《峡谷事件》以将军和上校的对话开头，前者问后者其部队中"英勇的库尔特是否愿意把他的一门大炮架在这里？"[①]而后者觉得前者在开玩笑，因为在这个很窄的峡谷里，只能架一门大炮，敌军却有12门，寡不敌众，等于是送死。但将军下令这么做，上校和库尔特明知这个命令十分荒唐、非常残忍，却只能服从，结果造成库尔特部下的严重伤亡，而库尔特尽管没有死，却亲手炮轰（或至少是亲自指挥炮轰），击中了自己的家（敌人的大炮就架在他家门前的草地上），打死了自己深爱的妻子和幼儿。将军之所以下达这个既荒唐又残忍的命令，却是出于狭隘自私的嫉妒和报复心理。他曾与库尔特的妻子有染，被告到指挥部后，受到调离的处罚，他想借战争之刀杀死库尔特，并利用军人服从命令的天职，让库尔特亲手毁灭自己的家和家人。

不难看出，《峡谷事件》的隐含作者和《空中骑士》的隐含作者对待军人履职持大相径庭的立场。比尔斯的另一作品《一种军官》（"One Kind of Officer"）跟《峡谷事件》一样，仅有情节发展这一种叙事运动，也对军人盲目履职的行为进行了强烈反讽，以此加强对反战主题的表达。以往的批评阐释由于仅看情节发展，而忽略了在军人履职这一问题上，《空中骑士》与这两个作品所持的截然不同的立场。

单从反战的角度来看，可以说《峡谷事件》和《一种军官》的强度要大于《空中骑士》，因为后者通过另一表意轨道对履职重要性的强调，难免会在某种程度上减弱读者对反战主题的关注。然而，从文学性的角度来说，具有双重叙事

---

① Ambrose Bierce, "The Affair at Coulter's Notch," in *Civil War Stories* (New York: Dover, 1994), p. 69，全文为69—76页。

进程的《空中骑士》大大超越了表意轨道单一的《峡谷事件》和《一种军官》,因为并列前行的两种叙事进程强化了文本的张力和矛盾性,也创造了表意的深度和丰富性。

值得一提的是,在阐释《空中骑士》时,倘若仅看情节发展这一种叙事进程,可能会在另一个方向上有失偏颇。例如,上文曾提及的《美国核心价值观的赞歌》一文在解读情节发展时,十分关注“作者对空中骑士的美化和神化”,并得出这样的结论:“这篇小说的基调是歌颂某种精神,而不是揭露战争的无意义。由此,上述美国批评界关于《空中骑士》主题的基本观点,大多站不住脚。”[①]然而,如果我们能同时看到隐性进程和情节发展,就会看到作品既强调了履职的重要性(但并非该文所说的歌颂“个人主义精神”),也揭露了战争的残酷和无意义。

结 语

由于长期批评传统的影响,对比尔斯《空中骑士》的研究一直围绕情节发展这一种叙事运动展开。而实际上,在这一小说中,像在其他很多小说中一样,在情节发展的背后还存在一个贯穿文本始终的隐性叙事进程。对于情节发展无关紧要的文本成分,之于“隐性进程”则可能至关重要,反之亦然。这两种叙事进程既互为补充又互为颠覆,产生文学作品特有的矛盾张力和语义密度。正如我们在比尔斯的《空中骑士》和卡夫卡的《判决》中所看到的,在存在双重叙事进程的作品中,如果仅仅关注情节发展,而忽略其背后的叙事暗流,就会片面理解甚或严重误解作品的主题意义、人物形象和结构技巧。若要更为准确和更加全面地理解这些作品,我们需要沿着情节发展和隐性进程这一明一暗、并列前行的两条轨道,分别追踪连接叙事头尾和推动其中部发展的力量,并关注这两种叙事动力之间的交互作用。

在有的叙事作品中,还存在三种并列前行的叙事进程,如果单看一种,则更加难免失之偏颇,请看下面两章。

① 魏亚宁、傅晓微:《美国核心价值观的赞歌》,第 74 页。

第十章

《一双丝袜》:异向性的三重叙事动力

如果说,在卡夫卡的《判决》和比尔斯的《空中骑士》里,存在一明一暗的双重叙事进程的话,在美国南方女作家凯特·肖邦(1851—1904)的《一双丝袜》(1897)中,则存在两明一暗的三重叙事进程。肖邦是早期女性主义的代表人物,其笔下的《一双丝袜》是她"最受赞赏"的作品之一[①],也是19和20世纪之交"美国文学中的最佳短篇小说之一"[②]。不少批评家从女性主义的角度对这一作品加以解读,围绕传统的贤妻良母角色对女性的束缚,女性在家庭责任与自我实现的矛盾中的挣扎与觉醒,女性主体意识的建构等方面展开[③];也有批

---

① Robert D. Arner, "On First Looking (and Looking Once Again) into Chopin's Fiction," in *Awakenings: The Story of the Kate Chopin Revival*, ed. Bernard Koloski (Baton Rouge: Louisiana State UP, 2009), p. 121.

② Bernard Koloski, *Kate Chopin: A Study of the Short Fiction* (New York: Twayne, 1996), p. 73.

③ 参见 Kristin B. Valentine & Janet Larsen Palmer, "The Rhetoric of Nineteenth-Century Feminism in Kate Chopin's 'A Pair of Silk Stockings,'" *Weber Studies: An Interdisciplinary Humanities Journal* 4.2 (1987), pp. 59—67; Emily Toth, "Kate Chopin Thinks Back through Her Mothers," in *Kate Chopin Reconsidered*, ed. Lynda S. Boren and Sara de Saussure Davi (Louisiana State UP, 1992), p. 23; Mary E. Papke, *Verging on the Abyss* (New York: Twayne, 1985); Sylvia Bailey Shurbutt, "The Can River Characters and Revisionist Mythmaking in the Work of Kate Chopin," *The Southern Literary Journal* 25.2 (1993), pp. 14—23;国内对这一作品的评论基本上都是从女性主义角度切入的。

评家从消费主义或消费文化对人物的影响和操控这一角度展开探讨[1]。这两种角度对于情节发展都不可或缺,可以说,情节发展主要由这两个朝着两个不同主题方向运行的双重叙事进程构成(见下文)。值得注意的是,在以往批评家所关注的这两条情节发展线索背后,还存在一个一直为批评界所忽略的隐性进程,它以自然主义为主导。

这两明一暗的三种叙事进程朝着不同的主题方向并列前行,相互之间形成对照、对抗和互补的关系,产生较强的张力。对于一种叙事进程无关紧要的文字,对于另外一种可能至关重要,反之亦然。此外,同样的文本细节在这三种叙事进程中有可能会同时产生不同的意义,而文本的主题意义则在很大程度上在于这三种叙事进程的共同作用。由于它们的并列运行,我们会同时看到三种不同的人物形象。在情节发展中,如果从女性主义的角度切入,我们会看到一个冲破家庭束缚,自我意识逐渐觉醒的女主人公;从消费主义的角度观察,女主人公则受到消费文化的操控,缺乏自我意识。在隐性进程里,我们也会看到一个缺乏自我意识的人物,但其根源和表现与消费主义视角下的大相径庭。如果能同时看到这两明一暗的三种叙事进程,我们就能达到对这一作品的主题意义、人物形象和审美价值更为全面的了解,且能从一个新的角度理解这一作品以及其他类似文学作品的张力、复杂性、深刻性和丰富性。

第一节 三重叙事动力之概要

19 世纪 90 年代是美国女性主义运动萌发的时期,也是美国消费文化扩张的时期;与此同时,美国文坛开始掀起自然主义的文学运动。这些语境因素在肖邦的作品中都有所体现。其作品中的自然主义因素引起了不少学者的注意,代表性的研究有:伊巴罗拉(A. Ibarrola)的《脆弱的女性主义与非正统的自然主义:凯特·肖邦在 19 世纪末难以取得的文学胜利》、威瑟罗(J. A. Witherow)的《凯特·肖邦对现实主义和自然主义的贡献》、马格拉夫(E.

---

① Allen Stein, "Kate Chopin's 'A Pair of Silk Stockings': The Marital Burden and the Lure of Consumerism," *Mississippi Quarterly* 57.3 (summer 2004), pp. 357—368; Robert D. Arner, "On First Looking (and Looking Once Again) into Chopin's Fiction," pp. 121—129.

Margraf)的《作为自然主义小说的〈觉醒〉》、埃默特(S. D. Emmert)的《自然主义与短篇小说形式：凯特·肖邦的〈一小时的故事〉》①。科纳斯基(L. A. Kornasky)在《美国文学自然主义中的女性作者》一文里，也将肖邦的作品作为美国自然主义文学的经典加以探讨②。然而，迄今为止，尚未见从自然主义角度对《一双丝袜》展开的研究。这并不奇怪，因为这一作品中以自然主义为主导的叙事进程以一股暗流的形式出现，隐藏在情节发展后面。此外，肖邦作品中的自然主义因素本来就不像弗兰克·诺里斯(Frank Norris)、斯蒂芬·克莱恩、杰克·伦敦(Jack London)和西奥多·德莱塞(Theodore Dreiser)等作者笔下的那样典型，在《一双丝袜》中又受到以女性主义和消费主义为主导的情节发展的牵制，因此表现得更不典型，很容易被忽略。在这一作品中，自然主义的因素主要表现为环境决定论，涉及外在环境的变化如何决定人物的心理状态和行为举止，同时也强调了偶然事件和人的本能所起的重要作用。

通常，我们会对一个作品进行一种情节介绍，然而，在存在隐性进程的作品中，我们则需要对两种叙事进程同时加以总结。就情节发展层面而言，在《一双丝袜》中，还需要分别从女性主义和消费主义的角度来观察两条不同的表意轨道：

女性主义的情节发展：

萨默斯太太是男权社会中的贫困家庭主妇，像社会所设定的那样，她在婚后完全失去了自我，一心扑在孩子身上。她意外得到 15 美元后，一心盘算着如何给孩子们买衣着。但到了商场之后，她经不住诱惑，给自己买了一双精美的丝袜并开始关注自己的身体，又接着给自己买了其他时尚物品，到高档餐厅用餐，到剧院看演出。在这一过程中，她的自我意识

① Aitor Ibarrola, "Tenuous Feminism and Unorthodox Naturalism: Kate Chopin's Unlikely Literary Victory at the Close of the 19th Century," *Revista de Estudios Norteamericanos*, No. 6 (1998), pp. 107—132; Jean Ann Witherow, "Kate Chopin's Contribution to Realism and Naturalism," Ph. D. dissertation (Louisiana State University, 2000); Erik Margraf, "'The Awakening' as a Naturalist Novel," *American Literary Realism* 37.2 (2005), pp. 93—116; Scott D. Emmert, "Naturalism and the Short Story Form: Kate Chopin's 'The Story of an Hour,'" in *Scribbling Women and the Short Story Form*, ed. Ellen Burton Harrington (New York: Peter Lang, 2008), pp. 74—85.

② Linda Ann Kornasky, "Women Writers of American Naturalism, 1892—1932," Ph. D. dissertation (Tulane University, 1994).

逐渐觉醒。最后,她希望摆脱家庭的桎梏,永远这样为自己生活下去,但这种愿望在当时的男权社会中是不现实的。

消费主义的情节发展:

贫穷的萨默斯太太在意外得到15美元后,本来计划给孩子们买衣着,但到商场后,她禁不住高档商品的诱惑,为自己进行了一系列“炫耀性消费”活动[①]。她希望通过购买和穿戴时尚衣着和模仿富有阶层的消费行为和趣味,来扮演富有阶层的一员,以此提高自己的社会身份,并逃脱婚姻对自己的束缚。但这种逃脱方式是盲目的、徒劳的和虚幻的,因为它体现的是消费文化对消费者的诱导和操控。

以往的批评家从这两个不同角度切入对情节的探讨,两者之间较难协调。从女性主义的角度会看到女主人公自我意识的短暂觉醒,而从消费主义的角度来看,人物则始终处于消费文化的操控之下。应该说,两者都有其片面性。作品主体部分描述的是人物在百货商场、书摊、高档餐厅和剧院的消费经历,体现出19世纪末美国的消费文化对消费者欲望和行为的影响,单从女性主义的角度看情节发展有失偏颇。然而,作品聚焦于一个为了家庭完全失去了自我的母亲,突出表现了家庭桎梏与女性自我的矛盾冲突,表达了这位母亲在消费过程中较强的自我关注和自我意识,以及最后希望保留自我、摆脱家庭束缚的强烈愿望,也带有女性主义的关切,单从消费主义的角度看情节发展,同样失之偏颇。从消费主义角度切入的斯坦认为:女主人公在消费这15美元的过程中,“丝毫也没有得到比她在最近的婚姻生活中更多的自主性”[②],她始终处于被驱赶的状态,“被周围所有人的炫耀性消费推着往前走”;而且“就像所有

① “炫耀性消费”(conspicuous consumption)是凡勃伦提出的概念(参见 Thorstein Veblen, *The Theory of the Leisure Class*, New York: Vanguard, 1926),原本指的是富裕阶层的浪费性和奢侈性的消费,目的是向他人展示和炫耀自己的财力和地位等。萨默斯太太十分贫穷,但她用意外得到的15美元进行了高档时尚的消费,并刻意在他人面前显摆她购买的时尚商品,以向他人显示自己属于穿着体面的富有阶层。换一个角度,也可用鲍德里亚的“符号价值”来解释萨默斯太太的消费:通过差异消费,与众不同,来获取身份认同(参见让·鲍德里亚:《消费社会》,刘成富、全志钢译,南京:南京大学出版社,2000年)。

② Stein, “Kate Chopin's ‘A Pair of Silk Stockings,’” p. 358.

这些人一样,她受到塑造消费主义意识形态与实践的那些人的操控”[①]。如果是这样,肖邦又为何要突出表现家庭枷锁与女性自我的矛盾冲突?为何会戏剧性地强烈对比女主人公在婚姻中完全丧失自我而在消费过程中则获得较强的自我意识?又为何会在结尾处描述女主人公希望摆脱家庭桎梏的强烈愿望?阿纳结合女性主义的角度展开探讨,认为女主人公代表的是女性购物者,作品意在表达男性掌控下的资本主义消费文化对女性欲望的操控[②]。然而,正如阿纳自己所提及的,消费文化影响的是美国男女“大众”[③],进行炫耀性消费的不仅有女性也有男性。即便女性更容易受到商品的诱惑,女主人公与消费文化的关系也具有包括男女在内的广泛代表性。阿纳在从新兴消费文化与传统文化的冲突这一角度展开探讨时,又提出作品关注的不仅是一个贫困妇女,而且是这种文化冲突中的整个社会(无论贫富,无论男女),女主人公代表的是在新兴消费文化冲击下的社会中的个体[④]。这种视角无疑更合乎情理。

我们很难把消费主义的考虑和女性主义的考虑协调为一体,但我们需要看到,文学作品中的情节发展,往往体现了多种因素的作用,带有矛盾和张力,具有丰富的意义。也就是说,我们至少需要同时从女性主义和消费主义这两个比较明显的角度来看情节发展,女主人公既处于消费文化的诱导和影响之下,但又在消费过程中获得了短暂的自我关注和自我意识。而在当时的社会环境中,她既无法摆脱消费文化的影响,也无法摆脱男权社会中的家庭桎梏。

值得注意的是,在这一情节发展的背后,还存在一股与之并行的叙事暗流:

> **自然主义的隐性进程:**
>
> 出身于富裕家庭的女主人公在嫁给贫穷的丈夫并成为多个孩子的母亲后,行为举止和心理状态变得和贫家主妇完全一样。她意外得到了15美元,这笔偶然之得给了她一种婚后就失去了的重要感,但还不足以改变她的心态。她以贫穷母亲的心态盘算着怎样给孩子们买急需的衣着。到

---

① Stein, “Kate Chopin's ‘A Pair of Silk Stockings,’” p. 362.

② Arner, “On First Looking (and Looking Once Again) into Chopin's Fiction,” pp. 123—124.

③ Ibid., pp. 124—125.

④ Ibid.

商场后,她的手无意中触碰到了精美的丝袜,在外部诱惑和内部冲动之下,她给自己买了一双丝袜,接着又给自己买了婚前穿戴的那种时尚的鞋、手套、昂贵的杂志,到婚前经常光顾的高档餐厅用餐,还到剧院看演出。在这些外在环境因素的作用下,她的行为举止和心理状态都迅速向婚前那种富有阶层回归,她想保留这种状况,但只能奢望可以永远生活在这种梦幻般的境遇里。

在这一隐性进程中,占据中心位置的是个人与环境的关系——环境变化对人物心态和行为所产生的决定性影响。女主人公既不代表受男权社会压迫的女性,也不代表受消费文化影响的购物者,而是代表受环境变化左右的个体。作品的情节发展和隐性进程构成两种叙事动力,形成相互冲突、相互制约和相互补充的关系。

这一作品可大体分成三个部分。前面四段为作品的开头部分,描述女主人公意外地得到了15美元,她仔细盘算着如何花这笔钱,并提到她对待过去和未来的态度。接下来为中腰部分,即作品的主体部分,描述女主人公一天下午消费这15美元的经历。最后两段为结尾部分。下面,我们将沿着文本演进的轨迹,分这三个部分对情节发展和隐性进程的交互作用展开探讨。

第二节 标题和开头的三重叙事动力

作品的标题是"一双丝袜",这是女性专用物品,体现了女性的特征。从女性主义的角度看,女主人公完全忘却了自我,一心扑在孩子身上,而正是在她购买和穿上一双丝袜以后,她开始关注自己的身体和需求,获得自我意识,因此这一题目象征着女性自我意识的觉醒。[①]从消费主义的角度来看,"一双丝袜"是消费文化的符号,代表时尚商品对女性的诱惑,女主人公购买丝袜是她炫耀性消费的开始。[②] 这两种相冲突的意义在情节中共同起作用,相互牵制,

---

① Mary E. Papke, *Verging on the Abyss*, New York: Twayne, 1985, p. 65.

② Arner, "On First Looking (and Looking Once Again) into Chopin's Fiction," p. 123, Stein, "Kate Chopin's 'A Pair of Silk Stockings': The Marital Burden and the Lure of Consumerism," pp. 359—361.

产生较强的张力,也达到某种平衡:女主人公既受消费文化的诱导,又在消费过程中获得了自我意识。与此相对照,在自然主义的隐性进程里,精美丝袜是新的外部环境的象征。这与肖邦的小说《觉醒》似乎有某种呼应关系,《觉醒》的女主人公婚后失去了浪漫和迷恋男人的感觉,而在海湾群岛葱翠的热带环境中这种感觉复活了①;在《一双丝袜》中,女主人公婚后失去了富家女的心态和行为,而在婚前所穿戴的那种高档丝袜以及高档鞋子、手套等物品的作用下,这种心态和行为迅速回归。

作品开头的一段文字是:

> 小小的萨默斯太太(Little Mrs. Sommers)有一天忽然发现,自己成了15美元的一笔横财的拥有者。对她来说,这算得上是一笔巨款。这些钱,把她那只破旧的钱包塞得鼓鼓囊囊的,让她感到自己很重要。这种感觉,她已经许多年不曾享有过了。如何投放这笔资金的问题(the question of investment),占据了她的全部心思。有那么一两天,她似乎是在一种梦一般迷离恍惚的状态里走来走去,可实际上脑子里一直在思考和盘算(speculation and calculation)。她不愿匆忙行事,不想做过后会懊悔的事。不过到了夜深人静,她清醒地躺在床上,脑子里翻来覆去做着筹划时,终于想明白了一个明智合理地使用(a proper and judicious use)这笔钱的办法。在通常给詹妮买鞋子的钱上再加一两块钱,就可以大大延长穿着的寿命。得为男孩子们和詹妮和玛格买多少多少码的细棉布做衬衫。本来她是打算把那些旧衬衫巧妙地加以修补再穿的。玛格需要再有一件长衫了[……]"②

作品开头在人物称谓的前面,加上了形容词"Little",作为开篇第一词,在读者的阅读心理中位置突出。这个词有可能一方面客观形容人物身材的纤小,另一方面则带有象征意义。从女性主义的角度看,这一形容词暗指女主人

① Margraf, "'The Awakening' as a Naturalist Novel," p. 102.

② 原文引自 Kate Chopin, "A Pair of Silk Stockings," in *A Pair of Silk Stockings and Other Stories* (New York: Dover Publications, 1996), p. 55,原文全文为55—59页,下面引用时将用文中注给出页码。译文取自杨瑛美译《一双丝袜》,载杨瑛美译《觉醒》,萧邦著,沈阳:辽宁教育出版社,1997年,第157—158页,略有改动;译文全文为157—162页,下面引用时将用文中注给出页码,略有改动。为了节省篇幅,没有保留段落标记。

公像类似的女性一样,由于“过多的自我牺牲导致了其自我隐身的状况”[①];从消费主义的角度来说,该词可暗指消费文化中的购物者受消费意识形态的操控。而在自然主义的叙事暗流里,该词则暗指女主人公像其他人一样,在环境面前无能为力,受环境变化的左右。

就情节发展而言,从女性主义的角度,主要会关注女主人公婚后如何一心扑在孩子身上,完全接受了19世纪后期美国的男权社会中构成“思想陷阱”的母亲角色或“真正的女性”(true woman)的角色[②]。在得到15美元后,她打算把钱全部花在孩子身上,丝毫不为自己打算,完全忘却和失去了自我。这位贫穷母亲筹划购买的东西都是孩子们的必需品,与消费文化的影响无甚关联,但紧接着出现的“想着她的那窝小崽崽自出生以来头一遭穿得那么整洁精致鲜亮,那幻景令她兴奋得彻夜难眠”这句话(《一双丝袜》:158),则不仅体现了她的母爱,也体现了她的面子观念,这与她后面进行的炫耀性消费有关。

即便在19世纪末的美国,按照通常的眼光,如何花15美元是件小事,而在女主人公眼里,15美元则是“一笔巨款”[③],如何使用是极其重要的事情。作者使用了“投资”这种正式的词语,并且将“思考”与“盘算”并置,同时将“合理”与“明智”并置,来强调女主人公对如何花这笔钱的重视和谨慎。从情节发展来说,这体现了人物的贫穷状况和性格特征。但在自然主义的暗流里,这些词语则有着不同的含义。自然主义强调外在环境、经济状况和偶然发生的事对人物的影响。女主人公曾为富家小姐,而婚后却成了贫困家庭的主妇。一般来说,富家女在变成贫家妇之后,会在一定程度上保持原有心态,有了钱时,花钱也不会特别谨慎。而受自然主义影响的肖邦则着意描写人物心态随着环境的变化而彻底变化。15美元这意外之财让女主人公感到自己“很重要”,这是她婚后失去了的感觉。但这还不足以改变她的心态。她对这15美元的看法(“一笔巨款”)、她的精打细算体现的是典型的贫困家庭主妇的心态,那些正式的词语戏剧性地突现了她的这种心态,这说明环境变化对人物心理和行为的决定性影响。女主人公贫家主妇的心态和行为一直延续到她购买并穿上一双

---

① Valentine and Palmer, “The Rhetoric of Nineteenth-Century Feminism in Kate Chopin's ‘A Pair of Silk Stockings,’” pp. 62—63.

② Papke, *Verging on the Abyss*, p. 65.

③ 19世纪末的15美元无疑比现在值钱,但毕竟仅能买文中提到的那些东西。

精美丝袜，以及进行其他高档消费之时。在外在环境因素的作用下，她的心态和行为迅速回归到她从前在富裕家庭中的那样，与开头部分形成截然对照。

接下来，作品描述了女主人公对待过去和未来的态度：

> 邻居们时不时聊起过去的“好日子”。小小的萨默斯太太曾过过那种好日子，那还是早在她想到成为萨默斯太太以前的事。她自己从不沉湎在这类病态(morbid)的回忆中。她没有时间——没有一秒钟的时间追思往昔。现时的需要，占据了她的全部身心。未来的幻象，仿佛某种隐隐约约瘦骨嶙峋的怪兽，有时令她惊恐，可是幸好明天永远不会来临。(《一双丝袜》:158)

从情节发展来说，这段描述不涉及商品消费，跟消费主义无甚关联。从女性主义的角度来看，这段描述突出了女主人公在沉重的家庭责任中完全失去了自我。至于人物的态度，或者说她作为母亲和家庭的“殉道者”[①]，不留恋婚前的好日子；或者认为“更可悲的是，她连回忆过去的勇气都没有”，这“反映出19世纪的美国社会对妇女的禁锢与压抑”[②]。如果我们从情节发展转向隐性进程，重要的则是外部环境对人的心理和行为的决定性影响。一般来说，富家女在变成贫家妇之后，很可能会不满现实，怀念过去，而在这一作品以自然主义为主导的隐性进程里，富家女在进入贫困环境之后，心态彻底发生了变化。对目前的女主人公而言，回忆过去是“病态的”，这不仅因为她没有时间，而且因为在目前的环境中，她的心态已经截然不同——“病态”一词凸显了她在新环境中的眼光变化。这一片段还提到“未来的幻象”“令她惊恐”，暗暗表达了人物受环境的摆布和左右，在环境面前无能为力。不难看出，这些不同的叙事进程沿着不同的主题轨道前行，形成矛盾，产生张力。它们互相冲突，互相牵制，同时又构成互补和平衡。无论看哪一种叙事进程，我们对人物形象和主题意义都仅能达到部分理解。需要加以综合考虑，才能较为全面地理解作品。

① Papke, *Verging on the Abyss*, p. 65.

② 刘辉：《十五美元带来的意识觉醒——从“一双丝袜”看妇女的家庭责任与个人追求》，《新疆大学学报(哲学·人文社会科学汉文版)》2003年第S1期，第155页。

第三节 中间部分的三重叙事动力

作品的主体部分描述的是女主人公花费这15美元的经历。她去商场之前,为了照顾孩子,自己都忘了吃午饭。当她把手"漫无目的地放在柜台上"时,没有戴手套的手无意中"触到了什么非常令人舒心快意的东西"(《一双丝袜》:158)。这是一堆丝袜,从2.5美元降到了1.98美元。售货员问她是否要看看,"她微微一笑,就像人家请她细看一副她有意要购买的钻石的冠状头饰",可是她的手"仍在不停地抚弄那堆软软的、亮晶晶的奢侈品——现在是用双手了,把它们捧起来,看它们闪闪发光,感觉它们蛇一般滑过自己的手指。两团赤热的红斑突然浮现在她苍白的脸颊上"(《一双丝袜》:158)。她改变了主意,给自己买了一双,并到楼上"太太们"专用的等候室,换上了新丝袜(《一双丝袜》:159):

> 她并没有经过什么剧烈的思想斗争,或者对自己进行说理辩解,也不试图对自己行为的动机作什么满意的解释。她干脆什么都不想。一时间,她仿佛听任自己抛开繁重劳累的职责而稍事休息,纵容自己在某种机械的冲动的驱使下,去做这一切,摆脱了任何责任。那生丝触到她的皮肉的感觉,多美妙啊!她真想躺在那带椅垫的椅子上陶醉一会儿,好好享受穿丝袜的奢侈。她果真躺了一会儿。(《一双丝袜》:159)

从女性主义角度看这一片段,重要的是为了孩子连饭都顾不上吃的女主人公,"抛开繁重劳累的职责而稍事休息……摆脱了任何责任",开始关注自我,享受生活。消费主义角度的解读则会重视"蛇"的意象。伊甸园的亚当和夏娃在蛇的诱惑下吃了禁果,"蛇"的意象指向难以抵御的商品的诱惑。在19世纪后期的美国消费文化中,社会意识形态使女性更容易接受商品的诱惑,以此来提高她们的女性魅力,女主人公对丝袜的抚摸是"市场战略中的关键因素"[①]。也就是说,她一下午在消费中的自我放纵是由感官的愉悦触发的,是被动地跟着自己的"冲动"走,而不是仔细思考后的选择,反映的是"消费社会

---

① Arner, "On First Looking (and Looking Again) into Chopin's Fiction," p. 129, n. 10.

中人为诱导下的行为和愿望”[1]。若要较为全面地理解情节发展,需要同时采用这两种视角,在两者的冲突、牵制、平衡和互补中来看人物行为。

在与情节发展相并行的自然主义的叙事暗流中,重要的是女主人公“漫无目的”的手对丝袜无意中的触碰,这偶然发生的情况引发了她“某种机械的冲动”。两团突然浮现在她脸颊上的“赤热的红斑”很可能源于这种冲动。也就是说,偶然外在发生的事情和其引发的内在冲动左右了人物的反应和行为。那个夸张的比喻“她微微一笑,就像人家请她细看一副她有意要购买的钻石的冠状头饰”(比喻她不敢奢望),则与开头部分相呼应,突出表达了这位富家女在贫穷的环境中,完全改变了心态,在用穷人特定的眼光看世界。而此后,她在一双精美丝袜以及其他高档物品的作用下,又迅速恢复了从前富家女看世界的眼光。这股叙事暗流与情节发展朝着不同的方向运行,在相互冲突和相互制衡中塑造出复杂的人物形象,产生丰富的主题意义。

在购买和穿上新的丝袜之后,女主人公去买一双跟袜子相配的鞋。“她挑拣得可厉害啦。售货员简直搞不清她的意图。他怎么也没法让鞋子配上她的袜子,要令她满意可真难”(《一双丝袜》:160)。在试穿一双“擦得亮亮的尖头靴子”时,她仔细打量着,“她的脚和踝看起来多漂亮啊。简直不能想象,它们是属于她的,是她身体的一部分。她对那位伺候她的年轻人说,她需要一双上好的时尚的鞋子。只要能买到一双她中意的鞋,价钱多一两元都无关紧要”(《一双丝袜》:160)。从女性主义的角度来看这一片段,会特别关注女主人公从被家庭拖累、完全忘却自我,转到了关注自我、关注自己的身体,女性意识逐渐觉醒。

如果从消费主义的角度切入,则会聚焦于女主人公对时尚商品的追求和金钱的作用。尤厄尔(B. C. Ewell)认为这个作品的“核心是表达金钱在提高自尊和自信方面的力量”[2]。斯坦则认为,肖邦不仅意在表达消费社会看重金钱的价值,而且想说明这种价值观可以让人产生盲目的自尊,误以为只要花钱购买一些时尚的衣着,自己就可在他人眼里获得地位。[3] 他从这一角度来阐

---

[1] Stein, “Kate Chopin's ‘A Pair of Silk Stockings,’” p. 361.

[2] Barbara C. Ewell, *Kate Chopin* (New York: Unger, 1986), p. 119.

[3] Stein, “Kate Chopin's ‘A Pair of Silk Stockings,’” p. 361.

释女主人公对商品变得挑拣,变得难以取悦:“凭借买了一样东西,往衣柜里添了一件新物品,她在售货员面前的行为举止就完全变了。”[①]阿纳则认为女主人公在消费文化的影响下,刻意模仿自己所不属于的富有阶层的购物行为,“假装”自己有足够的钱来买特别时尚的高档商品[②]。这两种阐释角度都有一定的道理,又都有其片面性;只有综合和平衡两者,才能较好地理解情节发展。

在这一情节发展的背后,在自然主义的暗流中,女主人公行为方式的改变则是由于外在环境的改变。作品开头,贫困环境中的女主人公为如何花这15美元日夜盘算筹划,“不愿匆忙行事,不想做过后会懊悔的事”。但穿上婚前熟悉的精美丝袜和时尚靴子,重新回到婚前那种购买高档物品的环境之后,她的心态迅速发生变化,回归了身为富家女时的心态,像婚前购物时一样不在乎价钱,只追求商品是否中意,注意搭配、质量和时尚。这一自然主义的暗流与女性主义和消费主义的情节发展相对照,甚或直接冲突。我们需要同时看到这三种朝着不同方向发展的叙事进程,看到它们既互不相容又互为补充的关系。在解读作品时,若仅仅沿着一条轨道运行,就难免会片面理解人物形象和主题意义,也容易由于单向解读而造成该方向上的过度阐释。

女主人公接着又给自己买了副精美的手套,随后到附近街上的一家书摊“买了两本价格昂贵的杂志,就是她在习惯于享用各种美好东西时经常读的那种。她没有把杂志包上,而是夹着它们走出来。过马路时,她尽可能把裙子提得高高的。她的袜子、靴子以及大小恰到好处的手套,对她的体态风姿产生了神奇的效果——给了她一种自信,一种属于穿着体面的人的感觉”(《一双丝袜》:160)。女性主义角度的阐释会看到女主人公对其自我和身体的进一步关注。但在此处的情节发展中,占据主导地位的是女主人公的炫耀性消费行为——女主人公刻意在别人面前显摆她新买的昂贵杂志,并通过“尽可能把裙子提得高高的”,来炫耀她新买的时尚丝袜和靴子。这位下层阶级的女性在通过这些商品来模仿和扮演她并不属于的体面阶层。[③]

在与情节并行的自然主义的暗流中,重要的则是女主人公买的杂志是她

---

① Stein, “Kate Chopin's ‘A Pair of Silk Stockings,’” p. 361.

② Arner, “On First Looking (and Looking Again) into Chopin's Fiction,” p. 125.

③ Ibid., p. 123.

过去当富家小姐时“经常读的那种”，其他的美好物品也是她过去“习惯于享用”的，这些外在之物作用于她，给了她久违的“自信”，使她开始重新获得“属于穿着体面的人的感觉”。

然而，她现在毕竟不属于这一阶层，因此当她在那种“机械的冲动”驱使下决定去高档餐厅用餐时，她担心会引起“诧异或惊愕”，但发现并未出现这种情况。

> 她并不想要一顿盛餐；她渴望的(craved)是少许精美可口的食品——半打青蛤，一块肥嫩的肉排配上水芹，一客甜食——例如冰淇淋，一杯莱茵葡萄酒，末了，一小杯不加牛奶的咖啡。等候上菜的时候，她十分悠然地(very leisurely)脱下手套，放在一边。然后拿起一本杂志翻阅着，用刀子的钝边裁着纸页。这一切全都那么舒心惬意(It was all very agreeable)。[……]她品一口菜，读一两行杂志，啜一口琥珀色的葡萄酒，让脚趾在丝袜里轻轻蠕动。这顿饭的价钱她完全不在乎。她数出钱，交给侍者，并在他的茶盘里留下一枚额外的硬币。为此，他向她鞠了一躬，就像对着一位王家血统的公主。(《一双丝袜》:160—161)

从女性主义的角度来说，女主人公已经完全摆脱了家庭的羁绊，她现在不是为孩子，而是为自己活着，在尽情享受生活中各种美好的东西。从消费主义角度切入的学者看到的是女主人公到高档餐厅这个“异质场所”(foreign place)的角色扮演——通过新买的时尚服饰来扮演她所不属于的时尚富人，同时心里明白自己并不属于这一阶层。她给侍者小费，侍者对她非常尊敬，这种敬意“对于消费文化的运作来说是不可或缺的”。[①] 从这一角度来看，人物所获得的愉悦感和自尊感都受制于消费文化的诱导。[②]

与此相对照，在与情节并行的自然主义的隐性进程中，女主人公在婚前经常光顾的那种高档餐厅就座后，在曾经熟悉的外在环境的作用下，回归了婚前富有环境中的行为和心态，她点的菜显然是过去常吃的种类，她“渴望”的是再度享用自己在类似环境中所熟悉的美味。她的行为举止也是从前类似情景中

---

① Arner, “On First Looking (and Looking Again) into Chopin's Fiction,” p. 125; Stein, “Kate Chopin's ‘A Pair of Silk Stockings,’” p. 361.

② Stein, “Kate Chopin's ‘A Pair of Silk Stockings,’” p. 364.

的那种,因此她的动作“十分悠然”,心情也非常舒坦。她像富家小姐一样给侍者留下小费。而侍者“就像对着一位王家血统的公主”,这一比喻似乎暗指她过去身为富家小姐的身份。在自然主义的暗流里,女主人公此时的行为和心态都与她出身于富裕家庭密切相关。

这一自然主义的暗流与消费主义视角下的情节发展可谓直接冲突,但两者都在作品中起作用:女主人公既体现出消费文化影响下对富有阶层的“模仿”和“扮演”(现身为贫家妇),又体现出特定环境下特定心态和行为的自然回归(曾身为富家女)。前者处于明处的情节发展中,而后者则处于暗处的隐性进程里。对于隐性进程至关重要的是从情节发展来看无关紧要甚或离题的一些文字,譬如“她已经许多年不曾享有过了[……]曾过过那种好日子[……]就是她在习惯于享用各种美好东西时经常读的那种[……]一位王家血统的公主”。这些文字暗中帮助表达人物的出身和贫富环境的变化对人物行为的极大影响。此外,文中一再提及有一种“冲动”在“驱使”女主人公去购买那双丝袜和进行其他高档消费,这对于自然主义的暗流也十分重要;而文中对商品和广告“诱惑”的描写则对消费主义的情节发展起到关键作用。

> 萨默斯太太的钱包里还有余钱,下一个诱惑来自一张下午场戏剧的海报[……]没有人是抱着萨默斯太太对待周围环境的那种态度来看演出的。她是把所有一切——舞台、演员、观众,全盘接受过来,构成一个广阔的印象,充分吸收,充分享受。看喜剧,她开怀大笑;看悲剧,她唏嘘哭泣,同坐在身边的那位衣着艳丽的妇人一道哭。她俩还一块交谈议论了一会儿。那位衣着艳丽的妇女擦着眼睛,用一方薄薄的洒过香水的花边小手帕擤鼻子,又把她的糖果盒递给萨默斯太太。(《一双丝袜》:161)

从女性主义的角度来看,这个场景中特别值得关注的是女主人公与其他人观看演出的不同态度。不少盛装的女人是为了到剧院消磨时光和展示她们华丽的服饰,也有不少人是为了来观看戏剧表演,而这位贫穷的母亲则是想充分享受这唯一的一次进剧院的机会,把周围的一切都吸进脑海里。此时,她越贪婪地吸收和享受,就越说明她平时多么受贫困家庭拖累,完全失去自我,而此时她多么珍惜这个短暂地顾及自我、享受生活的机会。也有学者认为,她用15美元“培养了自己的审美感,肖邦似乎在暗示这对这个人物的发展很重要”;通过“明智地使用这笔钱,她获得了独立感和自我实现感”[1]。

从消费主义的角度来看这里的情节发展,女主人公“在广告的诱惑下”进了剧场,但不仅是为了观看表演,且也是为了像那些盛装的女人一样,“参与消费主义所不断激发的自我展示的扮演(the theatrics of self-exhibit)”,展示自己的闲暇和富有[2]。在观看不同的戏剧时,她也跟周围盛装的女人一样,表达出“做作的情感(manufactured emotions)”[3]。

在与情节并行的自然主义的暗流里,我们看到的则是人物在外在因素的作用下(在充分吸收和充分享受婚前所熟悉的场景的情况下),回归了(婚前自己曾属于的)富有阶层的行为和心态。她像那些经常光顾剧院的富有女人一样,“看喜剧,她开怀大笑;看悲剧,她唏嘘哭泣”。在这一隐性进程中,我们看到的是女主人公与旁边那位衣着华丽的女人行为的一致和交流的通畅(and they talked a little **together** over it[4])。从那位女人跟女主人公交流和与她分享自己的糖果来看,她完全把女主人公当成了同一阶层的人,而在这一(显然她婚前经常光顾的)环境中,女主人公也确实从行为到心态都回归了这一阶层。

在情节发展中,女性主义和消费主义的视角相互牵制,相互补充;情节发展又与其背后的隐性进程交互作用,在冲突制约、矛盾张力中塑造复杂多面的人物形象,表达丰富多层的主题意义。

第四节　结尾部分的三重叙事动力

作品的结尾由两小段文字构成:

> 戏演完了,音乐终止了,人群依次鱼贯而出。像是一场梦做完了。人们向四面八方散去。萨默斯太太来到拐角处,等候电缆车。

---

① Doris Davis, "The Awakening: The Economics of Tension," in *Kate Chopin Reconsidered*, ed. Lynda S. Boren and Sara de Saussure Davis (Baton Rouge: Louisiana State UP, 1992), p. 148.

② Stein, "Kate Chopin's 'A Pair of Silk Stockings,'" p. 364.

③ Arner, "On First Looking (and Looking Again) into Chopin's Fiction," p. 126.

④ 原文第58页。"together"一词的黑体为引者所标,这个词暗暗表达在看演出过程中,(回归了富家女心态和行为)的女主人公跟身边这位富有女人同属一类。

> 坐在她对面的一个目光锐利的男人,似乎很感兴趣地琢磨起她那小小的苍白的脸蛋来。他在那张脸上看到的东西,令他迷惑不解。其实,他什么也没有看到——除非他具有巫师般的能力,能够探察出一种深切的愿望,一种强烈的渴求,但愿那电缆车载着她一直往前走,往前走,永远不停住。(《一双丝袜》:161—162)

最后的几句话带有明显的女性主义意识,作品开头那位一心为了孩子,完全丧失了自我的女主人公在自我意识觉醒之后,产生了"一种深切的愿望,一种强烈的渴求"(a poignant wish, a powerful longing),希望能摆脱家庭的羁绊,为自己活着,这是对19世纪末美国父权制社会中要求女性为了家庭而牺牲自我的社会规约的挑战。当然,这只能是一种虚幻的愿望,电缆车会停下,女主人公会回到家庭,再度失去自我。肖邦安排这样的结局,是为了说明女性追求自我和实现愿望的艰难。[①] 坐在女主人公对面的是一个"男人"(a man),作者没有描写此人的年龄和阶层等,仅仅提到其性别,这突出了男女对照。就这位男人与女主人公的关系而言,男人是凝视的主体,女人是凝视的对象,男人的目光无论多么锐利,也无法了解这位渴望保持自我的女性的愿望。

从消费主义角度切入的斯坦认为:戏剧终了,观众散去,这也象征着女主人公会失去自己属于某种时尚阶层的感觉,她乘坐的缆车会把她带到不可避免的束缚其自我的命运中去,实际上她始终处于消费文化的控制之下,在自我放纵的消费过程中,也没有离开这一命运的轨道。[②]阿纳则强调女主人公在新兴消费文化和传统文化的冲突下,处于一种分裂状态,其分裂感"深化成一种茫然的凝视,一种忧郁的幻想,幻想缆车能永远载着她走下去"[③]。在消费主义的情节阐释中,原文中带有女性主义意识的"一种深切的愿望,一种强烈的渴求"或者被屏蔽,或者被牵强附会地转化成"茫然"(blank)和"忧郁"(melancholy)的感官和心理活动,以顺应这一角度所强调的消费文化对人物的操控。

在情节发展背后的自然主义暗流里,我们看到的则是:人物对自己的命运

---

① Papke, *Verging on the Abyss*, p. 66.

② Stein, "Kate Chopin's 'A Pair of Silk Stockings,'" pp. 365—366.

③ Arner, "On First Looking (and Looking Again) into Chopin's Fiction," p. 126.

无能为力，生活中没有选择，完全受环境左右，自由意志不起作用。女主人公想摆脱家庭的束缚，只能奢望缆车永不停下，不再回到贫家母亲的环境中去。

结语

文学批评界有一个共识：文学作品的意义是丰富复杂的。但长期以来，批评家倾向于仅从一个角度阐释作品的意义，认为自己所持的这个角度是最为合理的。自从在女性主义运动的影响下，肖邦的作品在20世纪60年代重新得到关注以来，《一双丝袜》先是受到女性主义批评的青睐，后又受到消费主义角度批评的重视。后者倾向于排斥前者，因为前者所看到的女主人公自我意识的短暂觉醒与后者所看到的人物始终受到消费文化的操控相冲突，而实际上作品情节发展的意义存在于两者的冲突牵制和平衡互补之中。

其实，我们还可以从其他角度切入对情节发展的阐释。譬如，可以采用精神分析的方法，从“无意识”（个人欲望）与“超我”（社会责任）的关系来解读女主人公“冲动”的消费行为；或者从基督教的角度来阐释女主人公受到的“蛇一般”的诱惑，这种诱惑导致她忘却自己的家庭责任。然而，在消费主义扩张的历史时期创作的这一作品中，情节发展具有浓厚的消费主义色彩，因此消费主义的解读是不可或缺的。上述从精神分析和基督教角度切入的解读可以作为消费主义解读的对照性的补充。我们也可以从进化论的角度，来进行心理解读：长年累月抚养子女给母亲带来沉重的负担，终于有一天可以把这种负担暂时搁置一边，短暂回归自我导向性（self-oriented）的无忧无虑的（婚前）状态。从性别政治来说，这是一种中性的解读。如果肖邦没有受到女性主义的影响，这种解读也许可行。但肖邦是在父权制社会中创作，受到了早期女性主义的影响。应该说，女性主义的解读比这种解读更具说服力。

值得强调的是，无论从何种角度切入对情节发展的解读，都不会涉及沿着自然主义的轨道前行的隐性进程。也许有人会问，为何不把自然主义的因素视为情节发展的一种深层意义？我们已经看到，自然主义的因素构成了情节背后从头到尾的一股叙事暗流。它自成一体，与情节走向不同，两者平行向前推进，形成对照、冲突甚或对立的关系。无论怎样从女性主义、消费主义或其他角度深入挖掘情节发展的深层意义，都无法发现这个处于另一独立运行轨道的叙事暗流。哪怕有批评家试图从自然主义的角度来看情节发展,因为这一角度难以接纳或解释情节中占据主导地位的女性主义和消费主义的成分,也无法自圆其说,而只能放弃这一企图。只有在把眼光拓展到情节发展背后的叙事进程时,才有可能发现这股独立运行的叙事暗流。在《一双丝袜》中,情节发展中的两明和隐性进程中的一暗共三种叙事进程并列前行,交互作用,各种矛盾冲突的成分相互牵制、互相制衡,在张力下产生文学作品所特有的语意密度,塑造出多面的人物形象,表达出丰富复杂的主题意义。

值得注意的是,在有的文学作品中,情节发展可能仅沿着某一主题轨道走,但在其背后,可能存在不止一种隐性进程。在下一章将要探讨的坡的《泄密的心》中,就存在沿着同一个大方向运行的两股不同的叙事暗流,它们和情节发展联手构成另外一种类型的三重叙事进程。

第 十 一 章

《泄密的心》:同向性的三重叙事动力

在上一章中,我们分析了凯特·肖邦的《一双丝袜》中两明一暗的三重叙事动力,它们沿着三个不同主题方向运行。在本章中,我们转向埃德加·爱伦·坡(1809—1849)的《泄密的心》,探讨其一明两暗的三重叙事进程。与《一双丝袜》相对照,在大的主题方向上,《泄密的心》中三种叙事运动相当一致,都旨在抨击和反讽一个谋杀老人的凶手,尽管抨击反讽的方式不尽相同,且在与历史语境关联的程度上也差别很大。

《泄密的心》发表于1843年,一个多世纪以来,批评家从各种角度切入了对这一作品的阐释,但均沿着某一个表意轨道走,也局限于情节发展的范畴。这不仅导致了对这一作品主题意义的片面理解,而且也造成对其审美价值的严重低估。本书上篇第二章曾提及罗尔伯杰对《泄密的心》的看法,她的评价很低,认为《泄密的心》属于简单叙事,缺乏暗含意义。倘若我们能打破长期批评传统的束缚,洞察到在情节发展背后,还存在并列前行的两种隐性进程,就会发现这一作品实际上是天才之作,具有丰富的主题内涵和很高的审美价值。

笔者在《叙事、文体与潜文本》(2009)一书中,曾辟专章,探讨了坡的《泄密的心》中的潜藏文本。[①] 这一对潜藏文本的挖掘,不仅加深了对这一作品的理解,也得以纠正相关阐释偏误。然而,在当时,笔者旨在揭示情节发展的深层意义,把情节发展和"隐性进程之一"揉为了一体;后来,在英美出版的英文专

---

① 申丹:《坡〈泄密的心〉中的不可靠叙述、戏剧反讽与道德寓意》,《叙事、文体与潜文本》,北京:北京大学出版社,2009年,第九章第134—162页。

著中,虽然关注了《泄密的心》中的隐性进程[①],但对隐性进程和情节发展自始至终的并列前行缺乏足够认识,依然留下一些遗憾。本章将对此加以弥补,将沿着"情节发展""隐性进程之一""隐性进程之二"这三条并列运行的表意轨道进行阐释。对这三种叙事进程,我们都将进行从头到尾的追踪,并关注它们之间的交互作用。从这一新的角度切入,不仅可以使阐释更加全面、深入和系统化,而且有利于发现一些重要的文学现象。如果说,在肖邦的《一双丝袜》中,分别探讨三种主题方向各异的叙事进程,有利于发现同样的文字如何在不同表意轨道中表达出不同主题意义的话;在《泄密的心》中,由于三种进程的大主题方向基本一致,分别对其加以探讨,则有利于发现不同文本成分如何各司其责,分别在不同的叙事运动中起作用;对于一种叙事进程至关重要的文字,对于另一种则可能无关紧要,甚或显得琐碎离题;反之亦然。此外,通过关注这三种叙事进程的并列前行,我们可以看到不可靠和可靠叙述之间的多重交互作用,这是对不可靠叙述模式的新挑战和新拓展,有利于丰富关于不可靠叙述的理论模式(见第五章第三节)。再者,通过关注三种不同的叙事动力,我们得以进一步看清以往的阐释偏误产生的根源。

第一节 坡的小说观与诗歌观的区别

在《叙事、文体与潜文本》一书中,笔者探讨《泄密的心》时,作为铺垫,用了较多篇幅来纠正对坡的小说观的误解。[②] 这一纠正与本章的探讨十分相关,但为了避免两书之间的重复,在此仅简要概述:中外批评界普遍认为,坡的唯美主义理论是大一统的理论,涵盖了诗歌和小说。然而,若仔细考察坡的相关论述则会发现,坡对诗歌主题之所以持唯美的看法,是因为诗歌具有独特的体裁形式特征(尤其是诗歌特有的节奏),而相关特征在小说中并不存在。就小说而言,坡实际上明确区分了结构设计和主题因素。坡一方面在结构设计上对诗歌和小说看法一致,堪称"唯美";另一方面则认为小说的主题与诗歌的主

---

① Dan Shen, *Style and Rhetoric of Short Narrative Fiction: Covert Progressions Behind Overt Plots* (London & New York: Routledge, 2016[2014]), pp. 29—49.

② 申丹:《叙事、文体与潜文本》,第 135—140 页。

题有本质不同,因为小说的主题以跟道德意义相关的"真"(Truth)为基础,与"美"形成了对立。[①]

遗憾的是,坡对小说主题截然不同的看法被历代批评家所忽略。[②] 学术界普遍认为,坡在小说和诗歌范畴都主张"为艺术而艺术","坡将'道德说教'驱逐出了艺术领域","坡所有的作品都显然缺乏对道德主题的兴趣"[③]。约翰·克莱门(John Cleman)将坡的唯美主义诗论拓展到小说范畴后,仅从审美的角度对诗歌和小说加以区分。他说:"在某种程度上,这种对道德问题的漠视可以用坡的美学理论来解释。在坡的美学理论中,'道德感'、'良知'和'职责'至多也只是跟作品的首要关注对象有'附属性质的关联'。诗歌最关注的是'有节奏地创造美',而小说最关注的则是'效果统一或印象统一'。"[④]这种对诗歌和小说的区分有违坡的本意,因为对坡来说,"效果统一或印象统一"对诗歌和小说同样重要;这两个文类之间真正的差别在于主题不同:诗歌的主题注重"美",而小说的主题则注重"真"。[⑤] 即便有批评家注意到了坡在小说中对"真"的关注,也倾向于把"真"拉进唯美的轨道。约翰·怀特利(John S. Whitley)说:"坡一方面认为诗歌最高的境界是美,另一方面又认为短篇故事的目的是真[……]然而,或许他所说的'真'其实就是:故事的每一部分(节奏、情节、人物、语言、指涉)都统一为一个结局服务,这一结局给故事带来符合逻辑、连贯一致和令人满意的结尾。"[⑥]这完全遮掩了坡对短篇小说的结构设计

---

① 详见申丹:《叙事、文体与潜文本》,第135－140页。

② 导致批评界忽略这一点的一个重要原因是,批评家很快将坡贴上了"为艺术而艺术"的标签,而且在坡去世之后,批评界一直将他与19世纪后期的"唯美主义"(Aesthetic movement)运动联系在一起。参见Rachel Polonsky, "Poe's Aesthetic Theory," in *The Cambridge Companion to Edgar Allan Poe*, ed. Kevin J. Hayesd (Cambridge: Cambridge UP, 2002), pp. 42－56.

③ See Joseph J. Moldenhauer, "Murder as a Fine Art: Basic Connections Between Aesthetics, Psychology, and Moral Vision," *PMLA* 83 (1968), p. 285; and John Cleman, "Irresistible Impulses: Edgar Allan Poe and the Insanity Defense," *American Literature* 63 (1991), p. 623.

④ Cleman, "Irresistible Impulses: Edgar Allan Poe and the Insanity Defense," pp. 623－624.

⑤ See Edgar Allan Poe, "Review of *Twice-Told Tales*," in *Essays and Reviews*, ed. G. R. Thompson (New York: Literary Classics of the United States, 1984), pp. 573－575; Edgar Allan Poe, "The Poetic Principle," in *Essays and Reviews*, pp. 71－94.

⑥ John S. Whitley, "Introduction" to *Tales of Mystery and Imagination* by Edgar Allan Poe, Wordsworth Classics (Hertfordshire: Wordsworth Editions Limited, 2000), p. xii.

和主题因素的本质区分,将坡的二元对立扭曲成对效果统一的唯一关注。

在看到坡的小说观与诗歌观的本质不同之后,就小说这一体裁而言,我们就应关注坡在主题因素上对包括道德在内的"真"的重视。若将形式与内容相结合,则应注重探讨坡的不少作品中"效果统一"的道德层面。在《泄密的心》中,一明两暗的三重叙事进程都含有效果统一的道德寓意,但两股叙事暗流在表达手法上更为微妙,更令人赞叹。

一个半世纪以来,历代批评家忽略了坡在小说这一体裁中对唯美的结构设计和非唯美的主题因素的区分。我们早就应该重新仔细阅读坡的相关论著,早就应该看到坡对诗歌主题之所以持唯美的看法实际上是因为诗歌具有独特的体裁特征,而这些特征在小说中并不存在。在坡看来,诗歌仅适于表达美,而小说则适于表达范围甚广的与诗歌之唯美性质相违、以"真"为基础的各种主题思想("真"与道德意义相关但不局限于道德意义)。这种理论上的澄清使我们得以从道德寓意的角度来重新探讨坡与道德相关的小说作品,譬如《泄密的心》。然而,坡的道德关怀与结构上唯美的"效果统一"紧密相连,因此可能会显得十分含蓄微妙。正是因为这种微妙性,《泄密的心》通过结构统一的戏剧反讽所暗暗表达的道德寓意被历代批评家所忽略。此外,作品对微妙道德寓意的表达可能会以各种方式与社会历史语境相关联。

第二节 情节发展和隐性进程之一

坡的《泄密的心》的情节发展可以概括为:一个神经质的主人公—叙述者"我"讲述了自己对同居一栋屋的一个老头的谋杀。他认为那个"从不曾伤害过"他、也"从不曾侮辱过"他的老头长了只秃鹰眼,使他难以忍受。在午夜打开老头房间的门缝,暗暗侦查了一周之后,他进入老头的房间将其杀害,并肢解了尸体,埋在地板下面。当警察来搜查时,他十分紧张地听到了地板下被害老头心脏愈来愈大的跳动声,终于忍受不了而承认了自己的罪行。

与情节发展相对照,隐性进程之一可概括为:在预谋、实施和掩盖谋杀的过程中,主人公—叙述者一直在佯装,且为之感到洋洋自得。当警察来搜查时,他把自己的佯装投射到警察身上,误以为警察也听到了埋在地下的被害老人的心跳,而只是佯装不知。他认为这种佯装是不道德的,对之感到痛苦不堪，在难以忍受的情况下，他对警察怒喝“恶棍！别再装了！”作为从头到尾唯一佯装之人，他对警察“佯装”的无端谴责，仅仅构成自我道德谴责，无意中帮助构建了贯穿全文的戏剧性反讽。

这两条不同的发展轨道各有各的侧重点，文字在其中发挥不同的主题作用。这是作品开篇的三段：

> 没错！——神经紧张——我从来就而且现在也非常非常的神经紧张；可你干吗要说我疯了？这种病曾一直使我感觉敏锐——没使它们失灵——没使它们迟钝。尤其是我的听觉曾格外敏感。我曾听见天堂和人世的万事万物。我曾听见地狱里的许多事情。那么，我怎么会疯呢？听好！并注意我能多么神志健全，多么沉着镇静地给你讲这个完整的故事。
>
> 没法说清当初那个[要杀死老头的]念头是怎样钻进我脑子里的；但它一旦钻入，就日日夜夜缠绕着我。没有任何动机。没有任何欲望。[……]我想是因为他的眼睛！对，正是如此！他有只眼睛就像是秃鹰的眼睛——淡淡的蓝色，蒙着一层荫翳。每当那只眼睛落在我身上，我浑身的血液都会变冷；于是渐渐地——慢慢地——我终于拿定了主义要结束那老人的生命，从而永远摆脱他那只眼睛。
>
> 那么这就是关键。你以为我疯了。疯子啥也不知道。可你当初真该看看我。你真该看看我动手是多么精明——看看我是多么小心谨慎——多么有深谋远虑——伪装得多么巧妙地来做那件事情！①

《泄密的心》的情节发展围绕“我”对老人的谋杀展开；而隐性进程则聚焦于“我”的佯装。开头第一段对于这两种叙事进程都十分重要。但第二段之于情节发展的重要性远远超过对隐性进程的重要性；第三段对于隐性进程至关重要，对于情节发展则无足轻重。

让我们先看第一段。对于情节发展和隐性进程来说，究竟“我”在警察来

---

① 埃德加·爱伦·坡：《泄密的心》，载《爱伦·坡集：诗歌与故事》上册，曹明伦译，北京：生活·读书·新知三联书店，1995年，第619—620页，略有改动。全文为619—625页，本章的引文均出自这一译文，后面将用文内注给出页码，着重号标记的是原作中用于表示强调的斜体字，黑体均为引者所标，引用时有的地方有改动。坡的原文为这一版本：Edgar Allan Poe, “The Tell-Tale Heart,” in *Poetry and Tales* by Edgar Allan Poe (New York: Literary Classics of the United States, 1984), pp. 555—559。

搜查时,是否听到了埋在地下的老人的心跳,都至关重要。那么,"我"究竟是否能听到老人的心跳呢?在开头这一段中,"我"强调了自己听觉的异常敏锐,这与其他地方的相关文字形成呼应。

这是取自作品中腰的一个片段:

> 瞧,我难道没告诉过你,你所误认为的[我的]疯狂只不过是感觉的过于敏锐?——我跟你说,这时我的耳朵里传进了一种微弱的、沉闷的、节奏很快的声音,就像是一只被棉花包着的表发出的声音。我也熟悉那种声音。那是[被杀前的]老人的心在跳动[……]那可怕的心跳不断加剧。随着分分秒秒的推移,那颗心跳得越来越快,越来越响。那老人心中的恐惧肯定已到了极点!我说随着时间的推移,那心跳的声音变得越来越响![……]转眼间我已把他拖下床来,而且把那沉重的床推倒压在他身上。眼见大功告成,我不禁喜笑颜开。但在好几分钟内,那颗心仍发出低沉的跳动声。不过它并没使我感到恼火,那声音不会被墙外边听到。最后它终于不响了。那个老人死了。我把床搬开,检查了一下尸体。不错,他死了,的确死了。我把手放在他心口试探了一阵。没有心跳。他完全死了。(《泄密》:622—623)

这是取自作品结局处的一段文字:

> 然而那个声音也在提高——我该怎么办?那是一种微弱的、沉闷的、节奏很快的声音——就像是一只被棉花包着的表发出的声音。我已透不过气——可警官们还没有听见那个声音[……]它越来越响——越来越响——越来越响!可那几个人仍高高兴兴,有说有笑。(《泄密》:624)

在某些学者看来,叙述者声称自己具有超自然的听力,这只是说明他精神失常。[①] 但若充分考虑坡对作品开头、中腰、结尾"效果统一"的强调,[②]我们则

---

① Brett Zimmerman, "'Moral Insanity' or Paranoid Schizophrenia: Poe's 'The Tell-Tale Heart,'" *Mosaic* 25. 2 (1992), pp. 40—41; Elizabeth Phillips, "Mere Household Events: The Metaphysics of Mania," in her *Edgar Allan Poe: An American Imagination: Three Essays* (Port Washington, N. Y.: Kennikat Press, 1979), pp. 128—130.

② 关于对这种一致性的强调,请特别关注 Poe, "Philosophy of Composition," p. 13,以及 Poe, "Review of *Twice-Told Tales*," p. 573。

会看到坡实际上希望我们把叙述者神奇的听力视为一种荒诞的虚构事实。作品一开篇就表达了叙述者超自然的听力,这在作品中腰得到呼应,强调叙述者具有“过于敏锐的感官”,能听到老人越来越响的心跳。

在叙述者把那沉重的床推倒压在老人身上之后,他的行为在两个方面使我们更为相信他具有超自然的听力。首先,他感到心满意足,情绪放松,没有因为老人的心跳而烦恼,这排除了他因为负疚或紧张而误把自己的心跳当成了老人的心跳,下文中的文字也说明了这一点。其次,虽然在现实生活中,隔着一张床甚至更远的距离(开始是在门口)听到另一人的心跳是不可能的,但“我”把自己的手放在老人心口试探了一阵,没有触及任何心跳,则与我们对现实世界的了解完全吻合,这反过来又使我们觉得“我”此前听到了老人的心跳是可信的。在结尾处,第一人称叙述者对其开始听到老人心跳的过程,进行了这样的描述:

> 我开始头痛,并产生了耳鸣的幻觉(I fancied a ringing in my ears);可他们(警察)仍然坐着与我闲聊。耳鸣声变得更加明显:——它连绵不断而且越来越清晰;我开始侃侃而谈,想以此来摆脱那种感觉;但它连绵不断而且越来越明确——直到最后我终于发现那声音并不是我的耳鸣。(《泄密》:624)

原文中“fancy”一词的意思是“无根据地认为”,从该词可以看出,“我”神智正常地判断自己开始时误以为产生了耳鸣。他设法摆脱这种感觉,最后发现那越来越清晰明确的声音并不是他的耳鸣,而是老头的心跳。这种描写显然是想让读者相信那种声音不是他的精神病幻听。

也就是说,坡微妙地通过现实主义细节的作用,使得相关的荒诞细节显得可信。这为至关重要的结局做了很好的铺垫。结局处,第一人称叙述者几乎一字不动地重复了自己听到老人心跳的描述,此时,老人已经死了(无论是到了天堂还是地狱),这回应了叙述者在开篇处所说的话“我曾听见天堂和人世的万事万物。我曾听见地狱里的许多事情”。在坡的荒诞世界里,对一个具有“过于敏锐”的听力的人来说,无论声音来自人世还是天堂/地狱,并无区别。

无论我们是沿着情节发展还是隐性进程的主题轨道前行,开头第一段所聚焦的“我”的听觉的异常敏锐,都十分重要。然而,当我们把注意力转向第二段文字时,就会发现情况大不相同。第二段文字所描述的"我"杀人的动机或理由的怪诞,仅仅对于围绕"我"的谋杀展开的情节发展具有重要主题作用,在艺术层面上也增强了戏剧性,而对于围绕"我"的佯装和自我谴责展开的隐性进程,则无关紧要。

与第二段相比,第三段之于情节发展和隐性进程的重要性正好相反。对于隐性进程而言,重要的是这一段最后一句:"你真该看看我动手是多么精明——多么小心谨慎——多么深谋远虑——伪装得多么巧妙地来做那件事情!"这是提纲挈领的主题句,整个叙事暗流一直围绕"我"处心积虑的伪装展开。"精明""小心谨慎""深谋远虑"等词语相互呼应,相互加强,联手表明叙述者为自己的狡猾而自鸣得意。"伪装得多么巧妙"可加强或涵盖前面的意思,也更直截了当地指向"我"的虚伪。这些对于隐性进程至关重要的文本成分,对于情节发展则无关宏旨。在以往围绕情节发展进行的批评阐释中,第三段文字往往被忽略。有的批评家关注了第三段最后一句,但认为叙述者这么说,仅仅是为了证明自己没有疯[①];或者认为"我"在对"父亲"进行俄狄浦斯式的复仇时,需要"小心谨慎"[②]。这完全遮掩了围绕"我"的伪装展开的隐性进程关键性的开头。

埃德加·爱伦·坡在阐述效果统一论时,一再强调文学作品的开头和结尾的重要性。就结尾而言,坡认为作者应该始终考虑作品的结局,紧紧围绕结局来安排事件和遣词造句。[③] 鉴于这一点,我们不妨接下来看看《泄密的心》的结尾:

这时[听到被害老头的心跳声时]我的脸色无疑是变得很白;——但我更是提高嗓门海阔天空。**然而那个声音**[被掩藏在地板下的被杀害的

① E. Arthur Robinson, "Poe's The Tell-Tale Heart," *Nineteenth-Century Fiction* 19.4 (1965), p. 369.

② Marie Bonaparte, *The Life and Works of Edgar Allan Poe: A Psycho-Analytic Interpretation*. Trans. John Rodker (London: Imago Publishing Company, 1949; rpt. New York: Humanities Press, 1971), p. 492.

③ 参见 Poe, "Philosophy of Composition," p. 13. 坡在以下论著中,特别强调了这一点:his 1842 review of *Twice-Told Tales* and "The Philosophy of Composition" (see in particular the review of *Twice-Told Tales*, p. 573; and "Philosophy of Composition," p. 13)。

老头的心跳声]**也在提高**——我该怎么办？**那是一种微弱的、沉闷的、节奏很快的声音——就像是一只被棉花包着的表发出的声音**。我已透不过气——可警官们还没有听见那个声音。我以更快的语速更多的激情夸夸其谈；**但那个声音越来越响。**我用极高的声调并挥着猛烈的手势对一些鸡毛蒜皮的小事高谈阔论；**但那个声音越来越响。**他们干吗还不想走？我踏着沉重的脚步在地板上走来走去，好像是那些人的见解惹我动怒——但那个声音越来越响。哦，主啊！我该怎么办？我唾沫四溅——我胡言乱语——我破口大骂！我拼命摇晃我坐的那把椅子，让它在地板上磨得吱嘎作响，**但那个声音压倒一切，连绵不断，越来越响。它越来越响——越来越响——越来越响**！可那几个人仍高高兴兴，有说有笑。难道他们真的没听见？万能的主啊？——不，不！他们听见了！他们怀疑了！——他们知道了！——他们是在笑话我胆战心惊！——我当时这么想，现在也这么看。可无论什么都比这种痛苦好受！无论什么都比这种嘲笑好受！我再也不能忍受他们虚伪的微笑！我觉得我必须尖叫，不然就死去！**——而听——它又响了！听啊！——它越来越响！越来越响！越来越响！——**

“恶棍！”我尖声嚷道，“别再装了！**我承认那事！——撬开这些地板！——这儿，在这儿！——这是他可怕的心在跳动！**”(《泄密》：624—625；着重号为原文中的强调，黑体为引者所标)

在这一结尾片段中，用黑体标示的是对于情节发展至关重要的文字。作品最后一句话“——这是他可怕的心在跳动！”跟标题“泄密的心”直接呼应，将读者的注意力集中到被害老头的心跳上。历代批评家从各种角度阐释了老头心跳的象征意义。就情节的主题表达而言，我们会特别关注对被害老头心跳的描述，尤其是以下文字选择：(1)从“那个声音也在提高”到“那个声音越来越响”再到“那个声音压倒一切”的递进；(2)对那个声音“越来越响”连续九次的强调性重复；(3)从“它越来越响——越来越响——越来越响！”的两个破折号和一个惊叹号发展到“它越来越响！越来越响！越来越响！”的三个连续的惊叹号再加上对最后的“越来越响”的着重强调。老头的心脏是复仇的象征和工具，它在杀人犯正为自己大功告成，感到洋洋自得之时，戏剧性地开始跳动。复仇的心脏越跳越响，使冷酷无情的凶手越来越胆战心惊，不得不承认所犯下的罪行。

与此相对照,对于隐性进程来说,上面对情节发展举足轻重的黑体字都变得无关紧要,重要的是下面用黑体标示的描写凶手极力佯装和无意中自我谴责的文字:

> 这时我的脸色无疑是变得很白;——**但我更是提高嗓门海阔天空。**然而那个声音[被害老头的心跳声]也在提高——我该怎么办?那是一种微弱的、沉闷的、节奏很快的声音——就像是一只被棉花包着的表发出的声音。我已透不过气——可警官们还没有听见那个声音。**我以更快的语速更多的激情夸夸其谈;**但那个声音越来越响。**我用极高的声调并挥着猛烈的手势对一些鸡毛蒜皮的小事高谈阔论;**但那个声音越来越响。他们干吗还不想走?**我踏着沉重的脚步在地板上走来走去,好像是那些人的见解惹我动怒**——但那个声音越来越响。哦,主啊!我该怎么办?**我唾沫四溅——我胡言乱语——我破口大骂!我拼命摇晃我坐的那把椅子,让它在地板上磨得吱嘎作响,**但那个声音压倒一切,连绵不断,越来越响。它越来越响——越来越响——越来越响!可那几个人仍高高兴兴,有说有笑。**难道他们真的没听见?万能的主啊?——不,不!他们听见了!他们怀疑了!——他们知道了!——他们是在笑话我胆战心惊!——我当时这么想,现在也这么看。可无论什么都比这种痛苦好受!无论什么都比这种嘲笑好受!我再也不能忍受他们虚伪的微笑!我觉得我必须尖叫,不然就死去!**——而听——它又响了!听啊!——它越来越响!越来越响!越来越响!——
>
> **"恶棍!"**我尖声嚷道,**"别再装了!**我承认那事!——撬开这些地板!——这儿,在这儿!——这是他可怕的心在跳动!"(着重号为原文中的强调,黑体为引者所标)

在隐性进程里,作品结尾处至关重要的是以下三个步骤的文本选择:首先,作者通过遣词造句再现凶手如何一再提高自己的嗓门,力图用自己的声音来掩盖受害者的心跳声,佯装无辜:"我更是提高嗓门海阔天空""我以更快的语速更多的激情夸夸其谈""我用极高的声调并挥着猛烈的手势对一些鸡毛蒜皮的小事高谈阔论""我唾沫四溅——我胡言乱语——我破口大骂!"作者还通过凶手的动作来进一步强调凶手如何试图用自己制造的声音来掩盖地板下老头的心跳声:“我踏着沉重的脚步在地板上走来走去,好像是那些人的见解惹我动怒”“我拼命摇晃我坐的那把椅子,让它在地板上磨得吱嘎作响”。接着,作者采用了自由间接引语来描述惯于佯装的凶手对警察佯装的无端猜疑:“难道他们真的没听见? 万能的主啊? ——不,不! 他们听见了! 他们怀疑了! ——他们知道了! ——他们是在笑话我胆战心惊!”最后,作者描述了凶手对其眼中警察佯装的反应。“我”一方面为自己的佯装洋洋自得,另一方面他却感到别人同样的行为让他最难忍受:“无论什么都比这种痛苦好受! 无论什么都比这种嘲笑好受! 我再也不能忍受他们虚伪的微笑! 我觉得我必须尖叫,不然就死去! [……]‘恶棍!’我尖声嚷道,‘别再装了!’”这段描述就像音乐的渐强,越来越强,直至爆发。在人物话语表达方式上,先是总结概述人物的话语行为,然后转向较为直接、戏剧性较强的自由间接引语,最后突然转向全文唯一的、前景化的直接引语。最后高潮处“我”对自己眼中警察虚伪的指控“恶棍! 别再装了!”具有强烈的戏剧反讽性,因为“我”自己一直在伪装,而警察却并未佯装。这一猛喝无意中构成一种强烈的自我谴责,而此处的段落划分和文末的焦点位置更是增强了这一自我谴责的分量。而正是因为“我”的这一尖声叫嚷与“我”持续不断的佯装的交互作用,构建了以“我”的自我谴责为结局的隐性进程之一。凶手试图通过一记猛喝来中止警察的佯装,却无意中罪行暴露而中止了自己不道德的佯装。这股十分微妙的贯穿全文的戏剧性反讽暗流,暗暗告诉读者自鸣得意的虚伪会如何导致自我毁灭。① 隐性进程的道德寓意与情节发展“恶有恶报”的道德寓意相互加强,联手传递坡在这篇

---

① 值得注意的是,在坡笔下的《一桶阿蒙蒂拉多白葡萄酒》(“The Cask of Amontillado”,1846)和《跳蛙》(“Hop Frog”,1849)中,坡对主人公的佯装持截然不同的立场。这两个作品的主人公为了报复所遭受的侮辱而杀人,但没有受到任何惩罚。在这两个作品中,坡对主人公的佯装持赞赏态度,将之视为一种精明手段。这一立场的改变与坡的个人经历有关——他想通过文学作品来报复他的两个文学敌人,达到个人复仇的目的。参见 Francis P. Dedmond, “ ‘The Cask of Amontillado’ and the War of the Literati,” *Modern Language Quarterly* 15 (1954), pp. 137—146; Bonaparte, *The Life and Works of Edgar Allan Poe: A Psycho-Analytic Interpretation*, pp. 505—506; Arthur Hobson Quinn, *Edgar Allan Poe: A Critical Biography* (New York: Appleton-Century-Crofts, 1941), pp. 501—506; and Edgar Allan Poe, letter to Joseph M. Field, 15 June 1846, in *The Letters of Edgar Allan Poe*, ed. John Ward Ostrom, 2 vols. (Cambridge, Mass.: Harvard UP, 1948), II, pp. 318—320。

小说中强烈的道德关切。

在看到隐性进程之后,读者对文本的阐释判断、道德判断和审美判断都会发生变化。就阐释判断而言,读者开始看到描述"我"佯装的各种语言成分的主题相关性,也能看到"我"把自己的伪装投射到警察身上的主题相关性——很多从情节发展来看显得无关紧要的文本成分,在读者眼里会获得重要主题意义。就道德判断来说,读者除了能看到坡对"我"行凶的抨击,也能看到坡对"我"佯装的微妙道德反讽,这增加了读者与"我"之间的叙事距离。至于审美判断,从情节发展来看显得微不足道的语言成分在隐性进程里获得主题相关性之后,其审美价值就会增加,文本的语义密度会得到增强,结构安排也会看上去更为紧凑有序。

在观察到隐性进程之后,在结局处,我们也能从新的角度看到"我"叙述的多种不可靠性:在感知轴上(axis of perception),其观察出现了错误,误以为警察在佯装;在事实报道轴上(axis of facts),这方面的报道不可靠;在价值判断轴上(axis of values),一方面他自己竭力佯装并为之沾沾自喜,另一方面又认为警察的"佯装"是不道德的而加以谴责。这使叙述(不)可靠性的问题复杂化:对于佯装的道德谴责本身是可靠的价值判断,但"我"的双重标准又使得其叙述的价值判断变得不可靠。[①]

正如坡所强调的,《泄密的心》在"效果统一"原则的指导下,整个文本都朝着结局运行。但是,正如我们在开篇和结局处所看到的,运行的轨道不止一个。让我们继续沿着情节发展和"隐性进程之一"这两条不同的表意轨道,来考察作品的中腰部分。

在《叙事、文体与潜文本》一书中,笔者在探讨《泄密的心》时,由于对隐性进程还缺乏认识,没有沿着不同的表意轨道来看文本成分,在挖掘潜藏文本时忽略了情节发展,因此在探讨作品的中腰时,做出了这样的论断:"下文一直围绕'我'处心积虑的伪装展开"[②]。对于"隐性进程之一"而言,这一论断完全正确,然而,对于情节发展而言,我们则需要关注另外的文本成分。在情节发展

---

① 关于对"不可靠叙述"的理论探讨,参见 James Phelan, *Living to Tell about It*: *A Rhetoric and Ethics of Character Narration* (Ithaca: Cornell UP, 2005), Dan Shen, "Unreliability," in *Handbook of Narratology*, 2nd edition, ed. Peter Huhn et. al. (Berlin: De Gruyter, 2014), pp. 896—909。

② 申丹:《叙事、文体与潜文本》,第 144 页。

这条轨道上，至关重要的是凶手的动机、残酷杀人和埋尸的过程，以及罪行的最终败露。作品中腰有这样的文字：

> 转眼间我已把他拖下床来，而且把那沉重的床推到压在他身上。眼见大功告成，我不禁喜笑颜开。但在好几分钟内，那颗心仍发出低沉的跳动声。不过它并没使我感到恼火，那声音不会被墙外边听到[……]
>
> 如果你现在还认为我发疯，那待我讲完我是如何精明地藏尸灭迹之后你就不会那么认为了。当时夜色将尽，而我干得飞快但悄然无声。首先我是把尸体肢解。我一一砍下了脑袋、胳膊和腿。
>
> [……]房间也用不着打扫洗刷——没有任何污点——没有任何血迹。对这一点我考虑得非常周到。一个澡盆就盛了一切——哈！——哈！
>
> （《泄密》：623）

就情节发展而言，我们会聚焦于“我”杀人的过程和他的残酷无情。他不仅杀人不眨眼，且在杀死老头后，喜笑颜开；在残忍肢解掩藏尸体后，更是开怀大笑，完全没有人性。

与此相对照，对于隐性进程来说，重要的则是“我”对其罪行的掩盖。在这股叙事暗流中，起重要作用的是“那声音不会被墙外边听到”“藏尸灭迹”“悄然无声”“没有任何污点——没有任何血迹”。这些涉及伪装的词语，在隐性进程中的重要性大大超过在情节发展中的重要性。此外，涉及“我”对其伪装自鸣得意的“精明地”和“非常周到”，与作品开头第三段中的“多么精明”和“多么小心谨慎”直接呼应，对隐性进程的建构起着重要作用，但对于情节发展则属于细枝末节，在以往的批评中也被忽略。

如果对段落加以整体考虑，在上引的三个段落中，第一段对于情节发展十分重要，对其不可或缺的该段中的前两句，对于隐性进程则无关宏旨。第三段（尤其是前两句）对于隐性进程非常重要，对于情节发展则无关紧要。

有的文字对于情节发展和隐性进程都很重要，但可区分两种情况。其一，相关文字在两种叙事进程中表达出相似的意义，例如“但在好几分钟内，那颗心仍发出低沉的跳动声”，这些文字与前后描述老头心跳的文字相呼应，力图让读者相信在结尾处“我”听到了被杀老头的心跳。其二，相关文字在两种叙事进程中表达出不同的意义,譬如"我一一砍下了脑袋、胳膊和腿……哈!——哈!",在情节发展里,这些文字用于表达凶手的残忍和丧尽天良,而在隐性进程中,同样的文字则主要助力于表达凶手的伪装,以及他为之感到洋洋自得。

在《叙事、文体与潜文本》一书中,笔者对故事中腰的发展,进行了这样的描述:

> 下文一直围绕"我"处心积虑的伪装展开[……]"我"拿定主意要杀死老人后,对老人反而格外亲切起来("我对他从来没有过那么亲切")。他晚上去老人的房间侦查,第二天清晨则"勇敢地走进他的卧室,大胆地跟他说话,亲热地对他直呼其名,并询问他夜里睡得可否安稳。"他还装模作样地对上门搜查的警察"表示欢迎",并"请他们搜查——好好搜查"[……]
>
> 值得注意的是,不仅在事实报道方面出现了不可靠叙述,而且在价值判断方面,叙述也十分不可靠。这一作品的反讽在很大程度上来自"我"的双重价值判断标准。他一直在欣赏自己的虚伪,产生了一种连贯一致的效果。"我"夸赞自己"狡猾"(cunning)和"偷偷摸摸"(stealthy)的行为,将之视为高超的技艺,一种"聪明"(cleverly),一种"精明"(wise, wisely),一种"睿智"(sagacity),他还把自己为了加强伪装而主动对老头亲热视为一种"勇气"(courageously)。[①]

这里提到的两个方面(其一,"我"的伪装;其二,"我"对自己伪装的沾沾自喜),在以往的批评中均被忽略,因为虽然两者是"隐性进程之一"的重要构建成分,对于情节发展却无关紧要。[②] 在挖掘《泄密的心》的潜文本时,笔者以为挖出了情节的深层意义,实际上是挖出了与情节发展并行的一股叙事暗流。对这两种叙事进程,我们都应加以关注,不可偏废。对于情节发展而言,我们需要关注坡精心选择和建构的另外一些文本因素,其中之一是对被杀老头眼睛的描述。如前所引,在这篇故事开头的第二段,"我"声称他之所以要杀死老

---

① 申丹:《叙事、文体与潜文本》,第144—145页。

② 在《泄密的心》中,如果能看到隐性进程,就能更好地看到不少文本成分的审美价值。譬如,警察上门搜查时,我虚伪地"满脸微笑"(《泄密》:623),在隐性进程里,这与结局处"我再也不能忍受他们虚伪的微笑"形成呼应,增强了戏剧反讽,但在情节发展里,则很难看到其必要性。

头，是为了摆脱老头的一只秃鹰眼，这只眼睛让其感到胆战心惊。在杀死老头之前，他半夜提着一盏灯，悄悄把头探入老头的房间进行侦查，

> 我只把提灯罩打开一条缝，让一束细细的灯光照在那只鹰眼上。这样我一连干了七夜——每次都恰好在午夜时分——可是我发现那只眼睛总是闭着；这样就使得我没法下手；因为让我恼火的不是老人，而是他那只“邪恶的眼睛”(Evil Eye)[……]第八天晚上，我比往日更加小心地推开房门[……]我决定把灯罩打开一条小缝——一条很小的缝。于是我开始动手——你简直想不出我有多轻多轻——直到最后，一线细如游丝的微弱灯光终于从灯罩缝中射在了那只鹰眼上。
>
> 那只眼睛睁着——圆圆地睁着——而我一看见它就怒不可遏。我把它看得清清楚楚——一团浑浊的蓝色，蒙着层可怕的荫翳，它使我每一根骨头的骨髓都凉透；但我看不见脸上的其余部分和老人的躯体：因为仿佛是出于本能，我将那道光线丝毫不差地对准了那个该死的蓝点。[……]我举着灯一动不动。我尽可能让那束灯光稳定地照在那只眼上[……]他完全死了。他那只眼睛再也不会折磨我了。(《泄密》:620—623)

笔者在《叙事、文体与潜文本》一书中，忽略了对老头“邪恶的眼睛(Evil Eye)”的描述。这毫不奇怪，对于围绕“我”的佯装和自我谴责展开的隐性进程之一而言，对老头眼睛的描述无关紧要。然而，就情节发展而言，这些描述则十分重要，至少可以起到以下几方面的作用：(1)老头的眼睛构成“我”杀人的唯一动因，是推动情节发展的关键因素之一。[①] (2)在这篇哥特小说中，这一动机的离奇对于描述“我”阴暗恐怖的心理、营造怪诞的氛围至关重要。坡有可能是在利用自古以来不少国家都存在的对于“邪恶的眼睛”之迷信恐惧，来加强作品的戏剧性。[②] (3)作者通过第一人称叙述者对老头鹰眼的聚焦性描述手法高超，极具艺术性。

---

① 参见 Thomas-Ollive Mabbott, ed. *The Collected Works of Edgar Allan Poe*, 3 vols. (Cambridge, Mass.: Harvard UP, 1978), Vol. 3, p. 789。

② 参见“Evil Eye,” *Encyclopedia Americana*, ed. Mark Cummings et al. (Danbury, Connecticut: Grolier Incorporated, 1993); Hoffman, *Poe Poe Poe Poe Poe Poe Poe* (Garden City: Doubleday, 1972), pp. 222—226。

就情节发展而言,坡还使用了不少笔墨,从不同角度不断增强恐怖效果,手法之一是对恐惧的直接描述:

> 随后我听见了一声轻轻的呻吟,而我知道那是极度恐惧时的呻吟。这样的呻吟不是因为痛苦或悲伤——哦,不是!——它是当灵魂被恐惧彻底压倒时,从心底发出的一种低沉压抑的声音。我熟悉这种声音。多少个夜晚,当更深人静,当整个世界悄然无声,它总是从我自己的心底涌起,以它可怕的回响加深那使我发狂的恐惧[……]我知道自从那第一声轻微的响动惊得他在床上翻了个身之后,他就一直睁着眼躺在床上。从那时起他的恐惧感就在一点一点地增加。他一直在试图使自己相信没有理由感到恐惧,可他未能做到[……]因为走向他的死神已经到了他跟前,幽暗的死荫已把他笼罩[……]与此同时那可怕的心跳不断加剧。随着分分秒秒的推移,那颗心跳得越来越快,越来越响。那老人心中的恐惧肯定已经到了极点!我说随着时间的推移,那心跳的声音变得越来越响!——你明白我的意思吗?我已经告诉过你我神经过敏:我的确神经过敏。而此时更深人静,在那幢老房子可怕的沉寂之中,这么奇怪的一种声音自然使我感到难以抑制的恐惧。但有好几分钟,我仍然抑制住恐惧静静地站着。可那心跳声越来越响!我想那颗心肯定会炸裂。而这时我又感到一种新的担忧——这声音恐怕会被邻居听见!那老人的死期终于到了!(《泄密》:621—622)

这里关于老头心跳的描述与其他地方的相关文字形成呼应,为情节发展和"隐性进程之一"的结局做出铺垫。然而,这一片段主要表达的是两个人物共有的恐惧感,这对于情节发展十分重要,对于隐性进程则无关宏旨。情节发展的一个重要功能是表达人物的恐惧心理,营造哥特式的恐怖气氛。坡的天才之笔首先聚焦于老头极度恐惧时"一声轻轻的呻吟",让"我"通过切身感受将其描述成"当灵魂被恐惧彻底压倒时,从心底发出的一种低沉压抑的声音";它在万籁俱静的深夜,从"心底涌起","用其可怕的回响"加深使人发狂的恐惧。老头和"我"的恐惧感交互作用,互为增强。坡神来的寥寥几笔,把人物的恐惧感描写得淋漓尽致。这一片段也出现了总结概述和场景描述的联手互动:"多少个夜晚"概述了"我"经常体验的恐惧,而"自从那第一声轻微的响动"

则引入了老头“分分秒秒”感受到的“一点一点增加”的恐惧，直到“极点”。老头因恐惧而起的心跳又“使我感到难以抑制的恐惧”。

作为一篇哥特小说，《泄密的心》之所以能成为传世名篇，其情节发展中对老头眼睛和人物恐惧心理的描述起了重要作用。由于叙事暗流在另外一个表意轨道上运行，在对其进行挖掘时，容易忽略这些推动情节发展的成分。笔者在《叙事、文体与潜文本》中，不仅忽略了对老头眼睛充满戏剧性和艺术价值的描写，而且也在很大程度上忽略了对人物恐惧的描述。只是由于前人对此十分关注，因而进行了两方面的回应。[①] 其一是指出以往的批评家只是从艺术效果的角度关注人物的恐惧，忽略了“我”的恐惧与道德寓意的关联。值得注意的是，在谋杀过程中，“我”让老人深受恐惧感的折磨，而“我”自己也同受其害。在描述其自身的恐惧时，“我”采用了现在完成时——极度恐惧时的呻吟“总是从我自己的心底涌起(has welled up)，以它可怕的回响加深那使我发狂的恐惧”，这包括他被关入死牢后的恐惧。在杀死老人的那个夜晚，“我”惊醒老人后，老人十分恐怖地坐起来倾听，“我”也同此：“就跟我每天夜里倾听墙缝里报死虫(death watches)的声音一样”(《泄密》：621)。“报死虫”暗示着死牢里的“我”知道自己末日临头，而深感恐惧。尤其值得注意的是，结尾处的“我”因为杀人灭迹而遭到极度恐惧的折磨：作为复仇象征的老人的心跳导致他越来越恐惧不安，最终自我暴露，受到法律严惩。

另一方面的回应是指出以往有的批评家在探讨恐怖效果时，仅从艺术性的角度来考虑，因此将《泄密的心》与坡的《陷阱与钟摆》(“The Pit and the Pendulum”，1842—1843)相提并论，认为两者都属于“恐怖研究”。[②] 这样的类比容易遮掩《泄密的心》中的道德寓意：《陷阱与钟摆》中的“我”受到宗教法庭的残酷迫害，依靠自己的机智幸免于难，并最终获得正义一方的拯救，而《泄密的心》中的“我”则是杀人藏尸的罪犯，两人的恐惧具有大相径庭的道德涵义。

如果仅仅关注隐性进程，对于人物恐惧感的探讨就很可能会止于对前人批评的回应，难以看到坡对之极具感染力、层层推进、场景聚焦与总结概述相

---

① 申丹：《叙事、文体与潜文本》，第 148 页。

② Arthur Hobson Quinn, *Edgar Allan Poe, A Critical Biography* (New York: Cooper Square Publishers, 1969), p. 394.

结合的描写,这样就难免失之偏颇。我们必须同时考虑情节发展和隐性进程,关注两者在主题意义的表达、人物形象塑造和审美效果方面的协同作用。

在《叙事、文体与潜文本》中,笔者由于把情节发展和隐性进程揉为了一体,因此进行了这样的论述:

> 值得强调的是,我们在探讨坡的作品时,须特别关注他表达故事的方式。《泄密的心》涉及道德主题这一方面的价值主要在于坡这种独具匠心的情节安排:"我"的叙述一直紧扣自己"伪装得多么巧妙地来做那件事情!"展开,最后"我"遭到自我欣赏的虚伪的惩罚。故事紧紧围绕至关重要的结局处的"我再也不能忍受他们虚伪的微笑!""恶棍! 别再装了!"这种强烈戏剧反讽的效果来建构。这种"效果统一"的戏剧反讽是艺术性和道德寓意的有机结合,大大超越了通常直白式的"恶有恶报"的主题表达。①

当我们把视野拓展到情节发展背后之时,就会发现这段文字中的两种偏误。其一,《泄密的心》的情节安排并非紧扣"我"的伪装展开,只有情节发展背后的隐性进程之一才是如此。其二,以往批评家所忽略的,并非坡表达故事的方式,而是隐性进程之一,其与情节发展并列运行。坡独具匠心的"情节安排"始于标题"泄密的心",而终于全文最后一句"这是他可怕的心在跳动!",构成比较直白的"恶有恶报"的主题表达。"我"自认为能够通过杀死老人来摆脱老人的眼睛,却遭到被杀老人心脏的追击,直至在警察面前罪行暴露,受到严惩。

坡的过人之处不仅在于精心做出了情节安排,而且在于微妙地建构了不止一种叙事进程:在充满恐怖怪诞氛围的"恶有恶报"的情节发展背后,独具匠心地创造了一个充满戏剧反讽的"自我伪装并为之洋洋自得——自我道德谴责"的隐性进程之一;两种叙事进程联手互动,从不同角度传递和加强道德寓意。以往批评家在很大程度上忽略了《泄密的心》的戏剧性反讽。如果仅看情节发展,即便关注这一因素,也仅能看到警察前来搜查时,局部出现的戏剧性反讽:"出于我的自信所引起的热心,我往卧室里搬进了几把椅子[……]而出于我的得意所引起的大胆,我把自己的椅子就安在了下面藏着尸体的那个位

① 申丹:《叙事、文体与潜文本》,第145页。

置”(《泄密》:623—624)。在通常情况下,杀人犯在掩藏尸体之后,为了不被发现,会设法阻止他人——尤其是警察——来到藏尸地点。但坡笔下的杀人犯却以为自己肢解藏尸做得天衣无缝,大胆地邀请警察来到藏尸的房间就座,从而遭到地板下被害老头心脏的追击,导致他的谋杀败露。这是局部的戏剧性反讽。

与此相比,在“隐性进程之一”里,戏剧反讽持续不断地围绕“我”的佯装和自我道德谴责展开,贯穿整个叙事进程。警察前来搜查时,“我”还向警察“表示欢迎”,这是他佯装无辜的一种手段。也正因为他对自己的佯装感到洋洋自得,因此邀请警察到藏尸的房间就座。隐性进程此处的戏剧性反讽与情节发展的有所不同。情节发展反讽的靶子是“我”的愚蠢,而隐性进程反讽的靶子则是“我”为自己的佯装自鸣得意的道德缺陷。两者交互作用,从不同角度增强戏剧反讽的效果。

如果说这两种叙事进程都在文本层面运作的话,在《泄密的心》里,坡还利用了文本与社会语境的关联,在情节发展背后,巧妙地创造了隐性进程之二。

第三节　与语境相连的隐性进程之二

隐性进程之二的建构有赖于文本与社会语境的互动,我们不妨先考察相关历史语境。《泄密的心》诞生于19世纪中叶,当时出现了关于“精神病抗辩”(insanity defense)的日益激烈的争论。[①] 在19世纪之前,以精神病为由不予定罪的依据是被告失去了理智,也不能辨别是非[②]。也就是说,只要理智尚存,就不能免罪。正如约翰·克莱门(John Cleman)所言,“把理智与道德感相等同之后,任何理性的存在——譬如在法庭表现得较为镇静和讲道理,犯罪事先有预谋和计划,或者对罪行加以了掩盖或试图逃避惩罚——这些都体现出良心尚存,因此需要在道德上负责。”[③]特雷西法官(Judge Tracy)1774年曾经

① 参见John Cleman,“Irresistible Impulses: Edgar Allan Poe and the Insanity Defense,” *American Literature* 63 (1991), pp. 623—640;以及Thomas Maeder, *Crime and Madness*: *The Origins and Evolution of the Insanity Defense* (New York: Harper and Row, 1985)。

② 参见Cleman, “Irresistible Impulses,” p. 628. 也请参见Maeder, *Crime and Madness*, pp. 7—12。

③ Cleman, “Irresistible Impulses,” p. 628,也请参见Maeder, *Crime and Madness*, pp. 9—12。

说过,若要免除法律上的处罚,“被告必须失去了理解力和记忆力,完全不知道自己在做什么,就像一个婴孩、畜牲或野兽。”[①]

但在进入19世纪的时候,作为美国精神病学之父的本杰明·拉什(Benjamin Rush)区分了道德能力和思考能力(这些能力涉及大脑的不同部位),并提出了一种新的关于精神失常的理论,即“道德错乱”(moral insanity):神智正常,但道德感“临时”出了问题,因此在理智能够加以“批判”之前,会犯下罪行。[②] 在18世纪30年代,詹姆斯·普里查德(James Pritchard)进一步发展和推广了“道德错乱”的观点,使“道德错乱”成了“心理研究的焦点和相关争论的焦点,这种情况一直延续到19世纪末,直到被关于病态人格的争论所替代”[③]。美国19世纪的法庭开始接受关于“道德错乱”的无罪辩护,越来越多的人采用精神病抗辩来为不符合通常精神失常概念的被告进行无罪辩护。这种辩护成了大众嘲笑的一种对象,有人怀疑这种无罪辩护是在挖公共秩序的墙脚。[④] 当时不少心理咨询师和法官都反对以道德错乱为由为犯罪嫌疑人开脱罪责,一些有声望的精神病院的管理者也否认存在道德上的精神错乱,舆论界也倾向于认为精神病抗辩是一种欺骗。[⑤]

当时精神病院实施的改革措施也让公众认为用精神病来进行辩护是逃避

---

① Judge Tracy, *Rex v. Arnold*, 16 How. St. Tr. 695 (1724); quoted in Maeder, *Crime and Madness*, pp. 10 —11.

② 参见 Benjamin Rush, *Two Essays on the Mind: An Enquiry into the Influence of Physical Causes upon the Moral Faculty, and on the Influence of Physical Causes in Promoting an Increase of the Strength and Activity of the Intellectual Faculties of Man* (New York: Brunner/Mazel, 1972)。也请参见以下这些论著 Isaac Ray, *A Treatise on the Medical Jurisprudence of Insanity* (1838), ed. Winfred Overholser (Cambridge, Mass.: Belknap Press of Harvard UP, 1962); and Paige Matthey Bynum, "'Observe How Healthily—How Calmly I Can Tell You the Whole Story': Moral Insanity and Edgar Allan Poe's 'The Tell-Tale Heart,' " in *Literature and Science as Modes of Expression*, ed. Frederick Amrine (Boston: Kluwer Academic Publishers, 1989), p. 141。

③ Eric T. Carlson, "Introduction," in Rush, *Two Essays on the Mind*, p. xi. Also see James Cowles Prichard, *A Treatise on Insanity and Other Disorders Affecting the Mind* (London: Gilbert and Piper, 1835) and Bynum, "Observe How Healthily," pp. 142—144.

④ 参见 Maeder, *Crime and Madness*; and Cleman, "Irresistible Impulses," pp. 625—627。

⑤ 参见 Maeder, *Crime and Madness: The origins and Evolution of the Insanity Defense*; Cleman, "Irresistable Impulses: Edgar Allan Poe and the Insanity Defense," pp. 625—627。

处罚的一种手段[①]。在 19 世纪之前，精神病人被当成犯人对待，被严格关押并处以体罚[②]。克莱门说："在精神病院改革之后，精神病人被区别对待，并得到一定程度的同情和关心。"[③]坡在另一作品《塔尔博士和费瑟尔教授的疗法》("The System of Dr. Tarr and Prof. Fether")中[④]，通过叙事手段批判了这种改革。作品用高度戏剧性的方法描述了一个精神病院推行的"安慰疗法"，这种疗法不让精神病人受到任何惩罚，而且还让他们随意出入。在这种情况下，精神病人进行暴动，把看守关押进地下小牢房，对他们加以非人的折磨，直到最后这些精神病人重新被制服。

在探讨《泄密的心》时，佩奇·拜纳姆(Paige Bynum)提出"我"属于道德错乱的精神病人，坡旨在再现道德错乱的生活原型，并结合历史语境，对此进行了详细论证。[⑤]在《叙事、文体与潜文本》一书中，笔者批评了拜纳姆的观点，认为这种观点有违作品的实际走向。[⑥]在观察到隐性进程与情节发展的并列前行之后，笔者意识到先前的批判有失公允。实际上，拜纳姆的观点符合情节发展的进程，只是有违情节背后"隐性进程之二"的实际走向。

就情节发展而言，"我"显示出典型的"道德错乱"的症状。一方面"我"能神智健全地讲故事，能有目的、有计划地实施谋杀和藏尸灭迹；另一方面他平时十分神经质，也缺乏谋杀的合理动机("他从不曾伤害过我。他从不曾侮辱过我"[《泄密》:555])。此外，他摆脱不了某一奇怪的念头("现在已没法说清当初那个念头是怎样钻进我脑子的，但它一旦钻入，就日日夜夜缠绕着我"[《泄密》:555])，而且他听觉过于灵敏，也惧怕理智正常的老人的眼睛，这是精

---

① Cleman, "Irresistible Impulses," pp. 625.

② 参见 Michel Foucault, *Madness and Civilization: A History of Insanity in the Age of Reason*, trans. Richard Howard (New York: Vintage, 1988 [1965]), pp. 38—64。

③ Cleman, "Irresistible Impulses," pp. 625.

④ See Edgar Allan Poe, "The System of Doctor Tarr and Professor Fether," in *Poetry and Tales*, pp. 699—716.

⑤ Paige Matthey Bynum, "'Observe How Healthily—How Calmly I Can Tell You the Whole Story': Moral Insanity and Edgar Allan Poe's 'The Tell-Tale Heart,'" in *Literature and Science as Modes of Expression*, ed. Frederick Amrine (Boston: Kluwer Academic Publishers, 1989), p. 141.

⑥ 申丹:《叙事、文体与潜文本》，第 153 页。

神失常的一种症状[①]。托马斯·马博特(Thomas Mabbott)认为坡可能在暗示是老人的眼睛让主人公发了疯。[②] 布雷特·奇默尔曼(Brett Zimmerman)认为"我"患了"妄想型精神分裂症"[③]。伊丽莎白·菲利普斯(Elizabeth Phillips)详细讨论了主人公一叙述者如何符合关于杀人狂的描述。[④] 这些经过艺术加工的精神病因素大大增强了情节发展的戏剧性,助力于制造怪诞恐怖的效果。

应该指出的是,即便在情节发展中,"我"与通常道德错乱的人也形成对照:"我"既非"临时"道德感出了问题(一直毫无"批判"或忏悔之意),也非简单地失去自控能力,行为有失体面。如上所引,坡刻意突出了"我"性格的残忍,将其描写成肢解被害者之后还开怀大笑的杀人狂,并在至关重要的结局处,让其在警察面前罪行暴露。这传递了一个确切的信息:像"我"这样凶残的人,应该遭到报应,受到法律的严惩。这呼应了当时有些法官的看法,他们认为,"道德错乱是极其严重的道德堕落,不仅完全需要承担法律责任,而且它正是法律责任特别要制止的"。[⑤]

然而,在情节发展背后,还存在一股行进轨迹大不相同的叙事暗流(即隐性进程之二),但其大的主题方向还是与情节发展保持了一致。这是对"隐性进程之二"至关重要的几个片段:

(1) 没错!——神经紧张——我从来就而且现在也非常非常的神经

---

① Benjamin Rush, *Medical Inquiries and Observations upon Diseases of the Mind*, 4th edition (Philadelphia: John Grigg, 1830), p. 173, quoted in Bynum, "'Observe How Healthily—How Calmly I Can Tell You the Whole Story'," p. 276.

② Thomas Ollive Mabbott, ed. *Collected Works of Edgar Allan Poe*, 3 vols. (Cambridge, Mass.: Belknap Press of Harvard UP, 1978) III, p. 789.

③ Brett Zimmerman, "Frantic Forensic Oratory: Poe's 'The Tell-Tale Heart,'" *Style* 35 (2001), pp. 34—49.

④ Elizabeth Phillips, "Mere Household Events: The Metaphysics of Mania," in her *Edgar Allan Poe: An American Imagination: Three Essays* (Port Washington, N. Y.: Kennikat Press, 1979), pp. 128—130.

⑤ Bynum, "Observe How Healthily," p. 144, he quotes from "Baron Rolfe's Charge to the Jury, in the case of the Boy Allnutt, who was tried at the Central Criminal Court, for the Murder of his Grandfather, on the 15th Dec., 1847,'" *Journal of Psychological Medicine and Mental Pathology* 1 (1848), p. 214.

紧张；可你干吗要说我疯了？……听好！并注意我能多么神志健全，多么沉着镇静地给你讲这个完整的故事。

(2)你以为我疯了。疯子啥也不知道。可你当初真该看看我。你真该看看我动手的过程是多么精明——看看我是多么小心谨慎——多么有深谋远虑——伪装得多么巧妙地来做那件事情！

(3)[每天晚上]我花了一个小时才把头探进门缝，这时方能看见他躺在床上。哈！——难道一个疯子有这般明智？

(4)如果你现在还认为我发疯，那待我讲完我是如何明智地藏尸灭迹之后你就不会那么认为了。

这四个片段出现在作品的不同地方。第一个片段出现在作品的开头，涉及叙述这个“完整的”故事的全过程；第二个片段是对整个谋杀过程的总结；第三个出现在“我”详述自己连续七夜侦查老头的过程之时，涉及全部七个晚上；第四个是对藏尸过程的总结。这些在作品不同地方出现的片段交相呼应，从不同角度进行持续不断并相互加强的“精神正常抗辩”。

由于作品最后描述的是“我”在警察面前承认自己的罪行，“我”的自我辩护应该是在法庭上进行的，对此以往的批评没有争议。然而，“我”并不是在法庭上为自己的谋杀辩白，而是声称和强调自己在整个谋杀、藏尸以及叙述过程中都神志清楚。叙述者的这种“精神正常抗辩”与现实中的“精神病抗辩”形成了对立和反讽的关系。在当时的社会环境中，杀人之后声称自己未疯无异于自我定罪。坡巧妙地通过作品与社会语境的关联，把“我”贯穿整个叙述和谋杀过程的自我辩护变成了“我”无意识的持续的自我定罪，形成另外一种充满戏剧反讽的隐性进程。

值得注意的是，通过上引四个片段和其他相关文字的交互作用，坡在隐性进程之二里，把理智设立成判断精神是否失常的唯一标准，这一标准是作为叙述者的“我”与其受述者共同享有的。如前所述，对“道德错乱”的看法以打破对精神病的传统看法(认为神智失常才是精神病)为前提。[1] 与此相对照,坡自始至终都把隐性进程之二明确置于传统框架之中:“我”和“你”仅仅关注神智本身是否健全。也就是说,坡在这股叙事暗流里,有意偏离社会现实,通过叙事建构来暗暗排斥对“道德错乱”的考虑。若能洞察到隐性进程之二,我们就找到了一把关键钥匙,可以打开长期困惑批评家的疑团:看上去精神不正常的“我”却反讽性地进行“精神正常抗辩”。

如果说情节发展的事件层次表达的是像“我”这样道德错乱的凶手应该受到法律严惩的话,在隐性进程之二里,通过虚构的叙述交流,坡微妙地将“道德错乱”排除出了故事世界,暗暗阻止读者用“道德错乱”来为凶手开脱罪责,以便更好地传递作品的道德教训。这就是坡的过人之处:在明处鞭笞“道德错乱”的凶手,在暗处又隐蔽地排除“道德错乱”这一免责手段;与此同时,通过隐性进程之一和隐性进程之二的交互作用,让凶手既无意识地自我谴责又无意识地自我定罪,两者联手构成贯穿全文的强烈戏剧反讽,多个维度地传达作品的道德寓意。如果我们能看到情节发展与两个隐性进程的并列运行,我们就能看到《泄密的心》是一个具有高度戏剧性、反讽性以及强烈叙事张力的杰作,而绝非缺乏深度的“简单叙事”。

第四节 先前批评之批评

坡的《泄密的心》(1843)已经发表了近两个世纪,历代批评家给予了大量关注,但均忽略了情节发展背后充满戏剧反讽的两股叙事暗流。由于隐性进程和情节发展沿着不同的轨道运行,往往由文本中不同的成分来体现,因此对于隐性进程有重要作用的文字,在探讨情节发展时常常被忽略,即便有时受到关注,也容易被批评家往情节发展的轨道上硬拉,造成对相关文本成分的误读。我们不妨先看看以往批评家对《泄密的心》进行的概述。这是伦敦大学出版社一个世纪之前发表的阿尔弗雷德·沃德(Alfred Ward)所做的总结:

---

[1] 参见 Rush, *Two Essays on the Mind*; Isaac Ray, *A Treatise on the Medical Jurisprudence of Insanity* (Cambridge: Harvard UP, 1962); Bynum, "'Observe How Healthily—How Calmly I Can Tell You the Whole Story'," pp. 141—144。

> 《泄密的心》是有史以来最为精彩的寓言之一。撇开其怪诞的细节，包括对被害人秃鹰般眼睛的描述，以及对凶手如何缓慢进入受害者房间的冗长细述，这篇故事是对内疚之声的令人刻骨铭心的记载（the story stands as an unforgettable record of the voice of a guilty conscience）。受害者的尸体就躺在地板下面；警官坐在那里跟凶手愉快地聊天。他见到警官时看上去镇定自若，也让警官相信被他杀死了的老头不在屋里，去乡下了。就在他们欢快地闲聊家常时，凶手开始听到"一种微弱的、沉闷的、节奏很快的声音——就像是一只被棉花包着的表发出的声音"——那颗泄密的心不断跳动的声音。那颗心持续搏动，导致凶手越来越恐惧和狂怒，直到他撬开地板，暴露了他的罪行。[①]

就谋杀过程而言，这样的概述既忽略了凶手的伪装，也忽略了其为之自鸣得意的道德缺陷。就故事的结局而言，我们看不到凶手无意中把自己的佯装投射到警察身上，看不到由于他无法忍受其投射的佯装而导致罪行败露，而只能看到"那颗泄密的心持续不断地跳动"，这被视为让凶手罪行败露的唯一原因。我们更难以观察到坡通过文本与语境的关联，精心建构的"自我定罪"的隐性进程之二。

特别令人遗憾的是，视野的盲区还造成了对情节发展本身的阐释偏误。不仅沃德认为《泄密的心》是对第一人称叙述者"内疚之声（the voice of a guilty conscience）"的记录，其他不少学者也将老人看成"我"的另一自我，认为人的内心善与恶并存，老人的"秃鹰眼"引起了"我"非理性的恐惧，激活了其内心的阴暗面，最终导致谋杀。他们将死去老人的心跳理解为"我"自己的心跳——自己负疚的良心发现。[②] 塔克（B. D. Tucker）更是断言"负疚感是这篇

---

① Alfred C. Ward, *Aspects of the Modern Short Story: English and American* (London: U of London P, 1924), pp. 35—36.

② 参见"Theme," http://www.poedecoder.com/essays/ttheart/; Arthur Hobson Quinn, *Edgar Allan Poe, A Critical Biography* (New York: Cooper Square Publishers, 1969), pp. 394—395; B. D. Tucker, "Evil Eye: A Motive for Murder in 'The Tell-Tale Heart,'" in *Readings on the Short Stories of Edgar Allan Poe*, ed. Hayley Mitchell Haugen (San Diego: Greenhaven Press, 2001), p. 115; E. Arthur Robinson, "Poe's The Tell-Tale Heart," *Nineteenth-Century Fiction* 19.4 (1965), p. 374; 请比较 Joan Dayan, *Fables of Mind* (New York: Oxford UP, 1987), pp. 143—144; David Halliburton, *Edgar Allan Poe: A Phenomenological View* (Princeton: Princeton UP, 1973), pp. 336—338。

故事的中心主题之一(Guilt is a major theme of the tale)"[1]。然而,作品中的"我"对自己的谋杀沾沾自喜("眼见大功告成,我不禁喜笑颜开"),对肢解尸体也洋洋自得("我一一砍下了脑袋、胳膊和腿[……]哈! ——哈!"),直至最后也毫无忏悔之意。尤其值得注意的是,"我"声称自己"从来就而且现在也非常非常的神经紧张",但在上门搜查的警察面前则十分轻松愉快——"我下楼去开门时心情非常轻松——还有什么好怕的呢?[……]警官们相信了我的话。我的举止使他们完全放心。我当时也格外舒坦(singularly at ease)"。这种杀人之后的"格外舒坦"反讽性地凸显了"我"的毫无良知、厚颜无耻。[2] 可是,不少批评家由于看不到坡通过对一明两暗三重叙事进程的建构,所微妙传递的三重道德寓意和靶向明确的强烈戏剧反讽,因此仅仅从心理/精神分析的角度来看凶手,将其视为人的心理的代表,将老人的心跳阐释为"我"出于负疚感而听到的自己的心跳。如前所析,老人的心脏实际上是复仇的工具,它在这个冷酷的凶手"格外舒坦"之时突然开始跳动,越跳越强劲,直至凶手自我暴露,遭受严惩。

一个多世纪以来,中外批评家对《泄密的心》的阐释毫无例外地囿于其情节发展。我们不妨再看看近期的一种对"我"的谋杀过程的总结:

> 在再次声称自己没有疯之后,叙述者开始详细叙述自己的罪行。他说,连续七天的半夜时分,他都提着一盏带罩子的灯,悄悄进入老头的房间。每个晚上,他都会非常缓慢地把灯罩打开一个小缝,让一束细细的光亮照在老头闭着的那只眼睛上。然而,第八个晚上,他进入老头的房间时,老头觉得自己听到了声响,动了一下,接着又喊了一声。叙述者依然把那束细光对准老头的那只眼睛,但这一次发现它是圆睁着的。叙述者开始听到老头心脏的跳动声,担心邻居也可能会听到,因此把老头拖下床来,把沉重的床推到压在他身上,杀死了他。叙述者肢解了尸体,把其藏

---

① B. D. Tucker, "Evil Eye: A Motive for Murder in 'The Tell-Tale Heart,'" in *Readings on the Short Stories of Edgar Allan Poe*, ed. Hayley Mitchell Haugen (San Diego: Greenhaven Press, 2001), p. 115.

② 在上引概述中,Alfred C. Ward 深信"我"感到内疚,因此采用了这样的描述法:"见到警官时(外表)看上去镇定自若(who has met them with perfect outward calm)"。添加的"outward"一词,帮助 Ward 将一个冷酷无情的杀手描述成因犯罪而内疚的有良心的人。

在老头房间的地板下面。

叙述者接着说，凌晨4点，三位警官来搜查房屋[……]他一会就听到了一个心脏的跳动，跟他在杀死老头之前听到的一样。心跳声越来越响，直到他确信警官也听到了。他认为他们已经得知了其罪行，在嘲笑他。他无法忍受他们的嘲笑和心跳的声音，他跳起来，大声尖叫，承认了自己的罪行。[①]

就谋杀过程而言，我们依然看不到"我"的伪装和他为这种不道德的行为感到自鸣得意。就结局而言，虽然这种概述提到了警官的嘲笑，但依然看不到"我"把自己的伪装投射到警官身上(这是他误认为警官在嘲笑他的根本原因)，也看不到他对这种投射的自我伪装的难以忍受，因此看不到坡所构建的以"我"的自我谴责为结局的隐性进程之一，更看不到其自我定罪的隐性进程之二。如果沿着上面总结概述的思路走，《泄密的心》仅有一种浅显明了的叙事进程，无怪乎罗尔伯杰将这一作品贬为"简单叙事"，认为其情节围绕谋杀和恐怖效果展开，无暗含意义，因此缺乏价值(详见第一章第一节)。这对坡和这一作品太不公平。实际上，坡在《泄密的心》中同时建构了三重叙事进程，让其互为补充、互为加强，大大增加了文本张力、语意密度和戏剧性，拓宽和加深了作品的主题内涵，使这一作品具有极高的审美和伦理价值。

诚然，有的批评阐释力争挖掘《泄密的心》的深层意义，在弗洛伊德精神分析法盛行之后更是如此。但由于仅能看到情节发展这一种叙事进程，因此有时也会出现偏误。让我们看看世纪之交，在美国出版的具有权威性的《短篇小说阐释》(*Short Story Criticism*)对前人批评的总结概述：

大多数批评家形成了共识，在这篇作品中存在两种最为重要的主题：一是叙述者与他杀死的老人的认同，另一是对时间的心理上的处理。叙述者说他理解被害者在他正要动手时的恐惧感，而且很可能他听到的并不是老头的心跳声，而是他本人的。自始至终，叙述者一直沉迷于时间：心跳的中心意象与手表的嘀嗒声相关联，每晚他都正好在午夜来到老头

① Anna Sheets Nesbitt, "The Tell-Tale Heart," in *Short Story Criticism*, vol. 34, ed. Anna Sheets Nesbitt (Deroit: Gale Group, 2000), p. 239.

> 的卧室,当这位凶手进入老头的房间时,时间放慢了,几乎停滞不前。另外一个中心主题涉及眼睛。有些批评家认为那只眼睛具有双重意义,构成老人外在的“眼睛(eye [ai])”与叙述者内在的“我(I [ai])”之间的对照。有几位评论家指出这篇作品里的象征手法结构严密,相互交织,因此各种主题——死亡、时间、人性、内在与外在现实的对抗、梦幻、心脏,以及眼睛——协同作用,逐渐增强作品的效果。①

这些批评家都努力挖掘作品的深层意义,阐释也确实具有一定的深度,这是值得肯定的。然而,由于看不到这一作品中一明两暗的三重叙事进程的交互作用,因而很难避免出现偏误。不难看出,引文总结的三种阐释角度都埋没了情节发展本身的道德寓意。就第一种角度来说,将“我”和老头相等同,认为“我”听到的心跳其实是他本人的,就消除了情节发展中对凶手的道德谴责,埋没了这一显性进程通过老头的心跳所传递的“恶有恶报”的复仇主题。就第二种角度而言,其以中性的眼光来观察“叙述者沉迷于时间”,看不到“我”的凶残。第三种角度也是对眼睛的中性剖析,未涉及道德问题。至于从象征角度切入的批评家,他们关注了情节发展的复杂性,也注重不同文本成分之间的交互作用,但其观察也相当中性,没有提到情节发展的道德寓意。

某些从精神分析角度切入的阐释将警察视为凶手的“超我(super-ego)”,将叙述者承认自己的罪行看成“叙述者揭露和毁灭自己的冲动(the narrator's compulsion to unmask and destroy himself)”,并将在“我”的内心世界里发生的故事视为“冲动和反冲动的心理戏剧”。② 这种精神分析批评不仅埋没了隐性进程,而且也遮掩了情节发展本身的道德意义。如果这样的阐释还只是在中性的轨道上走,那么有的批评家还走得更远,居然对凶杀加以正面理解。他

---

① Nesbitt, "The Tell-Tale Heart," in *Short Story Criticism*, vol. 34, ed. Anna Sheets Nesbitt (Deroit: Gale Group, 2000), p. 240.

② Paul Witherington, "The Accomplice in 'The Tell-Tale Heart,'" *Studies in Short Fiction* 22.4 (1985), p. 474; see also Marie Bonaparte, "Psychoanalytic Interpretations of Stories of Edgar Allan Poe," in *Psychoanalysis and Literature*, ed. Hendrik M. Ruitenbeek (New York: E. P. Dutton & Co., 1964), pp. 19—101; Edward H. Davidson, *Poe: A Critical Study* (Cambridge, Mass.: Harvard UP, 1966), pp. 189—190; John W Canario, "The Dream in 'The Tell-Tale Heart,'" *English Language Notes* 7.3 (1970): 194—197; J. Gerald Kennedy, *Poe, Death, and the Life of Writing* (New Haven: Yale UP, 1987), pp. 132—134.

们把老人的眼睛视为父亲凝视的象征,代表父辈的监视或统治。[1] 从这一角度,他们把"我"的谋杀看成对父辈统治的正当反抗。也有批评家将精神分析与女性主义批评相结合进行正面阐释。在《坡〈泄密的心〉的女性主义解读》一文中,[2]吉塔·拉扬(Gita Rajan)提出"我"有可能是女性,因为作品未明确说明"我"的性别。在其进行的拉康框架下的女性主义精神分析解读中,女叙述者"我"遭到老人父亲式监视的骚扰和客体化,感到屈辱和愤懑,因此设法通过谋杀来倒转凝视的方向。[3] 然而,英文中有"madman"(男疯子)和"madwoman"(女疯子)之分,而"我"一再声明自己不是"madman"。为了自圆其说,拉扬又提出,女叙述者感到需要在身体上占有老人,在发生于老人卧室的谋杀场景中,"甚至采取了一种男性的性立场,强迫老人接受她,几乎把老人强奸"。[4] 而我们在作品中看到的却是这样的描述:"那老人的死期终于到了!随着一声呐喊,我亮开提灯并冲进了房间。他尖叫了一声——只叫了一声。转眼间我已把他拖下床来,而且把那沉重的床推倒压在他身上。眼见大功告成,我不禁喜笑颜开。"这显然与强奸无关。至于"我"跟警察的关系,拉扬是这么解读的:女叙述者新获得的力量和权威使她更易受到伤害,更是成为他人愿望的客体。她只能以女性的传统姿势站在警察面前,被动屈从,遭到男性凝视。拉扬由此得出的结论是,如果女性敢于打破传统行为秩序,就会遭到父权制道德的谴责、男性的压迫和父权法律的严惩。[5] 不知坡看到当今的批评家如此牵强附会地扭曲其作品,会有何感想?!

威廉·弗里曼(William Freeman)聚焦于主人公一叙述者过于敏锐的感知,认为这让他听到很多东西,获得过多的知识,从而受到"毁灭性知识的惩罚"。在他看来,"让老人闭上眼睛,让嘲笑主人公的警察闭嘴,坡这种情节上的安排相当于他让我们的感官变得迟钝,让我们对于意思和意图都不那么敏

---

① Daniel Hoffman, *Poe Poe Poe Poe Poe Poe Poe* (Garden City: Doubleday, 1972), pp. 226—232; Robert Con Davis, "Lacan, Poe, and Narrative Repression," *MLN* 98.5 (1983), pp. 983—1005.

② Gita Rajan, "A Feminist Rereading of Poe's 'The Tell-Tale Heart," *Papers on Language and Literature* 24.3 (1988): pp. 283—300.

③ Rajan, "A Feminist Rereading of Poe's 'The Tell-Tale Heart," p. 295.

④ Ibid.

⑤ Ibid., pp. 295—297.

感”,以便免于受到过多知识的惩罚。[1] 这样一来,“我”对老人的谋杀和对警察的无端怒喝都成了对读者大有裨益的正面行为,完全遮盖了情节发展中“恶有恶报”的道德安排,更遑论凶手自我谴责和自我定罪的两种隐性进程。

如果看不到情节发展和隐性进程的互动,就可能会对文中某些怪诞的故事事实产生误解。如前所引,坡在作品的开头、中腰和结尾都强调了“我”听力超自然的敏锐,间接或直接描写了他能听到被害老头的心跳。像这样荒诞的虚构事实在坡的其他作品中也可看到。在与《泄密的心》同年发表的《黑猫》(“The Black Cat”,1843)中,“我”在杀死妻子后,把尸体不留痕迹地藏进了一堵砖墙。为此他在前来搜查的警察面前洋洋自得,拿着一根棒敲打那堵砖墙,却引来了墙里面黑猫的叫声,这使杀人者罪行暴露,遭到严惩。[2] 此处出现的虚构事实在以下三个方面具有荒诞性:一是“我”藏尸时先掏出砖块,再塞进尸体,然后把砖石填回,抹上灰泥,他始终十分小心翼翼,却居然在自己不知情的情况下把一只黑猫封在了墙里。二是在墙里被灰泥封闭了三天之后,黑猫居然没有窒息。三是这三天黑猫一直悄无声息,直到警察到来。坡的另一作品《厄舍府的倒塌》(“The Fall of the House of Usher”,1839)也含有十分怪诞的成分。女主人公玛德琳因患重疾去世,其尸体在很深的空气稀薄的地窖里埋了七八天之后,她又撕裂钉死了的棺材,冲破上了锁的包了黄铜的厚重的铁门,回到了屋里,吓死了其孪生哥哥。依据常识,即便玛德琳是被误认为死亡而被活埋,在身患重疾,被埋了七八天之后,也不可能具备撕裂棺材、冲破厚重铁门的能力。同样怪诞的是,当哥哥的朋友在屋里念着《疯狂盛典》(“Mad Trist”)里主人公勇猛的行为时,被埋在地窖深处的玛德琳居然能分秒不差地加以扮演,展现出同样的行为,发出同样的声响。这就是坡创造的超自然的哥特世界。

批评界对于坡笔下这些怪诞的虚构事实都能接受,也完全接受卡夫卡《变形记》的主人公变成了大甲虫。然而,不少批评家拒绝接受“我”听到了(活着或被害的)老人的心跳,用奇默尔曼的话来说,“除非他把耳朵贴在老人的胸

---

① William Freeman, *The Porous Sanctuary: Art and Anxiety in Poe's Short Fiction* (New York: Peter Lang, 2002), pp. 101—102.

② 这里的戏剧性反讽与《泄密的心》情节发展结局处的戏剧性反讽形成了呼应。

口,否则他不可能听到老人的心跳”[①]。这些批评家或者认为那声音是墙里面的虫子发出的[②];或者认为是精神错乱的“我”的幻听[③];或者认为“我”听到的是自己的心跳[④]。其实,自己的心跳是感觉到的,而不是听到的,并不需要听力的敏锐。如果坡旨在表达“我”听到了自己的心跳,那么上引开头、中腰、结尾对主人公超自然听力的一致和一再强调就会失去必要性和合理性。造成以往相关误解的主要有三种原因,一是忽略了坡在作品开头、中腰和结尾对“我”听到了老人的心跳“结构统一”的持续建构;二是从“为艺术而艺术”的角度来观察情节,看不到情节发展的道德安排;三是未能洞察“我”自我谴责的隐性进程之一。如前所析,无论是情节发展的“恶有恶报”,还是隐性进程的“自我谴责”,都有一个重要前提,即凶手听到了被害老头的心跳。如果看不到这两个方面,就难以理解这一怪诞的超自然现象,而会加以常识性的曲解。

坡的《泄密的心》于1843年面世,至今已将近两个世纪。历代批评家从各种角度对其进行了阐释,但均囿于情节发展这一种叙事进程,造成片面阐释,甚至严重误解。我们需要看到情节发展与两种隐性进程的并列前行,三者各司其责,在各自的主题轨道上从头到尾独立运行;与此同时,三者又交互作用,相互呼应、相互补充,从三个不同角度表达多维的道德寓意,制造局部或全局的三种戏剧反讽。由于有三条并列前行的表意轨道,文中也出现了可靠与不可靠叙述之间的复杂变动,这超出了现有不可靠叙述模式的涵盖范畴,需要对其加以拓展(见第二章第三节)。当我们看到三种叙事进程的并列运行和交互

---

① Zimmerman, “Moral Insanity,” p. 40.

② John E. Reilly, “The Lesser Death-Watch and ‘The Tell-Tale Heart,’” *American Transcendental Quarterly* 2 (1969), pp. 5—7.

③ Zimmerman, “‘Moral Insanity’ or Paranoid Schizophrenia,” pp. 40 — 41; Elizabeth Phillips, “Mere Household Events: The Metaphysics of Mania,” in her *Edgar Allan Poe: An American Imagination: Three Essays* (Port Washington, N. Y.: Kennikat Press, 1979), pp. 128—130.

④ B. D. Tucker, “Evil Eye: A Motive for Murder in ‘The Tell-Tale Heart,’ ” in *Readings on the Short Stories of Edgar Allan Poe*, ed. Hayley Mitchell Haugen (San Diego: Greenhaven Press, 2001), p. 115; Pamela J. Shelden, “‘True Originality’: Poe’s Manipulation of the Gothic Tradition,” *American Transcendental Quarterly* 29.1 (1976), p. 77; Daniel Hoffman, *Poe Poe Poe Poe Poe Poe Poe* (Garden City, N. Y.: Doubleday and Co., 1972), p. 227; and E. Arthur Robinson, “Poe’s ‘The Tell-Tale Heart,’” *Nineteenth-Century Fiction* 19 (1965), p. 374.

作用时,文本的脉络会变得更为清晰,令人困惑的遣词造句会变得合乎情理,我们也能更好地把握作品的结构统一,更好地欣赏作品丰富的主题内涵和作者高超的艺术技巧。

在上面四章中,我们探讨了一位捷克作家和三位美国作家的作品,现在我们把注意力转向出生在新西兰的英国作家凯瑟琳·曼斯菲尔德。

第十二章

《心理》:双向暗恋背后的单向投射

像埃德加·爱伦·坡一样,凯瑟琳·曼斯菲尔德(1888—1923)是举世闻名的短篇小说大师。一个世纪以来,学者们从各种角度切入,对其作品进行了丰富多样的阐释。近年来在西方还出现了"曼斯菲尔德研究爆炸"[①]。然而,无论采用何种方法,批评家们在阐释时,均忽略了其不少作品中存在的双重叙事进程。曼斯菲尔德堪称文学天才,创作手法高超,她笔下的双重叙事进程呈现出迥然不同的形态,但均十分微妙,各有各的精彩。本书选取了曼斯菲尔德的四则短篇,揭示其以不同方法、从不同角度建构的双重叙事进程。本章聚焦于曼斯菲尔德的《心理》。

在《心理》的情节发展中,视角在男女主人公之间来回变换,两人相互激情暗恋却竭力保持柏拉图式的纯洁友谊;而隐性进程则持续不断地采用了女主人公的视角,展现出截然不同的情形:女主人公单相思,把自己的激情暗恋投射到并未动情的男主人公身上。与此同时,隐性进程从情节发展里得到多层次的反衬,在对照中微妙而戏剧性地揭示出女主人公复杂的心理活动,并不断为其结局性的转轨做铺垫。隐性进程与情节发展构成一实一虚、一真一假、暗明相映的双重叙事运动。两者呈现出微妙而复杂的关系:既互为补充,又互为颠覆。如果看不到隐性进程,就会片面理解甚或严重误解作品的主题意义、人物形象和结构技巧。

---

① Alice Kelly, "The Explosion of Mansfield Studies," *The Cambridge Quarterly* 40.4 (2011), pp. 388—396.

第一节 批评界先前的阐释

《心理》发表于1919年。一个世纪以来，中外批评家对其情节发展进行了各种大同小异的总结。下面第一种是1921年在《星期日泰晤士报》上刊登的；第二和第三种则分别发表于1997年和2004年：

(1)《心理》是一个男人和一个女人之间关系的卓越写照。这实质上是一种恋情一友情的关系，两人都退缩回避其内心想法暗示的那种亲密关系。在交谈时，他们竭力退回到踏踏实实的普通伴侣关系。然而，两人在交流的鸿沟上悬荡了一阵之后，彼此之间不再轻松地真诚相待。[……]他们的交谈失败透顶。[①]

(2)《心理》描述了一对作家恋人的相会。这是时尚的"现代型"的恋人，力图达到以"纯洁"友谊为基础的理性相爱的理想境界。故事聚焦于这种分裂：一方面是两人心旌摇荡的激情相恋和复杂情感，另一方面则是两人平静无波的柏拉图式的精神恋爱理想。[②]

(3) 小说生动展现了男女主人公欲言又止、为情所困的心态。为了既不让他们的情感"毁掉一切"，又能做到彼此间保持绝对的"信任"和"真诚"，他们真可谓是费尽了心思，但每次的话题却又不免让他们陷入沉默尴尬之中[……]为了维护他们各自的骄傲和自我，他们甘心让美好的谈话终结，甚至不惜让幸福的机会白白流逝。纵然老妪的出现使女主人公有所醒悟，促使她写信邀请"他""很快再来"。然而，信的第一句话——"我一直在思考我们关于心理小说的谈话"(323)——及其诸如此类的话似乎暗示了他们的关系不可能有很大的实质性改观。[③]

作为技巧高超的现代主义作家，曼斯菲尔德以擅用第三人称中心人物的

① Desmond MacCarthy, "A New Writer," in *Humanities*, by Desmond MacCarthy (London: MacGibbon and Kee, 1953), pp. 181—182.

② Pamela Dunbar, *Radical Mansfield: Double Discourse in Katherine Mansfield's Short Stories* (New York: St. Martin's, 1997), pp. 100—101.

③ 蒋虹：《凯瑟琳·曼斯菲尔德作品中的矛盾身份》，北京：中国社会科学出版社，2004年，第139页。

视角著称。但在这一作品的情节发展中，视角却在男女主人公之间来回变换，这导致了批评家的不满。西尔维娅·伯克曼（Sylvia Berkman）评论说："通常，曼斯菲尔德聚焦于一位中心人物，所选择的每个细节都是为了表达该人物的感情色彩，是为了集中塑造这一个体，情境本身处于从属位置。在《幸福》这一选集中，有些较早创作的作品还处于摸索阶段，对这一技巧处理笨拙。尤其是在《心理》这一作品中，聚焦的摇摆不定令人分心。男女主人公在女方的书房相会喝茶时，我们一会被带入男士的内心，一会又被带入女士的内心；一会我们又似乎看到两人相同的想法和情感的流动；一会作者又出人意料地发表带有讽刺意味的评论。"①

然而，如果我们打破亚里士多德以来批评传统的束缚，把眼光拓展到情节背后，着力考察是否存在与情节发展并行的隐性进程，我们就会发现《心理》中的另一个世界。在这个暗中建构的世界里，曼斯菲尔德所做的恰恰是批评家认为她未能做到的：连贯一致地采用女主人公的眼光来聚焦，所选择的每个细节都是为了表达其心理状况和性格特征。下面让我们沿着文本演进的轨迹，分三个部分对情节发展背后的隐性进程展开详细探讨。

第二节　开头部分的双重叙事进程

让我们首先看看作品的开头：

> 她打开门看见他站在那里，感受到一种从未有过的喜悦，他也是，跟着她走进书房时，看上去对这次来访感到非常非常的开心（seemed very very happy to have come）。
>
> "不忙吧？"
>
> "不。正要喝茶呢。"
>
> "你没在等什么客人吧？"
>
> "没等任何人。"

① Sylvia Berkman, *Katherine Mansfield: A Critical Study* (New Haven: Yale UP, 1951), pp. 163－164；参见 Stuart Marc Siegelman, "Poetics and Ambiguity in Selected Short Stories of Katherine Mansfield" Ph. D. dissertation (New York University, 1992), p. 65。

"啊! 那就好。"

他轻轻地、慢吞吞地(lingeringly)把外套和帽子放到一边,好像(as though)他有足够的时间来做一切事情,或者好像他要永远离开他的外套和帽子了(or as though he were taking leave of them for ever)。他走到火炉旁,把手伸向快速跳跃的火苗。[1]

在情节发展中,男女主人公都对这次会面感到极为高兴,读者可以平衡观察这对恋人的外在言行和内心活动。但在隐性进程里,这一片段一直都是采用女方的视角。男方已经约好跟其他朋友傍晚六点钟会面,顺路进来稍坐一会,因此没有事先跟女方打电话约。暗恋他的女方开门看见他来了(读者随着女方的视角看到男方),喜出望外,感受到"从未有过的喜悦",这为她的激情投射做了铺垫。这一片段中出现了口语化的"非常非常",这是典型的女性表达,这一表达与前后出现的"看上去""好像""好像"都暗暗指向女方的情感投射。女方不仅把自己的惊喜投射到男方身上,而且还把自己的恋情投射到男方放置外套和帽子的动作上:她期盼着跟男主人公永远生活在一起,希望他来了能够久待,甚至永远不再离开,因此幻想着他自己也想一直在这里待下去,不再穿衣戴帽告辞。这种单相思的投射与男方计划中的坐一会就离开形成直接冲突。当男方告辞时,女方大受伤害(见下文)。也正是通过这种冲突和伤害,曼斯菲尔德微妙而戏剧性地勾勒出单相思女主人公的独特心理状态。

值得注意的是,男女主人公在基本性情和心理倾向上存在巨大差异,这可在作品中腰的以下文字中看得很清楚:

她小心地把蛋糕切成厚厚的小块,他伸手拿了一块。

"你知道它多好吃吗,"她恳求着说,"吃的时候要发挥想象力。如果可能的话不妨转动一下眼睛,细细品赏。这不是从制帽匠的袋子里掏出来的三明治——这种蛋糕可能在《创世纪》中提到过……上帝说:'要有蛋糕,于是就有了蛋糕。而且上帝也觉得它很不错。'"

---

① Katherine Mansfield, "Psychology"(《心理》), in *Bliss, and Other Stories*, by Katherine Mansfield (New York: Alfred A. Knopf, 1920), p. 145,全文为145—156页,下面引用时将以文中注标示页码;笔者自译,译文参考了杨向荣译《心理学》,载杨向荣译《曼斯菲尔德短篇小说选》,北京:外文出版社,2000年,第37—47页。

“你不用求我，”他说，“真的不用。真怪，我总会注意到我在这里吃了什么，在别的任何地方都没有。我觉得这是因为长期一个人生活，吃饭时总在看书……我习惯于把食物只当食物来对待……当成某种特定时刻会出现……让我吞下去的东西……让它……不见。”他笑了起来。“这让你吃惊，对吧？”

“太让我吃惊了，”她说。(《心理》“Psychology”：148)

女主人公非常浪漫，想象力也极其丰富，普通蛋糕在其眼里都成了《创世纪》中上帝的创造物。这种超常想象力促使她把单相思幻想成双相思。相比之下，男主人公呆板务实，不具浪漫情怀的他并未爱上女主人公。然而，他对女方虽无爱情可言，却有很深的友情；虽然记不住别处吃的东西，却总能记住在女方这里吃了什么。他接着说：“还有件怪事。如果我闭上眼睛，我能看到这个房间的任何细节——任何细节……现在想来——以前我从未意识到。我离开这里后，经常会在精神上重访这个地方(I revisit it in spirit)——在你红色的椅子中间徘徊，盯着黑色桌面上的水果盘——还轻轻地摸一下那个奇异的熟睡小男孩的头[一个摆放在壁炉台上的小雕塑[①]。”(“Psychology”：149)这番话涉及一种“精神上”的纽带，与异性恋爱无关。在孤独的生活中，男主人公经常来这个房间跟女主人公交流文学创作，离开后也经常在精神上重访此地。接下来他还说自己“喜欢那个小男孩”(“Psychology”：149)，这也说明他的心态跟男女恋爱无关。在作品的结尾处，是一位老处女帮助女主人公摆脱了异性爱恋的幻想，走到了男主人公想要的精神友情的轨道上。在不涉及异性恋这一点上，这个小男孩跟那位老处女有一种呼应关系。值得注意的是，如果仅仅观察到情节发展，看不到隐性进程，我们就会得出截然不同的阐释。帕梅拉·邓巴(Pamela Dunbar)在解读男主人公对小男孩雕塑的喜爱时，认为这或者暗示同性恋，或者暗示对高雅艺术的热爱，或者两者兼之。[②] 这本来与异性恋爱无关，但由于情节发展涉及的是男女双方激情暗恋，因此邓巴也认为这种喜爱暗示男主人公对女主人公“更深的情感”，而这种情感“同样在柏拉图式

① 本书中的方括号均为笔者添加的说明性文字。

② Pamela Dunbar, *Radical Mansfield: Double Discourse in Katherine Mansfield's Short Stories* (New York: St. Martin's, 1997), p. 102.

友谊的名义下被压制了”。[①] 安妮·穆伊克(Anne Mounic)从同一角度来看情节发展,也将小男孩的意象解读成男女性爱的象征。[②]

在了解了男女主人公在性情和心态上的截然不同之后,让我们接着考察作品中腰部分的叙事暗流。

第三节 中间部分的双重叙事进程

紧接着开头,我们看到这样的描述:

> 两人在闪烁的火光中默默站立了片刻。嘴唇带着笑意,好像还在品味两人相见时甜蜜的震惊(Still, as it were, they tasted on their smiling lips the sweet shock of their greeting)。他们秘密的自我开始窃窃私语:
>
> “我们干吗要说话?这样还不够吗?”
>
> “足够了。我从未意识到,直到这一刻……”
>
> “只要跟你在一起,就真是太好了……”
>
> “就像这样……”
>
> “这就足够了”
>
> 可是突然间(But suddenly)他转过身来看着她,她迅速走开了。(“Psychology”: 145—146)

在情节发展中,男女主人公心有灵犀,暗暗相互表达爱恋,读者从一方的内心转到另一方的内心。但在隐性进程里,读者则仅仅从女主人公的视角来观察,只进入她一人的内心。男主人公放下外套和帽子后,站立了片刻(Just for a moment),然后转过身来。在这短暂的片刻,女方再次把自己见到男方时的喜出望外投射到男方身上,想象着两人都在嘴唇上品味她自己那“甜蜜的震惊”(这种涉及两人嘴唇的想象似乎暗示她对性爱的渴望)。女主人公幻想中的窃窃私语是典型的恋人蜜语,最后一句是投射到男主人公嘴里的“这就足

① Dunbar, *Radical Mansfield*, p. 102.

② Anne Mounic, “‘Ah, What is it? —that I heard’: The Sense of Wonder in Katherine Mansfield’s Stories and Poems,” in *Celebrating Katherine Mansfield*, ed. Gerri Kimber and Janet Wilson (New York: Palgrave Macmillan, 2011), p. 146.

够了”。如果这句话确实是男方说的，他应该沉浸在两人的静默之中。但对女方的浪漫幻想毫无觉察的他却转过身来，突然打断了女方的幻觉。这种幻想与现实的冲突微妙而戏剧性地揭示出女方单方面的激情暗恋。

接下来，女主人公忙着准备茶水：

> 她在橘黄色的阴影中把灯点亮，拉上窗帘，把茶桌搬过来。水壶的两只鸟嘴在叫，火焰在跳跃。他双手抱膝端坐在那里。真令人惬意——喝茶这种事——她总是有好吃的东西——味道很冲的小块三明治，小个儿甜杏仁棒，还有一种朗姆酒味的黑蛋糕——但这是一种干扰。他只想这件事马上结束，把茶桌推开，他们的两把椅子对着灯光摆开，这时他拿出烟斗，装上烟，把烟草结结实实地压到烟斗里，一边说："我一直在想你上次对我说的那些话，在我看来……"
>
> 是啊，他等待的就是这个，她也一样。是啊，当她拿着茶壶在酒精火焰上晃动好把壶烤热烤干时，她看到了另外那两位(she saw those other two)，他向后靠在靠垫上，坐在椅子上很放松的样子，她呢，像蜗牛一样蜷缩在蓝色贝壳扶手椅中。这幅图景是那么清晰和那么细小，本该绘在蓝色的茶壶盖上。可她不能太匆忙。她几乎要喊起来了："给我时间。"她必须有时间让自己镇静下来。她需要时间把自己从所有熟悉的事务中解放出来。她在周围这些快乐的事物中生活得十分鲜活，因为它们是她的一部分——她的孩子——它们清楚这一点，也强烈地要求她给予最大限度的关注。可是现在它们必须离开。必须清除掉——像孩子们一样被嘘着驱赶上阴暗的楼梯，塞进被子里，命令他们睡觉——马上睡——不许吱声！(“Psychology”：146—147)

在情节发展中，我们看到相互暗恋的男女双方的思想活动，叙事聚焦从一个人的内心转入另一人的内心。然而，在情节背后的隐性进程里，我们则仅仅看到女方的心理活动(从“真令人惬意”开始，我们就进入了女主人公的内心世界)，看到她把自己的幻觉投射到男主人公以及周围的事物上。在作品开头男主人公进门时，女主人公沉浸在两人窃窃私语、静默交流爱意的幻觉中。当幻觉被男方的转身打破后，她去烧水，邀请男方喝茶。可是，在她看来，喝茶是对两人潜心交流的“一种干扰”，因此希望尽快喝完。她把这种愿望投射到男方脑海里,幻想着“他只想[喝茶]这件事马上结束[……]”。对于隐性进程至关重要的是“她看到了另外那两位(she saw those other two)”这一表述。“另外那两位”回指“他只想[……]他们的两把椅子对着灯光摆开”后,坐在椅子上的男女双方。这一回指明确无误地表明前文中的“他只想[……]”是女主人公投射到男主人公脑海里的,此时她在延续那一幻想。让我们比较一下现实中和女方幻想中两人的行为:

现实中的两人	女方幻想中的两人
他双手抱膝端坐在那里等候喝茶。	他已喝完茶,向后靠在椅子的靠垫上,很放松,准备交谈。
她拿着茶壶在火上晃动,准备冲水沏茶。	她已喝完茶,像蜗牛一样蜷缩在扶手椅中,准备交谈。

女主人公一边准备茶水,一边迫不及待地渴望爱的交流,因此在她的幻想中,两人已经摆脱喝茶的“干扰”,以便开始潜心交流。在爱恋激情的作用下,女主人公把自己的幻觉当成了现实,认为男主人公在催促自己,因此激动得“几乎要喊起来了:‘给我时间。’”女主人公还把自己丰富的想象力投射到周围的事物上,将其看成“快乐”的陪伴、自己的“一部分”、自己的“孩子”。可是现在必须把摆着糕点茶具的桌子推开,排除一切“干扰”。值得注意的是,“孩子”的比喻还有另一层含义。在作品开头,女主人公希望男主人公不再穿衣戴帽出门,永远在她这里住下来。而在家庭生活中,需要先把孩子送上床,父母才能开始自己的私生活。这是下午时分,把孩子赶上楼睡觉这一不合时宜的比喻,也暗示着她与男主人公结为夫妻的幻想。

尽管女主人公脑海里情不自禁地充满了两人相互爱恋的幻觉,可她深知男方对自己仅有精神上的友情,必须压制和遮掩自己的激情,才能维持两人的友谊。在上引片段中,她幻想着男主人公对她说:“我一直在想你上次对我说的那些话,在我看来……”这投射到男方嘴里的话语相当含蓄,省略号也显示出女主人公对自己情感的压抑。从上引片段中的这句话“是啊,他等待的就是这个,她也一样”,我们还可窥见女主人公心理投射的另一特点:把男主人公摆在主动的位置，把自己摆在附和的位置，这是自尊心极强的她取得心理平衡的一种方式。让我们看看接下来的这一片段：

因为(For)他们友谊中最为令人兴奋的特点在于双方无条件地妥协。就像某个广袤平原上两个开放的城市，他们的内心世界完全向对方敞开。他既不像一个驰骋进她的领地的征服者，全副武装，除了丝绸旗帜欢快的飘飞，眼里什么也看不到——她也不像在花瓣上轻柔地走进他的世界的王后。不，他们都是热切而庄重的旅行者，一心一意去了解将要看到的东西，去发现隐藏起来的东西——最大限度地把握这个绝好的机会，这会让他可以完全忠实于她，她也可以完全忠诚于他。

最可贵的是他们都很成熟了，足以懂得如何充分享受冒险，而避免愚蠢地陷入情感的困扰。激情会把一切都毁掉，这一点他们都清楚。再说，对他们两人来说，那样的事情都已经过去，不会再发生——他已经 31 岁，她也 30 岁了——他们都有丰富的经验、多彩的阅历，现在该收获了——该收获了。他写的小说难道不会特别棒吗？还有她的戏剧。谁有她那种对真正的英国喜剧的细腻感受力呢？(“Psychology”：147－148)

这一片段以连接词“For”开头，暗暗标示这里是女主人公幻想的延续。为了更好地理解这一片段，让我们看看后面一段相关文字：

唉。他们为什么就不能屈服于它[指爱恋激情]呢——屈服——然后看看会怎么样？但是不行。尽管他们不太明白，焦虑不安，但至少能意识到他们珍贵的友谊处于危险之中。会被毁灭的将是她(She was the one who would be destroyed)——而不是他们俩——他们不能那样做。(“Psychology”：151)

女主人公是 30 岁的剧作家，阅历丰富，经验充足。从“会被毁灭的将是她——而不是他们俩”可以看出，女主人公心里明白男主人公对自己仅有友情，没有爱情。如果屈服于自己的爱恋激情，向男方表白，男方会难以接受而不再登门，这对她会形成毁灭性的打击——她独自一人生活，难得有这么一位长期交往、值得信赖、有共同语言的作家朋友。为了维护跟男主人公的珍贵友谊，她不得不压抑自己的激情，但她的自尊心和想象力相互结合，把这种压抑投射成两人一致的心理活动。在前引第一段落中，“他既不[……]她也不

[……]”所表达的正是浪漫的女主人公所压抑的自己的愿望。她渴望男主人公像中世纪传奇中的王子那样来征服她，让自己成为王后，但又不得不调动自己的理性，把两人想象成志同道合、毫无杂念的旅伴。在前引第二段落中，女主人公进一步调动自己的理性进行推理，力图说服自己压抑爱恋激情，转向旅伴情谊。这种充满理性的思维活动，为作品结尾处女主人公往纯洁友情转轨打下基础。然而，激情不是理性能轻易压抑的，对于性情浪漫的女主人公尤其如此。因此她内心依然激荡着两人相互爱恋的幻想，但为了维护跟男主人公的友谊，她的外在言行则竭力掩盖这种激情。

接下来是本章第二节已经引用的两人关于蛋糕的交谈。在情节发展中，由于读者已经形成了两人相互激情暗恋的印象，因此容易把男主人公记不住在别处吃了什么，而仅能记住在女主人公这里吃的，且时常在脑海里回访她的房间都理解成他爱她的一种体现。[①] 但在隐性进程里，由于读者已经了解女主人公是单相思，因此会重点关注交谈所揭示的两人在性情和心态上的截然不同，从而更好地理解为何男方毫不动情，而女方则激情澎湃。往下的片段是：

> 沉默再度降临到两人中间。这种沉默一点也不像两人相互问候之后那种令人满意的停顿——“好的，我们又在一起了，干吗不从上次我们停下来的地方谈起呢。”那种沉默处于温暖欢悦的火光和灯光的环圈之中。有多少次，他们为了好玩，往这个环圈里扔了点东西[比喻说点什么来打破沉默]，就是为了观看激起的涟漪从容地拍打海岸。可是落入眼前这个陌生水洼的是那个永远沉睡的小男孩的头——涟漪向远方飘去，飘去——无穷无尽的远方——融入闪烁的深深的黑暗。(“Psychology”: 149—150)

从直接引语的内容和“有多少次”这一状语来看，这段文字涉及这次沉默跟以前见面时的沉默在女主人公心里的对比。她已经开始意识到如果不往纯洁友情的轨道上转，自己就可能会遭到“毁灭”，因此这一次的沉默和打破沉默

① Mounic, “‘Ah, What is it? — that I heard’: The Sense of Wonder in Katherine Mansfield’s Stories and Poems,” pp. 145—146.

后的涟漪在她眼里变了样，她看到的不再是温暖欢悦的光亮，不再是柔波轻拍海岸，而是无穷无尽的远方深深的黑暗。[①] 这也为结尾处女主人公的转轨暗做准备。男主人公说他喜欢那个小男孩，而女主人公眼中"那个永远沉睡的"小男孩也可能在暗示：她下意识地感到男主人公永远不会往异性恋爱的轨道上走。

在两人开始说话、打破沉默之后，交谈断断续续。从女方的眼里，我们看到

> 他们支吾其词，踌躇摇摆，破裂(broke down)，沉默。他们再一次感受到那无边无际、质疑性质的黑暗(the boundless, questioning dark)。他们又成这样了——两个猎手，俯身对着火堆，但突然听到丛林那头一声风吼和一声巨大、质疑(questioning)的喊叫[……]。"("Psychology": 150—151)。

在通常情况下，谈话中有些停顿，两人都不会太在意。但女主人公渴望爱意的交流又无法直抒胸臆，而男主人公则全然没往这方面想，因此女主人公总是感到不满。与此同时，她也在担心如果不放弃对男主人公的激情暗恋，会破坏两人的友情。这一小段中再次出现的"黑暗"、重复出现的"质疑"和常用于形容关系破裂的"broke down"都很可能与女主人公的担忧和思想斗争有关，这也为她结尾处的转轨做了铺垫。接下来就是前文已经引述的"唉。他们为什么就不能屈服于它[指激情]呢"，而我们已经看到女主人公的理智告诉她倘若屈服于自己的激情，自己就会遭到毁灭。

这时，男主人公开始谈他的文学创作："我最近一直在考虑，是否应该把下一部小说写成心理小说。你真的觉得心理学与文学创作有任何关联吗？"("Psychology": 151)这两位志同道合的作家开始就这个问题相互交换意见，交流变得十分通畅：

> 谈话持续进行着。现在看来他们真的成功了。她回答时转过椅子

① 若仅仅关注情节发展，就容易忽略这一次的沉默与以往沉默的不同。邓巴以共时的眼光，把(以前看到的)光亮和(这次看到的)黑暗之间的对比，看成是有意识(conscious)和无意识(unconscious)之间的对比，见 Dunbar, *Radical Mansfield*, p. 103。

看着他。她的微笑表明:"我们胜利了。"他自信地回报了一个微笑:"绝对是。"

然而,微笑却使他们不安。微笑持续那么久,变成了一种狞笑。他们看到自己像两个狞笑着的小木偶,不停地上下晃动,无所作为。

"我们在谈什么来着?"他想。他感到太厌倦,几乎要呻吟了。

"我们把自己搞成什么样了啊,"她想。她看到他费劲地——啊,那么费劲——在前面开路,她自己跟着他,这里种棵树,那里栽丛花,也往池塘里洒一把闪闪发光的鱼苗。彻底沮丧之后,他们又沉默了。("Psychology": 151—152)

身为小说家的男主人公平时呆板木讷,可一涉及文学创作,就变得兴致勃勃,开始健谈起来。身为剧作家的女主人公这时也抛开浪漫幻想,全心投入讨论,对交流开始感到满意。然而,激情依然在她心中起作用,她依然企盼两人充满爱意的窃窃私语。两人停止讨论时,她对这种不带情感的工作交谈感到了"不安""厌倦"和"沮丧",因为这对促进两人的情感"无所作为"。她继续把自己的感觉投射到男方身上。[①] 与此同时,身为成熟作家,她的理性也在暗暗起作用,因此她把自己跟随男作家谈创作,幻想成跟随男作家种树栽花和养鱼,这是有所作为。也就是说,她只有放弃自己的单相思,随着男作家走上文学伴侣的轨道,两人才会有"收获"[②]。这也是为她在结尾处的转轨铺路搭桥。下面一段是:

时钟欢快地轻敲了6下,火光柔和地跳跃起来。他们多傻啊——迟钝、古板、老化——把心灵完全套封起来。

现在沉默像庄重的音乐一样笼罩在他们头上。太痛苦了——这种沉

① 在情节发展中,批评家会字面理解"他感到太厌倦"。科克特认为男主人公居然会对两人热切探讨的问题感到厌倦,这说明两人的交流难以捉摸,见 Joanna Kokot, "The Elusiveness of Reality: The Limits of Cognition in Katherine Mansdield's Short Stories," in *Katherine Mansfield and Literary Modernism*, ed. Gerri Kimber et. al (London: Continuum, 2011), p. 72。

② 仅看情节发展的托尔罗恩认为两人相互激情暗恋应该开花结果,因此把"收获"理解成两人身体上的圆房(physical intercourse),见 Francine Tolron, "Fauna and Flora in Katherine Mansfield's Short Stories," in *The Fine Instrument*: *Essays on Katherine Mansfield*, ed. Paulette Michel and Michel Dupuis (Sydney: Dangaroo, 1989), p. 167。

默她难以忍受，而他会死——如果打破沉默，他就会死……可他还是渴望打破沉默。不是靠谈话。无论如何准备，不是靠他们通常那种令人恼怒的唠叨。他们相互交流有另一种方式，他想用这种新的方式轻轻说(murmur)："你也感觉到这点了吗？你能明白吗？"……

然而，令他恐怖的是，他听见自己说："我得走了。6点钟我要见布兰德。"

是什么魔鬼让他这样说而不那样说(**What devil made him say that instead of the other**)？她跳了起来——简直是从椅子上蹦了出来，他听到她喊："那你得赶快走。他总是准时到。你干吗不早说？"

"你伤害我了；你伤害我了！我们失败了。"她给他递帽子和拐杖时她的秘密自我在心里说，而表面上她却在开心地微笑着。("Psychology"：152—153；黑体为引者所标)

此段开头对钟和火的描写轻松欢快，反衬出下一句所表达的女主人公的痛苦和不满。她内心哀叹两人没往激情相恋的轨道上走，渴望两人的甜言蜜语——对爱恋中的她来说，不带温情的工作交谈是"令人恼怒的唠叨"。与此同时，她把自己的感觉和期盼继续投射到男主人公的脑海里。含有确定指涉的"而不那样说"(instead of the other)指的是男主人公没有"用这种新的方式轻轻说：'你也感觉到这点了吗？你能明白吗？'"。因为女主人公显然无法得知男主人公的内心想法，因此"那样说"只能是女方自己想让男方"那样说"。从中我们可以推断：从"而他会死"到连贯下来的"他想用这种新的方式轻轻说……"都是女主人公投射到男主人公头脑里的幻象。毫未动情的男主人公只想跟女主人公交流创作，而不是谈情说爱。他顺便来串门，到了时间就走，根本不存在感到"恐怖"的问题。[①] 而女主人公一心期盼男主人公能永远留下，刚刚幻想男主人公开始对自己甜言蜜语，男主人公就起身告辞，因而感到"恐怖"，觉得大受"伤害"。然而，她的自尊心不允许暴露自己的单相思，因此

① 聚焦于情节发展的批评家认为男主人公也暗恋女方，他们从这一角度出发阐释男主人公的突然告辞。邓巴认为男主人公的突然告辞听起来礼貌得体，"但很可能是对更加非理性(more irrational)和更为复杂的情感的一种顺从"(Dunbar, *Radical Mansfield*, p. 102)；科克特则认为男主人公所思和所言的大相径庭突出体现了表达内心感受的不易，一个人会不由自主地遮掩自己的情感(Kokot, "The Elusiveness of Reality," p. 71)。

她的外在言行与内心想法形成截然对照:内心渴望他留下,嘴里却大声催他走,内心万分痛苦,脸上却开心微笑。

女主人公一边跑到门口把门打开,一边在心里哭喊:

> 他们就这样分手了吗?怎么能这样?他站在台阶上,她只是在里面拉着门。雨已经停了。
>
> “你伤害我了——伤害我了,”她的心在说。“你为什么不走?不,别走。留下。不——走!”她看着外面的夜色。
>
> 她看见台阶美丽的下行(the beautiful fall of the steps)、发亮藤蔓环绕中的黑暗的花园、马路对面光秃秃的高大柳树;在他们的头上,星辰点缀的天空辽阔又明亮。当然,他是不会看见所有这些的。他完全超越这一切。他——有着他那奇妙的“精神”幻觉!
>
> 她说对了。他什么都看不见。太惨了!他错过了。做什么都来不及了。真的来不及了?对,确实是。一阵可恶的凉风吹进了花园。该死的生活!他听见她喊“再见”和摔门声。(“Psychology”: 153—154)

女主人公是个矛盾综合体,既极其浪漫、充满幻想,又十分成熟、很明事理;既自作多情,又自尊心极强。从“你为什么不走?不,别走。留下。不——走!”可以看到她的理智和情感的直接争斗,两者交替占上风。她对景色的观察体现出她的浪漫情怀,而她对男主人公的判断“当然,他是不会看见所有这些的。他完全超越这一切”,则显示出她理智地意识到两人之间的本质差异。在情节发展中,批评家们看到的是男女双方一直相互激情暗恋,均具有柏拉图式的精神恋爱理想,从而双双为情所困。与此相对照,在隐性进程里,我们看到的则是女主人公感叹或哀叹毫未动情的男主人公独自具有的“精神”世界。

曼斯菲尔德善于采用景物意象。女主人公看到的景色似乎暗暗象征世俗爱恋与精神情谊的对照。曼斯菲尔德在描述台阶时,用了“fall”这个常常用于表达跌落、垮台、崩溃等负面意义的词。花园里尽管有发光的植物,但依然是“黑暗”的;对面的柳树也“光秃秃”,暗示女主人公的单相思不会有结果。爱情本身是美丽发光的,但在这两人的关系中,女主人公如果不放弃自己的单相思,就可能会破坏两人的友情,使自己遭受毁灭。此处藤蔓闪烁的“黑暗”的花园与前面“闪烁的深深的黑暗”相呼应,共同暗示女主人公已经意识到自己的单相思没有出路。如果这些地面景物象征世俗情爱的话,天空则往往象征精神的、理想的境界。虽然仅有星星的点缀,“辽阔”的夜空却是“明亮”的,与被“黑暗”环绕的小花园形成直接对照。这暗示着女主人公的理智使她意识到男主人公心中那种“精神”伴侣关系才是两人的出路。然而,她的情感马上压抑了理智,激情再次左右了她的判断,让她痛恨男主人公“精神”上的追求。她的悲叹“做什么都来不及了”与“黑暗”的意象相呼应,表达出她的绝望,而这种绝望也为她在结尾处的转轨做了进一步的铺垫。

第四节　结尾部分的双重叙事进程

女主人公跑回房间后,竭力压抑的内心感受完全爆发了出来:

> 她在房间里跑来跑去,高举着手臂呼喊:“噢！噢！太蠢了！太傻了！太蠢了!”接着扑到床上,脑子里一片空白——就那么愤怒地躺在那里。一切都完了。什么完了?噢——有的东西。她再也不会见他了——永远不会。在那个黑色鸿沟(black gulf)里待了很长时间(或许是10分钟)之后,门铃发出尖锐急促的响声。是他,当然。当然,同样,她应该根本不去管它,让它一遍又一遍响去吧。她飞奔过去开门。(“Psychology”: 154)

可以想见,以前男主人公告辞时,女主人公从未受到如此大的伤害并做出如此激烈的反应。她长期面对毫未动情的男主人公,陷在单相思里不能自拔,这是长时间压抑的情感的一次总爆发,也为她最后的转轨做了铺垫。此时她的理智与情感继续激烈争斗。“黑色鸿沟”这个意象暗示女主人公已经意识到两人在情爱上的不可调和,毫无出路。她的喊叫“太蠢了！太傻了！太蠢了!”有可能是针对男主人公,也有可能是针对她自己,也有可能两者兼之。就前者而言,是她的情感在起作用,痛恨男主人公对自己不动情;就后者而言,则是她的理智和自尊在起作用,痛恨自己自作多情。“一切都完了”是情感的结论——男主人公不会爱上她;“有的东西”则是理性的判断——友谊还在。接下来是情感占了上风:门铃一响,就断定是男主人公,但得不到爱情,就不想再见他。“飞奔过去开门”则有可能是情感和理智的双重作用:因为深爱,而依然忍不住要见他;也因为珍惜两人的友谊,因此要见他。“门口站着一个老处女

(elderly virgin),一个可怜的家伙,完全把她作为偶像来崇拜(天知道为什么),此人常常突然出现,按响门铃,门一开就对她说:'亲爱的,把我撵走吧!'可她从来没有这么做。"("Psychology": 154)值得注意的是,在指称这位不速之客时,曼斯菲尔德没有用"spinster"和"old maid",而是用了"elderly virgin",暗暗强调此人与异性情爱无关。

通常女主人公会出于礼貌将此人请进屋,接受她的崇拜和她献的花,可今天实在没有心情,就谎称有客人。老处女打算把一束花交给她就走。她犹豫不决,没有伸手接花。这时"一件奇怪的事情发生了。她又看见台阶美丽的下行、发亮藤蔓环绕中的黑暗的花园、柳树、辽阔明亮的天空。她再次感受到那质疑性质的沉默。但这一次,她没有犹豫。她走上前来,极其轻柔地,好像担心在那无边无际安静的池中惊起一丝波纹,搂住了她的朋友。"("Psychology": 155)老处女受宠若惊,女主人公"更加轻柔、更为美丽地拥抱着她",长时间地给了她一种"甜蜜的轻压",然后轻轻对她说"晚安,我的朋友。早日再来。"("Psychology": 155)值得注意的是,此时女主人公的眼里再度出现了小花园的黑暗与辽阔天空的明亮之间的对照,再次感受到自己在激情作用下难以忍受的那种沉默和自己的理智发出的质疑。在前文中,我们已经看到,隐性进程发展的每一步都为女主人公往纯洁友谊上转轨铺路搭桥。老处女象征跟异性激情恋爱相对照的平静无波的纯洁友谊;她起到催化剂的作用,促使女主人公"弃暗投明"。女主人公对老处女的拥抱象征着放弃暗恋激情,转向男主人公想要的轻松愉快的文学伴侣关系。送走老处女之后,她往回走:

> 这次她慢慢地走回书房。站在屋子中间,半闭着眼睛,感到如此轻松,如此精神焕发,就像是从一个幼稚的(childish)睡梦中醒来。甚至连呼吸都让人快乐……
>
> 床上乱糟糟的。那些靠垫如她所说,"就像狂怒的群山";她把靠垫摆放整齐,然后走向书桌。
>
> "我一直在仔细思考我们关于心理小说的交谈,"她一口气写下去,"那确实非常有意思"……等等等等。
>
> 最后她写道:"晚安,我的朋友。早日再来。"("Psychology": 156)

这是作品最后一段文字。女主人公现在平静快乐,与男主人公告辞时的狂躁痛苦形成鲜明对比。她的理智终于战胜情感。单相思的激情暗恋——会破坏两人友谊的单恋——现在在她眼里成了"幼稚的"睡梦,苏醒过来之后,感到格外轻松愉快。床笫意象带有性爱的含义。把"乱糟糟的"床整理好,把"狂怒的"靠垫摆整齐,也象征着跟以往的激情暗恋告别,回归理性的平静轨道。以前,她一心期盼着跟男主人公谈情说爱,对男主人公想要的关于文学创作的交谈感到"恼怒"和"厌倦",而现在,她通过信件,对男主人公表达对这种精神交流的强烈兴趣。作品最后一句话,正是她对老处女说的告别语,她对男主人公重复同样的话语,说明她已经完全放弃异性爱恋,走到男主人公想要的纯洁友谊和精神伴侣的轨道上。

在上篇第五章中,我们介绍了结局性情节和展示性情节的区分,前者中的事件因果相连,朝着结局发展,有一个完整的变化过程;后者则是通过一个生活片断来展示人物性格。[①] 如果我们仅仅看《心理》的情节发展,就只会看到一个展示性质的叙事运动:男女主人公一直相互激情暗恋却无法表达,他们"没有表达出来的性欲望始终受到压制"[②];他们努力想成为精神伴侣,却也"失败了"[③];两人都未能朝着自己暗中渴望的目标向前发展[④]。直到最后,作品也"似乎暗示了他们的关系不可能有很大的实质性改观"[⑤]。西格尔曼(Stuart Marc Siegelman)对于情节发展做出了与众不同的阐释:男主人公是隐蔽的男同性恋,女主人公心里清楚这一点;她自己在潜意识里则是女同性恋,因此在拥抱了那位老处女并逐渐意识到自己的性倾向之后,会取得短暂的心理平衡。[⑥] 撇开这种阐释是否合理不谈,从这一角度看,男女主人公的关系也没有改变。

---

① Chatman, *Story and Discourse*, pp. 45—48.

② Sydney Janet Kaplan, *Katherine Mandfield and the Origins of Modernist Fiction* (Ithaca: Cornell UP, 1991), pp. 153—154.

③ Gray, Nancy Gray, "Un-defining the Self in the Stories of Katherine Mansfield," in *Katherine Mansfield and Literary Modernism*, ed. Gerri Kimber et. al. (London: Continuum, 2011), pp. 78—88.

④ Patrick D. Morrow, *Katherine Mansfield's Fiction* (Bowling Green: Bowling Green State U Popular P. 1993), p. 57.

⑤ 蒋虹:《凯瑟琳·曼斯菲尔德作品中的矛盾身份》,第 139 页。

⑥ Stuart Marc Siegelman, "Poetics and Ambiguity in Selected Short Stories of Katherine Mansfield," Ph. D. dissertation (New York University, 1992), pp. 71—87.

然而,在隐性进程里,我们却看到一个明显的变化:女主人公最终从激情暗恋转向了纯洁友谊,终于跟男主人公走到同一条轨道上;从此之后,两人的交流会更加一致和更加顺畅。如前所析,隐性进程一方面通过持续采用女主人公的视角来展示她独特的心理状况,另一方面则一直在以各种方式为女主人公在结尾处的转轨做准备,叙事在矛盾冲突中朝着结局曲折前进。可以说,隐性进程是心理展示与心理结局性变化的有机结合。

就情节发展和隐性进程之间的关系而言,可以说:隐性进程为实,情节发展为虚;隐性进程为真,情节发展为假。曼斯菲尔德在这一真一假、一实一虚、一暗一明的复杂叙事运行中,微妙捕捉和深入刻画女主人公的独特心理状况。隐性进程中并未动情的男主人公起到反衬女主人公单方面激情暗恋的作用;情节发展中视角在男女主人公之间的来回变换,也反衬出隐性进程里固定不变的女主人公视角和她往男主人公身上不断投射自己的幻想;情节发展中男女主人公的"实际"言行又反衬出隐性进程里女主人公的相关幻觉;情节发展中停滞不前的展示性叙事性质还反衬出隐性进程的步步铺垫,最终迈向女主人公转轨的结局性叙事变化。隐性进程既从情节发展中得到多层次的反衬,又与情节发展形成相互映照、相互补充又相互颠覆的互动关系,产生文学作品特有的矛盾张力,并赋予相关文字超常的语义密度。

结 语

曼斯菲尔德《心理》中的隐性进程长期以来一直为批评界所忽略,这是因为从亚里士多德开始,批评界仅仅关注情节发展这一种叙事运动。在《心理》中,如果只看到情节发展,就会忽略男女双方在性情心态、思维活动上的本质差异。只有观察到隐性进程,我们才会看到性情呆板、毫不浪漫的男方仅追求精神上的友情,所思所为十分一致;与此相对照,女方则是一门心思激情暗恋,又出于极强自尊、成熟阅历、对两人友谊的保护、避免自己的毁灭等原因而竭力压制。女主人公在矛盾心态、浪漫情怀和丰富想象力的综合作用下产生各种幻觉,并对男主人公不断投射自己的幻觉,由此产生多种对照冲突:女主人公的幻想与现实的冲突,其内心想法与外在言行的冲突,其投射到男主人公身上的幻觉与男主人公实际情况的冲突,女主人公理智和情感持续不断的冲突和后面这种冲突的集中爆发，等等。通过这种多层次的对照冲突，曼斯菲尔德极其微妙深刻又极富戏剧性地揭示出女主人公复杂矛盾的独特心理状况。

此外，如果仅仅看到情节发展，我们就会对男女双方都产生不满，为他们压制自己情感的愚蠢和相互交流的失败而感到遗憾，也看不到两人关系的未来。我们会悲观地认为作品意在表达的主题是"人与人之间没有真正的交流"[①]。但如果能洞察到隐性进程，我们就会为性情如此浪漫的女主人公也能往纯洁友情明智转轨而感到格外满意；会为性情心态如此不同的双方最终也能走上同一条轨道而感到特别欣慰；我们还可以期待两人协调一致的文学伴侣关系会有所收获。

再者，如果仅仅看到情节发展，我们会批评曼斯菲尔德在技巧上的不成熟，指责她在视角运用上的笨拙和不连贯。而如果我们能洞察到隐性进程，我们就会格外钦佩曼斯菲尔德天才的技巧：在20世纪初，就能对第三人称限知视角加以如此娴熟和如此巧妙的运用，不仅持续采用女主人公的视角，而且还能通过这种视角制造视角不断变换的幻象，从而更加强烈地反衬出视角连贯一致所产生的效果。从更广的意义上说，由于表达隐性进程的结构技巧和文体选择往往十分微妙，如果我们能看到作品的隐性进程，就能更好地理解作者的审美选择和作品的审美价值，还能对作品的主题意义和人物形象达到更全面、更正确和更深入的理解。对于曼斯菲尔德的不少作品来说，都是如此。

在下一章中，我们转而考察曼斯菲尔德的《莳萝泡菜》，这也是一个聚焦于男女主人公之关系的作品，但其建构双重叙事进程的方式却迥然相异，展现出另外一种创作风采。

① Desmond MacCarthy, "A New Writer," in *Humanities*, by Desmond MacCarthy (London: MacGibbon and Kee, 1953), pp. 180-183.

第 十 三 章

《莳萝泡菜》:单轨反讽背后的双轨反讽

与《心理》相类似,曼斯菲尔德的《莳萝泡菜》(1917)也着力刻画一对男女的心理活动,两者在构建双重叙事进程的手法上有异曲同工之妙。在《心理》的情节发展中,视角在男女主人公之间来回转换,而其隐性进程则持续采用了女主人公的视角,这改变了女主人公心理活动的性质。与此相对照,《莳萝泡菜》中的双重叙事进程一致采用了女主人公的视角,但反讽的角度也出现了实质性的变化。

中外学界对《莳萝泡菜》有一种共识:这是反讽自我中心、自私自利的男主人公的作品。认为作者从女性主义立场出发,对受到男主人公话语压制的女主人公充满同情。这确实是情节发展的走向。然而,在情节发展背后,存在并列前行的另一条隐蔽的表意轨道,通过女主人公自己的视角,暗暗表达出她自身的自我中心、自私自利,男主人公的话语对其起到反衬作用,作品的单轨反讽变成双轨反讽。看到这明暗相映的双重叙事进程之后,人物形象会由扁平单一变得圆形多面,作品会由简单明了变得富有张力,且反讽的范畴还从主人公的弱点拓展到社会上普遍存在的人性弱点。只有通过考察作品的双重表意轨道,我们才能真正看到作品意义的丰富复杂,才能真正欣赏曼斯菲尔德天才的创作手法。此外,在看到双重叙事进程之后,还能看到以往批评的局限性和造成局限的主要原因。

第一节 双轨反讽的关键片段

《莳萝泡菜》的情节可以简要概述为：一对恋人分手六年后偶遇。交谈一阵之后，女方（维拉[Vera]）发现男方（匿名的“他”）还是跟以前一样自我中心，因此果断离开。中外批评界对《莳萝泡菜》的解读尽管角度不一、方法各异，但对作品主题的看法相当一致，认为作品“展示了一个极端自我的男性人物”，通过男女双方的交谈，揭露和反讽“‘他’自负、狭隘和自私的心理”。[①] 不少学者认为这是女性主义的作品，旨在揭示男方对女方的压制，描述了女方独立意识的最终确立。[②] 作品几乎全篇通过女方的意识展开叙述，批评界认为，这种选择拉近了读者与女主人公的距离，引起读者对她的同情（见本章第三节）。

如果我们仅仅看情节发展，就只能看到作品对男主人公展开的单轨反讽。然而，倘若能打破长期批评传统的束缚，把目光拓展到情节发展背后的隐性叙事进程，就能看到曼斯菲尔德通过女主人公的视角，对她的自我中心进行了微妙揭示，沿着另一条表意轨道对其暗暗展开反讽。我们首先考察对于双轨反讽至关重要的几个片段，然后再探讨贯穿全文的双重叙事动力。

在交谈中，男方把话题引向了当初恋爱时，两人在邱园度过的第一个下午。在男方的记忆中，天气晴暖，女方用天籁之音教他识别天竺葵、金盏花和马鞭草，

> 然而，那天下午在她心中留下的却是在茶桌旁的一幕可笑的情景。许多人在一个中国式的凉亭里喝茶，他像个疯子似地对付着黄蜂——赶它们走，用他的草帽拍它们，那么认真和忿怒，与那场合完全不相称。那些喝茶的人吃吃直笑，他们多开心啊。可她却多遭罪。但现在，他讲着的时候，她的记忆淡却下去了。他的记忆是更确切的。是的，那是一个美好

① 蒋虹：《凯瑟琳·曼斯菲尔德作品中的矛盾身份》，北京：中国社会科学出版社，2004年，第141—143页。

② Nora Larissa Wiechert, *Urban Green Space and Gender in Anglophone Modernist Fiction*, Ph. D. dissertation (Washington State University, 2009), pp. 76—77.

的下午，到处是天竺葵、金盏花和马鞭草——还有暖和的阳光。[①]

从情节发展来看，我们首先会关注男主人公的自我中心，全然不顾他人的感受；其次，会注意阶级差异，家境优越的女方富有教养，与出身贫穷的男方形成对照。在隐性进程里，我们则会看到不同的画面：对于那个下午，男方持有阳光的心态和美好的回忆；而女方则仅仅记住了他驱赶黄蜂之事。作者采用强调句式突出了女方的选择性记忆（what had remained in her mind of that particular afternoon was），其主要原因是她自己感到了难受（how she had suffered）。对于隐性进程来说，至关重要的是通过女主人公的视角对男主人公记忆的肯定："他的记忆是更确切的（His was the truer）。是的，那是一个美好的下午[……]"。这是用自由间接引语表达的女方的内心想法。一个美好的下午因为男方某一不合时宜的行为让女方感到了难堪，在后者的记忆里就仅剩下了这个令她难堪的时刻，这暗暗体现出女方的自我中心。作者通过这样的选择，在隐性进程里藏而不露地对女主人公加以反讽。

另一处记忆对照涉及圣诞期间的一个晚上，男主人公谈到他给女主人公带去了一颗小圣诞树，向女主人公倾吐童年往事。

> 关于那个晚上，她却只记得一罐鱼子酱的事了。鱼子酱是花七先令六便士买来的。他对这耿耿于怀（He could not get over it）。想想吧——那样一小罐，要花七先令六便士。她吃的时候，他看着她，感到既高兴又震惊（delighted and shocked）。
>
> "不，真的，这是在吃钱啊。这样一个小罐，你就是装七个先令也装不下啊。倒想想他们要赚多少钱。……"（《莳萝》：222）

就情节发展而言，我们关注的是男方的吝啬和两人的阶级差异。而从隐性进程来说，我们则会关注女方的自私自利：她明明知道男方心疼钱（"想想吧——那样一小罐，要花七先令六便士[……]"是用自由间接引语表达的男方的话语），却当着他的面自顾自地享用如此昂贵的鱼子酱。她不仅完全不顾男

---

① 曼斯菲尔德：《莳萝泡菜》，载陈良廷、郑启吟等译《曼斯菲尔德短篇小说选》，上海：上海译文出版社，1983年，第217—218页，全文为216—224页，本章的引文均出自这一译文，后面将用文内注给出页码。引用时有的地方有改动，着重号均为引者所标。原文采用这一版本：Katherine Mansfield，"A Dill Pickle，" *The Stories of Katherine Mansfield*，ed. Antony Alpers（Auckland：Oxford UP，1984），pp. 271—276。

方的感受，独自一人吃得高兴，而且把自己得意洋洋的心情投射到他身上——“高兴”是女主人公自己的心情，“震惊”则是男方的心情。从女方的视角，看到的却是男方也“高兴(delighted)”，而实际上他一定非常难受，所以才会“耿耿于怀”、絮絮叨叨。通过女主人公的视角与实际情况的反差，隐性进程对她展开了微妙反讽。

通过女方的视角，还可看到男方的记忆与女方的想象之间的对照。男方提到两人曾计划到俄国旅行，他自己去了，还在伏尔加河的船上待了几天：

> “没有必要去弄懂那种语言——船上生活创造了你与他人充分的默契，那就足够了。你跟他们一起吃饭，一起过日子，到了晚间，还有无穷无尽的歌声。”
>
> 她颤抖了，又听到那支高昂、悲惨的船夫曲响起来，还看到船在黑沉沉的河上漂浮，两岸长着阴郁的树木。……“是啊，我很喜欢那些。”(《莳萝》:220)

男方的回忆突出的是人与人之间超越语言的交流沟通，而女方悲怆阴郁的想象则脱离了这一主题，看不到人与人之间的关联和默契(只见物，不见人)。在隐性进程里，这表征着自我中心之人内心的孤寂阴暗。在以往的阐释中，由于仅仅关注情节发展，这里人与人的关联默契和个人孤寂阴郁之间的对照被完全忽略。

下面这个跟标题呼应的片段，也展现了男方的回忆与女方的想象之间的对照：

> “凡是俄国生活中的东西，几乎都叫你喜欢，”他热烈地说着，“毫无疑问，它是那样的随意，那样富于冲动，那样自由自在。而那儿的农民是那样的好。是那种最本真的人——是的，就是那样。甚至给你赶车的人——都确实给当时的情景生色。我记得，那天晚上，我们一伙，我的两个朋友和他们当中的一个人的妻子，一起到黑海边去野餐。我们带了晚餐，香槟酒，在草地上又吃又喝。我们正在吃的时候，那个马车夫走过来了(the coachman came up)，‘尝点莳萝泡菜吧，’他说。他请我们一起吃(He wanted to share with us)。这在我看来是挺恰当的，挺——你明白我的意思吗？”

[……]她看到那辆马车停在路边,那一小伙人在草地上[……]在离他们有一定距离的地方,坐着那位马车夫,他的晚餐放在膝盖上一块布里(Apart from them, with his supper in a cloth on his knees, sat the coachman)。"尝点莳萝泡菜吧,"他说着。她虽然拿不准莳萝泡菜到底是什么东西,但她看到了那个盛着鹦鹉嘴般的、闪闪发亮的红辣椒的淡绿玻璃瓶。她倒吸了一口气;那泡菜酸得够呛。……

"是的,我完全明白你的意思,"她说。(《莳萝》:220—221)

这是正文唯一提及"莳萝泡菜"之处,与标题直接呼应,构成"标题片段"(title episode)或主题片段。通过男主人公的讲述,"莳萝泡菜"具有了象征含义:马车夫走上前来,请乘车的客人一起吃自己的泡菜,这代表人与人之间超越阶级界限的分享。男主人公来自阶级分明的英国,但在俄国的伏尔加河畔,他受周围气氛的感染,欣赏人与人之间无拘无束、自由自在的交往,赞同马车夫走上前来请客人分享的举动。他的回忆突出了人与人之间的交流和分享。与此相对照,在女主人公的想象中,出现的则是另一种画面。通过把"Apart from them"放在句首,加以强调,作者突出了女方眼中马车夫与客人的分离。马车夫的晚餐放在膝盖上,显然没有打算走近客人。虽然女方说自己"完全明白"男方的意思,但她根本没有领会男方旨在表达的是人与人之间的分享,想到的仅仅是泡菜本身的酸涩("那泡菜酸得够呛"后面的省略号是原文中的,暗示她还在往这方面想)。通过采用女主人公的视角来揭示两人观念上的差异以及女主人的话语与实际情况的不相吻合,隐性进程暗暗对女主人的自我中心加以反讽。

总而言之,如果仅看情节发展,就往往只能看到男方的自私自利、自我中心;而倘若同时关注情节发展和隐性进程这两条并列前行的表意轨道,我们就能同样看到女主人公的自私自利、自我中心,这一点通过女方自己的话语得到证实:

[男方说]"可是,事实上你没有朋友,你从来没有和人家交过朋友(the fact that you had no friends and never had made friends with people)。这我多么了解啊,因为我也是没有朋友的。现在还是那样吗?"

"是的,"她低声说。"还是那样,我照样很孤寂。"

"我也一样,"他温和地笑笑,"还是那样。"

突然,他迅速地手一挥,把手套递还给了她,他的椅子在地板上吱的擦了一下。"但当时对我来说是那样神秘的事情,现在可清楚了。对你来说,当然也……这无非是我们都是那样自私自利的人,那样只顾自己,那样全神贯注于我们自己的事,我们心里没有一个能容纳别人的角落。"(《莳萝》:223—224)

这是在作品结尾处出现的对话。女方简短的回答"还是那样[从来没有和任何人交过朋友],我照样很孤寂"证实了男方的判断,也确认了前面在隐性进程里我们看到的女方的自我中心。

第二节 贯穿全文的双重叙事动力

在作品的开头部分,男女主人公相认之后,女方"从皮手筒中抽出暖烘烘的小手,递给了他(she took her little warm hand out of her muff and gave it to him)"。在情节发展里,我们看到的是女方的热情,主动跟男方握手。在隐性进程里,通过女方的视角,我们看到的则是自我中心的女方连握手都认为是一种给予(在英文里,"give hand to"是"伸出援手"的意思),所以出现了"gave it to him"这种偏离规约的表达。

她坐定之后,"揭起面罩,解开了高高的毛衣领子"(《莳萝》:216);在准备离开时,她"重新扣上她的领子,拉下了面罩"(《莳萝》:222)。在情节发展里,穿高领衣服,戴上面罩可视为防寒保暖的需要,也可象征女主人公的独立意识。[①] 而在隐性进程里,同样的行为则具有不同的象征意义:自我中心的女主人公,平时完全封闭自己,遇到六年前的恋人,偶尔开放一下自己,然后再重新封闭自己。她穿高领衣服,戴上面罩有一种将自己包裹起来的效果,这与男主人公的话语暗暗形成呼应:"那样只顾自己,那样全神贯注于我们自己的事,我们心里没有一个能容纳别人的角落。"

在男方第一次打断女方的话头时,出现了女方的内心想法:"但她心里却

① W. H. New, *Reading Mansfield and Metaphors of Form* (Montreal: McGill-Queen's UP, 1999), pp. 129—130.

在想,她才清楚地记着他这套花招呐,——打断她的话的花招——六年前,就是这样老惹她生气来着。"(《莳萝》:217)在情节发展里,这仅仅起到一种作用:揭示男方的自我中心。但在隐性进程里,我们看到的则是女方老是记着男方不利于自己的行为——"老惹她生气"与上文提及的"她却多遭罪"形成呼应。这与男方的记忆形成一种对照:"'你另外有一样东西,可一点儿也没变——你的美妙的声音——你说话时的那副优美的样子[……]我常常感到很奇怪——你的声音会这样令人难以忘怀。'"(《莳萝》:217)在情节发展里,我们仅会看到男主人公的花言巧语,但在隐性进程里则不然:男方的记忆反衬出女方记忆的自我中心。

六年前,男方热烈追求女方,而女方拒绝了男方。在女方的记忆中,出现了当时这样一幕:"他轻轻地叹了口气,抓起她的手,把它贴在自己的脸上。'因为我知道,我会爱你爱得太厉害——太厉害了。我将遭受多大的痛苦啊,维拉,因为你决不会、决不会爱我的。'他现在看起来无疑比那时好多了。"(《莳萝》:218)女方回忆起男方对自己下的定论"你决不会、决不会爱我"时,未加任何评论,默认男方话语的真实性。通过女方的回忆,我们看到了女方对男方的绝情。除了当时男方不够成熟和富有,还有一个重要原因,即女方的自我中心,"心里没有一个能容纳别人的角落"。

在上引关于"莳萝泡菜"的那一片段后面,两人对看了一下。这时出现了从女方的视角叙述的以往的情景:"以前,当他们像这样互相对看的时候,他们觉得相互之间是那样无限了解,他们的灵魂(souls)似乎互相搂抱在一起,掉进同一个海,就像悲伤的情人那样,心甘情愿地溺死。可是现在,令人惊异的是,他退缩了。他说道:'你是一个最好的听众啊[……]'"(《莳萝》:221)。在情节发展中,女方的视角令人困惑,因为她无情回绝了男方的求爱。以往的批评家往往对此避而不谈;即便偶尔有人关注,也认为曼斯菲尔德是在质疑两人记忆中感情的真实性。[1] 但在隐性进程里,我们看到的则是女方眼里两人"灵魂"的一致("相互之间是那样无限了解"),与上引男方话语的协调呼应:"你从来没有和人家交过朋友。这我多么了解啊,因为我也是没有朋友的[……]我们都是那样自私自利的人"。令女方感到惊异的是,以前那么爱他的男方现在

① J. F. Kobler, *Katherine Mansfield: A Study of the Short Fiction* (Boston: Hall, 1990), p. 93.

"退缩了",变得冷静,只说自己是他最好的听众。六年前,男方发现女方是自己唯一能倾吐衷肠的人,因此热烈追求女方。他当时并不了解自己和女方都是自私自利的人,不懂女方为何会对自己那样绝情。现在他清楚这一点,知道两人"心里没有一个能容纳别人的角落"。而女方则不知道男方去俄国之后,已经看清了两人的自我中心,也不再爱女方,只是想让她暂时再当自己的听众。

目前的男方为自己当年的幼稚无知感到可笑:"我当时是那样一个孩子(I was such a kid then)"(《莳萝》:222),"当时我真希望能变成一条地毯——让自己变成一条地毯,好让你在上面走,这样你就不必被你讨厌的坚硬的石头和泥浆弄痛。没有比那更确切的了——也没有比那更自私的了。"(《莳萝》:223)当年,男方希望自己变成一条保护女方的地毯,而现在的男方却评论"没有比那更自私的了"。这一评价在情节发展中令人困惑,而从隐性进程的角度则并不费解:他现在已经意识到,当年那么爱女方,想给女方当地毯只是想让女方陪伴孤独的自己,当自己唯一的听众——完全是出于自私自利的目的。在情节发展中,如果批评家关注了这一片段,也只是认为男方说希望自己变成保护女方的地毯,是用花言巧语"欺骗"和"迷惑"女方。[①]

就女主人公而言,她早就看到了男方的自我中心,这是与其分手的重要原因。然而,她对自身的自我中心毫无认识,与在俄国获得了这种认识的男方形成对照。男方说:"现在我才完全明白了,你从前为什么写那封(绝交)信给我。——虽然当时那封信几乎要了我的命。几天前我又找到了那封信,我读的时候,忍不住发笑。信写得真聪明啊——那样如实地描绘了我"(《莳萝》:222)。听到这话,女方只是认为男方"一直在嘲弄她"(《莳萝》:223),而实际上男方也在嘲笑当年的自己,不清楚两人都是那么自我中心。当年的男方这样看女方:"我觉得(I felt),在这个世界上,你比谁都孤寂,不过,也许,在这个世界上,你是(you were)唯一真的确实活着的人。"(《莳萝》:223)男方采用的过去时表明这是他当年幼稚的想法——当年他发现女方跟自己一样与世隔绝,是自己唯一能倾吐衷肠的人,因此认为她是"唯一真的确实活着的人"。但到俄国之后,意识到了两人自我中心的本质。尽管他本性难移,但至少对此加以

① Kobler, *Katherine Mansfield: A Study of the Short Fiction*, p. 93.

了反思。女方的反应是:"哎,老天!她干了什么啦!她怎么会这样抛弃她的幸福。这人可是唯一了解她的人啊。"(《莳萝》:223)这是用自由间接引语表达的女方的想法,不难看出,女方全然不知男方在对自己当年的幼稚无知进行反思。

女方要走时,男方想留住她:"'哦,别,请别走,'他恳求道。'再待一会吧,'他从桌上抓住了她的一只手套,紧紧地捏着它,仿佛那样就抓住了她似的。'现在我几乎没有可以谈谈天的人,我已变得像个野蛮人啦'"(《莳萝》:223)。当女方确认自己仍跟当年一样"很孤寂",无任何朋友的时候,男方"迅速地手一挥,把手套递还给了她,他的椅子在地板上吱的擦了一下。'但当时对我来说是那样神秘的事情,现在可清楚了。对你来说,当然也……这无非是我们都是那样自私自利的人[……]'"(223—224)。男方迅速把手套递还给女方,表示不愿再留她,因为他现在清楚她"心里没有一个能容纳别人的角落"。

在故事的结尾,当男方还在评论两人共通的自私自利的本质时,出现了全知叙述者的描述:"她已经走了(She had gone)。他坐在那儿,好像遭到雷轰一般,惊讶得无法形容(thunder-struck, astounded beyond words)。"(《莳萝》:224)在男方没有察觉时,女方已经不辞而别,这在情节发展里是正面的行为:女方在过去六年里获得了独立意识,在发现男方仍然跟过去一样爱控制和摆布自己之后,为了不失去独立性而断然离开。[①] 而在隐性进程里,女方全然不顾男方的感受,不辞而别,则是她自我中心的一种表现,男方极度震惊的反应也暗暗凸显了女方的自我中心。

男女主人公均自我中心,都是作者意在反讽的对象。然而,在情节发展里,往往仅能看到对男方的反讽,对女方的反讽则被屏蔽,女方的视角仅邀请读者对她产生同情。与此相对照,在隐性进程里,沿着另外一条表意轨道,女主人公的视角成为揭示其自我中心的手段,男主人公也具有了反衬女主人公自我中心的功能。尽管男方无法改变自私和吝啬的本性,但至少他通过在俄国的经历,向往人与人之间的默契和分享,也对自己的自我中心有了清醒的认识,而女主人公则完全缺乏这种认识。

① Patrick D. Morrow, *Katherine Mansfield's Fiction* (Bowling Green: Bowling Green State U Popular P 1993), p. 66.

在曼斯菲尔德天才的笔下，情节发展和隐性进程携手同行，分别对男女主人公同时展开反讽，且让两人互为反衬。这种手法高超的双重叙事动力赋予了对自我中心的反讽更加普遍的意义。如果仅仅男主人公自我中心，那就只是单一的个案；如果故事里的两个人物都自我中心，则不止于此。曼斯菲尔德还让男主人公进行了这样的描述："我们心里没有一个能容纳别人的角落。你知道，在俄国的时候，我开始研究一种思维系统(a Mind System)，我发觉我们并非与众不同，这是一种人所共知的……"(《莳萝》:224)。的确，自我中心是社会上不少人共有的道德缺陷。在这篇以象征无私分享的"莳萝泡菜"为标题的作品中，通过男主人公的这番评论，曼斯菲尔德还将对自我中心的反讽拓展到了社会范畴。这些方面在现有中外评论中均被忽略。

第三节 现有批评的局限性

一、关于题目的阐释

作品的标题"莳萝泡菜"所象征的人与人之间的默契和分享，是通过男方的回忆和体会所产生的，这超出了女方的理解范畴。女方的想象聚焦于泡菜的"酸味"，仅能象征两人关系的酸涩(大多数人的阐释)，或现实的"苦涩"，[①] 或者爱情的消退乏味。[②] 男方是情节发展中的反讽对象，如果仅仅沿着情节发展这一条表意轨道走，就极易忽略"莳萝泡菜"在男方的意识中产生的正面的象征意义，造成对标题的片面理解。批评家往往仅关注女主人公想到泡菜时的反应。她酸得倒吸一口气，这"标志着她敏锐的想象力以及想象自己并未参与的经历的能力，无论有多酸"[③]。如上所析，尽管想象力丰富，自我中心的女方却没有想到在她未参与的(男方的)经历中，"莳萝泡菜"所象征的人与人之间的默契和分享，而仅关注情节发展的批评家容易受到其眼光的限制。只有同时关注情节发展和隐性进程这两条表意轨道，才能把握标题在男女主人

① Patrick D. Morrow, *Katherine Mansfield's Fiction*, p. 67.

② Xianxian Wang, "Interpretation on the Dill-pickle of Lover," *Theory and Practice in Language Studies* 1.3 (2011), p. 317.

③ Rhoda B. Nathan, *Katherine Mansfield* (New York: Continuum, 1988), p. 100.

公意识中产生的双重象征意义。

二、关于人物形象的阐释

对男主人公的形象,有三种不同的阐释。绝大多数批评家在整个作品中看到的都是"他的自私自利""他的自我中心、他的'感觉迟钝'和他对她的缺乏理解"[①]。男方对其在俄国旅行的描述,仅仅被看成是无视女方的心情,在女方面前自私和自负的炫耀。迄今为止,中外学者(包括采取下面两种立场的)都忽略了这一描述所强调的人与人之间的默契和分享。

在《解构与重构》一文中,姚晓东挑战了以往的阐释,认为男主人公并非自我中心、自私自利的人,而是跟女主人公一样,是"一个孤独的畸零人";小说"显著"的主题是"深沉的孤独和无法排解的苦闷"。[②] 该文认为作者实际上"为孤独畸零人寻求内心的解放指明了出路。途径之一就是沟通,利用话语的力量协商关系"[③]。虽然该文对小说有的地方的分析比较客观,但由于仅仅沿着自己认定的唯一一条表意轨道走,因此忽略了明确表达男主人公自我中心的文本成分,包括男主人公对其自私的自我剖析("心里没有一个能容纳别人的角落")。在故事的结尾,男主人公"叫了女侍者来结账,'那奶油没有动过,'他说,'请不要叫我付钱'"(《莳萝》:224)。显然,只有极端自私的人才会这么做。作品这样戛然结束,男主人公荒唐的行为在读者阅读心理中占据突出位置,形成对自私自利之人的辛辣反讽。

在《从女权主义的角度解构〈莳萝泡菜〉中的男性意象》中,曾霞指出,以往"对男主人公的评论无疑都接受了作者所塑造的男性意象,接受了女主人公维拉的观点,站在女主人公的一边,齐声指责男主人公,支持和同情女主人公。"[④]该文旨在说明"小说的深层叙事结构与表层结构意图塑造的男性意象

---

① Rhoda B. Nathan, "'With Deliberate Care': The Mansfield Short Story," in *Critical Essays on Katherine Mansfield*, ed. Rhoda B. Nathan (New York: Hall, 1993), pp. 96; Janet Wilson, Gerri Kimber and Susan Reid, eds. *Katherine Mansfield and Literary Modernism* (New York: Continuum, 2011) p. 198.

② 姚晓东:《解构与重构:话语分析视角下的〈莳萝泡菜〉解读》,《当代外语研究》2013 年第 6 期,第 62 页。

③ 同上文,第 63 页。

④ 曾霞:《从女权主义的角度解构〈莳萝泡菜〉中的男性意象》,《小说评论》2010 年第 4 期,第 272 页。

存在矛盾，这种矛盾瓦解了作者意图塑造的自私薄情的男性意象，消解了作者的努力”。[1] 为了达到解构的目的，该文从各种角度为男主人公加以辩护，认为其言行“符合人类心理逻辑”。[2] 就上文所引的男主人公在邱园的凉亭里对付黄蜂那一幕而言，该文说：“对于这样一个不成熟的年轻小伙子，第一次与自己深爱的女孩在一起，难免紧张激动，他的行为完全可以理解”[3]。而实际上，男主人公无视他人的存在，“疯子似”的行为引起众人嘲笑，让女主人公十分难堪，这确实是自我中心的行为。如上所引，男主人公通过俄国的经历，清楚认识到了自己的自私，并不止一次予以了明确表达。故事的结尾也突出展现了他的自私自利。在绝大多数的批评阐释中，男主人公是自私自利的扁平形象。曾霞力图解构这一意象，但由于仅沿着情节发展这一条轨道走，走了极端，认为作者的文本选择颠覆了其创作意图——也就是说，曼斯菲尔德是一个自相矛盾的无能的作者。

实际上，曼斯菲尔德是能力非凡的杰出作者，通过建构双重表意轨道，她不仅在情节发展里通过女方的视角、男方的自我描述和客观展示，成功塑造了一个自私自利、自我中心的男性形象，对其展开了反讽；而且在隐性进程里，通过男主人公对俄国经历的描述，表达了人与人之间的默契和分享，并通过选择象征这种分享的“莳萝泡菜”作为标题，对其予以突出和强调。这也表现出人性的复杂，男主人公尽管十分自我和自私，但在隐性进程中，在特定文化氛围的作用下，依然能赞许人与人之间的默契和分享，并具有了反衬女主人公自我中心的功能。他尽管对自己的自私有了清醒的认识，但本性难移，行为难改，这使他从情节发展中的扁平人物变成了双重叙事进程中复杂多面的人物。与此同时，双重叙事动力也使女主人公的形象变得较为圆形多面，并使作品的主题意义变得更加丰富，更具深度和广度。

在情节发展的束缚下，即便关注男主人公在作品结尾处关于两人都自我中心的评论，也会认为他是“自说自话”[4]，或认为“曼斯菲尔德不用明说，显然

---

① 曾霞：《从女权主义的角度解构〈莳萝泡菜〉中的男性意象》，《小说评论》2010 年第 4 期，第 275 页。

② 同上文，第 275 页。

③ 同上文，第 274 页。

④ 张春芳：《曼斯菲尔德〈莳萝泡菜〉的叙事策略》，《天津外国语学院学报》2009 年第 6 期，第 65 页。

意在表达这种自我中心完全是他自己的"[1],或认为"他胆敢断言他们两人都自私自利和自我中心,这明确证明了他的自我中心"[2]。如果沿着情节发展这一条轨道走,即便关注了女主人公的"自我中心",也看不到她的自私自利:"薇拉以自己的价值观来要求一个没有受过高等教育的贫穷小伙在精神上能够与其产生共鸣。这何尝不是一种自我中心主义。然而,她的自我中心不同于男主人公的自私自利。薇拉的自我中心主义是对精神恋爱的追求,是对人生美好的渴望"[3]。由于情节发展具有女性主义的立场,还会这么去理解:"她的孤独和疏离是对社会的黑暗和对女性的不公正的无声的反抗,她要成为独立的女性的典范"[4]。对于女主人公的孤寂,还有这样一种解读:"被问到是否和过去一样没有交朋友,她脱口而出,老样子,仍然孑然一身时,读者对他们之间的关系充满了期待"[5]。女主人公由于"自私自利……心里没有一个能容纳别人的角落"而没有任何(男女老少)朋友("never had made friends with people""Just the same. I am as alone as ever"),却被理解成了没有交男朋友。

值得注意的是,在把文本成分往情节发展这一条主题轨道上硬拉时,还可能会形成黑白颠倒的误读。帕特里克·莫罗(Patrick D. Morrow)说:"故事的中心冲突围绕爱情展开。维拉爱这个男人,但他无法回报她的爱。""他嘲笑了她写给他的信。可以推断她在这封信里表达了对他的真实感情。当他认为这份感情愚蠢可笑时,她终于知道他永远也不会回报她对他的爱"[6]。明明是女方给男方写的绝交信,那封信让男方痛苦万分,却被这位批评家误解为女方的求爱信。

---

① James Gindin, "Katherine Mansfield," in *British Short Fiction Writers, 1915－1945*, ed. John H. Rogers (Detroit: Gale Research, 1996), p. 221.

② Xianxian Wang, "Interpretation on the Dill-pickle of Lover," *Theory and Practice in Language Studies* 1.3 (2011), p. 316.

③ 牛雪莲:《〈莳萝泡菜〉中的自我主义与女权主义》,《作家》2015年第18期,第96页。

④ 同上文,第97页。

⑤ 张春芳:《曼斯菲尔德〈莳萝泡菜〉的叙事策略》,第64页。

⑥ Patrick D. Morrow, *Katherine Mansfield's Fiction* (Bowling Green, OH: Bowling Green State U Popular P, 1993), pp. 66－67.

结 语

综上,“莳萝泡菜”的杰出价值在于曼斯菲尔德创造了情节发展背后的隐性进程。这使人物限知视角得以发挥双重作用:就情节发展而言,采用女方的视角拉近了读者与人物的距离,增加了读者对女方的同情,有利于表达作品的女性主义立场;而就隐性进程来说,我们通过女方的视角看到了其自身的自我中心,扩大了与女方的距离,看到了作者对女方的反讽。情节发展与隐性进程的并列前行,让包括标题在内的文字同时产生两种不同的主题意义,并让男女主人公互为反衬,达到了对自我中心双重反讽的效果,且能进一步拓展到对自我中心这一具有一定普遍意义的人性弱点的反讽。双重叙事进程使主题意义丰富复杂,使人物形象圆形多面,使隐含作者、叙述者、人物、读者之间的叙事距离富有变化,使作品充满矛盾张力。

如果受长期批评传统的束缚,仅仅关注情节发展,难以看到从隐性进程的角度可以观察到的主题意义,还可能导致对作者不公正的批评,引发不必要的批评争议。而若要看到作品的双重叙事进程,就需要打破长期批评传统的束缚,把眼光拓展到情节发展背后的另一种叙事进程。如果能这样做,我们就能发现相关经典作品的新天地,看到作品更加广阔、更为丰富、更有深度以及更具审美价值的意义世界。

第十四章

《苍蝇》:象征情节背后对个人的反讽

如果说曼斯菲尔德的《莳萝泡菜》中的情节发展和隐性进程均充满反讽意味,其另一名篇《苍蝇》(1922)中的两种叙事进程中则仅有一种富含反讽性。在曼斯菲尔德的作品中,《苍蝇》是最受批评家关注,也是争论最为激烈的。[①] 批评家们从各种角度切入作品,但均围绕情节发展展开。这一情节可以概述为:退了休也中过风的伍迪菲尔德老先生每周二去一趟老板的办公室,拜访这位老朋友。这次,他告诉老板他女儿到比利时给阵亡的儿子上坟时,看到了近处老板阵亡儿子的坟。伍先生走后,老板回忆起儿子的一生和战争中失去儿子的痛苦。他看到一只苍蝇掉到了墨水壶里,挣扎着想爬出来。老板用笔把苍蝇挑出来。当苍蝇正想飞走时,老板改变了主意,反复往苍蝇身上滴墨水,直到苍蝇死去。老板自己突然感到极为不幸和害怕,也忘了自己刚才在想什么。[②]一个世纪以来,学者们从这一情节发展中读出了各种象征意义。然而,若全面仔细地考察文本,我们则会发现,在学界所关注的象征性情节发展的背

---

① Vincent O'Sullivan, "Signing Off: Katherine Mansfield's Last Year," in *Celebrating Katherine Mansfield: A Centenary Volume of Essays*, ed. Gerri Kimber and Janet Wilson (New York: Palgrave Macmillan, 2011), p. 21; Anja Barnard, "The Fly," in *Short Story Criticism* Vol. 38, ed. Anja Barnard (Detroit: Gale Group, 2000), p. 200.

② Seymour Chatman 在 *Story and Discourse* (Ithaca: Cornell UP, 1978)中区分了传统的结局性情节和现代的展示性情节。前者中的事件因果相连,朝着结局发展,有一个完整的变化过程;后者则是通过一个生活片断来展示人物性格(45—48)或者表达象征意义。《苍蝇》中的情节属于展示性的。

后，有一股聚焦于主人公个人性格的反讽性潜流与情节并列前行，贯穿文本始终。

本章首先介绍批评界以往对《苍蝇》情节发展的阐释，然后逐步揭示《苍蝇》中的隐性叙事进程，探讨隐性进程与情节发展这两种叙事进程之间的互动关系，并讨论作品如何邀请读者做出复杂的双重反应。

第一节 批评界先前的阐释

以往对《苍蝇》的阐释往往围绕战争、死亡、悲伤、施害/受害、无助、绝望、健忘和苍蝇的象征意义等展开。[①] 作品的题目"苍蝇"以及老板杀死苍蝇的方式使不少学者联想到莎士比亚《李尔王》第四幕第一场里的著名诗句："天神对于我们，正像顽童对于苍蝇一样，他们为了戏弄而把我们杀害。"[②]从这一角度，批评家们认为《苍蝇》是对上帝之冷漠的象征性描述，是对第一次世界大战之残暴恐怖的谴责，也体现了战争留下的绝望；被无法控制的外力杀死的苍蝇象征着死于战争的无辜的人。罗尔伯杰认为在"整个故事的运动"中，苍蝇是所有人物的象征：老板、老板的儿子和老伍迪菲尔德"都是某种控制力量手中的苍蝇"——老板失去了儿子，年轻的儿子被杀死，伍迪菲尔德中了风，提前陷入衰老。就老板本身而言，"他为儿子活着，当他最后终于面对儿子的死亡时，也就是他自己象征性死亡来临的时刻"。[③] 也有批评家根据曼斯菲尔德的家庭背景，提出苍蝇是曼斯菲尔德在第一次世界大战中阵亡的弟弟的象征，"苍蝇的垂死挣扎是人类无助的隐喻"，而"全能的老板"身上则有曼斯菲尔德的父

---

① Gale 2000 年出版的 *Short Story Criticism* 用长达 34 页的篇幅归纳了以往对《苍蝇》的批评，对以往的批评进行了摘录和评述。见词条 "The Fly" in *Short Story Criticism* Vol. 38, ed. Anja Barnard (Detroit: Gale Group, 2000), pp. 199－232。

② 朱生豪译：《李尔王》，《莎士比亚全集》（下），南京：译林出版社，1998 年，第 74 页。曼斯菲尔德 1918 年 12 月 31 日在日记中描述了上帝如何袖手旁观不幸落到牛奶罐里的苍蝇，小天使则更是幸灾乐祸(J. Middleton. Murry, ed., *Journal of Katherine Mansfield*, London: Constable, 1954, p. 153)。

③ Mary Rohrberger, "Katherine Mansfield: 'The Fly,'" in *Hawthorne and the Modern Short Story* (The Hague: Mouton, 1966), 71－72.

亲或者上帝的影子。[1] 因为该作品是曼斯菲尔德患肺结核去世前几个月写的,因此一些批评家也认为苍蝇象征了重病无助的曼斯菲尔德。[2] 的确,1918年1月11日,曼斯菲尔德在一次精疲力竭的火车旅行之后,在给丈夫的信中写下了这样的文字:"我觉得自己就像是掉到了牛奶罐里又被捞出来的苍蝇,浑身沾满牛奶,淹得晕头转向,还没来得及把自己弄干净。"[3]有的批评家则认为作品表达了死亡的不可避免,而人们却不愿接受这一事实。[4]

尽管很多批评家一致认为《苍蝇》富含象征意义,但对象征手法的评价则高低不一。斯托尔曼(Robert Wooster Stallman)称赞曼斯菲尔德"十分机敏地"(very cleverly)转化了其笔下的象征:老板是他的那个小世界里其他人的主宰("对他来说,他们都是苍蝇"),同时"也是落入他的墨水壶的那只小小苍蝇生命的主宰"。然而,"老板在对苍蝇进行试验的第一个阶段,可以与苍蝇相提并论。即从反讽的角度来说,他既是老板又是苍蝇"。[5] 与此相对照,在伯克曼眼里,《苍蝇》里的象征则不乏混乱:

> 显而易见的是,老板象征高高在上的控制力量,即上帝、天命或者命运,任性而无情,残忍地折磨手下垂死挣扎的小生命,直到它一动不动地死去。与此同时,老板自己也遭受这种控制力量的打击——他唯一的儿子战死沙场。也就是说,老板在故事里的功能性角色与象征性角色互不协调。[6]

---

① Vincent O'Sullivan, "Signing Off: Katherine Mansfield's Last Year," in *Celebrating Katherine Mansfield: A Centenary Volume of Essays*, ed. Gerri Kimber and Janet Wilson (New York: Palgrave Macmillan, 2011), p. 22; Joanna Woods, "Katherine Mansfield, 1888-1923", in *Kōtare* 2007, *Special Issue — Essays in New Zealand Literary Biography Series One*: *"Women Prose Writers to World War I"* (Wellington: Victoria University of Wellington, 2008), http://www.nzetc.org/tm/scholarly/tei-Whi071Kota-t1-g1-t8.html, accessed November 4, 2015.

② Wills D. Jacobs, "Mansfield's 'The Fly,'" *The Explicator* 5.4 (1947), item 32; Con Coroneos, "Flies and Violets in Katherine Mansfield," in *Women's Fiction and the Great War*, ed. Suzanne Raitt and Trudo Tate (Gloucestershire: Clarendon Press, 1997), pp. 197-218.

③ J. Middleton Murry, ed. *The Letters of Katherine Mansfield* (New York: Alfred A Knopf, 1929), p. 86.

④ 见词条 "The Fly" in *Short Story Criticism* Vol. 38, pp. 199-200。

⑤ Robert Wooster Stallman, "Mansfield's 'The Fly,'" *The Explicator* 3.6 (April, 1945), item 49.

⑥ Sylvia Berkman, *Katherine Mansfield* (New Haven: Yale UP, 1951), p. 195.

罗尔伯杰挑战了伯克曼的观点，认为其"未能注意到微观世界和宏观世界之间的象征关系，老板是整体中的一部分，既是父亲的角色，又是上帝的角色"。[①] 而与伯克曼相类似，克莱尔·汉森(Clare Hanson)和安德鲁·格尔(Andrew Gurr)也质疑了前人对《苍蝇》的高度评价，认为这一作品存在缺陷，因为其象征手法过于刻板僵化。[②]

不少批评家关注了"悲伤"这一主题。邓巴认为《苍蝇》聚焦于在战争中失去独子的主人公的悲伤，着重描写主人公对悲伤的压制如何影响了他的生活。[③] 斯托尔曼认为《苍蝇》的情节围绕"时间和悲伤的冲突"展开，其象征性主题是"时间战胜悲伤"。[④] 托马斯·布莱索(Thomas Bledsoe)否定了斯托尔曼的阐释，认为"整个故事的发展"都是为了说明上引《李尔王》的著名诗句，都聚焦于老板(人类)和命运(天神)的残酷无情；而老板之所以要折磨苍蝇是为了转移自己的悲伤。[⑤] 托马斯(J. D. Thomas)提出，《苍蝇》情节发展的主题是主人公摆脱或者逃脱悲伤。倘若苍蝇的死亡象征着悲伤的消失，那么墨水就是帮助主人公走出悲伤的途径。[⑥] 克林顿·奥利森(Clinton W. Oleson)挑战了托马斯的理解，认为作品描述的并非老板对悲伤的逃离，而是他不愿面对死亡以及自我生存的无意义。[⑦]

也有批评家从其他角度切入对《苍蝇》的阐释。关注权力关系的悉尼·珍妮特·卡普兰(Sydney Janet Kaplan)认为，这一作品展示出权力的腐蚀力量，描写了象征父权制统治的老板如何操控和迫害象征弱小"他者"的苍蝇。[⑧] 康·科罗尼奥斯(Con Coroneos)从精神分析的角度展开探讨，认为《苍蝇》的

---

① Rohrberger, "Katherine Mansfield: 'The Fly,'" p. 69.

② Clare Hanson and Andrew Gurr, *Katherine Mansfield* (New York: St. Martin's Press, 1981), 95—135.

③ Pamela Dunbar, *Radical Mansfield: Double Discourse in Katherine Mansfield's Short Stories* (Basingstoke: Macmillan, 1997), p. 68

④ Stallman, "Mansfield's 'The Fly,'" *The Explicator* 3.6 (April, 1945), item 49；参见徐凯：《巧妙的象征 深刻的内涵——曼斯菲尔德的〈苍蝇〉赏析》，《名作欣赏》2000年第5期，57页。

⑤ Thomas Bledsoe, "Mansfield's 'The Fly,'" *The Explicator* 5.7 (May 1947), item 53.

⑥ J. D. Thomas, "Symbol and Parallelism in 'The Fly,'" *College English* 22.4 (1961), p. 261.

⑦ Clinton W. Oleson, "'The Fly' Rescued," *College English* 22.8 (1961), p. 585.

⑧ Sydney Janet Kaplan, *Katherine Mansfield and the Origins of Modernist Fiction* (Ithaca: Cornell UP, 1991), p. 189.

情节不仅反映出老板施虐的残忍,且带有某种温情感伤的成分;而因为对施虐狂的描述达到了心理上的真实,因此读者可以在观看施虐导致的痛苦时,避免负罪感带来的焦虑。[①] 与此相对照,凯瑟琳·琼斯(Kathleen Jones)认为苍蝇的情节发展十分残酷和愤世嫉俗,既无感伤,也无传奇色彩。[②] 另一位从精神分析的角度切入的学者汉森觉得《苍蝇》有可能是曼斯菲尔德"最为神秘费解"(the most uncanny)的作品,其情节发展戏剧化地展示了死亡对私人领域的入侵。在杀死苍蝇的过程中,"老板与死亡嬉戏,不断走到其边缘,再次展现其儿子之死,展现的方式反映出他对儿子之死的矛盾情感"。[③] 莫罗从叙事学的角度切入,认为根据米克·巴尔(Mieke Bal)的模式,《苍蝇》的情节发展既可视为一个改进的过程,也可视为一个变坏的过程。倘若我们把结尾处"老板不再能回忆起儿子看成时间治愈创伤的例证",那么这似乎是一种改进的过程。但倘若这证明老板很快忘记了儿子,说明他从未真正在乎过儿子,那么这就是一个恶化的过程。因为老板折磨和杀死了苍蝇,读者对他产生了反感,后一种解读更有可能成立。[④]

这些阐释均围绕情节发展展开,而实际上,在《苍蝇》中,存在两种叙事进程:在显性的情节发展背后,还存在一个隐性的叙事进程。

第二节 第一幕中的双重叙事进程

贝特森(F. W. Bateson)和沙哈维奇(B. Shahevitch)将《苍蝇》的情节发展分为三幕:第一幕为"伍迪菲尔德片段",第二幕为"重现老板儿子之死",第三幕为"杀死苍蝇"。[⑤] 本章也按照这样的划分,逐幕探讨这一作品的双重叙

---

① Con Coroneos, "Flies and Violets in Katherine Mansfield," in *Women's Fiction and the Great War*, ed. Suzanne Raitt and Trudo Tate (Gloucestershire: Clarendon Press, 1997), pp. 197—218;

② Kathleen Jones, *Katherine Mansfield* (Edinburgh: Edinburgh UP, 2010), p. 441.

③ Clare Hanson, "Katherine Mansfield's Uncanniness," in *Celebrating Katherine Mansfield*, ed. Gerri Kimber and Janet Wilson (New York: Palgrave Macmillan, 2011), pp. 125—126.

④ Patrick D. Morrow, *Katherine Mansfield's Fiction* (Bowling Green State U Popular P, 1993), pp. 16—17.

⑤ F. W. Bateson and B. Shahevitch, "Katherine Mansfield's 'The Fly': A Critical Exercise," *Essays in Criticism* 12.1 (1962): 39—53.

事进程。如前所示，长期以来，众多批评家已从各种角度对《苍蝇》的情节发展进行了全面深入的解读，为避免重复，本章仅仅简要论及情节发展，而着重揭示藏于其后、与其并行的隐性进程。作品是这样开头的：

> “你在这儿可真舒服啊。”(Y'are very snug in here)伍迪菲尔德老先生对他当老板的朋友尖声说。他坐在办公桌旁边一张绿皮大扶手椅上，探头探脑的，就像小宝宝坐在摇篮车里往外探头探脑一样。[……]老伍迪菲尔德就坐在那儿，抽着烟卷，眼巴巴地盯着老板，瞧他坐在办公椅上转啊转的，身材矮胖，红光满面，虽然比自己还大五岁，可身子骨仍旧结结实实，仍旧掌着大权，看见他真叫人高兴。
>
> 那个苍老的声音里流露出不胜眼红的羡慕心情，又加了一句道：“哎呀，这儿可真舒服！”
>
> “是啊！真够舒服的，”老板同意说。他拿着裁纸刀翻动那份《金融时报》。事实上，他对自己的办公室是颇为得意的；他喜欢人家称赞他的办公室，尤其是听老伍迪菲尔德这么说。他坐镇在办公室中央，眼看着这个虚弱的老头子围着围脖儿，自己深深地、实实在在地感到心满意足了(a feeling of deep, solid satisfaction)。[①]

就情节发展而言，虚弱的老伍迪菲尔德是命运手中的苍蝇，可怜而无助，只能羡慕虽然年长却依然硬朗的老板。老板坐镇在办公室中央的形象让人感觉“一切都在他的控制之中，这也解释了他为何对老伍迪菲尔德采取屈尊俯就的姿态”[②]。老板的强壮和得意可视为他已经走出丧子的悲伤或“时间战胜了悲伤”。在某种意义上，“这些描写是对第一次世界大战后某些麻木不仁者的画像”[③]。这两位人物都是可怜的父亲，都在战争中失去了儿子，因此都是命

① 曼斯菲尔德：《苍蝇》，陈良廷译，载陈良廷、郑启吟等译《曼斯菲尔德短篇小说选》，上海：上海译文出版社，1983 年，全文为 262－268 页，此处为 262 页，后面将用文内注给出页码；此处对译文有较大改动，后面引用时略有改动。

② 蒋虹：《凯瑟琳·曼斯菲尔德作品中的矛盾身份》，北京：中国社会科学出版社，2004 年，第 192 页。宋海波在《及物性系统与权力关系——对凯瑟琳·曼斯菲尔德〈苍蝇〉的文体分析》(《国外文学》2005 年第 4 期，第 97－104 页)中，采用及物性模式分析了老板与伍迪菲尔德、老板与苍蝇、命运与人类之间强与弱的权力关系。

③ 傅子柏：《论曼斯菲尔德的〈苍蝇〉》，《重庆师范学院学报(哲社版)》1995 年第 3 期，第 73 页。

运手中无助的苍蝇。

在情节背后的隐性进程里,叙事运动则是围绕对老板虚荣自傲的反讽展开。作品以直接引语“你在这儿可真舒服啊”开头,显得突如其来,在读者阅读心理中占据突出位置。这句感叹与伍迪菲尔德后面的感叹“哎呀,这儿可真舒服!”(“It’s snug in here, upon my word!”)至少在表层意思上有所冲突,前者仅涉及“你”的舒服,而后者则涉及两人的舒服。按道理,伍迪菲尔德是因为自己觉得舒服才发出感叹,作品第一句排除自我的“你在这儿”显得不合情理,而且以此开篇也颇显突兀。这句话突出的是伍先生对老板的羡慕,这种羡慕在“眼巴巴”和“那个苍老的声音里流露出不胜眼红的羡慕心情”的叙述评论里得到进一步强调。叙述评论也与开篇的人物感叹相呼应,暗暗改变了“哎呀,这儿可真舒服!”的性质,将之在很大程度上变成了伍先生对老板和老板办公室的羡慕,而不是为了表达伍先生自己的舒适感。接下来老板的赞同“是啊!真够舒服的”表面上看,只是表达了老板的舒适感,但下面以“事实上”开始的叙述评论,则说明这是老板的自鸣得意,体现的是老板的虚荣心。读者看到老伍迪菲尔德未老先衰,十分病弱,像可怜的婴孩般的境地,都难免会深感同情。与此相比,老板因为虚荣心作祟,看到中了风的老朋友如此病弱,不是感到同情,而是因为能反衬出自己的强健而格外洋洋自得。曼斯菲尔德采用了“deep”和“solid”来修饰老板这种极端自私的虚荣心,反讽性逐渐变得明显。

省略号省去的部分描述了老伍先生的妻子和女儿每周二都像家长打扮孩子一样把他打扮整齐,让他进城访友,以为他“一定惹朋友们讨厌了”。在情节发展中,这强化了伍迪菲尔德是命运手中可怜的苍蝇的象征——在受命运的捉弄中风之后,他像婴孩般需要家人的照料,只有周二才有机会放风进城,还让妻女担心他遭人嫌弃。如果换一个角度,还可能看到妻女“不问老人怎样在城里打发日子(或老人不愿以实情相告)以及她们的猜想等等,则更进一步显露出彼此的疏远和冷淡”[①]。

然而,在隐性进程里,此处的文本成分则具有十分不同的含义。对于隐性

① 付灿邦:《论曼斯菲尔德的〈苍蝇〉》,《四川师范学院学报(哲社版)》1994年第4期,第112页。该文认为《苍蝇》“通过多重象征描写战争在人的心灵深处造成的创伤”,战争也使人丧失同情恻隐之心,甚至变得贪婪、可鄙(113页)。

进程最为重要的细节是家人担心伍迪菲尔德“一定惹朋友们讨厌了”。就老板而言，这样的担心完全多余，因为伍先生每周二的来访，都受到老板的格外欢迎——伍先生的病弱特别能满足他的虚荣心。伍先生家人的猜想和事实的冲突与其说是对家人的戏剧反讽，倒不如说是对老板自私的虚荣心的反讽：有违常情，把自己的得意建立在朋友的病弱之上。开头部分的隐性进程通过前后呼应的方式，暗暗地聚焦于对老板自私虚荣的反讽，邀请读者对其做出负面的伦理判断。接下来的片段是：

> “我最近把房间整修过了，”他解释说，他前几个星期就解释过了——不知说过多少回了。“新地毯，”他指指那张大白圈图案的鲜红地毯。“新家具，”他冲着那个大书柜，那个四条腿像扭股糖似的桌子点下头。“电炉子！”他几乎兴高采烈地冲着那倾斜的铜炉摆摆手，炉里五串像红肠般的电热丝正在幽幽发光，晶莹如珠。
>
> 可他没叫老伍迪菲尔德注意桌子上方的一张照片，照片上是个身穿军服，神情严肃的小伙子，站在照相馆的那种阴风惨惨的公园里，背后是照相馆那种满天风云的布景。这张照片不是新的，已经在那里有六年多了。(《苍蝇》:263)

就情节发展而言，老板此处的得意可进一步说明他已经从丧子的悲伤中恢复过来；对照片的指涉也为后面描写父子关系和儿子的阵亡做出铺垫。若换一个角度，也会看到，作为“踌躇满志”的实业家，老板对象征其成功和财富的办公室装潢的“津津乐道”体现出“他那重物质的性格特征”。与此同时，失去独子的老板在“内心深处，却隐藏着无法弥补的痛苦和失落”，一直在“逃避残酷的现实”，因此忽视了那张儿子的照片。[①]

在隐性进程里，我们则进一步看到老板在虚荣心驱动之下的洋洋自得。他一再向伍迪菲尔德炫耀整修一新的办公室，逐一显摆自己的新物件，这种琐碎与他的老板身份十分不协调。这是隐性进程继续暗暗展开对老板虚荣心的反讽。叙述评论“不知说过多少回了”“几乎兴高采烈地”有力地加强了反讽的

① 蒋虹：《凯瑟琳·曼斯菲尔德作品中的矛盾身份》，北京：中国社会科学出版社，2004年，第191—193页。

效果。诚然,新办公室与旧照片之间形成了反差,这与情节的戏剧性相关,但无须一再夸耀办公室新的地毯、家具、电炉等细小的物件,这种夸耀很像虚荣心较强的家庭妇女的行为方式。老板对这些物品周复一周的琐碎夸耀超出了情节发展的需要。然而,这些细节却在反讽老板虚荣心的隐性进程中起着十分重要的作用。

第三节 第二幕中的双重叙事进程

接下来,中风后健忘的伍先生在喝了老板拿出的威士忌之后,想起了自己想告诉老板的事:女儿去比利时给儿子上坟时,看到了老板儿子的坟。这对于情节发展来说十分重要,点出了两位父亲都是战争受害者的事实。但对于聚焦于老板本人虚荣自傲的隐性进程而言,这一片段则无关紧要。伍先生走后,老板吩咐谢客半小时,把门关上了。

> 老板伛着身子,双手捧着脸。他要,他存心想,他已经安排好要哭一场[……]
>
> 刚才老伍迪菲尔德突然提到他儿子的墓,这对他是个可怕的打击。正像大地开了个口子,他看见儿子躺在那儿,伍迪菲尔德的女儿往下看着他。说来也怪,虽然已经事隔六年多了,老板一想起他儿子,总看到他面目不改,整整齐齐地穿着军服,躺在那儿,永远睡着不醒。"我的儿啊!"他呻吟道。可是还没有眼泪淌下来。孩子死后,头几个月里,甚至过了几年后,他只要一说这几个字,就会万分悲痛,只有放声大哭一场,才能减轻他的痛苦。他当时说过,告诉过大家,时间并不会使他发生变化。人家时间长了,也许会恢复过来,会忘却他们丧子之痛,可他不会。怎么忘得了呢?他儿子是独生子。自从孩子生下来那天起,老板就为他努力发展这个企业了;如果不是为这孩子,那就什么意义也没有。做人也毫无什么意义了。他辛辛苦苦,克勤克俭,干了这么多年,不就是因为他总有这个盼头,盼着孩子继承他的衣钵和发展他未竟的事业吗?
>
> 而且这个盼头眼看就要实现了。大战前,孩子已经到办公室里学了一年业务。每天早上他们父子一起出来,晚上乘同一班火车回去。他这个做父亲的受到过多少人的祝贺!这也难怪,孩子办起事来出色极了。谈到跟

职员的人缘吧，上上下下包括老梅西在内，都对这孩子赞不绝口。[……]

可是这一切都一去不复返了，就像从来没有这回事一样。那一天梅西递给他那份电报，他犹如五雷轰顶："兹沉痛通知阁下……"他离开办公室的时候精神已经垮了，他这一生都毁了。

六年前，都六年了……时间过得多快啊！恍若昨天的事。老板放下掩着脸的双手；他感到困惑。好像自己有点不对头。他感到心情不是原来想要感受的那样。他决定站起来看看孩子的照片。不过这张照片他并不中意；照片上的表情不自然。脸色冷冰冰，甚至可以说是面色严厉。这孩子从来也没这样过。(《苍蝇》:265—266)

就情节发展而言，这一片段集中展现了战争的残酷和战争给人们带来的巨大的心理创伤。像很多家长一样，父亲一心为了独子而奋斗，而战争却夺去了他唯一的孩子和生活的盼头，给他带来了哀伤和绝望。儿子的阵亡让读者联想到成千上万死于战场的年轻人，父亲的痛苦也使读者联想到众多在战争中失去孩子的父母的痛苦——父亲代表在战争中痛失爱子的众多父亲，他们悲痛欲绝、孤苦无助。父亲一直不愿意接受失去儿子的现实，因此儿子在他的眼中永远在熟睡。

然而，儿子脸色的冷冰冰和老板没有如自己期待的那样痛苦流泪较难按照情节发展的逻辑来解读，批评家也给出了大相径庭，甚或截然相反的猜测和解释。内森认为老板"不能为死去的儿子掉眼泪是因为儿子不听他的话，去参军打仗"[1]。这完全忽略了老板当初为失去儿子而万分悲伤的情况。有的批评家则认为老板像是一战中的老将军或者统治阶层，把年轻人送上战场，使他们失去生命，因此照片上儿子会面色冷峻。[2] 但我们从作品中看到的则是，老板一心想要儿子继承自己的事业，而不是去战场上送命。也有批评家仅仅关注老板丧子的悲伤，把老板不能掉眼泪理解为"令老板感到麻木的悲伤"[3]。若换一个角度，也有可能看到，"对事业的偏执追求导致了情感的物化。在老板的心目中，事业比儿子更重要，真正值得痛苦的似乎不是一个年轻生命的消

① Rhoda B. Nathan, *Katherine Mansfield*, New York: Continuum, 1988, p. 101.

② Dunbar, *Radical Mansfield*, p. 69; Barnard, "The Fly," p. 200.

③ Thomas, "Symbol and Parallelism in 'The Fly,'" p. 261.

逝,而是自己事业后继无人的绝望”[①]。

与此相对照,在隐性进程里,我们看到的则是围绕老板的虚荣自傲继续展开的反讽。通常,爱子阵亡,父亲任何时候想起来都会情不自禁地感到悲伤。然而,在曼斯菲尔德的笔下,老板的哭泣此时则欲求而不得。曼氏用了三个既重复又递进的小句“他要,他存心想,他已经安排好要哭一场”(He wanted, he intended, he had arranged to weep)来微妙又强烈地反讽目前老板情感的不自然。悲伤哭泣成了老板存心想做,甚至需要安排好来做的事情,这与读者的阅读期待产生强烈的冲突。老板双手掩脸,是为了接住眼泪,“可是还没有眼泪淌下来”(But no tears came yet)。副词“yet”使读者期待老板的眼泪晚些时候流淌,但这一期待会落空。作为痛失独子的父亲,老板目前的反应无疑是反常的,就连老板自己都感到自己“不对头”。在上引片段里,我们不仅看到老板过去控制不住的悲哭和现在极力想哭都哭不出来的对比,而且看到老板的预言(自己会悲伤一辈子)和现实(已经不再真正悲伤)之间的对照。这一对照与另一对照暗暗呼应:叙述评论(“精神已经垮了,他这一生都毁了”)跟现实(作品开头展现的老板如今自鸣得意的精神面貌)之间形成强烈反差。

这些对照具有反讽性和戏剧性,但对于情节发展则显得无关紧要,甚或有所偏离,因此有的批评家对之视而不见。[②] 那么,究竟什么因素造成了昔日和今日老板情感和精神上的不同呢?在隐性进程里,老板和他儿子的实质关系是回答这一问题的关键。上引片段是全文中唯一描写了父子关系之处。儿子是老板事业的唯一继承人,老板简短的回忆也强调了父子之间在事业上的相似:“每天早上他们父子一起出来,晚上乘同一班火车回去。”上引第三个段落以“而且这个盼头眼看就要实现了”这一主题句开头,整个段落都围绕“孩子继承他的衣钵和发展他未竟的事业”这个盼头的即将实现展开。下一个段落则描写这一盼头的落空。不难看出,老板的整个回忆都仅仅涉及他如何期盼儿子继承他的事业和这一盼头的破灭,而没有涉及家庭亲情本身。至少就隐性进程而言,在老板眼里,儿子只是承继他的事业、给自己在生前和死后带来荣

① 徐凯:《巧妙的象征 深刻的内涵》,第57—58页。

② 在阐释情节发展时,有些批评家认为老板和六年前一样悲伤,见 Morrow, *Katherine Mansfield's Fiction*, p. 103; Bernard E. Peltzie, "Teaching Meaning Through Structure in the Short Story," *The English Journal* 55.6 (1966), p. 708。

耀的工具，他为了儿子辛勤工作是为了满足自己的虚荣心，他对儿子阵亡的噩耗感到万分悲伤是在为失去唯一继承自己事业、为自己带来荣耀的工具而悲伤。我们在前面已经看到，老板近来通过其他方式——将办公室整装一新，与虚弱无助的朋友的对比，享受朋友的恭维等——找回了自己的自傲，满足了自己的虚荣心。他不再把虚荣自傲建立在儿子对其事业的继承上，尽管失去了儿子，他照样能够活得潇洒自得，这是他不再能为儿子掉眼泪的深层原因。曼斯菲尔德之所以会在简短的篇幅里，下如此重的笔墨来戏剧性地表达老板极力欲哭而不得，是为了在隐性进程中反讽自私的老板只是把儿子当成了满足自己虚荣心的工具。值得注意的是，老板简短的回忆突出了儿子给自己带来的荣耀："他这个做父亲的受到过多少人的祝贺！"也正是因为虚荣心，他无法接受失去儿子的现实，而是自我欺骗地总是"看到他面目不改，整整齐齐地穿着军服，躺在那儿，永远睡着不醒"。

曼斯菲尔德笔下的"说来也怪"暗暗带上了反讽的口吻。这种反讽在隐性进程走到"照片上的表情不自然。脸色冷冰冰，甚至可以说是面色严厉"时变得更为强烈。照片是不会变化的，老板眼中儿子表情的变化反映的是老板自己心理的变化(已经通过其他方式满足了自己的虚荣心，不再为丧子而悲伤)。作者采用"冷冰冰"来暗指父亲对儿子缺乏真正的爱，只是把儿子当成满足自己虚荣心的工具，而"严厉"(stern)一词则暗含作者对老板自私虚荣的批评立场。

情节发展和隐性进程沿着不同的轨道前行，邀请读者做出大相径庭的反应。对于情节发展至关重要的是战争的残酷和人类的无助。战争夺去了老板唯一的孩子，给他带来巨大的痛苦、悲伤和绝望，引起读者强烈的同情和共鸣。在这一叙事运动的后面，则是对老板的自私虚荣展开反讽的隐性叙事进程。在这一叙事暗流中，隐含作者邀请读者对老板做出批评性的道德评价，读者和老板之间的距离大大拓宽。无论是单看情节发展还是单看隐性进程，均会失之偏颇。

第四节　第三幕中的双重叙事进程

接下来，文本描述了老板如何杀死苍蝇：

这时,老板注意到一只苍蝇跌进大墨水壶里去了,正挣扎着想爬出来,这番挣扎虽然无力,却是在拼命呢。救命!救命!那几条挣扎的腿仿佛在喊。可是墨水壶的边缘又湿又滑;苍蝇又跌下去,在墨水中游泳了。老板拿起一支钢笔,把苍蝇挑出来,甩在一张吸墨纸上。[……]这场大难总算过去了,它捡了一条命,又准备重新投入生活了。

就在这时候,老板想到个主意。他把钢笔蘸进墨水里,粗壮的手腕靠着吸墨纸,苍蝇正想展开翅膀,一大滴墨水滴下来了。它会怎么办?的确会怎么办!这可怜的小家伙好像完全吓到了,目瞪口呆,动也不敢动,不知道还要出什么事。可是转眼工夫,它好像痛苦地拖着身子往前爬了。前腿挥动着,撑起来,这一回可慢得多了,它又从头来起了。

老板想,这倒是个有胆量的小鬼,他不由从心里对这苍蝇的胆量感到佩服。对付事情就要这个样子,就是需要这种精神。永远不要气馁;这问题无非是个……谁知苍蝇这会又辛辛苦苦地忙完了;老板正好来得及把钢笔再蘸一下,在刚刚弄干净的苍蝇身上不偏不倚地又滴下一滴墨水。这回怎么样呢?开头一会叫人捏了把汗(A painful moment of suspense followed)。可是一看哪,前腿又在动了;老板不由大大松了一口气(felt a rush of relief)。他俯身对着苍蝇,温柔地对它说,“你这个机灵的小……”他还当真想出个妙主意,对着苍蝇吹气,帮它身子快干。尽管如此,那只苍蝇挣扎起来已经显得有点胆怯无力(there was something timid and weak about its efforts now)。老板决定最后再来一次,他把钢笔又深深蘸进墨水壶里。

果然不错(It was)。最后一滴墨水滴在湿透的吸墨纸上,又湿又脏的苍蝇躺在墨水里,再也不动了。只见它后腿粘在身体上,前腿已经看不见了。

“快,”老板说,“上劲些!”他用钢笔去挑动苍蝇——白费劲(And he stirred it with his pen——in vain)。什么动静也没有,苍蝇死了。

老板用裁纸刀尖把苍蝇挑起,甩在废纸篓里。不料心里突然感到难熬的痛苦,不禁害怕起来。他猛地跳起身来,按铃叫梅西。

“给我拿点干净的吸墨纸来,”他严厉地说,“快去。”这只老狗轻轻退出去了(the old dog padded away)。他又纳闷起来,刚才他在想什么呢?

是什么事情来着？是……他掏出手绢，在领子里擦擦脖子。他无论如何想不起来了(For the life of him he could not remember)。(《苍蝇》：266—268；着重点为引者所标)

这是作品的最后一个片段，也是作品中唯一描写了苍蝇的片段，与作品的题目“苍蝇”直接呼应，是情节发展中最为重要的部分。老板玩弄苍蝇、使之丧命的行为让人联想起上引《李尔王》中的著名诗句；老板手中的苍蝇代表着在命运手中(包括在战场上)死于非命的可怜无助的芸芸众生。在阐释情节发展时，众多批评家聚焦于这一片段中老板杀死苍蝇的施虐和残忍，[①]关注了这一行为的各种象征意义(见上引)。

然而，在隐性进程里，我们看到的则是另一番景象。若追踪这股叙事暗流，我们会发现老板先是带着怜悯之心，把看上去呼喊“救命!”的苍蝇解救了出来，在苍蝇准备飞走时，“老板想到个主意”，这才发生了从救命到夺命的转折。老板想到的是何主意，作品没有交代。但若仔细考察作者的遣词造句，则不难发现，老板是想通过苍蝇来检验自己的生存能力。他与苍蝇逐渐产生了强烈的认同感。他往苍蝇身上滴下第一滴墨水后，文中出现了用自由间接引语表达的老板的内心想法：“它会怎么办？的确会怎么办!”苍蝇挣扎成功后，老板对苍蝇的胆量感到佩服，这时文中又出现了老板的内心想法“[我们]对付事情就要这个样子，[我们]就是需要这种精神。永远不要气馁”(That was the way [for us] to tackle things; that was the right spirit [for us]. Never say die)。表面上看，老板仅仅在评论苍蝇，而实际上老板也在评论自己处于同样情境时应该怎么做。不难看出，老板这时已经把自己摆在了“有胆量的”苍蝇的位置上，在通过苍蝇检验自己在险恶情况下的生存能力。如果苍蝇不能存活，那就会对他的自信、自傲和虚荣心带来沉重打击。

老板又在苍蝇身上滴了一滴墨水之后，感到很紧张，产生了揪心的悬念，苍蝇开始活动之后，老板“不由大大松了一口气”。也就是说，老板已经把“有胆量的”苍蝇当成了自己的替身，与其说是为苍蝇担心，不如说是为他自己担心。正因为如此，老板会对着苍蝇吹气，帮它身子快干。看出苍蝇已经“有点”

---

① 参见 Sylvia Berkman, *Katherine Mansfield* (New Haven: Yale UP, 1951), p. 195; Kathleen Jones, *Katherine Mansfield* (Edinburgh: Edinburgh UP, 2010), p. 441。

胆怯无力了,老板决定最后再滴一滴墨水。他原以为苍蝇能最后挣扎出来(毕竟只是"有点"胆怯无力),也以此最后证明自己的胆量和能力,所以对着苍蝇说:"快,上劲些!"还用钢笔去挑动苍蝇,但却只是"白费劲"。老板的"白费劲"是对与苍蝇认同的老板之自负的微妙反讽。值得注意的是,曼斯菲尔德在"白费劲"前面添加的破折号起到了强调这一词语的作用。此前出现的"果然不错",是叙述者的评论,指的是苍蝇无法再继续生存,这与老板滴最后一滴墨水时的愿望暗暗形成对照,产生了反讽的效果。如果我们没有把眼光拓展到情节背后的隐性进程,就难以察觉老板的眼光和叙述者的眼光之间的反差,以及由此产生的微妙反讽。

老板在儿子死前,与儿子相认同,把自己的虚荣自傲放到儿子身上;儿子死后,他就整个垮了。此时,老板又与苍蝇相认同,又把自己的虚荣自傲放到苍蝇身上;苍蝇死后,他的自信和希望也被摧毁,"心里突然感到难熬的痛苦(But such a grinding feeling of wretchedness seized him),不禁害怕起来"。原文中的"grinding"一词有"看上去不会终结"的含义[1],从这一角度看,仿佛老板会永远痛苦。如前所述,当老板的儿子阵亡时,老板以为自己这一生都完了,但他不久就通过其他途径恢复了自信和自傲。此时,老板视为自己替身的苍蝇未能生存,他似乎难以摆脱痛苦,而实际上他即刻就恢复了自信和自傲,这从他对梅西下的严厉命令和将其蔑视为"老狗"就可见出。[2]

就情节发展而言,作品最后一段可以为"时间战胜悲伤"的解读提供支撑。蒋虹认为对老板来说,"失去记忆也许是最好的选择,通过记忆模糊来逃避现实也许是他与现实调和的最佳途径"[3]。在付灿邦看来,小说的结尾"留下一大片空白,让读者自己去思考老板在不知不觉中对无辜生命施以酷刑的终极意义"[4]。汉森从精神分析的角度切入,认为老板忘却先前想的事标志着其心理压抑和心理否认过程的结束。[5] 徐凯则认为,老板折磨苍蝇是为了转移或

① *The New Oxford Dictionary of English*, ed. Judy Pearsall (Oxford: Oxford UP, 1998), p. 808.

② "老狗"一词出现在叙述者的描述中,但体现的却是老板的眼光;这是叙述者在通过暗中模仿的方式对老板自高自大的眼光加以反讽。

③ 蒋虹:《凯瑟琳·曼斯菲尔德作品中的矛盾身份》。北京:中国社会科学出版社,2004年,第194页。

④ 付灿邦:《论曼斯菲尔德的〈苍蝇〉》,第116页。

⑤ Hanson, "Katherine Mansfield's Uncanniness," p. 126.

减轻自己的痛苦,结果反而导致痛苦的积累——“他将苍蝇折磨死之后感到的不是轻松和解脱而是无法忍受的压抑和恐惧”[①]。从这些角度来看老板,读者会对老板产生一定的同情和共鸣。

然而,在情节发展背后的隐性进程里,作品的结尾却着力于反讽老板的虚荣自傲。请对比下面这两个片段:

> (1) “我想讲给你听一件事,”老伍迪菲尔德说,他眼睛变得迷迷蒙蒙的,回想着,“咦,是什么事情来着(Now what was it)? 今儿早上我出门那会儿还记在心上呢。”他的手打着哆嗦,脸上没给胡子遮住的地方出现了块块红斑。
>
> 老板心里想,可怜的老家伙余日无多了。(《苍蝇》:263)
>
> (2) 他[老板]又纳闷起来,刚才他在想什么呢? 是什么事情来着(What was it)? 是……他掏出手绢,在领子里擦擦脖子。他无论如何想不起来了。

片段(1)出现在伍迪菲尔德告诉老板他儿子的坟的事之前。在开篇,老板面对伍先生的病弱而洋洋自得,而在面对伍先生的健忘时,老板更是感到自己的优越,居高临下地想着“可怜的老家伙”活不长了。如果说伍先生的健忘给了老板很强的优越感的话,我们在作品的结局却看到了老板与伍先生相似的困境和窘境。伍先生因为想不起来而着急,脸上“出现了块块红斑”,而出现在上引结局处的(2)中的老板也因为想不起来而着急,身上冒出了冷汗,只好“掏出手绢,在领子里擦擦脖子”。在用直接引语转述两人的想法时,曼斯菲尔德采用了同样的文字(“是什么事情来着?”)来形象地表达两人健忘的相似。与此同时,还采用了“无论如何”这一副词来强调老板的健忘。作品的最后一句在读者的阅读心理中位置显著。作品很唐突地以“他无论如何想不起来了”戛然终结,突出了老板的健忘。这是对老板虚荣自傲的强烈反讽:他跟老伍先生同样健忘,没有理由把自己摆到居高临下的优越位置上。

我们在上面引文中还看到“这只老狗轻轻退出去了”这样描述梅西的文字。请看前面的相关描写:

---

① 徐凯:《巧妙的象征 深刻的内涵》,第58页。

> 伍迪菲尔德走了。老板就这么待在那儿,待了很久,两眼茫然盯着。这时那头发灰白的办公室职员[指梅西]一直看着他,从他那间小房间躲躲闪闪地走出走进,就像一条狗希望主人带它出去遛遛一样。(《苍蝇》:265)

虽然此处的视角是叙述者的,但将老梅西描述成一条狗则是叙述者对老板自傲眼光的戏仿。在自傲的老板眼里,头发灰白的员工只不过是一条狗,而"轻轻退出""躲躲闪闪"也反映出老梅西的低三下四,这显然是为了迎合老板的虚荣自傲。在阐释情节发展时,有的批评家将老板的儿子与梅西和伍迪菲尔德相提并论,认为作为施虐狂的老板可能"把儿子吓坏了(likely cowed his son),正如他这么对待伍迪菲尔德和他的职员一样"[①]。而实际上,虚荣的老板是把儿子当成自己的化身,希望儿子像自己一样能干和自信,他对儿子的态度截然不同于他对伍迪菲尔德和梅西的态度。

在这个男性人物主宰的世界里,只有一处提到老板和女性的关系。老板请伍迪菲尔德喝威士忌时,后者提到其妻女不让中了风的他喝烈酒,老板对此不屑一顾,居高临下地大声说:"哎,这方面咱们比女人懂得多一点",接着倒了较多(a generous finger)的威士忌让伍先生喝。然而,中了风的人应避免(多)喝烈酒是男女共有的常识,且伍先生就坐在旁边,完全没有必要"大声说"(cried)。通过让老板居高临下地否定他本应具备的常识,且洋洋自得地大声表达自己的优越感,作品对老板的自傲进行了微妙的反讽。

随着隐性叙事进程的发展,老板的老朋友、办公室、女人、随从、儿子和苍蝇都成了映衬老板虚荣自傲的手段,构成一股贯穿全文的反讽性暗流。值得强调的是,这种隐性进程中的反讽不同于通常的反讽,它有赖于前后叙事成分暗暗的交互作用。譬如,结局处"他又纳闷起来,刚才他在想什么呢?……他无论如何想不起来了"本身并不带反讽,只是在跟前面老板对伍先生的健忘产生的优越感相连时,才产生反讽意义。而反过来,结局处的反讽也加强了开头对老板"坐镇在办公室中央,眼看着这个虚弱的老头子围着围脖儿,自己深深地、实实在在地(solid)感到心满意足了"的反讽——老板的自鸣得意缺乏

---

① Barnard, "The Fly," p. 200.

“solid”的根基。

值得一提的是，生活中的曼斯菲尔德对虚荣心十分反感。在1921年给朋友的信中，她在介绍了自己创作《布里尔小姐》时精心采用的技巧后，马上说明自己“不是出于虚荣心，而只是想解释写作方法”[①]。在1920年给爱人的信中提到厌恶某地居民的“精神瘫痪”时，说的是这些居民的“虚荣和丑恶”(vanity and ugliness)。[②] 她在1918年给爱人的另一封信中谈到，她的写作有两个出发点，一是努力去表达“微妙的、可爱的事物”，另一个则是“反对腐败的呐喊”(a cry against corruption)；她“正在属于第二种情况的深海上全力出航”。[③]她在不少作品里反讽了人物的虚荣心这种“腐败”。在评论《苍蝇》时，不少批评家认为老板身上有曼斯菲尔德“自私和残忍”的父亲的影子[④]，但他们没有注意到，《苍蝇》中老板的自私表现为一种虚荣自负——对老朋友的不幸感到自鸣得意，将儿子当成满足自己虚荣心的工具，将老梅西视为一条“狗”。曼斯菲尔德通过隐性叙事进程对这种自私的虚荣进行了富有艺术性的冰冷而“严厉”的反讽。

第五节　隐性进程和情节发展各自的片面性

本书的理论探讨部分曾经提到，隐性进程之于情节发展往往呈现一种颠覆或者补充的关系。《苍蝇》中的隐性进程属于补充型。作品的情节发展富含象征意义，围绕战争、死亡、悲伤、施害/受害、无助等展开，对老板个人的虚荣心的反讽是情节背后的一股叙事暗流。两者构成整个作品叙事运动明暗相映的两个分支，联手表达出作品丰富的主题意义，塑造出复杂多面的人物形象。

在阐释《苍蝇》第三幕的情节发展时，有学者注意到了老板在借苍蝇进行精神探索，但光看情节，则很难看到反讽的效果。有的批评家提出，“不应将老板视为冷漠无情的人物，他在一只普通家蝇身上做的实验表明他在无意识地

---

① O'Sullivan and Scott eds., *The Collected Letters of Katherine Mansfield*, Vol. IV, p.165.

② Vincent O'Sullivan and Margaret Scott eds., *The Collected Letters of Katherine Mansfield* (Oxford: Clarendon Press, 1993), Vol. III, p.240.

③ O'Sullivan and Scott eds., *The Collected Letters of Katherine Mansfield*, Vol. II, p.54.

④ 见词条“The Fly” in *Short Story Criticism*, p.200。

对生活的意义进行形而上学的探询。他短暂地得到了答案,但他感到害怕,很快摆脱了这一答案(pushed it out of his mind)。"[①]这种看法不无道理,但忽略了老板的试验与老板的虚荣心之间的关联,而且说老板主动"摆脱了这一答案"与老板极力回忆而不得的文本事实形成相反走向。蒋虹从老板一再将苍蝇置于死地,而苍蝇一再死里逃生中看到了双重意义:"一方面可以说反映了命运的残酷和生命的顽强,另一方面,老板如此反复的动作不光出于好奇心而已,更多的是一种心灵的探索。借苍蝇不屈不挠的求生精神,他渴望从中获得生存的勇气,找到人生的意义,以求得精神上的平衡。但苍蝇的最终死去,又使他重新陷入了绝望和恐惧之中"[②]。这种情节的双重阐释是值得称道的,但只有把眼光拓展到情节背后的隐性进程,才能看到老板的行为与其虚荣心之间的关联,看到曼斯菲尔德对老板持续不断展开的微妙反讽。[③] 杨岸青在《老板的形象之惑》一文中,从叙述视角切入,分析了老板的优越感和虚荣心,但因为仅仅关注情节发展,未能发现第三幕中对老板虚荣心的反讽。[④] 在阐释第三幕时,付灿邦关注了讥讽的效果:"最具讽刺意味的是,老板一边折磨苍蝇,却又一边竭力鼓励可怜的小家伙走出困境,战胜死亡。苍蝇在那里苦苦挣扎,被弄得晕头转向,竟然怀着侥幸摆脱厄运的幻想。它的天真无知使人颇觉可怜、可叹"[⑤]。然而,如前所述,老板之所以鼓励苍蝇努力走出困境,是因为他把自己摆在了苍蝇的位置上。而苍蝇的天真无知则代表了芸芸众生在命运面前的天真无知——曼斯菲尔德是把苍蝇作为人类的象征。

---

① 见词条"The Fly" in *Short Story Criticism* 38, ed. Anja Barnard (Detroit: Gale Group, 2000), p. 200。

② 蒋虹:《凯瑟琳·曼斯菲尔德作品中的矛盾身份》,第 194 页。

③ 梁蔚菁在《佳木斯教育学院学报》2014 年第 4 期上发表了《反讽——论曼斯菲尔德的〈苍蝇〉》一文(第 78—79 页),揭示了对老板虚荣心持续不断的反讽,但令人遗憾的是,该文的基本内容出自笔者自己发表在《外国文学评论》2012 年第 2 期上的《叙事动力被忽略的另一面——以〈苍蝇〉中的"隐性进程"为例》。

④ 杨岸青:《老板的形象之惑——〈苍蝇〉的叙述视角分析》,《国际安全研究》2007 年第 5 期,第 69—75 页。笔者从 20 世纪 90 年代开始,在北大英语系研究生的"小说理论和批评方法"课上,一直注意引导学生关注曼斯菲尔德在《苍蝇》中对老板自私虚荣的揭示和反讽,杨岸青读研究生时选了这门课。但笔者在 2011 年以前,由于仅仅关注情节的深层意义(潜文本),因此到第三幕时,仅仅聚焦于老板既是受害者又是施害者的双重性,未能继续挖掘对老板虚荣心的反讽。此后,笔者在挖掘情节发展背后的隐性进程时,才发现了作品自始至终反讽老板虚荣自傲的叙事暗流。

⑤ 付灿邦:《论曼斯菲尔德的〈苍蝇〉》,第 113 页。

值得强调的是,看不到隐性进程,就有可能对情节发展的某些成分产生误解。由于长期的批评传统仅仅关注文本的一个叙事进程(可能会有不同分支),而受新批评等形式主义流派的影响,众多批评家又强调作品是一个"有机整体",因此有意无意地把各种文本成分往既定的轨道上硬拉,造成种种牵强附会。譬如,在设定了"整个故事的运动"都围绕残忍展开之后,布莱索把老板对待伍迪菲尔德的态度也阐释成"施虐狂的",并给出了这样的证据:老板自私残忍地在身体已垮的朋友面前展示自己修整一新的办公室,获得一种欣慰。[①] 布莱索忽略了老板是向所有来客展示自己的办公室,而且作者采用了生活中"最后的乐趣"来形容伍迪菲尔德在老板办公室感到的惬意。的确,老板是自私的,但作品描写老板"喜欢人家称赞他的办公室",反讽的主要是老板自私的虚荣,而不是自私的残忍。此外,老板为挣扎的苍蝇"捏了把汗",接着又"大大松了口气",如此等等,这些都难以用老板的冷漠残忍来解释。

斯坦利·格林菲尔德(Stanley B. Greenfield)将作品的主题界定为"时间和生活战胜悲伤",并从这一角度来解读一切。[②] 在他看来,苍蝇越来越无力的挣扎类似于老板过去想保持自己悲伤的努力。"苍蝇的每一次挣扎都更加困难,就像老板每次的这种努力都更加困难……苍蝇死了,老板的悲伤也消失了"。实际上,老板在过去的六年里,并没有一次一次地想保留自己的悲伤;而且在注意到苍蝇之前,老板已经欲哭而不得了。另一位批评家赖特则认为老板杀死苍蝇是为了摆脱自己的悲伤,苍蝇死后,老板得到"情感上的净化",不再悲伤。[③] 这也与文本事实不相吻合。同样认准了《苍蝇》的主题是"时间战胜悲伤"的斯托尔曼,也仅从这一角度来阐释老板与苍蝇的关系。在他看来,老板像苍蝇一样,也战胜了第一滴墨水——摆脱了失去儿子的悲伤;然而,老板往苍蝇身上滴了第二滴墨水之后,我们就不能把老板和苍蝇相提并论了,因为"苍蝇挺过了他的悲伤"(the Fly survives his grief)而老板却"已经没有悲伤需要克服"。[④] 而实际上,老板在往苍蝇身上滴墨水时,越来越与苍蝇相认同。

---

① Bledsoe, "Mansfield's 'The Fly,'" item 53.

② Stanley B. Greenfield, "Mansfield's 'The Fly'," *The Explicator* 17.1 (October, 1958), item 2.

③ 见 Celester Turner Wright, "Genesis of a Short Story," *Philological Quarterly* 34.1 (1955), pp. 94—95; Thomas Bledsoe, "Mansfield's 'The Fly'," *The Explicator* 5.7 (May, 1947), item 53。

④ Stallman, "Mansfield's 'The Fly,'" item 49.

罗尔伯杰则仅从死亡和苍蝇的象征意义的角度来考察，他认为，“老板企图通过儿子让自己达到不朽，而现在，意识到儿子确实死了，老板必须认识到自己的必死性。哭不出来的老板把注意力转向了那只挣扎的苍蝇，在这一象征性事件中，具有父亲和上帝双重角色的老板达到了释放自己情感的目的。扮演上帝或命运角色的老板夺去了苍蝇的生命，正如其儿子的生命被夺走，也正如他自己的生命在走向终结。”[①]这种对情节进程的阐释可备一说，但难以涵盖情节发展的其他含义，更无法看到隐性进程。

应该指出，如果说仅仅考察情节发展（尤其是仅仅关注其某一方面时）会失之偏颇，倘若仅仅关注隐性进程，也同样会失之偏颇。对老板虚荣自傲的反讽仅仅是曼斯菲尔德创作《苍蝇》的修辞目的之一。我们需要同时关注情节发展和隐性进程这两种并列前行的叙事进程，并充分关注两者之间的交互作用。

值得注意的是，老板与苍蝇的渐进性认同对于情节发展和隐性进程具有不同的主题涵义。如前所述，在情节发展中，苍蝇主要象征的是作为神灵手中玩物的人类和在战争中死去的无辜的生命，当苍蝇在老板墨水的侵害下失去生命时，通过老板与苍蝇的认同或等同，曼斯菲尔德强化了老板作为受外力控制的无助的受害者的形象（他在战争中失去儿子是这种受害无助的一种体现）。这种阐释可从曼斯菲尔德的丈夫默里的评论中获得支撑：“战争在曼斯菲尔德心头留下了深刻而难以改变的烙印……这在她生命最后那年写下的《苍蝇》里得到了完美的表达”[②]。然而，叙事与战争的主题关联仅仅局限于情节发展，其背后的隐性进程朝着另外一个方向与之并列前行。在隐性进程里，老板与苍蝇的认同仅仅对反讽老板的虚荣自傲起作用。在这一叙事进程中，苍蝇的死亡对老板造成沉重的打击，但仅仅是对其自信自傲的打击。前文曾提及，对于情节发展无关紧要的文字，对于隐性进程可能至关重要；反之亦然。而在此处，我们看到的则是：同样的文本成分对于情节发展和隐性进程都至关重要，但却是沿着不同的轨道发挥作用，表达出不同的主题意义，也引发读者大相径庭的反应。

---

① Mary Rohrberger, “Katherine Mansfield: ‘The Fly,’” pp. 68－74.

② J. Middleton Murry, ed. *Journal of Katherine Mansfield*, definitive ed. (London: Constable, 1954), p. 107；参见 Pauline P. Bell, “Mansfield's ‘The Fly,’” *The Explicator* (1960) 19.3, item 20。

总体来看，在情节发展里，老板是一个富含象征意义的人物；而在隐性进程里，他则是一个自私虚荣的个体。就情节发展而言，老板因战争中痛失爱子而引起读者的同情，因像天神那样折磨苍蝇而引起读者的反感，也因进行精神上的探索而引起读者的共鸣。就隐性进程来说，曼斯菲尔德通过老板的老朋友、办公室、女人、职员、儿子和苍蝇，对老板的虚荣自傲展开了持续反讽，邀请读者对这种个人性格缺陷做出道德评判。这两种叙事进程既相互制约又相互补充，在并列运行中产生文学作品特有的矛盾张力和语义密度。在阅读时，读者需要综合协调对于情节发展、隐性进程以及两者之间交互作用的不同反应，在矛盾张力、对照与融合中达到对作品的主题意义较为全面的理解，并看到人物形象的多面性和复杂性。

最后，值得强调的是，隐性进程具有较强的间接性和隐蔽性，往往在很大程度上由一些看上去较为琐碎离题的细节组成，因此很容易被忽略。在《苍蝇》中，从“你在这儿可真舒服啊”这一开篇的直接引语开始，文中出现的诸多细节对于情节发展而言都显得无关紧要和相当琐碎，但对于隐性进程来说则十分重要。在阅读过程中，我们若能打破长期批评传统的束缚，着力挖掘与情节并行的叙事暗流，就会越来越清楚地看到这些表面上琐碎离题的细节实际上具有的较强主题相关性，看到它们在艺术手法上的微妙和高超，并看到它们如何共同作用，塑造出人物形象的另一个层面。只有这样，我们才能较为全面深入地理解作品的修辞目的、主题意义、人物形象和审美价值。

如果说《苍蝇》聚焦于一位男性主人公的话，曼斯菲尔德的《巴克妈妈的一生》则围绕一位女主人公展开，这是下一章的探讨对象。

第十五章

《巴克妈妈的一生》:苦难煎熬背后的社会性别转换

在前面七章所分析的作品中,隐性进程和情节发展基本上都是从头到尾并列运行,然而,在卡瑟琳·曼斯菲尔德的名篇《巴克妈妈的一生》(1921)中[①],我们却看到另一种类型:情节背后的隐性进程呈现出跳跃性进展。尽管在作品的开头、中腰和结尾的相关部分,都可看到隐性进程的身影,但在文中有的地方,则仅可观察到情节发展这一种叙事运动。但值得注意的是,虽然《巴克妈妈的一生》中的隐性进程在文本层面没有连贯运行,实际上它所涉及的人物行为和性格特征具有持续恒久的特点。

《巴克妈妈的一生》是曼斯菲尔德"最为著名的人物故事"之一[②],近百年来,引起了中外学界的较多关注。但与上一章分析的曼氏笔下的《苍蝇》相对照,《巴克妈妈的一生》未引起什么批评争议。学者们对这一作品的看法相当一致,认为曼斯菲尔德通过一个生活片段和人物记忆/意识的流动,即一种展示性的情节,生动地展现了一个下层女佣充满苦难的一生[③]。她生活中唯一的安慰、其最疼爱的小外孙也因病夭折,而自己则无处哭泣。作品聚焦于这位

---

① 这一作品的标题也被翻译成"帕克大妈的一生""巴克妈妈的行状""巴克大妈的一生""派克大娘的一辈子"等。

② Rhoda B. Nathan, *Katherine Mansfield* (New York: Continuum, 1988), p. 93.

③ Edward Wagenknecht, "Katherine Mansfield," in *The Critical Response to Katherine Mansfield*, ed. Jan Pilditch (Westport: Greenwood Press, 1996), pp. 19—27 (Originally published in *The English Journal* 17, April 1928, pp. 272—284).

祖母巨大的悲伤[①]，其“双重悲情(double pathos)”源于女主人公痛失亲人和完全孤立无援。[②] 从这一角度来看，批评界普遍认为《巴克妈妈的一生》模仿了安东·契诃夫(Anton Chekhov，1860—1904)的《苦恼》(1886)。此外，不少批评家也认为，巴克妈妈是19与20世纪之交英国工人阶级女性的代表，深受社会压迫，工作沉闷乏味，生活悲惨痛苦。[③]

故事中另一重要人物是一位“文人先生”。批评界一致认为两人之间的对照是阶级之间的对照：文人先生无法理解贫穷女佣的生活和情感，难以与其交流沟通。[④]

迄今为止，批评界仅关注了这一作品中的情节发展，而实际上，在其背后，还存在一个呈跳跃式发展但实质上具有延续性的隐性进程。倘若能看到这两种叙事运动的交互作用，就能看到《巴克妈妈的一生》与契诃夫的《苦恼》的本质差异，还能看到以往对曼斯菲尔德的批评的偏颇之处。

第一节　情节背后的隐性进程

为了更清楚地说明问题，我们不妨先对情节发展和隐性进程进行总结概括，然后对后者展开详细分析。

> **情节发展**：贫穷女佣巴克妈妈在掩埋了因病夭折的小外孙之后的第二天，去给一位文人先生打扫卫生。文人先生问起她的外孙，但不能理解

---

① Tim Marshall, “Death and the Abyss: The Representation of Pauperland in Katherine Mansfield's *Life of Ma Parker*,” *Q/W/E/R/T/Y: Arts, Littératures & Civilisations du Monde Anglophone* 7 (1997), p. 99.

② Nathan, *Katherine Mansfield*, p. 94; J. F. Kobler, *Katherine Mansfield: A Study of the Short Fiction* (Boston: Hall, 1990), p. 58; Patrick D. Morrow, *Katherine Mansfield's Fiction* (Bowling Green: Bowling Green State U Popular P, 1993), p. 139; 王雅华：“女性的真实自我”，《北方论丛》1994年第4期，第59页。

③ Marshall, “Death and the Abyss,” pp. 99—101; Susan Lohafer, “Why the 'Life of Ma Parker' Is Not So Simple: Preclosure in Issue-bound Stories,” *Studies in Short Fiction* 33.4 (1996), p. 475; Lohafer 475; Sydney Janet Kaplan, *Katherine Mansfield and the Origins of Modernist Fiction* (Ithaca: Cornell UP, 1991), p. 75.

④ 蒋虹：《凯瑟琳·曼斯菲尔德作品中的矛盾身份》，第137—138页；Nathan, *Katherine Mansfield*, p. 94; Marshall, “Death and the Abyss,” p. 101。

她的痛苦,两人一直无法交流沟通。巴克妈妈在忍着悲痛给文人先生打扫屋子时,不断沉浸在记忆里,随着意识的流动,回忆起自己最疼爱的外孙和自己充满苦难的一生。想着想着她终于受不了了,悲问命运,自己究竟造了什么孽。最后她忍不住要哭,但却无处可哭。

隐性进程:通过人物行为所表达的两种不同意义以及其他叙事策略,作者在情节背后暗暗构建了一个隐性叙事进程,利用父权制社会中传统的性别观,在一定程度上颠覆了男女主人公的性别对照,将巴克妈妈在某种意义上男性化,并将文人先生在某种意义上女性化。如果说巴克妈妈在情节发展里主要显现出贫穷女佣和慈爱祖母的典型特征,在隐性进程里起作用的则主要是传统上跟男性相联的优良品质:坚强、自我克制、心胸宽广、有泪不轻弹,并作为顶梁柱支撑起整个家庭。此外,如果说文人先生在情节发展里代表的是不能理解穷苦人的中产阶级,在隐性进程里则主要显现出传统观念中女性具有的一些弱点:自我中心、心胸狭窄和敏感多疑,且自比为女人,微妙地反衬出巴克妈妈男人般的形象。隐性进程对情节发展构成一种主题上和审美上的补充关系,邀请读者对巴克妈妈和整个作品做出不同反应。

对于隐性进程而言,最为重要的是下面这些片段:

[作品开头]每星期二,老巴克妈妈替一位文人先生打扫房间。那天早晨,他给她开门时,问起她的外孙。巴克妈妈站在阴暗的小过道里的擦脚垫上,伸手帮那位先生先关上了门,然后才答话。"我们昨天把他给埋了,先生。"她静静地说。"啊,天哪!这我听了可真难受,"那位文人先生用吃惊的语气说。[……]这些人又那么看重安葬出殡这类事情,所以他就和和气气地说,"我想葬礼进行得还顺利吧。""对不起,先生,您说什么来着?"巴克妈妈哑着嗓子问。可怜的老家伙,她看起来真够丧气的。"我希望葬礼还——嗯——还算成功,"他说。巴克妈妈没吱声。她低下头,蹒跚地往厨房走去。(《巴克妈妈的一生》:64)

[作品中腰]正如他对朋友们所讲的，他的“制度”相当简单，他不能理解，为什么人们在料理家务上要惹起那么多麻烦。“你把所有的家什用脏了，每星期找个老妈子替你拾掇干净，不就完了！”结果，他的寓所看来简直变成一只大垃圾桶。连地板上都撒满了烤面包屑，信封，烟头。可是巴克妈妈并不埋怨他。她反而可怜这个没人照应的年轻的先生。从那熏黑了的小窗子望出去，你可以看见一大片凄伤的天空，每当有云的时候，云片总是显得很破旧，边缘上好像磨破了，中间还有些窟窿，或者像染上茶渍似的污斑。水在烧着，巴克妈妈开始扫地[……]是啊，[生下的 13 个孩子]死了七个，而在那六个还小的时候，她丈夫就得了痨病[……]那位文人先生出现了，穿得衣冠楚楚，准备出去散步。“哦，巴克太太，我要出去了。”“给你的那半克朗，搁在盛墨水瓶的托盘里了。”“谢谢您，先生。”“哦，顺便问问，巴克太太，”那位文人先生赶忙说，“上回您来的时候，没有随手扔掉我的一点可可吧？”“没有，先生。”“那就怪了。我可以赌咒，我留下了一茶勺可可在罐子里的。”他突然打住。然后又细声细气但坚决地说：“以后你要是扔掉什么东西，一定要先告诉我一声，好吗，巴克太太？”于是他洋洋得意地走了，事实上他自信已向巴克太太表明：他表面上满不在乎，其实他是跟一个女人一样的机警。[……]到现在为止，她一直挺起了腰板，把苦水憋在肚子里，还从来没有人见她哭过一次。从来没有一个活人见她哭过。连她自己的儿女都没见妈妈失声痛哭过。她脸上总是显得那么自尊自重。（《巴克妈妈的一生》：66—70）

[作品结尾]她再也憋不住[要哭]了。可是到哪儿去，到哪儿去呢？她不能回家；伊丝尔在家里。那会把伊丝尔吓得要命。她也不能坐到路旁的凳子上哭，人家会过来问长问短。她不可能再回到那位文人先生的寓所去，她没有权利在别人家里哭。要是她坐在石头台阶上哭，警察又会过来问她话。[……]巴克妈妈站在那里，上上下下地看着。冰冷的风把她的围裙吹得像个气球似地鼓起来。这时候开始下雨了。没有地方可

去。(《巴克妈妈的一生》:71—72)[①]

巴克妈妈小外孙的夭折对她构成最为沉重的打击。然而,当文人先生问起她的外孙时,她只是"静静地说"(said quietly):"我们昨天把他给埋了"。而文人先生则惊呼,"啊,天哪! 这我听了可真难受"("Oh, dear me! I'm sorry to hear that")。如果隐去发话者的信息,仅看对话双方的言行,很可能会把静静回答的一方认作男性,而把惊呼的一方认作女性。文人先生无法理解巴克妈妈的痛苦,居然询问她葬礼是否成功,她则一声不吭地走开了。这种悲痛中的沉默也更像是男性的特点。我们在下文中看到,巴克妈妈一生中无论遭遇什么苦难,都没有像女人那样悲悲戚戚,而是一直像男人那样"挺起了腰板",默默承受,"从未失声痛哭过","总是显得那么自尊自重"。

在作品的开头,就情节发展而言,叙述聚焦于巴克妈妈失去了她的小外孙,并且突出了文人先生对她的不理解和由此反映出来的阶级差异。我们还会看到巴克妈妈"有着一颗朴实无华、富有同情感的心灵","几乎被悲痛压垮的她以惊人的毅力克制住自己",像往常一样来为文人先生打扫卫生。[②] 然而,从隐性进程的角度来观察,我们则会往前再走一步,进而看到巴克妈妈行为的"男性化"和文人先生行为的"女性化"。后一种叙事运动对前者构成一种补充,展现出两人形象的另一个侧面和两人关系的另一个方面。

在作品的中腰部分,有一个细节对于情节发展无关紧要,而对于隐性进程则至关重要。文人先生不仅在巴克妈妈万分痛苦之时,为了一小勺可可而猜疑和责怪她,而且自比为女人:"事实上他自信已向巴克太太表明:他表面上满不在乎,其实他是跟一个女人一样的机警"。在传统的性别观里,女人小家子气,敏感多疑,喜欢责怪。曼斯菲尔德把这样的弱点赋予了文人先生,并让他因为自己像"女人一样的机警"而"洋洋得意"。传统上认为男人心胸宽广,不

① 引自凯瑟琳·曼斯菲尔德:《巴克妈妈的一生》,王知还译,载陈良廷、郑启吟等译《曼斯菲尔德短篇小说选》,上海:上海译文出版社,1983年,第64—72页。本章中《巴克妈妈的一生》的译文均引自这一版本,有的地方有改动,改动时参考了张玲的译文;为清楚起见,此处没有保留段落标记,以便更好地看到三个片段之间的区分。原文则引自 Katherine Mansfield, "Life of Ma Parker," *The Stories of Katherine Mansfield*, ed. Antony Alpers (Auckland: Oxford UP, 1984), pp. 403—408。引语中的下划线均为引者添加,引用时均采用文内注给出页码。

② 蒋虹:《凯瑟琳·曼斯菲尔德作品中的矛盾身份》,第137页。

敏感多疑。曼斯菲尔德则把这些优点放到了巴克妈妈身上:无论文人先生如何自我中心,自私自利,恣意搞脏自己的屋子,她都不见怪,“并不埋怨他”,而只是宽容和体谅他,两者之间形成鲜明对照(详见结语里的进一步分析)。

从情节发展的角度,当我们看到文人先生居然为了“一茶勺可可”来向悲痛欲绝的巴克妈妈兴师问罪时,会觉得文人先生“是一个自我中心的人,而且对劳动人民怀有偏见”[①]。也有学者看到雇主与女佣表层关系之下“深层次”的“人与人之间的不信任[……]‘像女人一样警惕’则从人性上把人与人之间的交往进一步冷漠化”[②]。然而,为何要通过文人先生自比为女人来描述其自我中心和对劳动人民的偏见?又为何要用“像女人”一样警惕来说明“人与人”之间的冷漠?有的批评家从另一角度切入,认为曼斯菲尔德始终未能融入布鲁姆斯伯里文化圈,她对文人先生的反讽反映出“她始终感觉到自己被[这样的文人]所排斥”[③]。然而,如果身为女性的曼斯菲尔德对文人先生的反讽源于她自己的被排斥感,那么她又为何会让文人先生自比为女人?这些问题都很难回答。作品中的这一细节从情节发展来看颇令人费解,且显得离题。然而,从隐性进程的角度来观察,我们则可看到曼斯菲尔德通过这样“反常”的细节,暗暗让文人先生的“女性化”言行反衬出巴克妈妈某些方面的“男性化”。

传统上,男人承担养家的重任,即便贫困家庭的主妇需要外出帮佣或做工,也往往只是家庭经济的次要来源。而巴克妈妈在丈夫病倒之后,则成了家庭经济的唯一来源和精神支柱,是名副其实的家庭的顶梁柱。在情节发展中,巴克妈妈不得不自己养家糊口,这大大加重了她生活中的苦难,令我们更加同情她。然而,在隐性进程里,我们看到的则是巴克妈妈像男性一样,靠自己的力量支撑起整个家庭,令人感叹和钦佩。

在作品的中腰,当巴克妈妈在厨房里烧水和打扫时,出现了一个拟人化的景物描写:“从那熏黑了的小窗子望出去,你可以看见一大片凄伤的天空(you could see an immense expanse of sad-looking sky),每当有云的时候,云片总

---

① 蒋虹:《凯瑟琳·曼斯菲尔德作品中的矛盾身份》,第138页。

② 宋德伟、岳国法:《论凯瑟琳·曼斯菲尔德〈帕克大妈的一生〉的情感叙事》,《外语研究》2014年第3期,第99页。

③ Sydney Janet Kaplan, *Katherine Mansfield and the Origins of Modernist Fiction* (Ithaca: Cornell UP, 1991), p. 12.

是显得很破旧,边缘上好像磨破了,中间还有些窟窿,或者像染上了茶渍似的污斑(whenever there were clouds they looked very worn, old clouds, frayed at the edges, with holes in them, or dark stains like tea)”。在这一作品中,叙述者常常借用巴克妈妈的意识来聚焦,然而,此处采用的是却是叙述者的视角,第二人称代词“你”也标示叙述者在向读者说话。这一拟人化的景物描写偏离了规约。如果单单用“sad-looking”来形容天空,那就是常用的“移就修饰”的手法,将巴克妈妈的感情转移到天空。但是,作品还采用了一系列用于描述巴克妈妈状况的词语来修饰天空,大大超出规约性描述的范围。我们知道,“old”一词既有“旧”的意思,也有“老”的意思。“worn”一词也含有两种意思,一是“破旧的”“磨损的”;另一是“疲惫的”“憔悴的”。这两个词用于形容巴克妈妈都非常贴切,而云彩则并无新/旧和完好/破损之分。“边缘上好像磨破了,中间还有些窟窿”也更像是在描述巴克妈妈的衣着。巴克妈妈在厨房里烧水沏茶,衣服上可能带有“茶渍似的污斑”,而云彩也“染上了茶渍似的污斑”。尤其值得注意的是,通过“whenever”这一副词,作品将天空与巴克妈妈的关联常态化和固定化了——“每当有云的时候,云片总是显得很破旧,边缘上好像磨破了[……]”。不难看出,曼斯菲尔德刻意将天空类比成巴克妈妈。

无论是西方还是中国,传统上都将大地比作母亲,同时将天空比作父亲,故有天父(英文里则是 Sky Father)和地母(Earth Mother)之说。在家庭里母亲生儿育女,孕育下一代,而父亲则顶天立地,为一家之主,维持着全家的生计。巴克妈妈在丈夫病倒后,除了母亲的角色,还担当起父亲的责任,独立支撑起整个家庭。这段景物描写采用偏离规约的手法,将天空常态化地类比为巴克妈妈,可能是有意将充当家庭顶梁柱的巴克妈妈与天父相联。

作品的结尾聚焦于巴克妈妈忍不住要哭,却无处可哭。就情节发展而言,这强化了巴克妈妈的痛苦,“在她已憋屈得太久直至忍无可忍的时候,她却无处可去”,“此刻独处寒风中只能让她倍感孤独”,这种凄苦的场面无不让读者倍感揪心甚至伤心落泪”。[①] 有的西方学者在这一场面看到的是社会规约对个人的束缚,“这个社会教育像巴克妈妈这样的人绝不能让别人看到其掉泪,

---

① 张兰珍:《动颜的“诗小说”——评〈帕克大妈的一生〉》,《江苏教育学院学报(社会科学版)》2009 年第 5 期,第 100 页;宋德伟、岳国法:《论凯瑟琳·曼斯菲尔德〈帕克大妈的一生〉的情感叙事》,第 100 页。

曼斯菲尔德对此进行了强有力的抨击”[①]。

然而，在隐性进程里，我们看到的则是这一描写对巴克妈妈“男性”特征的强化。无论西方还是中国，都是“男儿有泪不轻弹”。如前所引，尽管生活充满痛苦，但巴克妈妈从未掉过眼泪。我们应该看到，通过自由间接的方式表达的“到现在为止，她一直挺起了腰板[……]她脸上总是显得那么自尊自重”是正面描述，而不是对社会规约的控诉。此外，这也绝非贫穷大妈的共性，而是巴克妈妈的特性。男人忍住不哭，除了自身的坚强，往往还出于在外人面前的形象等各种考虑。而女人在极度悲伤中则会失声痛哭，难以顾及其他。此时，巴克妈妈已经悲痛欲绝，实在想哭了，但还是忍住不哭，这与她像男人一样考虑方方面面不无关联；同时，她此刻依然像坚强的男性那样，不愿让别人来同情和怜悯她，与契诃夫《苦恼》中的主人公形成截然对照（详见第二节）。

如果说，在作品的中腰可以看到叙述者通过偏离规约的手法，暗暗将巴克妈妈的形象投射到天空，那么，在作品的结尾，正当巴克妈妈无处哭泣时，天空“开始下雨了”（And now it began to rain）。在情节发展里，这强化了巴克妈妈的凄苦无助，然而，在隐性进程里，含义则十分不同。无论西方还是中国，雨水都可以象征天空的眼泪（参见“Rain”）。就在巴克妈妈欲哭而不得时，天空开始落泪，似乎在代巴克妈妈发泄情感，这暗暗强化了对天空的拟人化描写，加强了巴克妈妈与天空这一意象在隐性进程里的关联。

值得注意的是，虽然隐性进程只是在作品的某些片段显现出来，而实际上，巴克妈妈的“男性化”特征具有延续性。在作品的开头，尽管是场景叙述，但通过这一典型事件，生动地刻画出巴克妈妈“男性化”的行为举止，并得到文人先生“女性化”惊呼的反衬，这应该是两人惯常言行特征的一次体现。巴克妈妈的宽宏大量和文人先生“女人般的”小心眼无疑都是两人一贯的性格特点。就巴克妈妈有泪不轻弹这一男性特征而言，曼斯菲尔德则明确通过总结概述的手法，并选用了下划线标示的一系列状语，来说明巴克妈妈总是如此：“She'd borne it up <u>till now</u>, she'd kept herself to herself, and <u>never once</u> had she been seen to cry. <u>Never</u> by a living soul. Not even her own children had seen Ma break down. She'd kept a proud face <u>always</u>”（“Life”: 407）。就时间

① J. F. Kobler, *Katherine Mansfield: A Study of the Short Fiction* (Boston: Hall, 1990), p. 64.

跨度而言,巴克妈妈的丈夫在六个孩子还很小的时候就病倒了,丈夫的妹妹来帮忙,又摔伤卧床整整五年。而现在,最小的女儿生下的外孙伦尼也有几岁了。这二十来年,整个家庭一直靠巴克妈妈像男人一样支撑着。也就是说,"隐性进程"暗暗贯穿作品始终。由于情节发展突出的是巴克妈妈默默承受的苦难和她与文人先生的阶级差异,以往的阐释又仅看情节发展,因此在很大程度上忽略了巴克妈妈的"男性化"特质,且忽略了她与文人先生在社会性别上的转换和对照。

第二节 与契诃夫《苦恼》的本质差异

批评界有一个共识,认为曼斯菲尔德的创作深受契诃夫的影响,《巴克妈妈》借鉴了契诃夫的《苦恼》[①]。《苦恼》的题词是"我向谁去诉说我的悲伤?"。小说描写一个老车夫姚纳在失去儿子后,想向人们倾诉自己的痛苦,而他的乘客和其他人都不愿意听,最后他只能对着他的小母马诉说,这一悲剧性的情节揭示了19世纪俄国社会的冷酷无情。然而,如果我们能够看到《巴克妈妈》的双重叙事运动,就会看到其与《苦恼》既本质相通,又有实质性的不同。就情节发展而言,两个作品都聚焦于主人公在失去亲人之后的极度痛苦和无助,可谓殊途同归。然而《苦恼》中仅有单一的情节运动,塑造的是一位悲惨的、无人述说失儿痛苦的老车夫,而《巴克妈妈》中则含有双重叙事运动,其情节发展塑造了一位生活充满苦难的老女佣,她无处发泄自己失孙的痛苦,令读者同情和怜悯,而隐性进程则塑造了一个自尊自重、具有男性优点和气质的女主人公,邀请读者对其加以钦佩和尊重。由于隐性进程的存在,《巴克妈妈》的开头和结尾都呈现出与《苦恼》截然不同的走向。

在《苦恼》的第一部分,简短的景物和人物介绍之后,我们看到姚纳急于向第一位乘客——一位素不相识的军人述说自己失去儿子的痛苦,而军人则不愿意听。与此相对照,在《巴克妈妈的一生》的开篇,文人先生主动问起巴克妈

① Frank O'Connor, "An Author in Search of a Subject," *Critical Essays on Katherine Mansfield*, ed. Rhoda B. Nathan (New York: Hall, 1993), pp. 173—182; Rhoda B. Nathan, *Katherine Mansfield* (New York: Continuum, 1988), p. 93; 牛建伟:《两颗被遗忘和冷落的痛苦心灵——试比较〈巴克大妈的一生〉与〈苦恼〉的创作手法》,《社科纵横》2007年第5期,第164—166页。

妈的外孙，而为了表现巴克妈妈的男性气质，曼斯菲尔德让她先帮文人先生关上门，“然后才答话。‘我们昨天把他给埋了，先生。’她静静地说。”无论文人先生怎么惊呼，怎么不了解情况，她都没有向他述说自己的痛苦。

在《巴克妈妈的一生》的结尾，叙述者的描述指向社会的冷酷无情，而巴克妈妈的内心想法则指向她的男性气质：

> 大街上寒风瑟瑟，冷气袭人。行人匆匆而过；男人走路就像剪刀在动，女人像猫儿似地往前溜。没有人知道——也没有人关心。就算她要痛哭一场，忍了这么多年终于哭了出来，她多半也会先把自己锁在屋子里才哭的。……她不能回家；伊丝尔在家里。那会把伊丝尔吓得要命。她也不能坐到路旁的凳子上哭，人家会过来问长问短(people would come arsking her questions)。她不可能再回到那位文人先生的寓所去，她没有权利在别人家里哭。要是她坐在石头台阶上哭，警察又会过来问她话。(《巴克妈妈的一生》:71—72)

与《苦恼》不同，曼斯菲尔德需要考虑双重叙事运动。前三句在情节发展里起作用，像《苦恼》那样表达社会的冷漠无情，同时也与文人先生对巴克妈妈的不解和无情形成呼应。省略号后面的几句则是用自由间接的方式表达出来的巴克妈妈的内心想法，在很大程度上是为了在隐性进程里表达巴克妈妈的男性气质而设计，与《苦恼》里姚纳想法的走向截然不同。

巴克妈妈一辈子都自尊自重，此时依然不愿因为自己的痛苦而打搅别人。她不敢回家，怕吓着女儿伊丝尔。伊丝尔是小外孙的妈妈，此时一定是泪流满面。通常这种情况下，母女都会一起痛哭，但巴克妈妈一辈子都像坚强的男人那样从未掉过眼泪，正因为如此，如果巴克妈妈像女人那样哭泣，就会吓着伊丝尔。巴克妈妈与姚纳的一个本质区别是：姚纳想向别人述说，博得别人的同情，而巴克妈妈则仅想自己哭，即便此时悲痛欲绝，却依然不愿让别人来怜悯她：“她也不能坐到路旁的凳子上哭，人家会过来问长问短”。路人看到一位老妈妈哭泣，走过去问她怎么回事，显然是出于关心。如果曼斯菲尔德想要像《苦恼》那样描述社会的冷漠，那就应该做出相反的安排：让巴克妈妈坐到路旁的凳子上哭，却无人关注她，无人理睬她。可以说，曼斯菲尔德在此处更多地考虑的是情节背后的隐性进程，甚至不惜在一定程度上牺牲作品的逻辑性：

“没有人关心”（出于模仿《苦恼》的情节发展的需要）与“人家会过来问长问短”（出于表达巴克妈妈男性气质的隐性进程的需要）形成一定冲突。[①] 情节发展邀请读者同情和怜悯巴克妈妈，隐性进程则通过聚焦于巴克妈妈在这种时刻依然保持自尊自重，邀请读者尊重和敬佩她。

如果看不到隐性进程，就容易忽略巴克妈妈与姚纳的差异，从而进行这样的评论：曼斯菲尔德和契诃夫“都注意到，人在精神突然遭受打击的时候，总是想利用一切可能的机会向旁人哭诉心中的痛苦，以期获得他人的理解和同情”。“当她想找人哭诉一下内心痛苦时，巴克大妈却找不到一个可以让她痛痛快快哭诉一场的地方”[②]。通常，失去爱孙的大妈确实会想“向旁人哭诉”，但像坚强的男性那样自尊自重的巴克妈妈则毫无这样的愿望。

应该指出的是，契诃夫的过人之处，也在于成功利用了父权制社会中的男女差异。可以设想，假若《苦恼》的主人公是一位大妈，这位女性想向街坊邻居述说自己失去儿子的痛苦，那么作品的悲剧性就会大大降低。男性较女性更加自我克制，一般不会向别人，尤其是不会向陌生人述说自己的痛苦，而契诃夫笔下的男性主人公见到任何人——均为陌生人——都迫不及待地想倾诉自己的痛苦，这让读者深切感受到他内心的煎熬——若不是极度痛苦，这位男性不会这样做。实际上，契诃夫笔下的男主人公明确希望得到女性同情的眼泪，他心想：“听的人应当惊叫，叹息，掉泪[……]要是能跟娘们儿谈一谈，那就更好。她们虽然都是蠢货，可是听不上两句就会哭起来。”（《苦恼》：215）一位男性“更”希望能跟“娘儿们”谈一谈，且像女人倾诉痛苦时一样，希望能博得听者的“惊叫，叹息，眼泪”，这是因为他的苦恼实在太强烈：“那种苦恼是广大无垠的。如果姚纳的胸膛裂开，那种苦恼滚滚地涌出来，那它仿佛就会淹没全世界”（《苦恼》：214）。值得注意的是，姚纳最后得以倾诉的对象是一匹“母马”，他向它进行了这样的类比：“比方说，你现在有个小驹子，你就是这个小驹子的亲娘。[……]忽然，比方说，这个小驹子下世了。[……]你不是要伤心吗？”

---

① 这也可理解为视角的不同：“没有人关心”是叙述者视角，而“人家会过来问长问短”则是人物视角，也就是说实际上没人会关心，而巴克妈妈却因为担心有人会问而不敢哭，因为她不愿成为别人怜悯的对象。这种视角冲突在情节发展里对表达巴克妈妈的孤独和社会的冷漠有一定减损，而在隐性进程里，则能起到强调巴克妈妈“有泪不轻弹”的男性特质的作用，且能通过《苦恼》的反衬而进一步突出强化。

② 牛建伟：《两颗被遗忘和冷落的痛苦心灵》，第165页。

(《苦恼》:216)由于生育和性格的关系,失去爱子的"亲娘"往往比父亲更为悲痛。契诃夫笔下的姚纳将父子关系类比成母子关系,这也有助于表达他的极度伤心。不难看出,《苦恼》和《巴克妈妈的一生》都巧妙利用了男女性别差异,但呈现出相反走向,且前者是在情节发展中运行,而后者则是在隐性进程里起作用。

值得一提的是,就隐性进程而言,美国19世纪作家史蒂芬·克莱恩(Stephen Crane,1871—1900)的《一个战争片段》("An Episode of War")也有效利用了男女性别差异,但呈现出跟《巴克妈妈》相反的走向。根据父权制社会的两性观,男人心胸开阔,女人心胸狭窄;男人英勇无畏,女人懦弱胆怯;男人冷静沉着,女人容易激动;男人钢筋铁骨,女人柔和脆弱。在《一个战争片段》的隐性进程中,克莱恩将主人公和其他战士加以"女性化",藉此暗暗反讽传统的英雄主义观,帮助达到反战的主题目的。[①] 这三位文学大师分属英(新西兰)、俄、美等国,但他们在这些作品中,都以不同方式对主人公进行传统框架中的性别置换。这构成一种高超的创作技巧,而这种技巧在以往的研究中被忽略。

第三节 隐性进程与性别政治

不少批评家认为曼斯菲尔德不关注性别政治,而笔者曾揭示曼斯菲尔德的早期女性主义意识。[②] 她曾在日记里写道:"我感到我现在确实模糊地认识到了女人将来能够做什么。迄今为止她们还从来没有得到过任何机会。说什么'我们启蒙的时代','我们妇女解放的国家'——纯属胡说八道!我们被自我塑造的奴隶链(the self-fashioned chains of slavery)牢牢捆住。的确,现在我看到这些链条确实是自我塑造的,因此必须自我摆脱……摆脱之后就会得到获取幸福和自由的机会"[③]。她在《序曲》("Prelude")和《启示》

① 详见 Dan Shen, *Style and Rhetoric of Short Narrative Fiction: Covert Progressions Behind Overt Plots* (London: Routledge, 2016[2014]), pp. 50－69。

② 详见 Shen, *Style and Rhetoric of Short Narrative Fiction*, pp. 94－124。

③ Middleton Murry, ed. *Journal of Katherine Mansfield*, definitive ed. (London: Constable, 1954), pp. 36－37.

(“Revelations”)等作品中,通过人物的自我剖析,揭露了父权制社会的婚恋对中上层妇女的扭曲,表达了这些妇女想摆脱玩偶的地位,获得独立自由的愿望,尽管在当时的社会中,这样的愿望难以实现。[1] 与这些中上层妇女相对照,贫穷的巴克妈妈从未受过教育,缺乏主体意识和性别意识。她悲痛欲绝之时在内心呼喊:“为什么这一切都得落到我身上呢? ——她想不通。‘我造了什么孽哟! 我造了什么孽哟!’”(《巴克》:70—71)但这绝非主体或性别意识觉醒的呐喊,而仅仅是对命运不解的悲呼。从女性主义角度切入的批评家甚至从巴克妈妈的自由间接引语“是啊,她多想哭啊,我的小宝贝儿! 姥姥真想哭啊”(《巴克》:71)中,读出了她的主体意识的初步觉醒:“对像巴克妈妈这样的女人来说,是相对大的成就(relatively great achievement)”。批评家由此将巴克妈妈视为“女性主义的范例(feminist exemplum)”[2]。这应该说是过度阐释了。

然而,如前所析,曼斯菲尔德在这一作品中,依然体现出对性别政治的关切。她通过隐性进程的建构,暗暗在一定程度上颠覆了父权制社会中的性别对照。值得注意的是,叙述者一直未披露文人先生的姓名,而是始终称之为“literary gentleman”,则很可能是想用“man”来突出其生理性别,为他与巴克妈妈之间社会性别的转换做出铺垫。与此同时,作品中出现了这样的描述:“She was like a person so dazed by the horror of what has happened that <u>he</u> walks away—anywhere, as though by walking away <u>he</u> could escape”(“Life”: 407)。用下划线标示的指称男性的“他”在情节发展里仅仅表明,无论男女,极度悲伤惊恐的人往往都会这样;而在隐性进程里,则可以与巴克妈妈的男性化气质形成一种呼应。

应该指出的是,作品涉及的男女行为方式并非自然天生,而是父权制社会造成的。在20世纪初写作的曼斯菲尔德,面对的是深受父权制话语体系束缚的读者。她没有直接挑战父权制性别观本身,而是在隐性进程里暗暗加以利用,将社会上认为女性特有的弱点放到男性人物身上,同时将社会上认为男性

---

① 详见Shen, *Style and Rhetoric of Short Narrative Fiction*, pp. 94—110。

② Susan Lohafer, “Why the ‘Life of Ma Parker’ Is Not So Simple: Preclosure in Issue-bound Stories,” *Studies in Short Fiction* 33.4 (1996), p. 483.

特有的优点放到女主人公身上，并将两者加以对照，邀请读者赞赏女主人公和轻视男性人物。这一叙事策略颠覆了父权制框架中女性要对应女性的社会行为特征，而男性则要对应男性的社会行为特征这种二元对立，从当今性别研究的角度来看，具有前瞻性与进步意义。然而，曼氏用传统观念中的女性弱点来讽刺文人先生，也在某种意义上巩固了这些观念。不过，这在当时的社会语境中，是很难避免的局限。我们不妨比较一下基本处于同样历史时期的曼斯菲尔德和契诃夫，两人都利用传统性别观来达到自己的目的，但前者是为了使女主人公更加受人敬重，也在某种意义上颠覆了父权社会对生理性别与社会行为特征之间对应关系的固化认识。而后者是为了更深切地表达男主人公的悲伤，不仅丝毫未挑战父权制的性别观，且明显表露出对女性的歧视，让男主人公声称女人"都是"比不上男人的"蠢货"。这是当时作者和读者的规约性认识框架，反映了历史的局限。相形之下，当时社会环境中的曼斯菲尔德在性别意识上已经相当进步。

第四节 先前批评之批评

在看到《巴克妈妈》中的双重叙事运动之后，我们不妨考察一下前人的某些阐释，或许会有一些新的感悟。

1)对整个作品的评价

这是两位西方学者对整个作品的评价：

> 曼斯菲尔德的《巴克妈妈的一生》是一部不加掩饰的催泪作品(is an unabashed tear-jerker)[……]。实际上，作品的情感贿赂是如此明显，对怜悯的攻击是如此大胆，我们不能不说这一作品是令人尴尬的败笔(it's hard not to dismiss this story as an embarrassing lapse)。曼斯菲尔德在这一作品中，正如其笔下的其他一些作品一样，未能用更加坚强的洞见(tougher insights)和更为冷静的反讽来控制住自己的多愁善感。①

① Lohafer, "Why the 'Life of Ma Parker' Is Not So Simple," p. 475.

> 发表于1921年的《巴克妈妈的一生》,与《女掌柜》(The Woman at the Store)相比,是描写一位贫穷妇女的更加悲惨的故事[……]。实际上,《巴克妈妈的一生》可能过于悲惨了(may be too harrowing)。曼斯菲尔德下笔杀死了巴克妈妈的丈夫,让十三个孩子中的七个夭折[……],又杀死了巴克妈妈唯一的孙儿伦尼。或许曼斯菲尔德让她的主人公承载了过多的生命中的死亡。①

如果我们仅仅看到情节发展,那就确实如这些学者所言。然而,作品背后的隐性进程体现了曼斯菲尔德"更加坚强的洞见"(赋予女主人公"男性"气质)和"更为冷静的反讽"(不仅从阶级属性而且从社会性别角度冷讽文人先生)。作品的主题意义和艺术价值在于这两种叙事运动的共存,在于两者之间的相互作用、相互平衡和相互补充。如果能看到隐性进程,我们就不会觉得这一作品"过于悲惨",更不会认为它"是令人尴尬的败笔",而会高度赞赏这一作品。

2) 对女主人公形象的描述

在上篇第三章中,我们已经引述《钱伯斯文学人物辞典》中"巴克妈妈"这一词条,指出了它的片面性。让我们再看看一位西方学者对巴克妈妈和姚纳形象的比较:

> 伦尼的死亡让巴克妈妈在世上陷入完全孤独的状态,她既找不到可以听她倾诉的人,也找不到一个可以发泄自己情感的地方。曼斯菲尔德让读者对巴克妈妈的彻底孤立感到同情。在契诃夫的《苦恼》中,主人公姚纳也同样孤独。这位车夫最近把自己唯一的儿子给埋了。他同样也找不到任何人可以听他倾诉。虽然他的女儿还活着,但他儿子的死给他带来了极其巨大的悲伤。契诃夫跟曼斯菲尔德一样,让读者感受到主人公失去亲人的痛苦。②

这样的人物形象比较,在很大程度上抹杀了曼斯菲尔德在人物塑造上的

---

① J. F. Kobler, *Katherine Mansfield: A Study of the Short Fiction* (Boston: Hall, 1990), pp. 63—64.

② Patrick D. Morrow, *Katherine Mansfield's Fiction* (Bowling Green: Bowling Green State U Popular P, 1993), p. 139.

创新性，掩盖了巴克妈妈的独特性和复杂性，使其形象变得扁平。由于曼斯菲尔德在两种叙事运动中突出了巴克妈妈的不同方面，这一形象不仅丰满，而且富有张力，这种张力也在上面的比较中丧失殆尽。

3）对作品细节的阐释

如果看不到隐性进程，就可能会批评曼斯菲尔德的某些细节描写。这是其中一例：

> 《巴克妈妈的一生》模仿的是契诃夫另一著名短篇小说《苦恼》，该作品中一位失去了儿子的老车夫设法向他的乘客诉说（tries to tell）他的悲伤，而最后他只能去马厩向他的老马述说。巴克妈妈在失去了自己的小孙子之后，内心也充满了悲伤，然而，当她设法向她的雇主述说（tries to tell）自己的悲伤时，他则仅仅说，"我希望葬礼还——嗯——还算成功。"读到这里时，我总是停下来，心想："契诃夫不会犯这样的错误！"[①]

如果能观察到隐性进程，就会看到这样褒契贬曼毫无道理。自尊自重的巴克妈妈并不想得到雇主的怜悯，根本没有"设法"向其"述说"自己的悲伤，雇主只能主观推测情况究竟怎样。巴克妈妈的冷静沉默在情节发展里，给曼斯菲尔德描述雇主对她的不理解和表现两人的阶级差异留下了空间，而在隐性进程里则体现出她的男性气质。这是曼斯菲尔德构建双重叙事运动的精妙策略，而绝非一个错误。

此外，看不到隐性进程，还很可能误解文人先生责备巴克妈妈的那一片段："巴克妈妈的雇主指责她扔掉了一茶勺他留在一个罐子里的可可。契诃夫知道让孤独的人心碎的并不是这种粗鲁无情。真正粗鲁的并不是巴克妈妈的雇主，而是卡瑟琳·曼斯菲尔德本人。这一故事被她武断的败笔破坏了，其他作品中也有类似的情况。"[②]这一细节从情节发展来看确实显得离题，难免或者将其视为一个败笔，或者对其做出牵强附会的阐释（见上文）。然而，如果能看到隐性进程，我们就能充分理解这一细节的不可或缺，就会将其视为点睛之笔。

---

① O'Connor, "An Author in Search of a Subject," p. 177.

② Ibid.

结 语

进入新世纪以来,西方出现了"曼斯菲尔德研究爆炸"[1],学者们从各种角度重新阐释曼氏的作品。然而,学界忽略了其创作的一个特点:在不少作品的情节发展背后,还有隐性的叙事进程。这种忽略不仅存在于曼斯菲尔德作品的研究中,也广泛存在于叙事作品研究领域。从古希腊亚里士多德开始,批评界仅仅关注情节发展这一种叙事运动。但有不少作者着意建构与情节并行的隐性进程。而如果看不到后者,无论我们采用什么研究方法,也无论我们的分析多么深入细致,都难免会片面理解作品的主题内涵、人物形象和审美价值。

应该说,与曼斯菲尔德其他一些作品里的隐性进程相比(见前面三章)[2],《巴克妈妈的一生》中隐性进程的隐蔽性并不强,这一作品与契诃夫《苦恼》的差异也并不难发现。但由于受到长期批评传统的束缚,前人对此在很大程度上视而不见。在评论笔者挖掘情节背后"隐性进程"的阐释模式时,波特·阿博特指出,笔者的方法所"揭示的意义之所以被读者错过,不是因为意义过于隐蔽,而主要是因为读者的阐释框架不允许他们发现其实就在眼前的意义"[3]。这一评论对于《巴克妈妈的一生》尤其适用。

隐性进程主要靠文本细节产生的不同意义来建构,而这些细节是否在隐性进程里起作用则需要通过考察文本成分的前后呼应来判断。我们不妨再看看这一句:"可是巴克妈妈并不埋怨他。她反而可怜这个没人照应的年轻的先生"。从情节发展来看,这主要体现出这位贫穷大妈的善良和长辈对晚辈的慈爱。而在隐性进程里,通过与文人先生以女人自比的敏感多疑形成对照,同样的文字又体现出这位大妈男性式的宽宏大量。我们只有同时从情节发展和隐性进程切入,关注文本成分的前后呼应,由叙事运动来界定单个成分,着力考察隐性进程是否通过类比和对照赋予了相关文字新的含义,这样才能发现文

---

① Alice Kelly, "The Explosion of Mansfield Studies," *The Cambridge Quarterly* 40. 4 (2011), p. 388.

② 也请参见 Shen, *Style and Rhetoric of Short Narrative Fiction*, pp. 95－124。

③ Porter H. Abbott, "Review: Style and Rhetoric of Short Narrative Fiction: Covert Progressions Behind Overt Plots," *Style* 47. 4 (2013), p. 560.

本细节同时表达的两种主题意义和同时塑造的两种人物形象。其实,就巴克妈妈的坚强和自尊来说,不少批评家加以了关注,但相关评述仅散落在对情节发展的分析中。他们没有认识到巴克妈妈的这些特质在另一个叙事运动(即隐性进程)中所起的作用,看不到这些特质与性别政治的关联。此外,在情节发展里,巴克妈妈的这些特点也在很大程度上被叙述所聚焦的孤独悲苦所遮覆。这就是中外学界都看不到巴克妈妈与姚纳的实质性不同的原因。

隐性进程与情节发展的基本走向形成对照,或者相互补充,或者相互颠覆,产生各种张力,大大拓展了文本的表意空间。《巴克妈妈的一生》这一貌似简单直白的作品,由于作者构建了双重叙事运动,从而使其具有了更深的主题内涵和更高的审美价值,也邀请读者对人物做出更为多面和复杂的反应。如果我们能更新阐释框架,着意挖掘情节背后的隐性进程,我们就不仅能重新认识曼斯菲尔德的相关作品,而且还可能发现其他作者笔下的新天地。

结　语

本书的上篇和下篇各自成一体，又相互关联。下篇的“作品分析”运用上篇建构的理论展开研究，同时为上篇的理论建构提供实例和支撑。细心的读者会发现，本书上篇的理论建构不仅涉及短篇小说，而且还涉及长篇小说、戏剧、电影和连环漫画，而下篇的分析对象则仅仅是短篇小说。那么，笔者需要回答：为何上下篇的关注范围不一致？

这个问题与本课题的立项相关。本书是国家社科基金结项“优秀”成果，立项课题名称为“短篇小说双重叙事运动研究”。之所以会以“短篇小说”立项，主要有以下原因：“双重叙事运动”（或称“双重叙事进程”“双重叙事动力”）是笔者首创的理论。独创的理论开始时较难被人接受，而短篇小说为检验和证实这种全新的理论提供了理想的土壤。因为每一个作品都短小精悍，下篇各章都得以从头到尾详细剖析文本，证明情节发展背后存在隐性进程，并揭示这两种叙事进程之间互为对照、冲突、制约，甚至相互颠覆的关系。这种对作品的详尽分析一方面容易产生较强的说服力，另一方面也方便读者发挥自己的判读，验证相关理论是否适用，是否具有突破性。此外，国家社科（以及其他相关）基金的立项课题一般都聚焦于长篇小说，忽略短篇小说，但短篇小说解读是文学研究和文学教学的一个重要方面，因而也有拾遗补阙的必要。

然而，因为长篇和短篇小说之间的文类相通，也因为上篇构建的理论并不关涉短篇小说这一亚文类的特点，也不关乎小说这一文类的特性，因此无论短篇还是长篇小说，也无论何种体裁、何种媒介，只要作品中存在与情节发展并列前行的叙事暗流，本书的理论创见就会具有应用价值。本书研究过程中的理论成果在国内外发表后，已经被中西学者运用到中外长篇小说（包括魔幻小说系列)、中外戏剧,中外电影和西方连环漫画的分析中(见绪论、第二章和第三章)。这也说明本书在更大范围来进行理论建构合乎情理,也十分必要。兼具开拓性与普适性的理论建构是本书的重中之重。

上篇七章对双重叙事进程理论展开了全面系统的探讨。第一至第三章首先通过对比,指出在不少作品中,情节背后存在的隐性进程如何不同于批评界关注的各种深层意义或反讽意义;然后揭示隐性进程和情节发展之间的多种不同互动关系;继而分析双重叙事进程被忽略的原因,并探讨怎样做才能挖掘出隐藏在情节背后的隐性进程。

在此基础上,第四至第七章分别从文字层面、结构层面、修辞性叙事学层面和翻译层面探讨双重叙事进程对相关理论带来的重大挑战和应对措施,建构了各种双重模式。**在文字层面**,由于双重叙事进程构成了双重表意轨道,因此文字在其中同时产生两种相互对照、相互冲突甚或相互颠覆的主题意义。一直以来,我们仅仅关注文字在上下文中的意义,而在具有两种或两种以上表意轨道的作品中,则需要转而关注文字在某一叙事进程中的意义。面对文字的双重意义,我们需要对各种单一的文体学研究模式加以重构。与此类似,**在结构层面**,以往单一的叙事学概念和模式无法用于双重叙事进程的分析,我们需要将事件结构、人物形象、不可靠叙述等多种概念或研究模式加以双重化。**就修辞性叙事学而言**,鉴于这是本书作者所属学派,故简要追溯了其历史发展,分析如何打破其自身禁锢,发现其拓展潜能,并指出面对含有双重叙事进程的作品时,需要对"隐含作者"和"作者的读者"加以双重化。值得注意的是,对"隐含作者"的双重化仅仅涉及解码过程,不涉及编码过程:创作主体仅仅是一位隐含作者,其在写作作品时,构建出立场相异甚或相反的两种叙事进程,邀请读者从中推导出两种不同的隐含作者形象。**就翻译研究而言**,通过实例分析,揭示出双重叙事进程在翻译过程中极易受到损伤,说明双重进程对翻译理论、翻译批评、翻译实践和翻译教学都提出了挑战,需要加以变革和重构。

上篇的理论探讨在下篇的"作品分析"中得到应用和验证。从宏观角度考察,我们总是看到处于明处的情节发展和处于暗处的隐性进程;然而,在有的作品中,情节发展或者隐性进程本身就有两个分支,每一个分支都自成一体,沿着自身的主题轨道前行,都可视为一种独立运行的叙事进程,这样就形成了三重叙事进程。下篇第十章分析了肖邦《一双丝袜》中"两明一暗"的三重叙事进程;第十一章则分析了坡的《泄密的心》中“两暗一明”的三重叙事进程。其实,也不排除将来会发现在有的作品中,还会存在四重叙事进程。那么,也会相应需要将理论模式三重化或者四重化。

下篇的解读分为两个部分,第一个部分揭示不同作者如何建构双重叙事进程,第二部分则揭示同一作者如何采用不同方法创造双重叙事进程。国家社科基金结项匿名评审专家认为,本书的“分析方法之新,则前人所未用,所读出之意义则前人所未曾经验,而其审美价值则更是前人所未曾领悟者”。这并不奇怪,因为情节发展和隐性进程都沿着各自的轨道运行,表达出不同的主题意义,塑造出不同的人物形象,产生不同的审美价值。在长期叙事研究传统中,中外批评界都仅仅关注情节发展,看不到相关作品中存在隐性进程,这就难免会片面理解甚至严重误解作品;而倘若我们能挖掘出情节发展背后的隐性进程,就能够成功超越历代学者的阐释,看到更加丰富复杂的主题意义、更加丰满多面的人物形象,以及令人耳目一新的审美价值。在情节发展和隐性进程相互颠覆的作品中,更是只有观察到隐性进程,才能真正领悟作者意在表达什么。

话说回来,本书上篇建构的理论虽然在下篇中得到很好的验证,但这套理论是否有用武之地,取决于作品中是否存在双重叙事进程。下篇分析的经典作品都具有百年以上的历史,最早的是埃德加·爱伦·坡的作品。我们知道,坡是现代主义的前驱,而卡夫卡和曼斯菲尔德则是著名现代主义作家。从下篇的分析中,我们可以看到隐性进程是作者通过各种微妙手法所精心构建的。因此,在探讨双重叙事进程时,可以特别关注看重创作实验和写作技巧的作者。与此同时,我们也要避免将视野局限于某一类作品、某一流派。本书分析的八篇作品就分别属于家庭问题小说、战争小说、哥特小说、心理小说等,并涉及现实主义、浪漫主义、现代主义等不同流派。

值得注意的是,即便是描述类似的事件,一位作者笔下的不同作品也可能会在单一进程和双重进程上出现本质差异。第九章分析的比尔斯的《空中骑士》与其《峡谷事件》和《有一种军官》是在同一作品集里面世的,这三个作品均抨击战争的残酷,描写军人为尽责而被迫杀死亲人或友邻军人,但仅仅《空中骑士》有双重叙事进程,另两篇作品中则仅有情节发展。由于《空中骑士》含有相互冲突的两条表意轨道,文字在其中同时产生相互矛盾和相互制约的意义,塑造出两种不同的人物形象,这一作品相较于另两篇而言,无疑更有深度,更有张力,主题意义更为丰富,人物形象也更为复杂多面。

然而,含有双重叙事进程的作品并非一定优于单一叙事进程的作品。本书第十章比较了曼斯菲尔德的《巴克妈妈的一生》和契诃夫的《苦恼》。后者仅有单一叙事进程,但同样令人赞叹。我们不妨看看文中这两句:"那种苦恼是广大无垠的。如果姚纳的胸膛裂开,那种苦恼滚滚地涌出来,那它仿佛就会淹没全世界,可是话虽如此,它却是人们看不见的。这种苦恼竟包藏在这么一个渺小的躯壳里,就连白天打着火把也看不见……"(《苦恼》:214)。契诃夫先用夸张的手法,把姚纳的苦恼比喻为能淹没全世界的洪水,然后笔锋一转,说"它却是人们看不见的"。这不仅收放自如,而且微妙地将不可能的比喻("仿佛")暗暗加以某种程度的事实化("却是"),让人感到姚纳心里真的存在能淹没全世界的苦恼(随时可能会把其胸膛撑裂),只是因为被躯壳包裹而无法看见。契诃夫接着用"白天打着火把也看不见"进一步将其事实化。这一虚一实、一极宽("广大无垠")一极窄("这么渺小")的写法产生超强的张力和感染力。《苦恼》从标题、题词、开头到中腰、结尾,环环相扣,在单一叙事进程中把失去爱子的主人公的痛苦刻画得淋漓尽致,令人钦佩。

德国著名叙事学家沃尔夫·施密德(Wolf Schmid)将笔者的隐性进程理论运用于对契诃夫两个短篇的分析。[1] 其分析本身不乏新见,但这两篇作品中并不存在隐性进程,他只是从一个新的角度来探讨情节发展。[2] 这也提醒我们,对隐性进程的挖掘是否能成功,在很大程度上取决于研究对象,一定要选择含有隐性进程的作品来解读,才会真正有收获。

施密德提出隐性进程取决于读者的阐释,读者发现了隐性进程,它才会存在。[3] 笔者对此无法苟同。本书下篇聚焦于经典作品,所揭示的隐性进程至少是在一百年前建构的,而历代批评家却一直没有发现,因为他们仅仅关注情

---

① Wolf Schmid, "A Response to Dan Shen's 'Covert Progression,'" *Style* 55.1 (2021), pp. 85—87.

② 笔者在回应施密德探讨的论文中,说明了为何契诃夫的这两则短篇中仅有情节发展,详见 Dan Shen, "Debating and Extending 'Covert Progression' and Dual Narrative Dynamics: Rejoinders to Scholars," *Style* 55.1 (2021), p. 145。

③ Schmid, "A Response to Dan Shen's "Covert Progression," *Style* 55.1 (2021), pp. 83—84.

节发展。从笔者的修辞立场来看,作者一旦在作品中建构了隐性进程,它就诞生了,等待读者的发掘。也就是说,隐性进程是否存在取决于作者的创作,而它是否被发现才取决于读者的阐释。这从一个侧面说明了修辞性叙事研究的长处:能平衡考虑作者和读者,而不是单方面考虑读者。施密德对契诃夫作品的分析证实了笔者的观点:无论读者如何解读,都不可能在这两篇作品中挖掘出隐性进程,因为契诃夫并未对其加以建构。

本书下篇探讨了两种不同的双重叙事进程:其一,情节发展系表层的伪装,而隐性进程才是作者真正意在表达的,即后者为实,前者为虚(见第十二章分析的曼斯菲尔德的《心理》);其二,两种叙事进程均为作者所着力表达的,即两者均为实(见下篇其他各章)。费伦认为,可以把"显性—隐性"之分专门用于第一种情况,而把"首要—次要"或者"支配性—从属性"之分用于第二种情况。[①] 笔者指出,在比尔斯的《空中骑士》这样的作品中,情节发展和隐性进程同等重要。因此不能用"首要—次要"或者"支配性—从属性"来加以区分。费伦之所以就第二种情况质疑"显性—隐性"之分,有一个重要原因是在有的作品中,存在关于隐性进程的较为明显的提示(譬如卡夫卡的《判决》中占了三分之一篇幅的格奥尔格对朋友的思考)。然而,无论相关提示有多么明显,以往的批评家却视而不见,这是因为在亚里士多德以来的研究视野中,情节发展是唯一的叙事运动,这一视野遮蔽了隐性进程。[②] 正如波特·阿博特所言,"读者看不到隐性进程,并非因为它十分隐蔽,而是因为读者自己的阐释框架不允许他们看到就在眼前的东西"。[③] 由于长期叙事研究传统的束缚,当批评家看到关于隐性进程的提示时,会有意无意地加以忽略,或想方设法将其拽入情节发展的轨道。

值得注意的是,"隐性"一词主要与作者的创作布局相关——作者利用批

---

① James Phelan, "Theorizing Dual Progression: Some Questions for Dan Shen," *Style* 55.1 (2021): 36—42.

② Shen, "Debating and Extending 'Covert Progression' and Dual Narrative Dynamics: Rejoinders to Scholars," *Style* 55.1 (2021): 117—156.

③ H. Porter Abbott, "Review: *Style and Rhetoric of Short Narrative Fiction: Covert Progressions Behind Overt Plots*," *Style* 47.4 (2013), p. 560. 值得注意的是,有的隐性进程还是相当隐蔽的。在下篇所分析的作品中,有的隐蔽性很强(如《一双丝袜》《心理》),有的则较弱(如《空中骑士》《巴克妈妈的一生》)。

评界仅关注情节发展的特点，创造出另一种超出既有批评视野的叙事进程。本书下篇揭示的情节发展背后的叙事运动，在过去一个多世纪里一直为批评界所忽略，这本身就说明了其"隐蔽性"或者"隐性"。此外，由于文字叙事是一个一个字向前线性进行的，因此往往一种叙事进程会首先进入视野。即便在未来，当双重叙事进程成为学界熟知的常用策略之后，很有可能一种叙事进程还是会比另一种隐蔽。作者会根据文字作品的认知特点，让一种叙事运动更显而易见，读者在第一遍阅读时就会马上关注，而另外一种则有赖于读者在重新阅读时的着意挖掘。再者，在不少含有双重叙事进程的作品中，文字经常会同时产生两种互为对照的主题意义。而因为人类认知的局限性，我们只能先看到更为明显的那种，之后才能进一步发现更为隐蔽的那种，因此，我们依然需要坚持"显性－隐性"之分。

有学者认为，通过一定的训练，或许可以教会计算机识别笔者所说的"隐性进程"和双重叙事动力。[①] 就目前的情况来说，计算机连严肃文学中的情节发展都难以深入阐释，更不用说挖掘出情节背后的隐性进程。之所以是"隐性"进程，不仅因为它处于情节背后的暗处，而且因为作者常常对其进行各种伪装，且若要发现它，还需要敏锐地观察到同样的文字有可能同时产生两种不同主题意义，这都超出了计算机现有的能力。可话说回来，人工智能在飞速发展，谁又能断定，计算机将来不能学会解码隐性进程和双重叙事动力呢？[②]

本书上篇所建构的理论虽然在下篇中得到验证，并且已被中外学者运用到不同文类、不同媒介的作品分析中，但毕竟检验应用范围还十分有限。在未来的日子里，期待与各位同仁携手共进，不断开疆拓土，并根据新的情况对相关理论模式展开进一步论证，加以细化和拓展。相信随着双重叙事进程研究的持续向前推进，我们会不断发现不同文类、不同体裁的虚构叙事作品中的新天地。

---

① Federico Pianzola, "Modelling Literary Criticism: How to Do It and How to Teach It to Humans and Machines," *Style* 55.1 (2021): 111－117.

② Shen, "Debating and Extending 'Covert Progression' and Dual Narrative Dynamics: Rejoinders to Scholars," *Style* 55.1 (2021), pp. 150－151.

引用文献

Abbott, H. Porter. "Review: *Style and Rhetoric of Short Narrative Fiction: Covert Progressions Behind Overt Plots*." *Style* 47.4 (2013): 560—565.

---. "Thoughts on 'Dual Narrative Dynamics.'" *Style* 55.1 (2021): 63—68.

Abrams, M. H. and Geoffrey Galt Harpham. *A Glossary of Literary Terms*. Wadsworth Cengage Learning, 2009.

Allen, C. J. "Desire, Design, and Debris: The Submerged Narrative of John Haukes's Recent Trilogy." *Modern Fiction Studies* 25.4 (1979): 579—592.

Arner, Robert D. "Pride and Prejudice: Kate Chopin's 'Désirée's Baby.'" *Critical Essays on Kate Chopin*. Ed. Alice Hall Petry. London: Prentice Hall, 1996. 139—146.

---. "On First Looking (and Looking Once Again) into Chopin's Fiction." *Awakenings: The Story of the Kate Chopin Revival*. Ed. Bernard Koloski. Baton Rouge: Louisiana State UP, 2009.

Bardot, Jean. "French Creole Portraits: The Chopin Family from Natchitoches Parish." *Kate Chopin Reconsidered*. Ed. Lynda S. Boren and Sara Desaussure Davis. Baton Rouge: Louisiana State UP, 1992. 26—35.

Barnard, Anja, ed. "The Fly." *Short Story Criticism* vol. 38. Detroit: Gale Group, 2000. 199—232.

Baroni, Raphaël. *La tension narrative*. Paris: Seuil, 2007.

Baroni, Raphaël and Francoise Revaz. *Narrative Sequence in Contemporary Narratology*. Columbus: Ohio State UP, 2016.

Bates, H. E. "American Writers after Poe." Excerpted in *Short Story Criticism* vol. 9. Ed. Thomas Votteler. Detroit: Gale, 1992. 50—51.

Bateson, F. W. and B. Shahevitch. "Katherine Mansfield's 'The Fly': A Critical Exercise." *Essays in Criticism* 12.1 (1962): 39—53.

Bell, Pauline P. "Mansfield's 'The Fly.'" *The Explicator* 19. 3 (1960): item 20.

Berkman, Sylvia. *Katherine Mansfield: A Critical Study*. New Haven: Yale UP, 1951; rpt. Hamden, Cinnecticut: Shoe String, 1971.

Berkove, Lawrence I. "The Heart Has Its Reasons: Bierce's Successful Failure at Philosophy." *A Prescription for Adversity: The Moral Art of Ambrose Bierce*. Columbus: Ohio State UP, 2002.

Berman, Russell A. "Tradition and Betrayal in 'Das Urteil.'" *A Companion to the Works of Franz Kafka*. Ed. James Rolleston. New York: Camden House, 2002. 85—100.

Bierce, Ambrose. "A Horseman in the Sky." *Civil War Stories*. New York: Dover, 1994 [1891]. 27—32.

---. "The Affair at Coulter's Notch." *Civil War Stories*. New York: Dover, 1994[1891]. 69—76.

---. "One Kind of Officer." *Civil War Stories*. New York: Dover, 1994[1891]. 105—113.

Bledsoe, Thomas. "Mansfield's 'The Fly.'" *The Explicator* 5. 7 (1947): item 53.

Bonaparte, Marie. *The Life and Works of Edgar Allan Poe: A Psycho-Analytic Interpretation*. Trans. John Rodker. London: Imago Publishing Company, 1949; rpt. New York: Humanities Press, 1971.

Booth, Wayne C. *The Rhetoric of Fiction*, 2nd edition. Chicago: U of Chicago P, 1983 [1961].

---. "Resurrection of the Implied Author: Why Bother?" *A Companion to Narrative Theory*. Ed. James Phelan and Peter Rabinowitz. Oxford: Blackwell, 2005. 75—88.

Brémond, Claude. *Logique du récit*. Paris: Seuil, 1973.

Brod, Max. *Franz Kafka: A Biography*. Boston: Da Capo Press, 1995.

Brooks, Cleanth. "Irony as a Principle of Structure." *Critical Theory since Plato*, 3rd edition. Ed. Hazard Adams and Leroy Searle. Belmont: Thomson Wadsworth, 2004. 1043—1050.

--- and Robert Penn Warren, *Understanding Fiction*. New Jersey: Prentice-Hall, 1979.

Brooks, Peter. *Reading for the Plot: Design and Intention in Narrative*. New York: Knopf, 1984.

Bynum, Paige Matthey. "'Observe How Healthily—How Calmly I Can Tell You the Whole Story': Moral Insanity and Edgar Allan Poe's 'The Tell-Tale Heart.'" *Literature and Science as Modes of Expression*. Ed. Frederick Amrine. Boston: Kluwer Academic Publishers, 1989.

Canario, John W. "The Dream in 'The Tell-Tale Heart.'" *English Language Notes* 7. 3 (1970): 194—197.

Candel, Daniel. "Covert Progression in Comics: A Reading of Frank Miller's 300." *Poetics Today* 41.4 (2020): 705—729.

Carlson, Eric T. "Introduction" to *Two Essays on the Mind*. Benjamin Rush. New York: Brunner/Mazel, 1972.

Chambers Dictionary of Literary Characters. Edinburgh: Chambers Harrap Publishers, 2004.

Chatman, Seymour. *Story and Discourse: Narrative Structure in Fiction and Film*. Ithaca, NY: Cornell UP, 1978.

---. *Coming to Terms: The Rhetoric of Narrative in Fiction and Film*. Ithaca: Cornell UP, 1990.

Chopin, Kate. *Bayou Folk*. Boston: Houghton, Mifflin and Company, 1894.

---. "La Belle Zoraïde." *Bayou Folk*. By Kate Chopin. Boston: Houghton, Mifflin and Company, 1894. 280—290.

---. "Beyond the Bayou." *Bayou Folk*. By Kate Chopin. Boston: Houghton, Mifflin and Company, 1894. 99—110.

---. "A Pair of Silk Stockings." *A Pair of Silk Stockings and Other Stories*. By Kate Chopin. New York: Dover Publications, 1999. 55—59.

---. "A Dresdent Lady in Dixie." *The Complete Works of Kate Chopin*. Ed. Per Seyersted. Baton Rouge: Louisianna State UP, 1969. 345—351.

Cleman, John. "Irresistible Impulses: Edgar Allan Poe and the Insanity Defense." *American Literature* 63 (1991): 623—640.

Corngold, Stanley. *Franz Kafka: The Necessity of Form*. Ithaca: Cornell UP, 1988.

Coroneos, Con. "Flies and Violets in Katherine Mansfield." *Women's Fiction and the Great War*. Ed. Suzanne Raitt and Trudo Tate. Gloucestershire: Clarendon Press, 1997. 197—218.

Crane, R. S. "History versus Criticism in the Study of Literature." 1935. *Idea of the Humanities and Other Essays: Critical and Historical*, by R. S. Crane. Chicago: U of Chicago P, 1967. 3—24.

---. "Introduction" to *Critics and Criticism Ancient and Modern*. Ed. R. S. Crane. Chicago: U of Chicago P, 1952. 1—24.

---. "The Concept of Plot and the Plot of Tom Jones." *Critics and Criticism Ancient and Modern*. Ed. R. S. Crane. Chicago: U of Chicago P, 1952. 62—93.

Crane, Stephan. "An Episode of War." *Great Short Works of Stephen Crane*. New York: Harper & Row, 1965. 268—272.

Cuddon, J. A. *A Dictionary of Literary Terms*. London: Andre Deutsch, 1979.

Currie, Mark. *Unexpected: Narrative Temporality and the Philosophy of Surprise*. Edinburgh: Edinburgh UP, 2015.

Cutter, Martha J. "Losing the Battle but Winning the War: Resistance to Patriarchal Discourse in Kate Chopin's Short Fiction." *Legacy* 11 (1994): 17—24.

Davidson, Edward H. *Poe: A Critical Study*. Cambridge, Mass.: Harvard UP, 1966.

Davis, Doris. "The Awakening: The Economics of Tension." *Kate Chopin Reconsidered*. Ed. Lynda S. Boren and Sara de Saussure Davis. Baton Rouge: Louisiana State UP, 1992. 143—155.

Davis, Robert Con. "Lacan, Poe, and Narrative Repression." *MLN* 98.5 (1983): 983—1005.

Dayan, Joan. *Fables of Mind*. New York: Oxford UP, 1987.

Dedmond, Francis B. "'The Cask of Amontillado' and the War of the Literati." *Modern Language Quarterly* 15 (1954): 137—146.

Derrida, Jacques. *Positions*. Chicago: U of Chicago P, 1981.

Dunbar, Pamela. *Radical Mansfield: Double Discourse in Katherine Mansfield's Short Stories*. New York: St. Martin's, 1997.

Duttlinger, Carolin. *The Cambridge Introduction to Franz Kafka*. Cambridge: Cambridge UP, 2013.

Ellis, John M. "Kafka: 'Das Urteil.'" *Narration in the German Novelle*. By John M. Ellis. New York: Cambridge UP, 1974. 188—211.

Emmert, Scott D. "Naturalism and the Short Story Form: Kate Chopin's 'The Story of an Hour.'" *Scribbling Women and the Short Story Form*. Ed. Ellen Burton Harrington. New York: Peter Lang, 2008. 74—85.

Encyclopedia Americana. Ed. Mark Cummings et al. Danbury, Connecticut: Grolier Incorporated, 1993.

Ewell, Barbara C. *Kate Chopin*. New York: Unger, 1986.

Fickert, Kurt J. "The 'Doppelgänger' Motif in Kafka's 'Blumfeld.'" *Journal of Modern Literature* 6.3 (1977): 420—423.

Flores, Angel, ed. *The Problem of "The Judgment": Eleven Approaches to Kafka's Story*. New York: Gordian Press, 1977.

---. "Foreword" to *The Problem of "The Judgment": Eleven Approaches to Kafka's Story*. Ed. Angel Flores. New York: Gordian Press, 1977.

Fludernik, Monika. *Towards a 'Natural' Narratology*. London and New York: Routledge, 1996.

---. "Towards a 'Natural' Narratology: Frames and Pedagogy. A Reply to Nilli Diengott."

JLS: Journal of Literary Semantics 39.2 (2010): 203—211.

Foucault, Michel. *Madness and Civilization: A History of Insanity in the Age of Reason.* Trans. Richard Howard. New York: Vintage, 1988 [1965].

Fowler, Roger, ed. *A Dictionary of Modern Critical Terms.* London: Routledge and Kegan Paul, 1973.

Freeman, William. *The Porous Sanctuary: Art and Anxiety in Poe's Short Fiction.* New York: Peter Lang, 2002.

Gargano, James W. "The Question of Poe's Narrators." *College English* 25.3 (1963): 117—181.

Genette, Gérard. *Narrative Discourse.* Trans. Jane E. Lewin. Ithaca: Cornell UP, 1980.

Ghosal, Torsa. "Books with Bodies: Narrative Progression in Chris Ware's Building Stories." *Storyworlds* 7.1 (2015): 75—99.

Gindin, James. "*Katherine Mansfield.*" *British Short Fiction Writers*, 1915—1945. Ed. John H. Rogers. Detroit: Gale Research, 1996. 209—226.

Gray, Nancy. "Un-defining the Self in the Stories of Katherine Mansfield." *Katherine Mansfield and Literary Modernism.* Ed. Gerri Kimber et. al. London: Continuum, 2011. 78—88.

Gray, Ronald. "Through Dream to Self-Awareness." *The Problem of "The Judgment": Eleven Approaches to Kafka's Story.* Ed. Angel Flores. New York: Gordian Press, 1977. 63—72.

Greenfield, Stanley B. "Mansfield's 'The Fly.'" *The Explicator* 17.1 (1958): item 2.

Guth, Deborah. "Submerged Narratives in Kazuo Ishiguro's *The Remains of the Day.*" *Forum for Modern Language Studies* 35.2 (1999): 126—137.

Halliburton, David. *Edgar Allan Poe: A Phenomenological View.* Princeton: Princeton UP, 1973.

Hanson, Clare. "Katherine Mansfield's Uncanniness." *Celebrating Katherine Mansfield: A Centenary Volume of Essays.* Ed. Gerri Kimber and Janet Wilson. New York: Palgrave Macmillan, 2011. 115—130.

Hanson, Clare and Andrew Gurr. *Katherine Mansfield.* New York: St. Martin's Press, 1981.

Hoffman, Daniel. *Poe Poe Poe Poe Poe Poe Poe.* Garden City: Doubleday, 1972.

Holy Bible, The: English Standard Version. Wheaton, IL: Crossway Books, 2002.

Hopkins, Ernest Jerome. *The Complete Short Stories of Ambrose Bierce.* Lincoln: U of Nebraska P, 1970.

Hughes, Kenneth. "A Psychoanalytic Approach to 'The Judgment.'" *Approaches to Teaching Kafka's Short Fiction.* Ed. Richard T. Gray. New York, MLA, 1995. 86—93.

Ibarrola, Aitor. "Tenuous Feminism and Unorthodox Naturalism: Kate Chopin's Unlikely Literary Victory at the Close of the 19th Century." *Revista de Estudios Norteamericanos*, no. 6 (1998):107—132.

Jacobs, Wills D. "Mansfield's 'The Fly.'" *The Explicator* 5.4 (1947): item 32.

Jones, Kathleen. *Katherine Mansfield*. Edinburgh: Edinburgh UP, 2010.

Joshi, S. T. "Ambrose Bierce: Horror as Satire." *Twentieth-Century Literary Criticism* 44. Ed. Laurie DiMauro. Detroit: Gale Research, 1992[1990]. 43—51.

Kafka, Franz. *Letters to Felice*. Trans. James Stern and Elisabeth Duckworth. New York: Schocken, 1973.

---. *The Diaries of Franz Kafka, 1910—1913*. Ed. Max Brod, trans. Joseph Kresh. New York: Schocken, 1954.

---. "The Judgment." *Selected Short Stories of Franz Kafka*. Trans. Willa Muir and Edwin Muir. New York: The Modern Library, 1993. 10—11.

---. "The Judgment." Trans. Malcolm Pasley. *The Problem of "The Judgment."* Ed. Angel Flores, New York: Gordian Press, 1977. 1—12.

Kaplan, Sydney Janet. *Katherine Mandfield and the Origins of Modernist Fiction*. Ithaca: Cornell UP, 1991.

Kelly, Alice. "The Explosion of Mansfield Studies." *The Cambridge Quarterly* 40.4 (2011): 388—396.

Kennedy, J. Gerald. *Poe, Death, and the Life of Writing*. New Haven: Yale UP, 1987.

Kobler, J. F. *Katherine Mansfield: A Study of the Short Fiction*. Boston: Hall, 1990.

Kokot, Joanna. "The Elusiveness of Reality: The Limits of Cognition in Katherine Mansdield's Short Stories." *Katherine Mansfield and Literary Modernism*. Ed. Gerri Kimber et. al. London: Continuum, 2011. 67—77.

Koloski, Bernard. *Kate Chopin: A Study of the Short Fiction*. New York: Twayne, 1996.

Kornasky, Linda Ann. "Women Writers of American Naturalism, 1892—1932." Ph. D. dissertation. Tulane University, 1994.

Lanser, Susan S. "Reading Dual Progression: A View from *The Hilltop*." *Style* 55.1 (2021): 94—99.

Levin, Robert T. "The Familiar Friend: A Freudian Approach to Kafka's 'The Judgment' ('Das Urteil')." *Literature and Psychology* 27.4 (1977): 164—173.

Lohafer, Susan. "Why the 'Life of Ma Parker' Is Not So Simple: Preclosure in Issue-bound Stories." *Studies in Short Fiction* 33.4 (1996): 475—486.

Lothe, Jakob. "Dan Shen's Theory of Dual Narrative Dynamics Linked to Ian McEwan's

Atonement." *Style* 55.1 (2021): 100—105.

Mabbott, Thomas-Ollive, ed. *The collected Works of Edgar Allan Poe*, 3 vols. Cambridge, Mass.: Harvard UP, 1978.

MacCarthy, Desmond. "A New Writer." *Humanities*. By Desmond MacCarthy. London: MacGibbon and Kee, 1953. 180—183.

Maeder, Thomas. *Crime and Madness: The Origins and Evolution of the Insanity Defense*. New York: Harper and Row, 1985.

Magny, Claude-Edmonde. "The Objective Depiction of Absurdity." *The Kafka Problem*. Ed. Angel Flores. N.Y.: Gordian Press, 1976. 81—87.

Mansfield, Katherine. "A Dill Pickle." *The Stories of Katherine Mansfield*. Ed. Antony Alpers. Auckland: Oxford UP, 1984. 271—276.

---. "The fly." *The Stories of Katherine Mansfield*. Ed. Antony Alpers. Auckland: Oxford UP, 1984. 529—533.

---. "Psychology." *Bliss, and Other Stories*. By Katherine Mansfield. New York: Alfred A. Knopf, 1920. 145—156.

---. "Revelations." *The Stories of Katherine Mansfield*. Ed. Antony Alpers. Auckland: Oxford UP, 1984. 341—345.

---. "Life of Ma Parker." *The Stories of Katherine Mansfield*. Ed. Antony Alpers. Auckland: Oxford UP, 1984. 403—408.

Margolin, Uri. "Character." *Routledge Encyclopedia of Narrative Theory*. Ed. David Herman, Manfred Jahn and Marie-Laure Ryan. London: Routledge, 2005. 52—56.

Margraf, Erik. "'The Awakening' as a Naturalist Novel." *American Literary Realism* 37.2 (2005): 93—116.

Mariani, Giorgio. "Ambrose Bierce's Civil War Stories and the Critique of the Martial Spirit." *Studies in American Fiction* 19.2 (1991): 221—228.

Marsh, Kelly A. "The Mother's Unnarratable Pleasure and the Submerged Plot of Persuasion." *Narrative* 17 (2009): 76—94.

---. *The Submerged Plot and the Mother's Pleasure from Jane Austen to Arundhati Roy*. Columbus: Ohio State UP, 2016.

---. "Dual Narrative Dynamics and the Critique of Privilege." *Style* 55.1 (2021): 42—47.

Marshall, Tim. "Death and the Abyss: The Representation of Pauperland in Katherine Mansfield's *Life of Ma Parker*." *Q/W/E/R/T/Y: Arts, Littératures & Civilisations du Monde Anglophone* 7 (1997): 99—103.

Miller, J. Hillis. *Reading Narrative*. Norman: U of Oklahoma P, 2001.

---. "Foreword" to *Style and Rhetoric of Short Narrative Fiction*. By Dan Shen. London & New York: Routledge, 2014. ix—xii.

Moldenhauer, Joseph J. "Murder as a Fine Art: Basic Connections Between Aesthetics, Psychology, and Moral Vision." *PMLA* 83 (1968): 284—297.

Morris, Roy, Jr. "'So Many, Many Needless Dead': The Civil War Witness of Ambrose Bierce." *Memory and Myth*. Ed. David B Sachsman, S. Kittrell Rushing, and Roy Morris Jr. West Lafayette, Ind.: Purdue UP, 2007. 115—126.

Morrow, Patrick D. *Katherine Mansfield's Fiction*. Bowling Green: Bowling Green State U Popular P. 1993.

Mortimer, Armine Kotin. "Second Stories." *Short Story Theory at a Crossroads*. Ed. Susan Lohafer and Jo Ellyn Clarey. Baton Rouge: Louisiana State UP, 1989. 278—293.

---. "Fortifications of Desire: Reading the Second Story in Katherine Mansfield's 'Bliss.'" *Narrative* 2.1 (1994): 41—52.

Mounic, Anne. "'Ah, What is it? —that I heard': The Sense of Wonder in Katherine Mansfield's Stories and Poems." *Celebrating Katherine Mansfield*. Ed. Gerri Kimber and Janet Wilson. New York: Palgrave Macmillan, 2011. 144—157.

Muecke, D. C. *Irony and the Ironic*. New York: Methuen, 1982.

Murry, J. Middleton, ed. *Letters of Katherine Mansfield*. New York: Alfred A Knopf, 1929.

---, ed. *Journal of Katherine Mansfield*, definitive ed. London: Constable, 1954.

Nash, Katherine Saunders. "Narrative Progression and Receptivity: John Cowper Powys's *A Glastonbury Romance*." *Narrative* 15.1 (2007): 4—23.

Nathan, Rhoda B. *Katherine Mansfield*. New York: Continuum, 1988.

---. "'With Deliberate Care': The Mansfield Short Story." *Critical Essays on Katherine Mansfield*. Ed. Rhoda B. Nathan. New York: G. K. Hall & Co. 1993. 93—100.

Nesbitt, Anna Sheets. "The Tell-Tale Heart." *Short Story Criticism*, vol. 34. Ed. Anna Sheets Nesbitt. Detroit: Gale Group, 2000. 239—240.

New, W. H. *Reading Mansfield and Metaphors of Form*. Montreal: McGill-Queen's UP, 1999.

New Oxford Dictionary of English, The. Ed. Judy Pearsall. Oxford: Oxford UP, 1998.

O' Connor, Frank. "An Author in Search of a Subject." *Critical Essays on Katherine Mansfield*. Ed. Rhoda B. Nathan. New York: Hall, 1993. 173—182.

Oleson, Clinton W. "'The Fly' Rescued." *College English* 22.8 (1961): 585—586.

O'Sullivan, Vincent. "Signing Off: Katherine Mansfield's Last Year." *Celebrating Katherine Mansfield: A Centenary Volume of Essays*. Ed. Gerri Kimber and Janet Wilson. New

York: Palgrave Macmillan, 2011. 13—27.

--- and Margaret Scott, eds. *The Collected Letters of Katherine Mansfield*, vol. I—IV. Oxford: Clarendon Press, 1993.

Oubella, Abdelkrim M'hammed. *Progression narrative et thématique dans les romans de T. Ben Jelloun*. Éditions universitaires européennes, 2013.

Pan, David. "The Persistence of Patriarchy in Franz Kafka's 'Judgment.'" *Orbis Litterarum* 55 (2000): 135—160.

Papke, Mary E. *Verging on the Abyss*. New York: Twayne, 1985.

Peltzie, Bernard E. "Teaching Meaning Through Structure in the Short Story." *The English Journal* 55.6 (1966). 703—710.

Phelan, James. *Worlds from Words*. Chicago: U of Chicago P, 1981

---. *Reading People, Reading Plots*. Chicago: U of Chicago P, 1989.

---. *Narrative as Rhetoric*. Columbus: Ohio State UP, 1996

---. *Living To Tell About It*. Ithaca: Cornell UP, 2005.

---. "Rhetoric/ethics." *The Cambridge Companion to Narrative*. Ed. David Herman. Cambridge UP, 2007. 203—216.

---. *Experiencing Fiction*. Columbus: Ohio State UP, 2007.

---. *Reading the American Novel, 1920—2010*, Malden: Wiley-Blackwell, 2013.

---. *Somebody Telling Somebody Else*. Columbus: Ohio State UP, 2017.

---. "Authors, Resources, Audiences: Toward a Rhetorical Poetics." *Style* 52.1—2 (2018): 1—33.

---. "Debating Rhetorical Poetics: Interventions, Amendments, Extensions." *Style* 52.1—2 (2018): 153—172.

---. "Theorizing Dual Progression: Some Questions for Dan Shen." *Style* 55.1 (2021): 36—42.

Phelan, James and Mary Patricia Martin. "The Lessons of 'Waymouth': Homodiegesis, Unreliability, Ethics and 'The Remains of the Day.'" *Narratologies*. Ed. David Herman. Columbus: Ohio State UP, 1999. 91—96.

Phillips, Elizabeth. *Edgar Allan Poe: An American Imagination: Three Essays*. Port Washington, N.Y.: Kennikat, 1979.

Pianzola, Federico. "Modelling Literary Criticism: How to Do it and How to Teach it to Humans and Machines." *Style* 55.1 (2021): 111—117.

Pier, John. "At the Crossroads of Narratology and Stylistics: A Contribution to the Study of Fictional Narrative." *Poetics Today* 36.1—2 (2015): 111—125.

Poe, Edgar Ellan. "The Philosophy of Composition." *Edgar Allan Poe: Essays and Reviews*. Ed. G. R. Thompson. New York: Literary Classics of the United States, 1984. 13—25.

---. "The Poetic Principle." *Edgar Allan Poe: Essays and Reviews*. Ed. G. R. Thompson. New York: Literary Classics of the United States, 1984. 71—94.

---. "Review of *Twice-Told Tales*." *Edgar Allan Poe: Essays and Reviews*. Ed. G. R. Thompson. New York: Literary Classics of the United States, 1984. 568—588.

---. "The Tell-Tale Heart." *Edgar Allan Poe: Poetry and Tales*. Ed. Patrick F. Quinn. New York: Literary Classics of the United States, 1984. 555—559.

---. "The Cask of Amontillado." *Edgar Allan Poe: Poetry and Tales*. Ed. Patrick F. Quinn. New York: Literary Classics of the United States, 1984. 848—854.

---. "The Black Cat." *Edgar Allan Poe: Poetry and Tales*. Ed. Patrick F. Quinn. New York: Literary Classics of the United States, 1984. 597—606.

---. "The Fall of the House of Usher." *Edgar Allan Poe: Poetry and Tales*. Ed. Patrick F. Quinn. New York: Literary Classics of the United States, 1984. 317—336.

---. "The System of Doctor Tarr and Professor Fether." *Edgar Allan Poe: Poetry and Tales*. Ed. Patrick F. Quinn. New York: Literary Classics of the United States, 1984. 699—716.

---. "Hop-Frog." *Edgar Allan Poe: Poetry and Tales*. Ed. Patrick F. Quinn. New York: Literary Classics of the United States, 1984. 899—908.

---. *The Collected Works of Edgar Allan Poe*. 3 vols. Ed. Thomas-Ollive Mabbott. Cambridge, Mass.: Harvard UP, 1978.

Politzer, Heinz. *F. K.: Parable and Paradox*. Ithaca: Cornell UP, 1962.

Polonsky, Rachel. "Poe's Aesthetic Theory." *The Cambridge Companion to Edgar Allan Poe*. Ed. Kevin J. Hayesd. Cambridge: Cambridge UP, 2002.

Prichard, James Cowles. *A Treatise on Insanity and Other Disorders Affecting the Mind*. London: Gilbert and Piper, 1835.

Propp, Vladimir. *Morphology of the Folktale*. Austin: U of Texas P, 1968.

Quinn, Arthur Hobson. *Edgar Allan Poe, A Critical Biography*. New York: Cooper Square Publishers, 1969.

Rabinowitz, Peter J. "Truth in Fiction: A Reexamination of Audiences." *Critical Inquiry* 4 (1977): 121—141.

---. *Before Reading: Narrative Conventions and the Politics of Interpretation*. Ithaca: Cornell UP, 1987.

Rader, Ralph. "Exodus and Return: Joyce's *Ulysses* and the Fiction of the Actual." *U of Toronto Quarterly* 48:2 (1978/79): 149—171.

---. "The Logic of *Ulysses*, or Why Molly Had to Live in Gibraltar." *Critical Inquiry* 10 (1984): 567—578.

---. "Tom Jones: The Form in History." *Ideology and Form in Eighteenth-Century Literature*. Ed. David H. Richter. Lubbock, TX: Texas Tech UP, 1999. 47—74.

"Rain". "The Online Symbolism Dictionary." http://www.scootermydaisyheads.com/ fine_art/symbol_dictionary/rain.htm, 2018年9月22日访问。

Rajan, Gita. "A Feminist Rereading of Poe's 'The Tell-Tale Heart." *Papers on Language and Literature* 24 (1988): 283—300.

Ray, Isaac. *A Treatise on the Medical Jurisprudence of Insanity* (1838). Ed. Winfred Overholser. Cambridge, Mass.: Belknap Press of Harvard UP, 1962.

Reilly, John E. "The Lesser Death-Watch and 'The Tell-Tale Heart.'" *American Transcendental Quarterly* 2 (1969): 3—9.

Reynolds, David S. "Poe's Art of Transformation: 'The Cask of Amontillado' in Its Cultural Context." *New Essays on Poe's Major H*. Ed. Kenneth Silverman. Mass. New York: Cambridge UP, 1993.

Richardson, Brian, ed. *Narrative Dynamics*. Columbus: Ohio State UP, 2002.

---. "Silence, Progression, and Narrative Collapse in Conrad." *Conradian* 46.1—2 (2014): 109—121.

---. "Unnatural Narrative Theory." *Style* 50.4 (2016): 385—404.

Rimmon-Kenan, Shlomith. *Narrative Fiction: Contemporary Poetics*, 2nd edition. London: Routledge, 2002.

Robinson, E. Arthur. "Poe's The Tell-Tale Heart." *Nineteenth-Century Fiction* 19.4 (1965): 369—378.

Rohrberger, Mary. *Hawthorne and the Modern Short Story*. The Hague: Mouton, 1966.

---. "Katherine Mansfield: 'The Fly.'" *Hawthorne and the Modern Short Story*. The Hague: Mouton, 1966. 68—74.

Rothberg, Michael. "Progress, Progression, Procession: William Kentridge and the Narratology of Transitional Justice." *Narrative* 20.1 (2012): 1—24.

Rush, Benjamin. *Two Essays on the Mind: An Enquiry into the Influence of Physical Causes upon the Moral Faculty, and on the Influence of Physical Causes in Promoting an Increase of the Strength and Activity of the Intellectual Faculties of Man*. New York: Brunner/Mazel, 1972.

Rush, Jeff. "Doubled Ethics and Narrative Progression in The Wire." *Ethics in Screenwriting*. Ed. Steven Maras. London: Palgrave Macmillan, 2016. 179—196.

Sandberg, Beatrice. "Starting in the Middle? Complications of Narrative Beginnings and Progression in Kafka." *Franz Kafka: Narration, Rhetoric, and Reading*. Ed. Jakob Lothe, Beatrice Sandberg, and Ronald Speirs. Columbus: Ohio State UP, 2011. 123—148.

Saussure, Ferdinand de. *Course in General Linguistics*. Trans. Wade Baskin. London: Philosophical Library Inc., 1960.

Schmid, Wolf. "A Response to Dan Shen's 'Covert Progression.'" *Style* 55. 1 (2021): 83—88.

Schneider, Ralf. "Towards a Cognitive Theory of Literary Character." *Style* 35. 4 (2001): 607—640.

Schorer, Mark. "Technique as Discovery." *20th Century Literary Criticism: A Reader*. Ed. David Lodge. London: Longman, 1972. 387—402.

Seyersted, Per. *Kate Chopin: A Critical Biography*. Baton Rouge: Louisiana State UP, 1969.

Shelden, Pamela J. "'True Originality': Poe's Manipulation of the Gothic Tradition." *American Transcendental Quarterly* 29. 1 (1976): 75—80.

Shen, Dan. "Defense and Challenge: Reflections on the Relation Between Story and Discourse." *Narrative* 10 (2002): 422—443.

---. "Story-Discourse Distinction." *The Routledge Encyclopedia of Narrative Theory*. Ed. David Herman et. al. London: Routldege, 2005. 566—567.

---. "What Narratology and Stylistics Can Do for Each Other." *A Companion to Narrative Theory*. Ed. James Phelan and Peter Rabinowitz. Oxford: Blackwell, 2005. 136—149.

---. "Why Contextual and Formal Narratologies Need Each Other." *JNT: Journal of Narrative Theory* 35. 2 (2005): 141—171.

---. "Subverting Surface and Doubling Irony: Subtexts of Mansfield's 'Revelations' and Others." *English Studies* 87. 2 (2006): 191—209.

---. "Non-ironic Turning Ironic Contextually." *JLS: Journal of Literary Semantics* 38 (2009): 115—130.

---. "What Is the Implied Author?" *Style* 45. 1 (2011): 80—98.

---. "Neo-Aristotelian Rhetorical Narrative Study: Need for Integrating Style, Context and Intertext." *Style* 45. 4 (2011): 576—597.

---. "Implied Author, Authorial Audience, and Context: Form and History in Neo-Aristotelian Rhetorical Theory." *Narrative* 21. 2 (2013): 140—158.

---. "Covert Progression Behind Plot Development: Katherine Mansfield's 'The Fly.'" *Poetics Today* 34. 1—2 (2013): 147—175.

---. *Style and Rhetoric of Short Narrative Fiction: Covert Progressions Behind Overt Plots*. London & New York: Routledge, 2016[2014].

---. "Unreliability." *Handbook of Narratology*, 2nd edition. Ed. Peter Huhn et. al. Berlin: De Gruyter, 2014. 896—909.

---. "Dual Textual Dynamics and Dual Readerly Dynamics: Double Narrative Movements in Mansfield's 'Psychology.'" *Style* 49.4 (2015): 411—438.

---. "What Are Unnatural Narratives? What Are Unnatural Elements?" *Style* 50.4 (2016): 483—489.

---. "Joint Functioning of Two Parallel Trajectories of Signification: Ambrose Bierce's 'A Horseman in the Sky.'" *Style* 51.2 (2017): 125—145.

---. "Dual Narrative Progression as Dual Authorial Communication: Extending the Rhetorical Model." *Style* 52.1—2 (2018): 61—66.

---. "Dual Narrative Movement and Dual Ethics." *Symplokē* 25.1—2 (2018): 511—515.

---. "Two Conceptions of Experientiality and Narrativity: Functions, Advantages and Disadvantages." *Partial Answers: Journal of Literature and the History of Ideas* 16.2 (2018): 263—270.

---. "Covert Progression, Language and Context." *Language, Text and Context Revisited*. Ed. Ruth Page, Beatrix Busse and Nina Nørgaard. London: Routledge, 2019. 17—28.

---. "Fictionality as a Rhetorical Resource for Dual Narrative Progression." *Style* 53.4 (2019): 495—502.

---. "'Covert Progression' and Dual Narrative Dynamics." *Style* 55.1 (2021): 1—28.

---. "Debating and Extending 'Covert Progression' and Dual Dynamics: Rejoinders to Scholars." *Style* 55.1 (2021): 117—156.

---. "Naturalistic Covert Progression behind Complicated Plot: Kate Chopin's 'A Pair of Silk Stockings.'" *JNT: Journal of Narraive Theory*, forthcoming.

Shen, Dan and Kairui Fang. "Stylistics." *The Routledge Handbook of Literary Translation*. Ed. Kelly Washbourne and Ben Van Wyke. London & New York: Routledge, 2019. 325—337.

Shurbutt, Sylvia Bailey. "The Can River Characters and Revisionist Mythmaking in the Work of Kate Chopin." *The Southern Literary Journal* 25.2 (1993): 14—23.

Siegelman, Stuart Marc. "Poetics and Ambiguity in Selected Short Stories of Katherine Mansfield." Ph. D. dissertation. New York U, 1992.

Smith, Allan Lloyd. "Can Such Things Be?" In *Spectral America*. Ed. Jeffrey Andrew Weinstock. Madison: U of Wisconsin P, 2004. 57—77.

Sokel, Walter H. "Kafka and Modernism." In *Approaches to Teaching Kafka's Short Fiction*. Ed. Richard T. Gray. New York, MLA, 1995. 23—34.

Solomon, Eric. "The Bitterness of Battle: Ambrose Bierce's War Fiction." *The Midwest Quarterly* 4.2 (1964): 147—165.

Stallman, Robert Wooster. "Mansfield's 'The Fly.'" *The Explicator* 3.6 (1945): item 49.

Starrett, Vincent. "Ambrose Bierce." In *Buried Caesars: Essays in Literary Appreciation*. Chicago: Covici-McGee Co., 1923. 51—52.

Stein, Allen. "Kate Chopin's 'A Pair of Silk Stockings': The Marital Burden and the Lure of Consumerism." *Mississippi Quarterly* 57.3 (2004): 357—368.

Sternberg, Meir. "Telling in Time(I): Chronology and Narrative Theory." *Poetics Today* 11.4 (1990): 901—948

---. "Telling in Time(II): Chronology, Teleology, Narrativity." *Poetics Today* 13.3 (1992): 463—541

---. Sternberg, "Telling in Time(III): Chronology, Estrangement, and Stories of Literary History." *Poetics Today* 27.1 (2006): 125—135.

Thomas, J. D. "Symbol and Parallelism in 'The Fly.'" *College English* 22.4 (1961): 256, 261—262.

Thompson, G. R. *Poe's Fiction*. Madison: U of Wisconsin P, 1973.

Tolron, Francine. "Fauna and Flora in Katherine Mansfield's Short Stories." In *The Fine Instrument: Essays on Katherine Mansfield*. Ed. Paulette Michel and Michel Dupuis. Sydney: Dangaroo, 1989.

Toolan, Michael. *Narrative Progression in the Short Story*. Philadelphia: John Benjamins, 2009.

Toth, Emily. "Kate Chopin Thinks Back through Her Mothers." In *Kate Chopin Reconsidered*. Ed. Lynda S. Boren and Sara deSaussure Davi. Louisiana State UP, 1992. 15—25.

Trahan, Elizabeth W. "Georg Bendemann's Path to the Judgment." In *Approaches to Teaching Kafka's Short Fiction*. Ed. Richard T. Gray. New York, MLA, 1995. 94—104.

Tucker, B. D. "Evil Eye: A Motive for Murder in 'The Tell-Tale Heart.'" *Readings on the Short Stories of Edgar Allan Poe*. Ed. Hayley Mitchell Haugen. San Diego: Greenhaven Press, 2001. 114—117.

Valentine, Kristin B. and Janet Larsen Palmer. "The Rhetoric of Nineteenth-Century Feminism in Kate Chopin's 'A Pair of Silk Stockings.'" *Weber Studies* 4.2 (1987): 59—67.

Veblen, Thorstein. *The Theory of the Leisure Class*. New York: Vanguard, 1926.

Wagenknecht, Edward. "Katherine Mansfield." In *The Critical Response to Katherine Mansfield*. Ed. Jan Pilditch. Westport: Greenwood Press, 1996. 19—27. Originally published in *The English Journal* 17 (April 1928): 272—284.

Wang, Xianxian. "Interpretation on the Dill-pickle of Lover." *Theory and Practice in Language Studies* 1.3 (2011): 315—317.

Ward, Alfred C. *Aspects of the Modern Short Story: English and American*. London: U of London P, 1924.

Watts, Cedric. "Conrad's Covert Plots and Transtextual Narratives." *The Critical Quarterly* 24.3 (1982): 53—64.

---. *The Deceptive Text: An Introduction to Covert Plots*. Brighton: Barnes & Noble, 1984.

White, John J. "Georg Bendemann's Friend in Russia: Symbolic Correspondences." In *The Problem of "The Judgment": Eleven Approaches to Kafka's Story*. Ed. Angel Flores, New York: Gordian Press, 1977: 97—113.

Whitley, John S. "Introduction" to *Tales of Mystery and Imagination* by Edgar Allan Poe. Hertfordshire: Wordsworth Editions Limited, 2000. vii—xxiii.

Wiechert, Nora Larissa. "Urban Green Space and Gender in Anglophone Modernist Fiction." Ph. D. dissertation. Washington State U, 2009.

Wilson, Janet, Gerri Kimber, and Susan Reid, eds. *Katherine Mansfield and Literary Modernism*. New York: Continuum, 2011.

Witherington, Paul. "The Accomplice in 'The Tell-Tale Heart.'" *Studies in Short Fiction* 22.4 (1985): 473—474.

Witherow, Jean Ann. "Kate Chopin's Contribution to Realism and Naturalism." Ph. D. dissertation. Louisiana State University, 2000.

Woods, Joanna. "Katherine Mansfield, 1888—1923." *Kōtare* 2007, *Special Issue — Essays in New Zealand Literary Biography Series One: "Women Prose Writers to World War I."* Wellington: Victoria University of Wellington, 2008, http://www.nzetc.org/tm/scholarly/tei-Whi071Kota-t1-g1-t8.html, accessed November 4, 2017.

Wright, Celeste Turner. "Darkness as a Symbol in Katherine Mansfield." *Modern Philology* 51.3 (1954): 204—207.

---. "Genesis of a Short Story." *Philological Quarterly* 34.1 (1955): 94—96.

Yost, David. "Skins before Reputations: Subversions of Masculinity in Ambrose Bierce and Stephen Crane." *War, Literature, & the Arts* 19.1—2 (2007): 249—252.

Zimmerman, Brett. "'Moral Insanity' or Paranoid Schizophrenia: Poe's 'The Tell-Tale Heart'." *Mosaic* 25.2 (1992): 39—48.

---. "Frantic Forensic Oratory: Poe's 'The Tell-Tale Heart.'" *Style* 35.1 (2001): 34—49.

安帅:《种族立场冲突背后的理智与情感之争——沃尔夫〈说"是"〉中的隐性叙事运动》,《外国文学研究》2017 年第 3 期,第 104—111 页。

安帅:《历史的棋局、空间的游戏——〈天秤星座〉中的隐性进程》,《外国文学研究》2019 年第 1 期,第 28—37 页。

让·鲍德里亚:《消费社会》,刘成富、全志钢译,南京:南京大学出版社,2000 年。

罗素·伯曼《卡夫卡的〈判决〉:传统与背叛》,赵山奎译,《东吴学术》2014 年第 4 期,第 106—107 页。

曹明伦译:《泄密的心》,载《爱伦·坡集:诗歌与故事》上册,北京:生活·读书·新知三联书店,1995 年,第 619—625 页。

曹明伦:《论以忠实为取向的翻译标准》,《中国翻译》2006 年第 4 期,第 12—19 页。

陈良廷译:《苍蝇》,载陈良廷、郑启吟等译《曼斯菲尔德短篇小说选》,上海:上海译文出版社,1983 年,第 262—268 页。

程闰闰译:《空中骑兵》,载《鹰溪桥上》,A. 布尔斯著,重庆:重庆大学出版社,2013 年,第81—89 页。

雅克·德里达:《论文字学》,汪堂家译,上海:上海译文出版社,2005 年。

段枫:《〈快乐王子〉中的双重叙事运动:不同解读方式及其文本根源》,《外国文学评论》2016 年第 2 期,第 177—190 页。

凯特·费洛里斯:《〈判决〉》(1947),李自修译,载叶廷芳编《论卡夫卡》,北京:中国社会科学出版社,1988 年,第 138—139 页。

付灿邦:《论曼斯菲尔德的〈苍蝇〉》,《四川师范学院学报(哲学社会科学版)》1994 年第 4 期,第 112—116 页。

傅子柏:《论曼斯菲尔德的〈苍蝇〉》,《重庆师范学院学报(哲学社会科学版)》1995 年第 3 期,第 73—76 页。

郝志琴:《从疏远到亲近的阅读体验——〈热铁皮屋顶上的猫〉中布里克疏离境遇的叙事修辞》,《文艺研究》2014 年第 9 期,第 69—77 页。

胡适译:《心理》,载《胡适译文集:外国短篇小说》,上海:上海译文出版社,2014 年,第 145—148 页。

黄一畅:《宏观时空体中的微观叙事进程——论〈杜十娘怒沉百宝箱〉的叙事时间特色》,《四川教育学院学报》2010 年第 1 期,第 91—93 页。

黄莹:《费金形象被忽略的异质性:狄更斯〈雾都孤儿〉中的隐性叙事进程》,《南京邮电大学学报(社会科学版)》2018 年第 6 期,第 78—85 页。

蒋虹:《凯瑟琳·曼斯菲尔德作品中的矛盾身份》,北京:中国社会科学出版社,2004 年。

弗兰兹·卡夫卡:《判决》,孙坤荣译,载叶廷芳等译《卡夫卡短篇小说选》,桂林:漓江出版社,

2013 年,第 43—53 页。

弗兰兹·卡夫卡:《致父亲》,载叶廷芳主编《卡夫卡全集》第 7 卷,石家庄:河北教育出版社,2000 年。

林玉珍:《从〈孩子的游戏〉到〈多维的世界〉:叙事进程中的无痛伦理》,《外国语文》2015 年第 3 期,第 46—50 页。

刘红江、李丹莉:《基于语料库的〈莳萝泡菜〉叙事进程分析》,《沈阳航空航天大学学报》2012 年第 6 期,第 28—31 页。

刘辉:《十五美元带来的意识觉醒——从"一双丝袜"看妇女的家庭责任与个人追求》,《新疆大学学报(哲学·人文社会科学汉文版)》2003 年第 S1 期,第 155—156 页。

凯瑟琳·曼斯菲尔德:《巴克妈妈的一生》,王知还译,载陈良廷、郑启吟等译《曼斯菲尔德短篇小说选》,上海:上海译文出版社,1983 年,第 64—72 页。

牛建伟:《两颗被遗忘和冷落的痛苦心灵——试比较〈巴克大妈的一生〉与〈苦恼〉的创作手法》,《社科纵横》2007 年第 5 期,第 164—166 页。

牛雪莲:《〈莳萝泡菜〉中的自我主义与女权主义》,《作家》2015 年第 18 期,第 96—97 页。

安东·契诃夫:《苦恼》,汝龙译,载《契诃夫小说全集》第四卷,上海,上海译文出版社,2000 年,第 211—216 页。

任卫东:《个体社会化努力的失败》,《四川外语学院学报》2006 年第 3 期,第 42—44 页。

申丹:《叙事、文体与潜文本——重读英美经典短篇小说》,北京:北京大学出版社,2009 年。

申丹:《何为"隐含作者"?》,《北京大学学报(哲学社会科学版)》2008 年第 2 期,第 136—145 页。

申丹:《叙事动力被忽略的另一面——以〈苍蝇〉中的隐性进程为例》,《外国文学评论》2012 年第 2 期,第 119—137 页。

申丹:《何为叙事的"隐性进程"? 如何发现这股叙事暗流?》,《外国文学研究》2013 年第 5 期,第 47—53 页。

申丹:《女性主义和消费主义背后的自然主义:肖邦〈一双丝袜〉中的隐性叙事进程》,《外国文学评论》2015 年第 1 期,第 71—86 页。

申丹:《双向暗恋背后的单向投射:曼斯菲尔德〈心理〉中的隐性叙事进程》,《外国文学》2015 年第 1 期,第 27—39 页。

申丹:《反战主题背后的履职重要性——比尔斯〈空中骑士〉的双重叙事运动》,《北京大学学报(哲学社会科学版)》2015 年第 3 期,第 165—173 页。

申丹:《文字的不同"叙事运动中的意义"》,《外语教学与研究》2015 年第 5 期,第 721—731 页。

申丹:《情节冲突背后隐藏的冲突:卡夫卡〈判决〉中的双重叙事运动》,《外国文学评论》2016 年第 1 期,第 97—122 页。

申丹:《苦难煎熬背后的男女角色转换:曼斯菲尔德〈巴克妈妈一生〉中的双重叙事运动》,《英美文学研究论丛》2016 年第 2 期,第 312—333 页。

申丹:《叙事的双重动力:不同互动关系以及被忽略的原因》,《北京大学学报(哲学社会科学版)》2018 年第 2 期,第 79—93 页。

申丹:《明暗相映的双重叙事进程:曼斯菲尔德〈莳萝泡菜〉单轨反讽背后的双轨反讽》,《外国文学研究》2019 年第 1 期,第 17—27 页。

申丹:《西方文论关键词:隐性进程》,《外国文学》2019 年第 1 期,第 81—96 页。

沈群:《文本与读者的互动——〈弗兰妮〉叙事进程研究》,《牡丹江大学学报》2012 年第 1 期,第 27—29,32 页。

宋德伟、岳国法:《论凯瑟琳·曼斯菲尔德〈帕克大妈的一生〉的情感叙事》,《外语研究》2014 年第 3 期,第 97—101 页。

宋海波:《及物性系统与权力关系——对凯瑟琳·曼斯菲尔德〈苍蝇〉的文体分析》,《国外文学》2005 年第 4 期,第 97—104 页。

谭君强:《论抒情诗的叙事动力结构——以中国古典抒情诗为例》,《文艺理论研究》2015 年第 6 期,第 22—28 页。

汤真(译):《莳萝泡菜》,载陈良廷、郑启吟等译《曼斯菲尔德短篇小说选》,上海:上海译文出版社,1983 年,第 216—224 页。

T. 托多洛夫:《文学作品分析》,载王泰来等编译《叙事美学》,重庆:重庆出版社,1987 年,第 46—54 页。

王丰裕、步朝霞:《论浮世画家的双重叙事动力》,《广东外语外贸大学学报》2016 年第 5 期,第 61—67 页。

王嘉龄译:《派克大娘的一辈子》,载凯塞淋·曼斯菲尔德著《曼斯菲尔德短篇小说集》,天津:天津人民出版社,1982 年,第 173—181 页。

王雅华:《女性的真实自我》,《北方论丛》1994 年第 4 期,第 58—62 页。

魏亚宁、傅晓微:《美国核心价值观的赞歌——〈空中骑士〉主题新解》,《成都大学学报(社会科学版)》2009 年第 2 期,第 73—75 页。

肖平、王笛:《影视创意短片叙事进程分析》,《现代传媒(中国传媒大学学报)》2011 年第 8 期,第 79—81 页。

徐凯:《巧妙的象征 深刻的内涵——曼斯菲尔德的〈苍蝇〉赏析》,《名作欣赏》2000 年第 5 期,第 57—59 页。

徐志摩译:《巴克妈妈的行状》,载曼斯菲尔德著《一个理想的家庭》,合肥:安徽人民出版社,2012 年,第 27—35 页。

杨岸青:《老板的形象之惑——〈苍蝇〉的叙述视角分析》,《国际安全研究》2007 年第 5 期,第 69—75 页。

杨春:《"怨女"银娣的挣扎和悲剧——基于隐性进程理论的解读》,《北京科技大学学报(社会科学版)》2017 第 1 期,第 80—86 页。

杨蕾:《矛盾背后的矛盾:〈头号玩家〉中的隐性叙事进程》,《电影新作》2019 年第 1 期,第 122—125 页。

杨向荣译:《心理学》,载杨向荣译《曼斯菲尔德短篇小说选》,北京:外文出版社,2000 年,第 37—47 页。

杨晓霖:《略论〈雪中猎人〉的极简主义风格》,《外国文学》2012 年第 2 期,第 22—28 页。

杨瑛美译:《一双丝袜》,载萧邦著《觉醒》,沈阳:辽宁教育出版社,1997 年,第 157—162 页。

姚晓东:《解构与重构:话语分析视角下的〈莳萝泡菜〉解读》,《当代外语研究》2013 年第 6 期,第 60—63 页。

叶廷芳:《卡夫卡及其他》,上海:同济大学出版社,2009 年。

叶廷芳主编:《卡夫卡全集》第 9 卷,石家庄:河北教育出版社,2000 年。

张才尧等编:《新编德汉词典》,北京:外语教学与研究出版社,2004 年。

张春芳:《曼斯菲尔德〈莳萝泡菜〉的叙事策略》,《天津外国语学院学报》2009 年第 6 期,第 62—66 页。

张净雨:《〈暴雪将至〉:叙事的隐暗面》,《电影艺术》2018 年第 1 期,第 77—80 页。

张兰珍:《动颜的"诗小说"——评〈帕克大妈的一生〉》,《江苏教育学院学报(社会科学版)》2009 年第 5 期,第 98—100 页。

张玲译:《帕克妈妈的一辈子》,载曼斯菲尔德著《园会》,文洁若等译,北京:人民文学出版社,2006 年,第 70—78 页。

张清华:《"传统潜结构"与红色叙事的文学性问题》,《文学评论》2014 年第 2 期,第 55—67 页。

张清华:《当代文学中的"潜结构"与"潜叙事"研究》,《当代作家评论》2016 年第 5 期,第 9—19,70 页。

张甜:《言说之殇:莱斯利·爱泼斯坦二战犹太大屠杀小说〈犹太人之王〉中的拟剧叙事及隐性进程》,《解放军外国语学院学报》2020 年第 3 期,第 51—58 页。

张欣:《逃离与禁锢:〈阁楼上的玩具〉的显性情节与隐性进程》,《当代外国文学》2016 年第 3 期,第 44—50 页。

曾霞:《从女权主义的角度解构〈莳萝泡菜〉中的男性意象》,《小说评论》2010 年第 4 期,第 271—275 页。

曾艳兵:《卡夫卡研究》,北京:商务印书馆,2009 年。

朱生豪译:《李尔王》,《莎士比亚全集》(下),南京:译林出版社,1998 年。

主要人名索引

（以姓氏拼音排序）

F

G

H

J

K

L

M

N

P

Q

R

S

T

W

X

Y

Z

后　记

长期以来，我一直从事叙事学的研究，本书的一个重要目的是打破亚里士多德以来研究传统的束缚，从关注情节发展拓展到关注在其背后暗暗运行的"隐性进程"，并从理论和实践两方面探讨这两种叙事进程的并列前行和交互作用。要做到这一点，首先要打破自身的两种束缚：一是囿于古往今来的批评传统；二是缺乏自信，认为作为中国人，难以在西方语言文学领域首创理论。在这一领域，容易迷信西方的权威。虽然从读博士时开始，我就打破了这种迷信，会不时挑战权威的观点，但在很长一段时间里，主要着力于发现西方权威学说中的漏洞、混乱或偏颇之处，进而对漏洞进行弥补，对混乱加以清理，对偏颇之处进行修正。诚然，我也在国际上率先揭示了不少概念的实质和不同学派之间的本质关系，譬如揭示出"隐含作者"的实质内涵（载 *Style* 45.1，即 45 卷第 1 期）、当代修辞性叙事理论被遮蔽的历史化潜能（*Narrative* 21.2）、视角越界现象的本质特征（*New Perspectives on Narrative Perspective* 一书）、"非自然叙事作品"的实质特征（*Style* 50.4）、叙述者的建构性和作品中叙述行为的不可知性（*Narrative* 9.2 和 *Routledge Encyclopedia of Narrative Theory*）、"故事与话语"的本质特征（*Narrative* 10.3 和 *Routledge Encyclopedia of Narrative Theory*）、字面翻译并非"形式等同"（*Babel* 35.4和 *An Encyclopedia of Translation*）；率先揭示了文体学与叙述学之间的互补性（*A Companion to Narrative Theory* 和 *The Routledge Handbook of Stylistics*）、语境叙事学与形式叙事学之间的互补关系（*Journal of Narrative Theory* 35.2）、"不可靠叙述"的修辞研究与认知建构研究之间的不可调和（*Handbook of Narratology* 2nd edition）、文体学的客观性与规约之间的关联（*Poetics* 17.3）、第三人称意识中心和第一人称回顾性叙述在相似背后的差异(*Acts of Narrative*)、当代文论之间的排他、互补和多元(*ARIEL* 33.3—4);并提出了一些新的概念和模式,如"context-determined irony"(*Journal of Literary Semantics* 38.2),"unreliability and characterization"(*Style* 23.2),"overall-extended close-reading"(*English Studies* 91.2),"the distorting medium: discourse in the realistic novel"(*Journal of Narrative Technique* 21.3),以及翻译中的"blends"(*Comparative Literature Studies* 28.4),"deceptive correspondence"(*The Routledge Handbook of Literary Translation*),"intentional illogicality"(*Style* 22.4)等。然而,这些新的概念和方法的运作范畴仍然处于传统框架之内。

2012年之前,我跟着关注情节发展的传统思路走,努力挖掘情节的深层意义,即所谓"潜文本"。虽然在挖掘过程中,我发现有的文本成分会产生两种不同主题意义,但受到自古以来中外传统的羁绊,未能有意识地超越情节发展,去追踪与之并行的另一种叙事运动。由于当时的研究旨在对情节本身做出更具深度、更为合理的阐释,因此对以往的解读采取了一种批评和排斥的立场。此外,在有些含有隐性进程的作品中,会不自觉地把它和情节发展往一条轨道上拉,造成顾此失彼。对于这一点,我在第十一章中做了具体说明。这一章研究坡的名篇《泄密的心》。记得2008年我把研究这篇作品的论文"Edgar Allan Poe's Aesthetic Theory, the Insanity Debate, and the Ethically Oriented Dynamics of 'The Tell-Tale Heart'"投给了19世纪文学的顶级期刊*Nineteenth-Century Literature*(美国),由于该期刊是单向匿名审稿(仅审稿人匿名),我希望主编把我也匿名,以免我的中国名字造成先入为主的偏见,这也能看出我当时有多么不自信。主编没有回复我的匿名请求,但一个月之内就发来了接受函,他和审稿人都对论文大加赞赏,而审稿意见中出现的"professor Shen"也显示出主编认为我的匿名请求没有必要。当时以为对这篇作品的解读已经相当好了,但在发现"隐性进程"之后,也发现了这种解读存在三个缺陷:一是对"潜文本"的阐释压制了对情节发展的阐释;二是未能从头到尾追踪隐性进程中一些重复出现的文本成分,探讨其持续表达的主题意义;三是未能关注同一片段中,有的文字对情节发展关系重大,有的则对隐性进程至关重要。如果只是沿着情节发展这一条轨道走,这些问题难以避免，甚至很难发现。而在把视野拓展到情节发展与(一种甚或两种)隐性进程的并列前行之后，这些问题也就迎刃而解了。在 Routledge 出版社推出的拙著 *Style and Rhetoric of Short Narrative Fiction: Covert Progressions Behind Overt Plots* 中，我也采取这一新的思路，重新阐释了以前从“潜文本”角度切入的其他几篇作品。

我是在探讨曼斯菲尔德的《苍蝇》时发现“隐性进程”的。这一作品自20世纪中期以来引起了激烈的批评争议。其情节充满象征意味，围绕战争、死亡、施害、命运等大的主题展开。然而，在作品的开头和中部，可以看到对中心人物的虚荣自傲展开的反讽，这偏离了情节主线。我从20世纪90年代开始，就在课上引导研究生关注这种局部反讽，但有的反讽细节显得琐碎离题，这使我产生了困惑。2012年我再度仔细研读作品，发现如果能摆脱古今中外关注“情节、人物、背景”的传统框架的桎梏，将目光拓展到情节背后的另一种叙事运动，沿着另一条表意轨道来考察相关文本细节的选择，就能看到从头到尾运行的一股叙事暗流。一些在情节发展中显得琐碎离题的细节在这股暗流里承担着重要的主题表达功能；与此同时，在情节发展中举足轻重的一些片段，也会因为这股暗流的存在而具有双重意义，对于作品的中后部来说，尤其如此。此外，若能看到这股暗流，还能看到以往不少批评争议的症结所在。我在《外国文学评论》和 *Poetics Today* 上发文，在国内外首创了“隐性进程”和“covert progression”的概念，提出要超越亚里士多德以来的叙事研究传统，关注情节发展背后的另一种叙事运动。

然而，对这种文学现象的认识难以一蹴而就，需要一步一步往前走。从2012年到2014年，我专注于对隐性进程的挖掘，忽略了隐性进程与情节发展如何各司其职、交互作用，对前人的阐释依然持一种批驳的立场。从2015年起，我在国内外发文，开始旗帜鲜明地探讨情节发展与隐性进程的互动，不再排斥前人对表面情节的阐释(除非就表面情节而言，也存在明显偏误)。这一立场的转变也体现于我2015年以来在美国发表的一些论文的标题：“Dual Textual Dynamics and Dual Readerly Dynamics”(*Style* 49.4)，“Joint Functioning of Two Parallel Trajectories of Signification”(*Style* 51.2)，“Dual Narrative Progression and Dual Ethics”(*Symplokē* 25.1－2)，“Dual Narrative Progression as Dual Authorial Communication: Extending the

Rhetorical Model"（*Style* 52.1—2），"Fictionality as a Rhetorical Resource for Dual Narrative Progression"（*Style* 53.4）。

在注重分析隐性进程与情节发展的互动之后，我在国内外挑战了多种单一的叙事学模式，以及单一的文体分析模式和翻译批评模式，指出这些单一模式不仅无法用于解读隐性进程以及它与情节发展的互动，而且也形成一种禁锢，阻碍对双重叙事动力的认识。走到这一步，我终于摆脱了自身束缚，大胆对各种反传统的"双重"叙事动力模式进行理论建构。在Routledge出版社推出的那部英文专著中，"绪论"之后就是对"隐性进程"的实际分析，而本书的上篇七章则全部用于对"双重叙事进程"进行系统的理论建构。

2017年欧洲叙事学协会（ENN）的双年会邀请我就"How Dual Narrative Movement Can Metamorphose or Extend Narratology"做了一小时大会主旨报告（外加20分钟讨论），探讨我自己提出的双重叙事动力理论对叙事学的拓展和重构。2019年底，法国的叙事学常用术语网站（https://wp.unil.ch/narratologie/glossaire/）收入法文版的"隐性进程"这一术语，并予以详细介绍。2019年11月，我收到美国*Style*期刊主编John Knapp的电邮，邀请我以"'Covert Progression' and Dual Narrative Dynamics"为题，撰写约一万英文单词的Target Essay，由期刊编辑部出面邀请英美法德等国学者加以回应，然后我再对他们的回应进行回应，这些都在邀请我担任特邀主编、专门探讨我的理论的2021年春季刊登出。*Style*是西方权威性的季刊，每年仅出四期，将其中一期专门用于探讨中国学者首创的研究西方文学的理论，彰显了该理论的国际引领作用。本书作为国内外第一部探讨双重叙事进程的专著，从理论和实践两方面系统深入地探讨由"隐性进程"和情节发展构成的"双重叙事动力"，以飨读者。

本书系本人完成的国家社科基金研究成果，结项匿名鉴定为"优秀"。评审专家认为本书"对于中外半个世纪以来流行的西方叙事学理论乃至传统的文学批评和文学理论均是重大突破"。本书也得到国家哲学社会科学成果文库匿名评审专家的高度评价，认为这一成果"具有极强的创新性"；"作者的理论站位高远"，"构建了其独创的理论体系"；"其首创的'双重叙事进程'体现了新时代中国学者的文化自信，道路自信"，"是我国学者对当代叙事学理论所做出的突出的学术贡献"；"体现了很高的叙事学理论素养和开拓精神，对我国的外国文学研究有示范作用”；“具有很高的学术价值和应用推广价值”。对他们的褒扬和鼓励，我表示衷心感谢，同时，评审专家所提出的宝贵修改建议也让我获益匪浅。我深刻地领悟到，在西方文论研究领域，要开拓创新，必须摆脱作为中国人的不自信，勇于在国际前沿不断探索。令人欣喜的是，近两年我国外国文学研究领域也开始强调知识体系创新。跟我们这一代相比，中青年学者享有更好的条件，相信他们能在知识体系创新的道路上奋力前行，不断超越。

本书不少内容以论文的形式发表（或即将发表）于 *Style*，*Narrative*，*Poetics Today*，*JNT*：*Journal of Narraive Theory* 等国际一流期刊，以及 *Rethinking Language*，*Text and Context*，*Routledge Handbook of Literary Translation* 等英美重要参考书；本书也有不少内容发表于《外国文学评论》《外国文学》《国外文学》《外国文学研究》《外语教学与研究》等国内刊物（详见本书“引用文献”一栏）。感谢国内外各位主编、匿名评审专家和责任编辑的支持、鼓励和帮助。

我感佩《外国文学》编辑部主任李铁以他的胆识邀请我撰写《西方文论关键词：隐性进程》，该术语词条于 2019 年初在中国面世，早于法国学者网站上的同一术语词条，更早于美国期刊上对这一术语的集中探讨（我也借这些机会，着力探讨由隐性进程和情节发展构成的双重叙事进程）。我十分感激《外国文学评论》主编程巍 2015 年在审阅我分析卡夫卡《判决》中的双重叙事进程的论文时，给予的热情鼓励。他在电邮中写道：“‘隐性进程’的提出为文学文本的‘深度解释’拓展了巨大空间……像弗洛伊德发现‘潜意识’一样发现了‘隐性进程’……或许‘隐性进程’是中国学者在文本研究（细读）上的唯一的贡献”，这令我倍受鼓舞。我没有学过德文，这篇论文分析的是《判决》的中译文，而《外国文学评论》通常不发表以中译文为分析对象的论文。之所以会破格发表，离不开两位学者的帮助。一位是德高望重的卡夫卡专家叶廷芳先生，我在投稿之前，先发给他征求意见，老先生高度赞赏，并帮助核对了译文；另一位是较为年轻的卡夫卡专家任卫东教授。通过王建教授的介绍，我冒昧地向素不相识的她求助。她拨冗阅读了论文，表示赞同，并帮助仔细审核了译文。

我也感佩美国 *Style* 编辑部将我分析《心理》和《空中骑士》的论文分别置

于该季刊两期的首篇位置发表。我很感激 *Rethinking Language, Text and Context* 的英国和德国主编在读到我以《判决》为主要分析对象的论文初稿后，在重新发出的目录中，将我的论文调到了正文第一篇的位置。这令我惊喜和振奋。

在本书写作过程中，我有幸得到学界同行，北大同事和学生以及我的家人和亲友的多方帮助。

我在叙事文学研究的道路上能不断进步，离不开国内外叙事学以及文体学和文学研究界众多同仁的鼓励和支持，他们的关注和期待是我前行的重要动力之一。

在精神积淀深厚的美丽燕园，北京大学、北大人文学部、北大外国语学院的老师和领导为我营造了理想的工作环境和科研氛围，给予我鼓励、支持和帮助。特别感谢英语专业教研室的同事，他们从各方面伸出了援手。就本书稿而言，周小仪教授仔细阅读了全书初稿，提出了宝贵意见，尤其是涉及消费文化的《一双丝袜》那一章，他建议的几处改动增色不少。助理教授李宛霖仔细阅读了分析《判决》和《巴克妈妈的一生》那两章的初稿，她就后者提出的问题，促使我对作品的性别政治进行了更为深入的思考。浙江大学文科资深教授许钧一直关注我的研究，他也拨冗阅读了本书多章的初稿，提出了宝贵意见。

在本书下篇的写作过程中，我曾经指导过的和正在指导的多位博士生和硕士生对收集西方的批评阐释提供了帮助，可谓有求必应。特别值得一提的是，段枫副教授利用在国外访学的机会，为本书下篇的资料收集做出了最大贡献。不仅如此，当我发现分析《判决》的论文和《隐性进程》那篇关键词的初稿都有两万几千字，希望她能在投稿前帮我压缩时，她非常仔细地反复阅读两篇初稿，分别帮助我压缩了一两千字。从事翻译学研究的宫蔷薇不仅从编辑的角度看过多篇期刊论文的初稿，而且在阅读跟翻译相关的那篇论文的初稿时，精心细化了关于译者翻译选择的一句话，这种主动性令我感动。惠海峰教授拨冗阅读了一遍本书的清样，帮助更正了一些打印错等。

我也要感谢选修我的本科和研究生课程的来自全国各地的优秀学子。他们对课堂报告分析对象的选择、所提出的问题等都使我获益匪浅。

我十分感激我的先生和亲朋好友对我的研究的鼓励和支持。他们给予我温馨的家庭环境和生活氛围,从多方面提供了我需要的帮助。

最后,感谢北京大学出版社张冰编审一直以来对我的大力支持和帮助。她和郝妮娜编辑在本书编排过程中十分认真负责,感谢她们为本书出版所付出的辛劳。

申丹

2020 年秋于燕园

图书在版编目 (CIP) 数据

双重叙事进程研究 / 申丹著 . —北京：北京大学出版社，2021. 4
（国家哲学社会科学成果文库）
ISBN 978-7-301-31929-1

Ⅰ . ①双… Ⅱ . ①申… Ⅲ . ①世界文学—叙述学—叙事文学—文学研究 Ⅳ . ① I106

中国版本图书馆 CIP 数据核字 (2021) 第 001671 号

书　　名	双重叙事进程研究 SHUANGCHONG XUSHI JINCHENG YANJIU
著作责任者	申　丹　著
责任编辑	张　冰　郝妮娜
标准书号	ISBN 978-7-301-31929-1
出版发行	北京大学出版社
地　　址	北京市海淀区成府路 205 号　100871
网　　址	http://www.pup.cn　新浪微博：@ 北京大学出版社
电子邮箱	编辑部 pupwaiwen@pup.cn　总编室 zpup@pup.cn
电　　话	邮购部 010-62752015　发行部 010-62750672　编辑部 010-62759634
印 刷 者	北京中科印刷有限公司
经 销 者	新华书店
	720 毫米 ×1020 毫米　16 开本　21.25 印张　410 千字
	2021 年 4 月第 1 版　2024 年 7 月第 2 次印刷
定　　价	88.00 元